DAS LIED DER FEEN

DIE WILDSONG SERIE
BUCH EINS

TRICIA O'MALLEY

LOVEWRITE PUBLISHING

DIE WILDSONG-SERIE
BUCH EINS

Übersetzung: www.translatebooks.com - Daniel Friedrich
Deutsches Korrekturlektorat: Annette Glahn
Umschlaggestaltung: Damonza

Lovewrite Publishing: 382 NE 191st, st#24553, Miami, FL, USA,
33179-3899

„Ein einziger Tropfen Wasser beinhaltet alle Geheimnisse der Ozeane.“
- Khalil Gibran

Das Feenreich

Danula

Helle Fae, regiert von der Göttin Danu

Elementar-Fae

Der königliche Feenhof der Danula
überwacht die Elementar-Fae

Wasser-Fae

Feuer-Fae Feuer-Fae

Luft-Fae

Domnua

Dunkle Fae, regiert von der Göttin Domnu

PROLOG

E s soll für jedes Element
    Ein Kinde kämpfen;
Halb Mensch, halb Fee,
Geboren aus Dunkelheit und Licht;
Die Elementaren werden fallen,
Ihre Macht gestohlen in der Nacht;
Überlebt das Kind,
Verliert die Dunkelheit ihr Recht.

„Schwester."

Die Worte waren ein Zischen im Wind, ihre Kälte hüllte Danus Körper ein und bedrohte ihren nächsten Atemzug. Die Göttin Danu seufzte, wischte die Magie ihrer Schwester mit ihrer kristallinen Nagelspitze zur Seite und wandte sich von der Stelle an der Wand ab, wo sie die Wörter der Prophezeiung studierte, die an der Wand der Eingangshöhle geschrieben standen. Wie immer gab es Danu einen Stich ins Herz, wenn sie den Wahnsinn in den Augen ihrer Zwillingsschwester sah. Domnu war auf eine kalte und furchteinflößende Weise schön, mit obsidianfarbenen Augen und wild gelocktem Haar, das reißzahnartige Spitzen hatte. Im Gegensatz zu Danus Licht war Domnus Streben nach Macht – sowohl über die menschliche Welt als auch über das Feenreich – dunkel und würde sie selbst zerstören, wenn es nicht vorher gleich alle zerstören würde.

„Du weißt, dass du deine Magie nicht gegen mich einsetzen solltest." Danu trat von der Prophezeiung zur Seite und blieb mit dem Rücken zur Wand stehen. „Das letzte Mal ist es nicht gut für dich ausgegangen, nicht wahr?"

„Die vier Schätze sollten mir gehören", kreischte Domnu, und ihr Haar schrie mit ihren Worten im Chor. „Es war nur eine kleine Fehleinschätzung meinerseits, das ist alles."

„Ach ja? Das war alles?" Danu tippte sich mit dem Finger an die Lippen und versuchte abzuschätzen, wie weit der Wahnsinn ihre Schwester verzehrt hatte. Beide Göttinnen hatten sich getrennt, als sie in das Land Inisfáil kamen, das man heute als Irland kennt, und Danus Schwester erkannt hatte, dass die vier Schätze - Kostbarkeiten von unvorstellbarer Macht, die der Besitzerin die Vorherrschaft über die Welt garantierten - ihr die Macht geben würden, die sie so verzweifelt suchte. Nur der Entschlossenheit und dem Mut einer beherzten Gruppe von Menschen und Feen – den Sucherinnen und ihren Beschützern – war es zu verdanken, dass Irland und die Welt vor dem sicheren Untergang bewahrt wurden. Damals war Domnu in ihr dunkles Reich verbannt worden, um ihre grausame Fraktion der dunklen Feen zu überwachen, und Danu hatte die Schätze sicher zu den Göttinnen zurückgebracht, um für immer sicherzustellen, dass sie nicht in die falschen Hände gelangten. Jetzt, zwei Jahrzehnte später, schien es, als stünde die Erfüllung der nächsten Prophezeiung an.

„Sicher", schniefte Domnu. „Ich war abgelenkt und vielleicht habe ich deine menschlichen Sucherinnen unterschätzt. Menschen kommen mir immer so schwach vor."

„Sie waren nicht ganz menschlich, oder? Sie hatten alle ihre eigenen Kräfte. So wie diese Kinder der Elementaren." Danu deutete auf die Inschrift an der Wand, die etwas glühte, als hätte man geschmolzenes Gold in die tiefe Gravur gegossen. „Was führst du im Schilde, Schwester?"

„Ich?" Domnu zwirbelte eine Haarsträhne um ihren Finger und lachte, als sie von dieser gebissen wurde. Es überraschte Danu nicht, dass Domnu das Blut aussaugte, das aus ihrer blassen Haut troff. „Meine Domnua-Kinder sind ruhelos. Es scheint, dass die Elementar-Fae auf unsere Seite kommen wollen, liebe Schwester. Früher misstrauten sie den Domnua, meinen süßen Kindern, kannst du das glauben? Aber nun entdecken die Elementaren, dass die Danula nicht so großartig sind, wie sie behaupten. Vielleicht ist es Zeit für einen neuen königlichen Hof, liebe Schwester." Domnu prüfte ihren Finger und lächelte über die Haut, die nun keine Wunde mehr zeigte.

„Meine Danula herrschen mit Stolz über die Elementaren", sagte Danu in ruhigem Ton. Sie ließ sich nicht von ihrer Schwester provozieren. „Wir arbeiten seit langem in einer soliden Partnerschaft mit ihnen zusammen, und der ganzen Welt ist es zugute gekommen."

„Mag sein", sagte Domnu und zuckte mit einer Schulter. „Aber vielleicht auch nicht. Vielleicht solltest du nicht mehr so zuversichtlich sein, was die Vorherrschaft deines Volkes angeht."

Jahrhundertealte Frustration zerrte an Danu, und sie kniff sich in die Nase, bevor sie ihrer Schwester in die Augen sah.

„Es musste nicht... und es *muss nicht* so laufen, Schwester", sagte Danu. Warum versuchte sie es immer noch? Ihre Schwester war in die Dunkelheit hinabgestiegen und schon vor langer Zeit dem Wahnsinn verfallen.

Und doch hoffte ein Teil von ihr, das Gute in ihr erreichen zu können, *irgendetwas*, das vielleicht noch tief in Domnu vergraben war. Sie seufzte. „Du willst wieder einmal Krieg in unsere Welt bringen?"

„Ich werde nicht ruhen, bis Inisfáil mir gehört."

„Und zu welchem Zweck? Du wirst alles zerstören..."

„Vielleicht ist das auch besser so. Dann wird sich mein Volk erheben, und wir werden die Welt mit unserer Magie bevölkern." Ein goldenes Flackern zuckte über Domnus dunkle Augen.

„Du wirst scheitern", sagte Danu in hartem Ton. „Der Prinz der Danula ist bereits in Irland. Ebenso wie einige seiner besten Krieger. Wir haben euch schon einmal besiegt, und wir werden es wieder tun."

„Ach ja?" Domnu schnellte in der Höhle herum, ihr dunkler Rock flatterte hinter ihr her und ihre Stimme war ein schriller Singsang. „Dein Prinz ist jetzt verwundbar, siehst du das nicht?"

„Was hast du getan?", fragte Danu. Angst hatte sie gepackt.

„Prinz Callum ist verliebt. Und wie wir beide wissen, ist

die Liebe nichts als eine Schwäche, liebe Schwester. Gerade nehmen wir ihm seine Schicksalsgefährtin weg, denn ein Prinz ohne sein Herz ist nichts."

„Domnu!", schrie sie, aber ihre Schwester war schon in einem Blitz aus Licht und Gelächter verschwunden. Wut und Traurigkeit durchströmten Danu. Sie hatte gehofft, dass es anders hätte sein können, dass sich die Prophezeiung als falsch erweisen würde. Sie fuhr mit den Fingern über die Worte aus geschmolzenem Gold und ließ den Kopf sinken. „Es tut mir leid, meine Kinder. Es tut mir so leid."

KAPITEL EINS

Der Mann winkte ihr von der seidigen Oberfläche des Meeres aus zu. Das vertraute Unbehagen regte sich in Imogens Innerem, aber anstatt sich wie sonst abzuwenden, begegnete sie seinem Blick und versuchte, ihn objektiv zu betrachten.

Das Grinsen des Mannes wurde breiter. Er war in Wirklichkeit eher eine andere Art von Kreatur, dachte sie. Seine Haut war so weiß, dass sie im sanften Licht des Mondes schimmerte und Imogen an den Bauch eines Lachses erinnerte. Milchig glänzende Augen blinzelten sie an, und in ihren Tiefen zuckten rosafarbene und grüne Blitze. Imogen schluckte gegen ihre plötzlich trockene Kehle an, als der Mann eine Hand hob und ihr noch einmal zuwinkte. Was sie am meisten überraschte? Ein Teil von ihr wünschte sich, ihm zu folgen. In das winterlich kalte Meer einzutauchen, in den dunklen Tiefen zu versinken und ihren Geist den Wahnvorstellungen auszuliefern, die schon seit Jahren am Rande ihres Bewusstseins tanzten. Als dieses Verlangen gefährlich nahe daran war, sie zu verschlingen, wandte sich

Imogen vom Bug des Bootes ab. Sie schauderte, atmete ein paar Mal tief ein und zwang sich, den Sog zu brechen, der von der Kreatur im Wasser ausging.

Eine Kreatur, die sie die meiste Zeit ihres Lebens verfolgt hatte. Auch in ihren Träumen.

Es war immer derselbe Mann, der ihr in stürmischen Nächten oder an ruhigen Tagen mit blauem Himmel folgte, während er lautlos und knapp unterhalb der Meeresoberfläche entlangglitt. Ein Teil von ihr hasste diese Kreatur, denn seine Erscheinung stellte ihren Verstand in Frage. Ein anderer Teil von ihr sehnte sich jedoch danach, zu ihm zu gehen. Es war, als sei er ein fehlendes Puzzleteil in ihrem Leben, aber Imogen hatte weder die Zeit noch die Lust, zu analysieren, was er symbolisierte. Vielleicht würde Imogen sich eines Tages, sobald ihr Boot abbezahlt war und sie einen Moment zum Durchschnaufen hatte, auf die Couch eines Therapeuten setzen und ihm all ihre Ängste mitteilen. Aber dieser Tag war noch nicht gekommen, und Imogen bezweifelte, dass er jemals kommen würde. Der Luxus, sich selbst zu analysieren und zu optimieren, war einer Person wie ihr, die jede wache Minute damit verbringen musste, ihr Unternehmen aufzubauen und eine Crew zu beschäftigen, nicht vergönnt.

Verärgert über sich selbst und die Richtung, die ihre Gedanken einschlugen, schritt Imogen über das Deck der *Mystic Pirate*, ihrem Charterboot, und schloss das Steuerhaus ab. Sie waren an diesem Morgen in Grace's Cove angekommen, einem Hafen, der von sanften grünen Hügeln umgeben war, mit bunten Häusern, die die gewundenen Straßen säumten. Es war ein charmantes Dorf, und Imogen hatte längere Charterfahrten für die amerikanischen

Touristen im Sinn, die jeden Sommer hierher kamen. Sie wollte sich mit B&B-Besitzern treffen, um herauszufinden, ob man zusammen Urlaubspakete zu Land und zu Wasser anbieten könnte. Imogens Instinkt sagte ihr, dass solch eine Pauschalreise, die das Beste kombinierte, was Irland zu bieten hatte, ein Renner sein würde, vor allem bei Touristen, die nur wenige Urlaubstage zur Verfügung hatten.

Imogen sprang auf den Steg, hielt inne, um ihre Schuhe anzuziehen, und ging dann auf das Dorf zu, wobei sie immer noch das vertraute Schaukeln des Bootes unter sich spürte. Es war immer so, wenn sie an Land ging, dachte Imogen mit einem amüsierten Lächeln im Gesicht. Auf dem Meer war sie am stabilsten, während sie sich an Land wackelig und irgendwie seltsam fühlte. Da sie keine nennenswerte Familie und nur wenige Freunde hatte, war das sanfte Schaukeln, das die meisten Seeleute plagte, wenn sie an Land gingen, für Imogen eine angenehme Erinnerung daran, wo sie wirklich hingehörte.

Sie war die Kapitänin ihres eigenen Schiffes, die ihr Schicksal auf dem Wasser, das sie liebte, selbst bestimmte. *Dies war ihr Zuhause.*

Sie hätte sowieso nie in die normale Welt gepasst, denn sie hatte keinen Bezugsrahmen dafür, wie die konventionellen Dinge gemacht wurden. Sie hatte noch nie an Geburtstagsfeiern teilgenommen oder Sport getrieben und hatte gerade genug Schulbildung, um über die Runden zu kommen. Nein, Imogen hatte nicht vor, einen Kuchen zu backen, während ein Baby auf ihren Hüften saß. Allein der Gedanke daran brachte sie zum Lachen. Die Vorstellung von einem solchen Leben erschien ihr noch wahnwitziger als die Kreatur, die ihr am Rande des Ozeans folgte.

Der jüngste Regen hatte in den Straßen von Grace's Cove Pfützen hinterlassen, in denen sich die Lichter der Geschäfte und Restaurants spiegelten, die sich den Hügel hinaufschlängelten. Imogen schlenderte die Straße entlang, die Hände in den Taschen ihrer Fleecejacke, und summte ein Lied, das ihr schon seit einer Weile im Kopf herumschwirrte. Es war eines dieser Lieder, bei denen sie die Melodie einfach nicht zuordnen konnte, und es trieb sie schon seit Monaten in den Wahnsinn. Sie hörte es in ihren Träumen, und ertappte sich dabei, wie sie es tagsüber sang, während sie half, das Boot zu putzen oder die Vorräte zu prüfen. Es war eine melancholische Melodie, fast herzzerreißend in ihrer Not, und Imogen hatte immer noch nicht herausfinden können, woher sie sie kannte.

Opalartige Augen blinzelten sie aus einer Pfütze auf der Straße an, und Imogen kam zum Stehen. Ihr Magen drehte sich, als die Kreatur aus dem Meer zu ihr hochlächelte. *Das...nun, das war neu.* Schweiß brach auf ihrer Stirn aus. Sie wurde von Angst erfasst und drehte sich um, um wegzulaufen, nur um direkt gegen eine Wand zu prallen.

Zumindest fühlte es sich wie eine Wand an. Hände ergriffen ihre Arme, um sie zu stützen, und Imogens Atem stockte, als ihr Blick von den Knöpfen eines Flanellhemds zum Gesicht eines grimmig blickenden Mannes wanderte. Die stürmischen grauen Augen, der raue Bart und die markante Kieferpartie hätte ausgereicht, um jede Frau in Ohnmacht fallen zu lassen.

Für Imogen war es, als würde ein Stecker in eine Steckdose passen, und eine seltsame Energie durchströmte sie, die ihr das Gefühl gab, lebendig und gleichzeitig unglaublich widerstandsfähig zu sein.

Ich will ihn küssen.

Der Gedanke schockierte sie so sehr, dass sie einen Schritt zurücktrat und den Körperkontakt unterbrach. Das Summen der Energie ließ nach ... aber es verschwand nicht ganz. Imogen war kein Mensch mit ausgeprägtem sexuellem Verlangen, oh nein, wenn überhaupt, dann fand sie Sex meistens ermüdend oder langweilig. Deshalb hatte sie sich auch schon lange nicht mehr von einem Mann berühren lassen. Und doch war es jetzt so, als wären alle ihre Sinne erwacht und als wollte sie, nun ja, Dinge, die sie von einem Fremden, der sie auf der Straße anstarrte, nicht wollen sollte.

„Was war das für ein Lied, das du da gesungen hast?" Die Stimme des Mannes klang wie Honig, der über Kies geträufelt wurde, und ließ ihr Inneres flüssig werden, sodass sie ihn einen Moment lang verwirrt anstarrte, bis sie seine Worte verstand. *Was für eine merkwürdige Frage.* Hitze kroch ihr in die Wangen, als sie merkte, dass sie mit offenem Mund dastand wie ein Fisch auf dem Trockenen.

„Ähm, nun, es ist eigentlich nur Melodie, die ich mir ausgedacht habe. Ein bisschen albern noch dazu." Imogen räusperte sich und trat einen weiteren Schritt zurück. *Dieser Mann hatte eine so intensive Ausstrahlung.*

„Ach ja?" Die Stirn des Mannes legte sich in Falten, und er schien seine nächsten Worte sorgfältig zu überlegen. Imogen überlegte, ob sie die Gelegenheit nutzen sollte, um zu fliehen, aber die verwirrende Mischung von Gefühlen, die in ihr köchelte, ließ sie wie angewurzelt stehen bleiben. Eine Tür des Restaurants hinter ihr schwang auf, und ein Gast trat auf die Straße. Lachen, Musik, das Klirren von Besteck und der köstliche Duft von Knoblauch tanzten in der Luft, und Imogen war dankbar, dass sie mit diesem Fremden nicht allein auf der Straße war. Ein Mann, leicht doppelt so groß wie sie, muskulös gebaut, mit einer Sturmwolke von Emotionen auf seinem hübschen Gesicht.

„Ich glaube schon, ja." Imogen sprach ihre Worte mit Bedacht und machte einen weiteren Schritt weg, obwohl ihr Körper sie dazu drängte, vorwärts zu gehen und sich wieder in seine Arme zu begeben. Sie hatte sich dort sicher gefühlt, aber warum Imogen überhaupt das Bedürfnis nach Sicherheit hatte, wusste sie nicht genau. Ihre Gedanken wanderten zurück zu der Kreatur in der Pfütze. Okay, sicher, vielleicht war ein großer, strammer Mann an ihrer Seite keine schlechte Sache. Nur vielleicht nicht gerade *dieser* Mann...

„Was bist du?" Sein Ton war schroff, und Imogens Augen weiteten sich, als er die Fäuste an den Seiten ballte.

„Du hast doch sicher schon einmal eine Frau gesehen, oder?" Imogen blickte den Mann mit hochgezogener Braue an. Sie wippte leicht auf ihren Fersen und ihre Hand wanderte zu ihrem Hosenbund, wo ihr Lieblingsmesser steckte. Imogen hatte bei der Arbeit in den Docks viel gelernt, und sich selbst zu schützen stand ganz oben auf der Liste.

„Du hast meine Frage gehört." Der Mann blickte zum Himmel. Plötzlich huschte Sorge über seine Gesichtszüge, als Blitze in der samtigen Dunkelheit aufleuchteten.

Es gab keine Gewitterwolken.

Imogen schluckte und wurde unruhig, als die Augen des Mannes erneut die ihren suchten.

„Und ich habe sie beantwortet." Imogen hob ihr Kinn.

„Irgendetwas stimmt hier nicht." Der Mann wollte an

ihr vorbeigehen, blieb aber kurz vor ihr stehen und sah zu ihr hinab. „Sei vorsichtig mit deinen Liedern, Kleine. Du weißt nicht, was du tust."

„Wie bitte?" Imogen schnellte herum, als der Mann die Straße hinaufrannte, übernatürlich leise. Unbehagen durchströmte sie beim Anblick des schwachen violetten Lichts, das in einer weichen Silhouette um den Mann herum schimmerte. Es war nicht das erste Mal, dass sie so etwas sah, aber es war etwas, das sie entschlossen versuchte zu ignorieren. Ähnlich wie bei den Gesichtern im Wasser war Imogen nicht daran interessiert, eine Erklärung dafür zu finden, warum sie die Auren bestimmter Menschen sehen konnte. Zumindest hatten ihre Nachforschungen sie zu dieser Überzeugung gebracht. Das große Problem? Nach dem, was sie gelernt hatte, gab es Auren in allen möglichen Farben.

Imogen konnte nur *zwei* Aurafarben sehen. Silber und Violett. Beides half ihr nicht, zur Überzeugung zu gelangen, dass sie normal war.

Obwohl es ursprünglich ein Bier und eine hausgemachte Mahlzeit waren, die Imogen von der *Mystic Pirate* ins Dorf gelockt hatten, machte sie nun abrupt kehrt und ging eilig zurück zu ihrem Boot. Sie beschleunigte ihr Tempo, als ein weiterer Blitz den Nachthimmel durchzuckte.

Welche Probleme es auch immer waren, die Grace's Cove plagten, es waren nicht ihre eigenen, beschloss Imogen und atmete erleichtert auf, als sie wieder auf ihr Boot kam. Sie schloss die Tür zu ihrem Steuerhaus auf, schlüpfte hinein und schloss die Tür hinter sich ab. Dann kletterte sie eine kleine Treppe hinunter, die zur Kombüse und zur Lounge führte. Sie schritt über den glänzenden Holzboden und öffnete einen Schrank, um eine Flasche Green Spot herauszuholen, die normalerweise den Gästen vorbehalten war, und schenkte sich ein ordentliches Glas ein. An den Tresen gelehnt, nahm Imogen einen Schluck, und die vertraute Wärme des Whiskeys beruhigte ihre Kehle.

Wer bist du?

Die Worte des Mannes fielen ihr wieder ein.

„Ich wünschte, ich wüsste es", sagte Imogen laut vor sich hin, bevor sie ihr Glas hob, um dem seltsam leuchtenden Mann, den sie auf der Straße getroffen hatte, imaginär zuzuprosten. „Glaub mir, ich wünschte, ich wüsste es."

KAPITEL ZWEI

Nolan verließ die Frau, diese Zauberin, die sie war, und eilte zu Gallagher's Pub. Er wusste, dass er dort seine Leute finden würde. Es ärgerte ihn zutiefst, wie schwer es ihm fiel, die rothaarige Frau zu verlassen. Ihre Stimme hatte ihn dazu gebracht, sich auf halbem Weg umzudrehen und durch das Dorf zu streifen, bis er sie gefunden hatte. Das Lied war wie ein Schlag in seine Magengrube gewesen, und es machte ihn wütend, dass er den Drang, seinen Ursprung zu finden, kaum unter Kontrolle gehabt hatte. Er mochte es nicht, wenn es Dinge gab, die er nicht verstand, und diese Frau mit den verhexten Augen und der berauschenden Stimme passte nicht in seine Welt.

Nun, technisch gesehen war es auch nicht in seiner Welt, oder? Nolan erinnerte sich an diese Tatsache, als ein weiterer Blitz über den Himmel schlug und sich seine Schultern anspannten. Er konnte die Handschrift der Magie lesen, die in der Folge des Blitzes in der Luft schwebte.

Der Prinz der Feen war wütend.

Das bedeutete, dass Nolan eine Aufgabe zu erledigen hatte. Als Berater des königlichen Hofes der Feen und bester Freund von Prinz Callum konnte Nolan an einer Hand abzählen, wie oft der Prinz schon einen solchen Sturm heraufbeschworen hatte. Aber jetzt, als die Wolken über den Himmel zogen und einen sturzbachartigen Regen durch die Straßen von Grace's Cove schickten, schlüpfte Nolan in Gallagher's Pub und suchte mit seinen Augen die Seinen.

Er fand sie in einer Ecke des belebten Pubs sitzend, einen Menschen mit besonderen Kräften und einen Feenmann, der vor einem Teller Pommes saß. Die neugierigen Blicke der Einheimischen ignorierend, schritt Nolan durch den vollbesetzten Pub und ließ sich auf einen Platz gegenüber von Bianca und Seamus fallen. Sein Blick begegnete Seamus' besorgten Augen.

„Ist etwas passiert?", fragte Seamus. Bianca, eine Frau mit blondem Haar und tanzenden blauen Augen, blickte ihren Mann fragend an.

„Was ist hier los?" Sie schaute zwischen den beiden Feenmännern hin und her. Ihre hübschen Züge waren von Sorge gezeichnet.

Die Tür zu Gallagher's Pub wurde mit solcher Wucht aufgestoßen, dass die Fensterscheiben klapperten. Der Prinz der Feen war gekommen.

Nach der wütenden Welle der Energie zu urteilen, die ihn umgab – es war, als hätte er den Sturm selbst zu verantworten –, war Prinz Callum bereit für den Kampf.

„Oh, Scheiße", hauchte Bianca. In Sekundenschnelle murmelte Seamus einen komplizierten Zauberspruch und warf eine magische Blase quer durch den Raum, die Callum vor den Blicken der Menge verbarg. Einen Moment lang sahen sich alle verwirrt um, dann sprang eine Frau auf und rannte los, um die Tür zu schließen. Von außerhalb des Zaubers sah es so aus, als ob die Gruppe am Tisch weiterhin ein lockeres Gespräch führen würde.

„Es war nur der Sturm, der die Tür aufgestoßen hat." Cait, die Eigentümerin von Gallagher's Pub, warf Callum einen Blick zu, während sie an der Bar bediente.

Donnerschläge zogen über den Pub hinweg und rüttelten an den Fenstern. Cait duckte sich unter dem Durchgang der Theke hindurch und stellte sich dem Prinzen direkt gegenüber. Obwohl sie keine Fee war, hatte Cait eine magische Blutlinie und ein gesundes Selbstvertrauen.

„Das reicht jetzt. Du wirst mir alle Fenster ersetzen, die du kaputt machst", sagte Cait mit ruhiger Stimme. Callum schob sie beiseite, als wäre sie eine lästige Fliege. Bianca zischte erschrocken auf, was nur verständlich war. Nur sehr wenige Leute waren so dreist, Cait auf diese Weise zu behandeln. Ganz zu schweigen von der Tatsache, dass es selten vorkam, dass Callum so grob war.

Es bedeutete, dass etwas nicht stimmte. Und zwar gewaltig.

In all den Jahren, die er an seiner Seite gestanden hatte, sowohl im Kampf als auch als Assistent am königlichen Hof der Feen, hatte er Prinz Callum immer als jemanden erlebt, der einen kühlen Kopf bewahrte. Doch in diesem Moment stellten sich Nolans Nackenhaare auf. Es war, als ob Dunkelheit über ihn hinwegfegte, und seine Augen hielten die von Callum fest, als der Prinz an ihrem Tisch zum Stehen kam.

„Prinz Callum." Seamus neigte den Kopf.

„Lily ist verschwunden." Callums Worte klangen wie Eiszapfen, die zu Boden krachten. *Callums Schicksalsgefährtin und einzig wahre Liebe.* Oh, nein...

Nolan ergriff als erster das Wort.

„Was ist passiert? Ich kann sofort los. Was sollen wir tun?"

Cait überraschte Nolan, indem sie erneut an Callums Seite auftauchte, und etwas tat, was kein Feenwesen jemals wagen würde – sie zerrte an Callums Hand, bis er auf einem Stuhl am Tisch saß, und reichte ihm einen Whiskey.

„Sag es uns", forderte Cait.

Biancas Augen huschten zu Nolan. Die hübsche Blondine hatte die Abweichung vom royalen Protokoll bemerkt, und er machte sich eine geistige Notiz, dass sie bei allem, was möglicherweise vor ihnen lag, eine gute Hilfe sein könnte. Denn *wenn* etwas Schlimmes passiert war – hier in Grace's Cove und nicht im Reich der Fae –, dann würden sie in dieser Welt Hilfe brauchen. Sowohl Bianca als auch ihr Mann Seamus hatten die Sucherinnen vor über zwei Jahrzehnten erfolgreich bei ihrer Mission unterstützt, die vier Schätze vor den Domnua, den bösen Fae, zu retten. *Falls* die Domnua involviert waren, würden die beiden eine unschätzbare Hilfe sein.

Nolan richtete seinen Blick wieder auf den Prinzen und wartete, bis Callum den Whiskey hinuntergeschluckt hatte, um dann seine Atmung zu beruhigen. Außerhalb ihrer magischen Blase spielte die Band weiter, und ein paar Leute hatten Stühle zur Seite geschoben, um sich in ein paar komplizierte Tanzschritte zu stürzen. An jedem anderen Abend hätte Nolan sich ihnen angeschlossen. Wenn er im Dienst war, ließ er sich durch nichts von seiner Aufgabe ablenken, aber wie alle Fae liebte auch Nolan das Feiern, und wo es Musik gab, tanzten oft die Fae, ohne von den Menschen wahrgenommen zu werden.

„Es sind die Wasser-Fae." Erneut warf Callum Nolan einen grimmigen Blick zu. Sein Inneres drehte sich. Die Wasser-Fae waren die Fraktion der Elementaren, für die Nolan verantwortlich war. Es war seine Aufgabe, sich um ihre Belange und Bedürfnisse zu kümmern. Irgendetwas, wahrscheinlich die Domnua, hatten die Wasser-Fae dazu gebracht, zu rebellieren.

„Seid Ihr sicher?", fragte Nolan mit scharfem Ton.

„Ja, natürlich bin ich mir sicher."

„Sir, ich habe mich erst diese Woche mit dem Anführer getroffen", sagte Nolan.

„Und was war das Ergebnis dieses Treffens?"

„Ich habe die Wasser-Fae in ihrem Revier getroffen – in ihrer geschützten Höhle in den Tiefen des Meeres. Ich war recht zuversichtlich, dass wir das Treffen mit gegenseitigem Respekt und Verständnis beenden würden. Sie haben mir einige Anliegen vorgetragen, um die ich mich kümmern sollte, und eines davon habe ich bereits in die Tat umgesetzt."

„Worum ging es?", fragte Callum, seine Finger fest um das Whiskeyglas gepresst. Der Rest des Tisches hörte schweigend zu. Die Augen hüpften zwischen Callum und Nolan hin und her, als würden sie ein Tennismatch beobachten.

„Sie wollten, dass die Route der menschlichen Frachtschiffe leicht umgeleitet wird, da sie zu nahe an ihren Kinderstuben im Seetang vorbeiführt. Ich habe die Strömungen des Ozeans so angepasst, dass die Schiffe einen größeren Bogen um dieses Gebiet machen müssen." Nolan war stolz auf diese besondere Leistung, denn sie erforderte ein ausgeklügeltes Management der natürlichen Elemente, ganz zu schweigen von der Anpassung menschlichen Verhaltens, ohne dass sie sich dessen bewusst wurden. Er war auch zufrieden, dass er den Wasser-Fae schnell hatte helfen können, so dass sie verstanden, dass er als Vertreter für ihre Anliegen auf den höheren Ebenen des Feenhofes für sie einstand.

„Und das ist alles? Es ist nichts weiter bei diesem Treffen vorgefallen? Irgendetwas Ungewöhnliches?"

„Nein, Sir. Es war eines unserer besseren Treffen. Ehrlich gesagt war ich davon überrascht. Ich war mit dem Ergebnis unserer Verhandlungen recht zufrieden, und es hatte sich so angehört, als wären es die Ältesten auch. Könnt Ihr mir sagen, was passiert ist?" Nolan nahm einen vorsichtigen Schluck von seinem Whiskey, die Flüssigkeit brannte eine heiße Spur in seinen Magen.

„Ich habe Lily nur kurz verlassen." Callums Stimme klang rau, seine Augen waren gequält. „Ich hatte ihr versprochen, ein Feuer zu machen, wie es die Menschen tun." Callum fuchtelte mit der Hand in der Luft herum. „Du weißt schon, mit Holz, Flamme und Zunder ... dieser ganze Unsinn. Sie wollte sehen, ob ich die Geduld aufbringe, es ohne meine Magie zu versuchen, verstehst du? Es war ein Spiel. Wir hatten Spaß... und lachten. Ich ging hinaus in den Sturm, um das Feuerholz aus dem Schuppen zu holen. Sie... sie stand in der Tür, ein kleines Stück weit im Regen, und lachte mich aus, weil sie mich bei körperlicher Arbeit sah."

Bianca sah aus, als wollte sie eine Bemerkung machen, wahrscheinlich darüber, dass Feuermachen eigentlich keine körperliche Arbeit sei, aber sie hielt den Mund, als Seamus sie kurz am Arm berührte.

„Als ich zurückkam ... das Holz in meinen Armen ... war sie verschwunden." Callum schlug mit der Faust auf den Tisch und ein Blitz erhellte den Himmel vor dem Pub. Innerhalb von Sekunden folgte ein Donner, der den Raum mit seinem Zorn erschütterte. „Die Tür stand weit offen. Und ... da war nur das hier."

Callum zog ein Stück Pergamentpapier hervor und legte es auf den Tisch. Nolan beugte sich vor, ohne es zu berühren – Feen-Magie konnte heikel sein – und las die Worte.

Wir tauschen Liebe gegen Liebe. Ihr habt unsere Macht gestohlen. Jetzt stehlen wir Euer Herz.

Unter den Worten befand sich die Skizze eines Talismans, in den ein verschlungener keltischer Knoten graviert war. Es war eine Zeichnung des Amuletts der Wasser-Fae, das in den falschen Händen unvorstellbar mächtig war und nur vom Anführer der Wasser-Fae getragen wurde. Jede Fraktion der Elementar-Fae hatte einen höchsten Talisman wie das Amulett, und der Anführer trug es immer bei sich, damit es nicht gestohlen und für Unrecht verwendet werden konnte. Panik überkam Nolan, als er Callums Blick begegnete.

„Das Amulett. Es ist verschwunden."

„Ja, und sie denken, *wir* hätten es gestohlen."

KAPITEL DREI

D ie Liebe ist ein Ozean, der mächtig und heilend ist.
Das Lied trieb über das Wasser zu ihr, und
Ärger, gemischt mit einer gesunden Dosis Angst, durch-
zuckte Imogen. Es war dasselbe Lied, das sie ungewollt
gesungen hatte, als sie durch die Straßen des Dorfes
geschlendert war. Jetzt, da der Sturm seine Wut über dem
Hafen entlud, zog sich ein Faden der Angst durch Imogen.
Vielleicht hätte sie nicht hierher kommen sollen.

Imogen ging zum Fenster ihres Bootes und schaute
hinaus, wo Blitze die grauen Wolken erhellten, die schwere
Regenströme ausspuckten. Das Meer tobte, die Wellen
schlugen gegen den Rumpf, und Imogen verschloss die
Augen vor der Gestalt, die sie im Wasser sah.

Sie erinnerte sich noch genau an das erste Mal, als ihre
Mutter Shauna sie mit aufs Meer genommen hatte. Imogen
war kaum groß genug gewesen, um über die dicke Steinmauer zu gucken, die den kleinen Hafen des Dorfes säumte,
aber sie hatte sofort das Gefühl gehabt, dass das Wasser sie
zu Hause willkommen hieß. Erst nachdem ihre Mutter

Süßigkeiten versprochen hatte, war Imogen vom Wasser weggekommen. Aber nicht bevor sie ein Gesicht gesehen hatte, das sie aus den Wellen angrinste, die sanft über die algenbewachsenen Felsen plätscherten.

„Mama, warum lächelt mich das Wasser an?"

„Sei still jetzt, Imogen. Das bildest du dir nur ein." Der Griff ihrer Mutter war eisern geworden, und sie hatte Imogen mit zielstrebiger Entschlossenheit von der Mauer weggezerrt.

„Aber ... ich habe ...", protestierte Imogen und schob trotzig ihre Lippe vor, während sie versuchte, sich auf die Fersen zu setzen. Zum ersten Mal überhaupt drehte sich Shauna nach ihr um und holte mit der Hand aus. Aber Imogen hatte sich vor Schreck geduckt, und der Schlag hatte sie nicht getroffen. Ihre Mutter hatte sich wieder beruhigt, war dann vor Imogen in die Hocke gegangen und hatte die Arme ihrer Tochter fest gepackt.

„Hör mir zu, Imogen. Wenn du dir auch nur eine Sache merken solltest, dann merke dir das." Sie schüttelte ihre Tochter ein wenig, um ihren Worten Nachdruck zu verleihen. „Sprich nicht über das, was du im Wasser siehst. Niemals."

„Aber ..." Imogens Unterlippe zitterte, und ihr Magen drehte sich bei dem furchteinflößenden Blick ihrer Mutter. „Da ist ein Mann..."

„Schluss. Sofort. Sprich nicht darüber. Sprich mit niemandem darüber. Hast du mich verstanden?" Wieder ein Schütteln. „Hörst du? Du wirst dein Leben ruinieren, wenn du es tust."

Tränen hatten Imogens Augen gefüllt. Sie konnte nicht verstehen, warum sie Ärger bekommen hatte.

Dann hatte ihre Mutter sie die Straße hinaufgeschleppt und sich geweigert, Imogens Tränen zu trocknen oder weitere Fragen zuzulassen. Sie hatte Imogen den restlichen Tag mit Schweigen bestraft – eine neue Erfahrung für das kleine Mädchen – und diese Episode hatte sich in Imogens Gedächtnis eingebrannt.

Es war nicht das letzte Mal, dass sie ähnliche Gesichter im Wasser gesehen hatte, oh nein, ganz zu schweigen von zahlreichen anderen unerklärlichen Dingen. Während ihrer Teenagerjahre, als sie rebellisch wurde, hatte Imogen das Thema noch ein weiteres Mal mit ihrer Mutter angesprochen. In dieser Nacht hatte Shauna das getan, worauf sie noch verzichtet hatte, als Imogen jünger war, und Imogen war am nächsten Morgen mit einem blauen Auge und in einem leeren Haus aufgewacht. Ihre Mutter kehrte wochenlang nicht zurück, und Imogen musste sich selbst um die Schule kümmern und ihre Mahlzeiten zubereiten. Als Shauna schließlich zurückkam, ohne jede Entschuldigung, hatte sich Imogen vorgenommen, niemals wieder über das zu sprechen, was Shauna als Imogens Wahnvorstellungen bezeichnete.

Denn das war natürlich die einzige Erklärung für die Wesen, die sie sah und die mit Leichtigkeit durch das Wasser glitten. Oder für die Farben, die um die Menschen herumtanzten, wenn sie sie zum ersten Mal traf. Oder dass sie oft in der Lage war, die natürliche Welt zu kontrollieren – scheinbar mit nichts weiter als ihren Gedanken. Nein, über dieses letzte Detail wollte sie *definitiv* nicht länger nachdenken. Imogen hatte jahrelang mit dem Schmerz der Zurückweisung durch ihre labile Mutter zu kämpfen gehabt, und eine ihrer größten Ängste war, dass sie Shauna langsam in den Wahnsinn folgen würde.

Ein weiteres leises Donnergrollen jagte ihr einen Schauer über den Rücken. Imogen wandte sich vom Fenster ab und wickelte ihren Zopf um den Finger. Als junges Mädchen hatte sie sich angewöhnt, an ihren Zöpfen zu zerren, wenn sie sich unwohl fühlte oder versuchte, Ruhe zu bewahren. Imogen ging in der Kombüse auf und ab – vier Schritte vor und vier zurück – und konnte sich nicht beruhigen. Anspannung durchfuhr ihren Körper, und ihre Haut fühlte sich elektrisch an, wie der Blitz, der die dunklen Wolken über dem kleinen Dorf Grace's Cove durchzuckte.

Sie hatte das Boot heute Abend für sich allein, da sich ihre Crew wahrscheinlich im Dorf unter die Leute mischen würde, was Imogen selbst nur selten tat. Stattdessen hatte sie geplant, das Marketingkonzept für ihre Charterfahrten zu überarbeiten. Diese Saison musste gut laufen, denn in ein oder zwei Jahren sollte ihr Boot hoffentlich endlich ihr eigenes sein und nicht zum Teil der Bank gehören. Ihr drehte sich immer noch der Magen um, wenn sie daran dachte, wie viel Geld sie sich hatte leihen müssen, um ihr eigenes Boot zu kaufen – ein gebrauchtes Aqualine House-boat –, aber mit viel harter Arbeit und der weitgehenden Vernachlässigung von allem, was man ein soziales Leben hätte nennen können, näherte sich Imogen endlich dem Tag, an dem sie wieder Durchatmen konnte. Wenn alles nach Plan verlief, würde sie in fünf Jahren in der Lage sein, etwas für sich auf die hohe Kante zu legen und sich vielleicht sogar eine Auszeit zu gönnen.

Ein Bild von sonnigem Himmel und tropischen Gewässern tauchte in Imogens Kopf auf, und sie lächelte bei dem Gedanken an den Traumurlaub, den sie sich versprochen hatte, sobald sie ihren Kredit endlich abbezahlt hatte. Sie würde sich den kleinsten Bikini anziehen, den sie finden konnte, den größten und lächerlichsten schaumigen Cocktail bestellen – vielleicht einen von denen, die in einer Kokosnuss mit einem kleinen Schirmchen serviert wurden – und irgendwo an einem tropischen Strand in der Sonne entspannen. Allerdings auch nicht *zu* lange in der Sonne, denn ihre helle irische Haut würde in Sekundenschnelle verbrennen. Imogen fügte in Gedanken einen breiten Strohhut zu ihrem Traumbild hinzu.

Die *Mystic Pirate* war ihr Baby und alles, was sie von der Welt kannte. Harte Arbeit und lange Tage waren für sie die Norm, und Imogen fragte sich kurz, ob sie überhaupt wusste, *wie* man sich entspannte. Höchstwahrscheinlich saß sie an diesem tropischen Strand zehn Minuten lang still und sprang dann auf, um ins Wasser zu rennen oder um... irgendetwas zu tun. Egal was. Müßiggang war kein Geschenk, das jemand wie sie leicht annehmen konnte.

Imogen warf noch einmal einen Blick zum Fenster, bevor sie beschloss, in ihr Kapitänsquartier zurückzukehren. Es hörte sich luxuriöser an, als es war, denn der Raum war kaum größer als die Kombüse, die sie gerade verlassen hatte. Aber er gehörte ihr, und sie musste ihn mit niemandem teilen, was auf einem Schiff wirklich ein Segen war. Obwohl Imogen all ihre Trinkgelder und Chartereinnahmen gespart und geknausert hatte, um sie wieder in das Boot zu stecken, hatte sie es dennoch geschafft, sich in ihrer Koje eine gemütliche Umgebung zu schaffen. Eine weiche, gewebte Wolldecke in den Farben der stürmischen See im

Morgengrauen bedeckte ihr ordentlich gemachtes Bett. Die Decke hatte sie vor Jahren auf einem Trödelmarkt erstanden, und sie machte Imogen auch heute noch glücklich. Weil sie einen Hang zur Romantik hatte, hatte Imogen auch ein paar glitzernde Lichter an einem Kupferdraht an der Zimmerdecke aufgehängt, die sanft leuchteten wie Sterne, die am Himmel funkelten. An den Wänden hingen ein paar stimmungsvolle Gemälde mit Meeresmotiven, die sie einem Straßenkünstler abgekauft hatte.

Imogen zog sich ein einfaches Oberteil und eine Schlafanzughose an, bevor sie die Wolldecke über sich zog und sich auf ihre Kissen gestützt aufsetzte. Sie entspannte sich sofort etwas und griff automatisch nach dem Goldring, der in der Schublade ihres Nachttisches lag, bevor sie ihren Laptop aufklappte. Der Ring aus abgenutztem und verwittertem Gold war mit einem facettierten Aquamarinstein besetzt, der fast genau der Farbe ihrer Augen entsprach. Es war das einzige Schmuckstück, das Imogen besaß. Auf eine seltsame Weise war der Ring zu einem Glücksbringer geworden, der sie stets daran erinnerte, dass sie ihr Schicksal in den eigenen Händen hatte. Sie trug ihn nie, denn Schmuck konnte sich verfangen und sie verletzten, wenn sie das Schiff leitete, aber jeden Abend vor dem Schlafengehen nahm Imogen ihn heraus und steckte ihn aus Gewohnheit an ihren Finger, während sie sich mit der Verwaltung ihres Unternehmens beschäftigte.

Es nahm wirklich kein Ende. Wenn sie nicht gerade E-Mails von Gästen beantwortete, kümmerte sie sich um die Belange der Besatzung, bestellte Ersatzteile für das Schiff oder aktualisierte ihre Lieferantenlisten. Die *Mystic Pirate* war zwar ihr geliebtes Baby, aber es war ein anspruchsvolles.

„Na, das ist doch mal schön zu sehen, oder?", murmelte Imogen vor sich hin, als sie eine kürzlich veröffentlichte Bewertung eines Gastes las, der vor einiger Zeit an einer Charterfahrt teilgenommen hatte. Die *Mystic Pirate* bot sowohl Tages- als auch Drei-Tages-Reisen für diejenigen an, die Irland vom Wasser aus erleben wollten. Sie war zwar nicht so glamourös wie einige der größeren Luxusyachten, auf denen die Gäste eine Woche lang die irische Küste im Schoß des Luxus erkunden konnten, aber Imogen war stolz darauf, dies durch eine hervorragende Kundenbetreuung wettmachen zu können.

Bei Tagesausflügen zu den Cliffs of Moher konnte Imogen bis zu fünfzehn Passagiere auf dem Boot mitnehmen und ihnen eine mit Liebe zubereitete irische Mahlzeit, eine epische Erzählung über verschiedene Mythen und Legenden, die sich um die berühmten Klippen rankten, und sogar eine richtige Whiskey-Verkostung für diejenigen, die in der Stimmung waren, anbieten. Für längere Chartertouren verfügte Imogen über vier gut ausgestattete Kabinen, die ein privates Erlebnis für eine Gruppe von Freunden oder eine Familie ermöglichten, die die atemberaubende Aussicht auf Irland vom Wasser aus genießen wollte. Nein, ihr Schiff war nicht protzig – aber es gehörte ihr – und Imogen war stolz auf das, was sie geschaffen hatte.

Bei der Überprüfung des Buchungsplans stellte Imogen erfreut fest, dass in etwa einem Monat die Hochsaison beginnen würde und der Kalender für die Monate danach fest ausgebucht war. In den nächsten Wochen würde die Besatzung das Schiff aufrüsten oder reparieren und die

Mystic Pirate insgesamt auf Vordermann bringen, bis sie beinahe glänzte.

Ein Knistern von Hitze zuckte über ihre Handfläche. Imogen blickte auf ihren Ring und sah einen kurzen Lichtblitz, der von dem aquamarinfarbenen Stein ausging. Sie hielt inne und kontrollierte ihre Atmung, während ihr Herz zu rasen begann. Das war im Laufe der Jahre nur ein paar Mal passiert, und Imogen hatte keine vernünftige Erklärung dafür finden können, warum der Ring zu leuchten begonnen hatte. Wie üblich hatte sie es auf ihre lebhafte Fantasie oder Erschöpfung geschoben und versucht, das ungewöhnliche Erlebnis zu verdrängen.

Aber jetzt, seit sie in Grace's Cove angekommen war, hatte sich der Ring jede Nacht bei ihrer Berührung erwärmt. Imogen schob ihren Laptop beiseite und hielt sich den Ring vor das Gesicht. Ihr Magen drehte sich um, als das Unbehagen wieder einmal durch ihr Inneres tanzte. Irgendetwas lag in der Luft, entschied Imogen, denn die Energie fühlte sich seit ihrer Ankunft irgendwie merkwürdig an. Imogen vertraute auf ihren Instinkt, der durch die Jahre auf dem Wasser geschärft worden war, und machte sich eine gedankliche Notiz, dass sie morgen früh ihre Crew zusammenrufen und Grace's Cove verlassen würde. Nach der seltsamen Begegnung mit dem Mann auf der Straße und dem Sturm, der außerhalb des Bootes tobte, war Imogen zutiefst beunruhigt.

„Das wurde für dich hinterlassen."

Die Worte kamen ihr plötzlich in den Sinn, zusammen mit dem hageren Gesicht ihrer Mutter, so wie es immer geschah, wenn sie ihren Ring betrachtete. Ihre Mutter hatte ihn ihr zu ihrem sechzehnten Geburtstag geschenkt, als

Imogen ihre Koffer gepackt hatte, nachdem Shauna ihr die Tür geöffnet und sie eingeladen hatte, ihren eigenen Weg in der Welt zu gehen. Imogen nahm an, dass es Shaunas Geburtstagsgeschenk an sie gewesen war – Freiheit –, aber damals hatte es sich schrecklich angefühlt, rausgeschmissen zu werden. Kurz bevor sie die Tür erreicht hatte, hatte Shauna ihr den Ring überreicht. Einen Moment lang hatte sich Imogens Herz erwärmt, und sie hatte gedacht, ihre Mutter würde ihr etwas Bedeutungsvolles schenken.

Stattdessen trieften Shaunas Worte nur so vor Bitterkeit, als sie die kurze Erklärung abgab, bevor sie die Tür zu ihrem Haus fest vor Imogen verschloss. Damals hatte Imogen ihre Tränen unterdrückt und den Ring in ihre Tasche gesteckt. Sie wollte nicht wie eine Idiotin dastehen, während sie auf der Türschwelle ihres eigenen Hauses stand, mit ihren Taschen zu ihren Füßen.

Also tat sie, was sie in Zeiten der Not zu tun gelernt hatte – Imogen ging zum Wasser. Dort hatte sie sich als geschickte und fähige Hafenarbeiterin bewährt, und schon bald hatte Imogen die Chance bekommen, als Besatzungsmitglied auf das Meer hinauszufahren.

Seitdem hatte sie das Wasser nicht mehr verlassen.

KAPITEL VIER

Eisiger Regen prasselte auf Nolans Gesicht, als er der kleinen Gruppe über die regennasse Straße zu einer Wohnung folgte, die Cait ihnen zur Verfügung gestellt hatte. Nolan begrüßte den Schmerz, denn die Bissigkeit des Sturms schärfte seine Sinne und erhitzte die Magie in seinem Blut. Bereit für den Kampf, holte Nolan scharf Luft, als ein Mann – zweifellos einer der dunklen Fae – silbrig schimmernd am Ende der Straße auftauchte. Das breite Grinsen auf dem Gesicht des Feenmannes bestätigte Nolans Verdacht. Nolan hob die Hand, schöpfte Energie aus dem Sturm und richtete einen grellen Blitz auf den Domnua. Dieser war jedoch bereits verschwunden, nur die silbernen Fäden seines manischen Lachens hingen noch in der kalten Nachtluft.

„Was war das?" Callum wandte sich sofort an Nolan, der in dem kleinen Wohnzimmer der Wohnung umherging. Natürlich hatte der Prinz den Hauch von Feenmagie in der Luft spüren können.

„Domnua." Nolan spuckte das Wort aus, als hätte er

einen Bissen verdorbenen Essens zu sich genommen, und lehnte sich mit dem Rücken gegen die Tür. Bianca und Seamus atmeten beide scharf ein, da sie die Gefahr, die von den Domnua ausgehen konnte, sehr wohl kannten.

„Ich werde jeden einzelnen dieser rückgratlosen Bastarde töten", schwor Prinz Callum, während seine Hand bereits nach dem Dolch griff, der in seinem Hosenbund steckte. Obwohl der Dolch für den flüchtigen Betrachter unscheinbar aussah, enthielt er wilde und gewaltige Magie.

Die Domnua, auch bekannt als die dunklen oder bösen Fae, hatten Jahrhunderte lang versucht, Nolans Volk, den Danula, die Macht zu entreißen. Vor mehr als zwei Jahrzehnten wäre es ihnen beinahe gelungen, die legendären vier Schätze zu erobern – was ihnen freie Hand im heutigen Irland gegeben hätte –, aber glücklicherweise war es den guten Fae gelungen, die Schätze zu finden und die Domnua in ihr dunkles Reich zurückzutreiben.

Bis jetzt, so schien es.

„Ich dachte, die Domnua wären keine Bedrohung mehr? Nachdem wir den Fluch gebrochen und die magischen Schätze erobert hatten? War das nicht irgendwie der Sinn der Suche?", fragte Bianca mit zögerlicher Stimme. Obwohl Bianca technisch gesehen ein Mensch war, war sie in der großen Schlacht so nützlich gewesen, dass die guten Fae ihr etwas zusätzliche Magie verliehen hatten.

Der Königshof der Danula war der mächtigste aller Feenreiche. Es erfüllte Nolan mit Stolz, dass es ihm gelungen war, eine solche Spitzenposition am Königshof zu bekleiden. Er hatte dies durch Hingabe, unerschütterliche Loyalität und die Bereitschaft erreicht, den Prinzen auf sein Fehlverhalten anzusprechen, wenn sich Callum problematisch verhielt. Es war ein schmaler Grat, auf dem er sich bewegte, aber er hatte es meisterhaft gemacht, und jetzt war er hin- und hergerissen zwischen der Wut auf die Domnua und der Sorge um die große Liebe des Prinzen.

„Wollt Ihr, dass ich ein Treffen mit den anderen Beratern des königlichen Hofes einberufe?", fragte Nolan. Callum ging auf und ab, während er über Nolans Frage nachdachte.

„Wie viele Berater gibt es?" Bianca, die wie immer neugierig war, meldete sich zu Wort.

„Wir haben viele Berater", sagte Nolan, wobei sein Blick den Prinzen nicht aus den Augen ließ. „Die höchsten sind jedoch solche wie ich, die die verschiedenen Gruppierungen der Elementaren überwachen. So sind wir in der Lage, die natürliche Ordnung der Welt aufrechtzuerhalten, ohne dass die Menschen etwas davon mitbekommen."

Biancas Augen weiteten sich. Sie presste die Lippen zusammen und hielt sich mit weiteren Fragen zurück, während sie über seine Worte nachdachte.

„Ich weiß nicht viel über die Elementaren", sagte Bianca schließlich. „Ich kenne die Fae eigentlich nur von der Suche nach den vier Schätzen. Aber ich will nicht lügen – beim Gedanken an die Domnua bekomme ich ein mulmiges Gefühl."

„Und das zu Recht, mein Liebling." Seamus fuhr mit einer Hand über Biancas Arm. Auch er stand aufmerksam neben dem Sofa, auf dem Bianca saß. „Sie haben mehr als einmal versucht, dich zu töten."

„Sie haben mich unterschätzt", sagte Bianca und ein schelmisches Grinsen legte sich über ihr fröhliches, schönes Gesicht. Nolan revidierte seine Meinung über sie und stufte

sie von einer potenziellen Hilfe zu einer echten Bereiche-
rung hoch. Sie würde mit ihnen kommen, wohin auch
immer sie gehen mussten.

„Wie können wir hier einfach herumsitzen und..."
Callum hob die Hand mit dem Dolch und fuchtelte im
Raum herum, sein Gesicht von Wut gezeichnet.

„Weil sie *wollen*, dass Ihr blindlings durch die Nacht
rennt, um sie zu suchen. Es ist eine Falle, und zwar eine
clevere. Sie sind nicht hinter Lily her, Callum. Sie sind
hinter Euch her." Nolans Worte ließen Callum innehalten.
Dieser atmete mehrmals tief durch, den Blick auf Nolan
gerichtet. Unbehagen kribbelte auf Nolans Haut, während
er auf Callums Antwort wartete.

„Warum gerade jetzt?" Seamus trat vor. „Es ist noch gar
nicht so lange her, zumindest in Feen-Zeitrechnung, dass
wir sie verbannt haben. Wie sind sie bereits in der Lage,
diesen Schritt zu machen?"

„Nun...", sagte Bianca und alle Männer blickten sie an.
Ihre Augenbrauen schossen nach oben und sie blinzelte den
wütenden Prinzen an. „Ähm..."

„Sprich", forderte Callum.

„Ich versuche einfach mal wie diese einfältigen Fae, die
sie sind, zu denken, ja? Und, nun ja, dieser ganze Fluch mit
den vier Schätzen? Er zog sich über Jahrhunderte hin, nicht
wahr? Die dunklen Fae haben sich seit hunderten von
Jahren an die Hoffnung geklammert, dass sie eines Tages an
die Macht kommen würden. Und natürlich muss es qual-
voll sein, wenn sie verlieren, oder? Also denken sie im
Augenblick wahrscheinlich nicht mehr klar. Wart ihr jemals
so wütend, dass ihr euch einfach nur rächen wolltet? Habt
ihr innegehalten, um euch zu beklagen oder einen besseren

Plan auszuhecken? Bestimmt, und ich denke, das ist es, was gerade passiert, oder? Wenn ich sie wäre…" Bianca brach ab, strich sich eine blonde Haarsträhne hinters Ohr und blinzelte zu den Männern auf, die sie alle anstarrten.

„Sprich weiter", befahl Callum. Wenigstens hörte er mal zu, wie Nolan feststellte.

„Ich schätze, wenn ich nicht direkt gegen den Königshof zurückschlagen könnte… Schließlich haben wir ihnen übel den Hintern versohlt, nicht wahr? Ich würde wahrscheinlich auf andere Weise für Aufruhr sorgen, bis ich wieder eine Chance sehe. Man sucht schließlich nach einer Schwachstelle in der Rüstung, oder?"

„Was meinst du damit, für Aufruhr sorgen?" Callum war direkt vor Bianca stehen geblieben, die Hände in die Hüften gestemmt, und starrte auf sie herab. Nolan sah, wie sie bei der Intensität des Blicks des Prinzen schluckte, aber er rechnete es ihr hoch an, dass sie weitersprach.

„Also, ich denke, es ist vielleicht so… die Elementaren haben eine geringere Stellung, wie Ihr gesagt habt, richtig?"

„Sie sind für unser Königreich trotzdem von entscheidender Bedeutung", sagte Callum automatisch.

„Klar, sicher. Ich wollte nicht sagen, dass …" Bianca blickte kurz zu Seamus, der ihr aufmunternd zunickte. „Was ich meine, ist… sie haben weniger Macht. Für mich hört es sich so an, als ob Euer Königshof die Elementaren beaufsichtigt, sich aber auch um sie kümmert, richtig?"

„Das stimmt. Wir kümmern uns um ihre Belange und bieten ihnen Unterstützung an, je nachdem, welche Probleme sie haben. Außerdem bieten wir ihnen Schutz und Fürsorge", sagte Callum.

„Aber … technisch gesehen habt Ihr immer noch die

größere Macht. Ihr könntet sie davon abhalten, etwas zu tun, was sie tun wollen. Oder Regeln für sie aufstellen. Restriktionen. Sie können nicht völlig frei herumlaufen, nicht wahr?", fuhr Bianca fort.

„Das ist richtig. Obwohl wir ein gewisses Maß an Autonomie und Gedankenfreiheit zwischen allen Fraktionen der Feenwelt schätzen, gibt es einige Regeln, an die sich die Elementaren halten müssen. Wenn auch nur, um die natürliche Ordnung der Dinge nicht zu stören."

„Richtig, also... nehmen wir an, ich möchte dieses Gleichgewicht stören. Ich würde wahrscheinlich ..." Bianca tippte mit einem hübschen rosa Nagel gegen ihren Mund. „Nun, ich würde wahrscheinlich anfangen, die Elementaren gegeneinander auszuspielen, aber vielleicht auch gegen den Königshof. Ich würde versuchen, die Fraktionen gegeneinander aufzuhetzen. Ihr wisst schon... wie zum Beispiel die Feuer-Fae.... Gibt es Feuer-Fae?" Bianca drehte sich fragend zu Seamus, der ihr zunickte.

„Ja, Liebes, die gibt es."

„Nun, dann würde ich vielleicht Lügen erfinden und sagen, dass die Feuer-Fae besser behandelt werden. Oder bessere Regeln haben. Oder Geschenke bekommen. Oder was auch immer es sein mag." Bianca wedelte mit einer Hand in der Luft. „Dann, sobald ich eine gewisse Unzufriedenheit zwischen allen Gruppen geschaffen habe, würde ich anfangen, ihre Angst auf Euch zu lenken, das heißt, auf den königlichen Hof", Bianca schluckte wieder. „Ein klassischer Schachzug, nicht wahr? Falls es so ist, dass die dunklen Fae einen Aufstand anzetteln wollen. Es ist einfacher, eine Spaltung herbeizuführen, das Königreich durcheinanderzubringen, und dann, wenn sich der

Staub gelegt hat, die Elementaren zu vereinen, um sich gegen ein vermeintliches, gemeinsames Übel zu vereinen – Euch."

„Mist", fluchte Callum und drehte sich um, um weiter auf und abzugehen.

„Es sei denn, sie schaffen es, zuerst Euch anzugreifen. Insofern das ihr Ziel ist. Wenn dem so ist, werden sie Euch dort treffen, wo Ihr verwundbar seid. Und das wäre... Lily", sagte Bianca in sanftem Ton.

Deshalb war es so wichtig, sich niemals zu verlieben, dachte Nolan bei sich. Liebe vernebelt die Gedanken eines Menschen. Nolan konnte es sich nicht leisten, sich ablenken zu lassen, und deshalb hatte er noch nie mehr als ein paar Nächte mit einer Geliebten verbracht. Er hatte schon mehr als einen Feenmann gesehen, der seinen Verstand verlor, sobald er seine Gefährtin gefunden hatte. Vielleicht war es auch nicht so schlimm, wenn es einigen passierte, aber er musste einen klaren Kopf behalten, wenn er den Prinzen beschützen wollte.

„Was denkst du darüber?" Callum drehte sich um und ging zu Nolan hinüber. „Du bist sehr still gewesen."

„Ich bin genauso überrascht wie Ihr, Callum. Ich höre zu und denke über alles nach. Denn trotz des Ernstes der Lage dürfen wir nicht voreilig sein. Ich gehe davon aus, dass die Domnua dahinterstecken – denn ich habe gerade einen der dunklen Fae draußen gesehen. Das heißt, sie machen Ärger und du weißt, wenn sie so etwas tun, ist deine Familie das Ziel. Was bedeutet, dass wir klug vorgehen müssen. Wenn wir uns bewegen, dann müssen wir uns schützen. In den Sturm zu rennen, ohne die Richtung zu kennen, ist töricht."

„Ich kann nicht einfach hier herumsitzen", spuckte Callum aus.

„Ihr seid keine Hilfe für Lily, wenn Ihr tot seid", sagte Nolan in ruhigem Ton, und wartete ab, wie der Prinz mit seiner Antwort umgehen würde. Blitze durchzuckten den Nachthimmel. Der Donner folgte kurz danach und ließ die Fenster des Gebäudes erzittern.

„Cait wird furchtbar wütend sein...", flüsterte Bianca zu Seamus, der lächelnd ihren Arm drückte.

„Wartet!" Callums Kopf schoss nach oben und er hielt seine Hände an die Decke. Sofort legte sich der Sturm, und der Prinz schritt zum Fenster und starrte hinaus in die Dunkelheit.

„Was..." Nolan verschluckte sich an seinen Worten, als der Prinz ihm einen hitzigen Blick über die Schulter zuwarf.

„Sie ruft nach mir. Ich kann sie in meinem Kopf hören. Sie singt unser Lied..." Callum schloss die Augen, und zum ersten Mal sah Nolan die Angst, die sich in sein Gesicht eingegraben hatte. Die Hand des Prinzen umschloss den Dolch fester.

„Könnt Ihr sie aufspüren? Wenn sie singt?", fragte Nolan, seine Stimme war sanft. Seine Gedanken tanzten zu der Frau mit den verhexten Augen und ihrem Lied von vorhin. War sie eine Falle der Domnua, um ihn abzulenken? Er war auf der Suche nach ihr fast durch das ganze Dorf gerannt.

„Ja, ich glaube, ich kann Lily aufspüren. Wir werden ein Schiff brauchen." Callum drehte sich um und sah zwischen Seamus und Bianca hin und her. „Sie ist hier. In dieser Welt. Sie haben sie noch nicht in ihr Reich gebracht."

„Ein Schiff? Aber warum? Ist es nicht gefährlich, auf

den Ozean hinauszufahren, wo die Wasser-Fae diejenigen sind, die..." Bianca schluckte, als Callum sich zu ihr umdrehte. Seamus stellte sich vor seine Liebe. Obwohl er schlaksig gebaut war, hatte er ein ruhiges Selbstvertrauen, das Nolan beeindruckte.

„Sie würden nicht erwarten, dass wir zu Wasser gehen. Genau aus diesem Grund", sagte Callum und sah auf, als es leise an der Tür klopfte.

„Essen und Trinken." Caits Stimme drang durch die Tür und Nolan ging zur Seite. Er öffnete die Tür einen Spalt breit und spähte in den Flur, bevor er sie mit ihrem Tablett durchwinkte. „Ich weiß es wirklich zu schätzen, dass Ihr dem Sturm Einhalt geboten habt, Callum."

„Cait, wir werden Vorräte brauchen. Und ein Boot", sagte Nolan, dem die zierliche Barkeeperin in den letzten Wochen ans Herz gewachsen war. Sie war eine Frau der Tat, die gedankenschnell war und ein starkes Rückgrat hatte.

„Ja, natürlich. Das mit dem Boot könnte etwas schwierig werden, aber ich fange sofort an, mich umzuhören. In der Zwischenzeit kann ich euch innerhalb einer Stunde Essenspakete zusammenstellen und zur Abreise fertig machen. Passt das?"

„Wir können nicht tagelang auf ein Boot warten", sagte Callum. „Aber wir nehmen die Lunchpakete mit."

„Was habt Ihr vor?", fragte Nolan.

„Überlasse mir das mit dem Boot." Callums Lächeln wirkte im warmen Licht des Wohnzimmers gefährlich. Für einen kurzen Moment fragte sich Nolan, wie es wohl wäre, jemanden mit einer derartigen Intensität zu lieben. Er wischte den Gedanken beiseite, drehte sich zu Cait um und nahm ihr das Tablett ab.

„Wir werden die Essenspakete gerne annehmen. Je eher, desto besser, denn ich glaube nicht, dass wir Callum noch lange hierbehalten können."

„Man kann ihm keine Vorwürfe machen. Lily ist etwas Besonderes. Ihr werdet sie sicher nach Hause bringen." Caits Worte waren für Nolan bestimmt und er lächelte sie kurz an.

„Ja, wir werden sie nach Hause bringen."

KAPITEL FÜNF

Imogen setzte sich in ihrer Koje auf und blinzelte sich den Schlaf aus den Augen, während ihr Gehirn versuchte, sich von den seidenen Fäden ihres Traums zu lösen. Ihr Herz hämmerte in ihrer Brust und Schweiß benetzte ihre Stirn. Es war derselbe Traum, den sie nun schon seit Jahren hatte, und er ließ sie immer, *immer,* tief verunsichert zurück und stellte die Realität in Frage.

Es war der Mann aus dem Wasser. Jedes Mal. Er war furchterregend und bezaubernd zugleich und besuchte sie in ihren Träumen, und obwohl der Traum jedes Mal anders war, war die Botschaft immer dieselbe.

Komm zu mir.

Der Mann winkte ihr zu, so wie er es immer tat, wenn Imogen ihn unter der Oberfläche des Ozeans gleiten sah. Aber in ihren Träumen war der Drang, sich ihm anzuschließen, noch viel stärker. Es war, als ob er die Antworten auf die größten Fragen ihres Lebens in sich trug. Und alles, was sie tun musste, war, unter die Wasseroberfläche zu tauchen und sich ihm anzuschließen. Eigentlich beängstigend, wenn sie zu lange darüber nachdachte, denn selbst Imogen wusste, dass der Sprung ins eiskalte Meer in einer stürmischen Winternacht ein Rezept für den sicheren Tod war.

Aber dieses Mal? Der Traum war anders gewesen.

Diesmal hatte er sie nicht nur gebeten, sich ihm anzuschließen, oh nein. Dieses Mal hatte er sich in den Finger geschnitten und ihn hochgehalten, damit sie ihn sehen konnte. Ein Rinnsal leuchtenden, bläulich-roten Blutes war an seinem perlmutt-weißen Finger hinuntergeflossen, währen das Grinsen des Mannes breiter wurde.

Mein Blut. Du gehörst zu mir.

Es war dieser Moment, der Imogen erschüttert hatte, und sie war in ihrem Bett aufgeschreckt. Ihre Brust hob sich, während sie nach Luft schnappte. Sie dachte, dieser Mann könnte ihr Vater sein. Und was für ein dummer Gedanke es doch war. Aber Imogen nahm an, dass, wenn jemand nie eine Vaterfigur gehabt hatte, vielleicht alles in ihren Träumen als eine solche gedeutet werden konnte. Hatte sie einen Vater-Komplex? Imogen lachte in sich hinein und versuchte, das unbehagliche Gefühl abzuschütteln, das der Traum in ihr hinterlassen hatte.

Irgendetwas ... sie war sich nicht sicher, was ... ließ ihr Kinn hochschnellen und sie legte ihren Kopf schief. Eine Sekunde lang blieb sie regungslos, während sie ihre Atmung wieder in den Griff bekam. Ein sanftes Leuchten drang aus dem Spalt ihrer Nachttischschublade. Imogen betrachtete das Licht verwirrt. Sie hörte keine Geräusche oder irgendetwas Ungewöhnliches, und doch schimmerte das Licht sanft aus der Schublade.

Nun, das war neu, dachte Imogen, als sie die Schublade vorsichtig aufzog und auf den aquamarinfarbenen Ring hinunterblickte. Tatsächlich leuchtete er schwach – wie ein Nachtlicht im Schlafzimmer eines Kleinkindes – aber mit deutlich weniger beruhigender Wirkung. Das Licht fühlte sich wie eine Warnung an, und Angst durchströmte sie, so dass sich in Imogens Nacken ein Knoten der Anspannung bildete. Das Boot schaukelte leise an seinem Liegeplatz, der Sturm hatte sich gelegt, und es schien nichts Ungewöhnliches im Gange zu sein.

Und doch...

Imogen stand auf und ließ den Ring liegen, wo er war. Sie griff nach dem Messer, das daneben lag. Es war eines ihrer Lieblingsmesser, das gut in ihrer Hand lag, und sie hatte es fast immer bei sich. Es war nicht nur auf dem Schiff für allerlei Wartungsarbeiten nützlich, Imogen hatte im Laufe der Jahre auch ihre Fähigkeiten im Messerwerfen verfeinert. Es gab viele langweilige Abende, an denen sie und ihre Mannschaft Zerstreuung suchten, während sie im Hafen lagen. Allerdings hatte Imogen das Werfen von Messern an Bord untersagt, weil sie den Preis von Teakholz kannte. Dank dieser Fähigkeiten und mehrerer Selbstverteidigungskurse, die sich für Imogen im Laufe der Jahre mehr als einmal als nützlich erwiesen hatten, fühlte sie sich in der Lage, sich selbst zu verteidigen. Deshalb machte es ihr auch nie etwas aus, allein auf ihrem Boot zu schlafen.

Sie erinnerte sich noch an die Frau des allerersten Lagerhausleiters, der ihr einen Job als Aushilfe beim Entladen von Frachtschiffen verschafft hatte. Die Frau hatte bei ihren geschönten Bewerbungsunterlagen, die sie für älter erklärten, als sie war, ein Auge zugedrückt und sie unter ihre Fittiche genommen. Erster Punkt der Tagesordnung? Selbstverteidigungskurse. Obwohl die anderen Angestellten im Laufe der Zeit zu einer losen, wenn auch manchmal ungehobelten, Familie zusammengewachsen waren, hatte Imogen gelernt, dass nicht alle denselben Moralkodex befolgten. Sie hatte mehr als einen Mann überrascht, der weggehumpelt war, nachdem er ihre Grenzen ausgetestet hatte.

Vielleicht hatte sie bisher einfach Glück gehabt, dachte Imogen, als sie die Tür zu ihrer Kabine aufschob. Leise schlich sie durch das Steuerhaus, das nur vom schwachen Schein der Instrumente am Armaturenbrett erhellt wurde, und hielt an einer Tür mit einem kleinen Fenster inne, um in die Dunkelheit zu blicken. Auch von hier aus konnte sie nichts Außergewöhnliches erkennen, nur die funkelnden Lichter eines Dorfes, das zu schlafen schien. Sie beschloss, dass sie sich besser fühlen würde, wenn sie trotzdem die Umgebung überprüfte, öffnete die Tür und betrat das Deck.

Der kalte Wind schlug ihr auf die Haut, und Imogen bedauerte sofort, dass sie sich keinen Pullover über ihren Pyjama gezogen hatte. Die dünne Baumwolle schmiegte sich im Wind an ihren Körper, und ihre Brustwarzen stellten sich bei dem kalten Luftzug auf. Das Wetter ignorierend, schlich Imogen barfuß den Steg entlang, ihre Augen suchten schnell nach allem, was fehl am Platz war.

„Du solltest das Messer runternehmen."

Die warnenden Worte ließen sie herumschnellen. Bevor Imogen blinzeln konnte, war das Messer aus ihrer Hand und flog in die Richtung, aus der die Stimme gekommen war.

„Ich bin nicht in der Stimmung dafür." Der Mann, der im schwachen Schein des Hafenlichts zu erkennen war, schnappte sich das Messer aus der Luft und verstaute es ordentlich in seinem Ledermantel. Imogen erstarrte.

Kein normaler Mensch könnte sich so schnell bewegen. Er war es. Der Mann von der Straße an diesem Abend.

Ihr Puls raste. Der Mann – oder was auch immer es war – löste sofort zwei gegensätzliche Reaktionen in ihrem Körper aus. Die erste? Nun, es war die gleiche verdammte Reaktion wie zuvor. Imogen wollte das Boot überqueren und diesen Mann in einen heißen Kuss ziehen, sich um ihn wickeln und ihn vom Geschenk ihres Körpers kosten lassen. *Ja*, schien ihr Herz zu flüstern. *Geh zu ihm.* Es war die stärkste Reaktion, die sie je auf jemanden gehabt hatte, und Imogen keuchte gegen die verwirrenden Gefühle an, die sie durchströmten, während ihr Körper auf die Hitze in seinem Blick reagierte.

Das zweite Gefühl war natürlich Angst. Nicht nur, weil dieser Mann bedrohlich wirkte, sondern auch wegen des schwachen farbigen Schimmers, der sanft um ihn herum ausströmte. Imogen schluckte gegen die Trockenheit in ihrer Kehle an, und hob ihr Kinn.

„Du brauchst es mir nicht noch schwieriger zu machen." Der Mann, oder das göttliche Wesen, oder was auch immer er war, seufzte und fuhr sich mit einer Hand durch das dunkle Haar, das ihm fast bis zu den Schultern reichte. Er war gebaut wie ein Baum oder ein Berg, entschied Imogen und versuchte vorsichtig, ihre Chancen gegen seine Stärke abzuschätzen. Allerdings erinnerte sie sich daran, wie es sich angefühlt hatte, ihm zu begegnen. Er bestand nur aus Muskeln. Dicke Beine steckten in einer gut sitzenden Lederhose, und breite Schultern und Arme füllten die Jacke aus, die er trug. Arbeitsstiefel, ein markantes Kinn und ein *durchtriebenes* Glitzern in seinen Augen vervollständigten das Gesamtpaket aus tödlichem Selbstbewusstsein.

Die Wirkung der Macht, die von diesem Mann ausging, erschreckte Imogen, und doch...

Und doch.

Etwas in ihr erwachte, wollte ihn herausfordern, wollte ihn kennenlernen, wollte... nun, am besten schob sie diesen Gedanken beiseite. Nein, dieser Mann war eine Bedrohung, schlicht und einfach, und sie musste handeln. Und zwar schnell.

„Aber es liegt doch sicher nicht an mir, dass die Dinge gerade schwierig werden, oder? Es ist mein Schiff, und du hast dich eindeutig verirrt", sagte Imogen und trat einen Schritt zurück und zur Seite. Er tat es ihr gleich.

„Ich bin genau da, wo ich sein soll. Obwohl ich zugeben muss, dass ich nicht damit gerechnet habe, wieder auf dich zu treffen..." Seine raue Stimme jagte ihr einen Schauer über die Haut. Sie stellte sich seinen Mund an ihrem Hals vor, diese köstliche Stimme, die anzügliche Worte gegen ihre Haut flüsterte. Die Lust kochte in ihr hoch. Was war nur los mit ihr? Imogen riss die Augen auf, wütend auf sich selbst und auf diesen Mann, der ihr solche Gedanken in den Kopf setzte.

„Nun, da sind wir schon zwei", sagte Imogen und machte weitere Schritte von dem Mann weg. Er erwiderte ihre Bewegungen, schlich sich vorwärts und drängte Imogen zurück. Das Heck des Bootes war hinter ihr, und wenn sie nur noch ein paar Schritte machen würde, könnte sie schnell über die Bordwand und durch die Tür zum Maschinenraum verschwinden. Imogen kannte alle Gänge des Bootes, und er war sicherlich im Nachteil. Sie musste nur...

„Dafür haben wir keine Zeit, Nolan."

Imogen schnellte bei der wütenden Stimme, die von hinten kam, herum. Sofort erkannte sie ihren Fehler und trat zurück, als der Arm des ersten Mannes ihre Taille umfasste und sie fest an seine Brust zog. Es war, als würde sie gegen eine Steinmauer stoßen, und Imogen stieß einen kurzen Atemzug aus, bevor sie nach vorne taumelte und ihren Kopf nach hinten warf, um seine Nase mit ihrem Hinterkopf zu erwischen.

„Lass das." Der Mann fluchte leise, wich ihren Versuchen aus, ihm einen Kopfstoß zu verpassen, und hielt sie fest an seinen Körper gepresst, egal wie sehr sie versuchte, sich zu drehen und zu winden. Sie winkelte ihren Fuß an, trat nach hinten und versuchte, ihn zwischen den Beinen zu erwischen. Sie keuchte, als sich seine Schenkel um ihr Bein schlossen und sie festhielten. „Ich sagte ... hör auf. Du tust dir nur selbst weh."

„Da wäre ich mir nicht so sicher", stieß Imogen hervor und drehte sich zu ihm um, um ihn über ihre Schulter anzustarren.

Grau. Ein stürmisches, launisches, unmögliches Grau, das seine Augen waren. Imogen hielt inne, gefangen in seinem Blick, und er schien ebenso beeindruckt. Der Moment schwebte in der Luft, bevor Imogen einen Arm wegzog und ihren Ellbogen hart in seine Rippen stieß. Ein leises Keuchen entwich den Lippen des Mannes, aber sein Griff wurde nicht schwächer.

„Wir beschlagnahmen dein Boot." Der zweite Mann

starrte sie mit grimmigem Blick und befehlendem Tonfall an. „Aber du wirst es steuern."

„Den Teufel werde ich tun", sagte Imogen und blinzelte beim Anblick der gleichen violetten Farbe, die schwach um den zweiten Mann tanzte. War es das? Das endgültige Abgleiten in den Wahnsinn? Violett leuchtende Männer und Gesichter im Wasser ... Ringe, die aus ihrem Inneren leuchteten? Vielleicht war sie endgültig in eine Fantasiewelt abgedriftet und die reale Welt spielte keine Rolle mehr.

Der zweite Mann trat vor und ergriff mit seiner Hand ihr Kinn. Er hielt ihr Gesicht fest, während er seine Worte aussprach. Imogen hielt inne. Seine Augen ... nun, sie waren auf die schrecklichste aller Arten bezaubernd. Angst, Wut und Traurigkeit tanzten in ihnen, und eine uralte Macht – eine gegen die Imogen keine Chance haben würde – ließ sie vor dem Mann, der sie festhielt, zurückweichen.

„Du hast keine Wahl."

„Ich verstehe." Imogen hasste die Worte, aber ihr Überlebensinstinkt hatte sich gemeldet. Sie wusste, wie sie wusste, dass die Sonne im Osten aufging, dass sie der Mann vor ihr töten würde, wenn sie nicht seinem Willen entsprach. Imogen war eine Kämpferin, aber sie war auch nicht dumm.

„Du wirst mir also zu Diensten sein?", fragte der Mann, der ihr Kinn hielt.

„Vorerst", sagte Imogen.

„Nolan. Du wirst sie jede Minute im Auge behalten. Ich traue ihr nicht. Sie könnte Probleme machen."

„Und zurecht!" Diesmal war es eine Frauenstimme. Der Tonfall beruhigte Imogen sofort, und sie blickte an dem wütenden Mann vorbei zu einer hübschen blonden Frau, die ihr Schiff bestieg.

„Was um alles in der Welt macht ihr da?", fragte die Frau, scheinbar unbeeindruckt von der Entschlossenheit der beiden Männer, die Imogen gerade festhielten. „Glaubt ihr wirklich, dass es keine bessere Art und Weise zu fragen gibt, ob man ein Boot ausleihen darf? Schaut euch das arme Ding an ... sie ist halb bekleidet und wahrscheinlich verängstigt. Habt ihr sie aus dem Bett gezerrt? Es tut mir leid ..." Mit den letzten Worten wandte sich die Frau an sie und schob sich an dem wütenden Mann vorbei. Besorgte blaue Augen suchten ihre. „Ich bin Bianca und diese Herren ... nun, das erkläre ich später. Hat man dir gesagt, was hier vor sich geht?"

„Es sieht so aus, als würden sie mein Schiff beschlagnahmen, und ich soll ihre Kapitänin sein", stieß Imogen hervor und stemmte sich gegen den felsenfesten Griff um ihren Bauch. Morgen früh würde sie wahrscheinlich blaue Flecken haben.

„Ähm, nun. Tja, das ist technisch gesehen richtig. Aber es ist eine Rettungsmission, verstehst du? Dieser hier..." Bianca zeigte auf den zweiten Mann. „Sein Name ist Callum. Seine Verlobte wurde gekidnappt. Wir müssen sie suchen."

Imogens Augen weiteten sich. Der Frau schien es ernst zu sein, aber...

„Warum ruft ihr nicht einfach die Polizei? Das ist doch ein bisschen seltsam, oder?"

„Ähm, ja, das ist der Teil, der vielleicht ein bisschen mehr Erklärung braucht", gab Bianca zu. „Aber ... leider brauchen wir wirklich deine Hilfe. Die vermisste Frau ist ... sie ist eine Freundin von mir."

Bei Biancas Worten ging ein trauriger Blick über Callums Gesicht, und in diesem Moment traf Imogen ihre Entscheidung.

„Ja, ich werde helfen. Aber nur, weil du darum gebeten hast, Bianca. Und ich brauche eine Erklärung. Ich muss meine Crew wissen lassen, was los ist. Sie sind wie eine Familie für mich, verstehst du. Sie sind auf dem Weg zurück zum Boot..." Imogen brach ab, als Callum seinen Arm hob.

„Niemand sonst darf an Bord gehen!"

„Aha. Nun ..." Imogen sah Bianca an.

„Kannst du das Ding ohne die Besatzung fahren?", fragte Bianca.

„Das Ding heißt *Mystic Pirate*, und sie ist ein majestätisches und stolzes Schiff. Natürlich kann ich sie allein steuern. Aber das wird nicht einfach sein. Es ist wirklich am besten, wenn man eine Mannschaft hat..."

„Niemand sonst." Callum fluchte und ein Blitz zuckte über den Himmel.

„Ich muss meine Crew kontaktieren." Imogen hob eine Hand, um Callums Worte zu stoppen. „Ich kann sie nicht einfach ohne eine Erklärung hier lassen. Sie werden die Polizei schicken, um ebenfalls nach mir zu suchen. Es würde für sie keinen Sinn ergeben."

„Sie hat nicht Unrecht. Soll sie sie doch kontaktieren. Wenn ihr euch Sorgen macht, dass sie jemanden auf uns hetzt, können wir doch die Nachrichten lesen, die sie verschickt." Bianca sah zwischen den beiden massigen Männern hin und her.

Ein Schweißtropfen rann Imogen den Nacken hinunter, und die Teile ihres Körpers, die an Nolans gedrückt waren, waren heiß. Sie fragte sich, ob er ihre Reaktion auf ihn spüren konnte. Imogen hoffte es nicht. Denn so sehr sie es auch hasste, in seinen Armen gefangen zu sein – ihrer Libido schien es nichts auszumachen. Seine Stärke überwältigte und berauschte sie zugleich, und Imogen hatte plötzlich ein neues Verständnis für diese Captive-Liebesromane, die eine ihrer Mitarbeiterinnen so gern las.

„Wann können wir los?" Callum richtete die Frage an sie, und Imogen musste sich von den Gedanken an Nolan losreißen.

„Innerhalb einer Stunde. Ich muss die Triebwerke in Gang setzen, den Kurs berechnen, das Wetter prüfen..." Imogen sah zu Callum auf. „Wir kennen doch unseren Kurs, oder?"

„Wir werden es herausfinden."

„Großartig, einfach wunderbar." Imogen atmete aus und entfernte sich schnell von Nolan, als er sie schließlich losließ. Sie weigerte sich, sich umzudrehen und ihm in die Augen zu sehen, aus Angst davor, was sie darin sehen könnte, und wandte sich an Bianca. „Ich traue den beiden nicht. Aber ich vertraue dir. Versprich mir, dass mir nichts passiert."

„Ich kann dir versprechen, dass dir niemand von *uns* etwas antun wird", sagte Bianca.

„Wie viele sind wir?", forderte Imogen.

„Nur noch einer mehr!" Ein fröhliches Gesicht tauchte auf. Ein schlaksiger Mann mit rotem Haarschopf und einem strahlenden Lächeln tauchte auf.

„Das ist meiner. Finger weg", sagte Bianca und zwinkerte dem Neuankömmling frech zu.

„Keine Sorge", sagte Imogen. „Ich habe Männern für die absehbare Zukunft abgeschworen."

„Schade für dich." Bianca packte sie am Arm und zog sie an Callum vorbei. „Lass uns diese Nachrichten an deine Crew schicken und das Boot auf den Weg bringen, bevor Callum explodiert."

„Ich mag sie nicht." Imogen warf einen Blick über ihre Schulter und sah Nolan an. Seine Augen trafen die ihren und hielten sie fest. Eine Welle des Gewahrseins schwappte zwischen ihnen, bevor sich Imogen abwandte.

„Kann ich verstehen, aber im Moment gibt es mildernde Umstände. Vielleicht wirst du mit der Zeit sehen, dass sie gar nicht so übel sind", sagte Bianca.

„Da habe ich meine Zweifel."

KAPITEL SECHS

„Warum ziehst du dir nicht etwas an? Es ist ein bisschen kalt draußen", sagte Bianca.

„Ja, das werde ich." Imogens Gedanken überschlugen sich, während sie zur Tür ging, die ins Steuerhaus und durch dieses hindurch zu ihrer Kabine führte. Bianca folgte ihr und schaute sich in dem kleinen Raum um, als Imogen das Licht anknipste.

„Oh, du hast es aber schön hier. Gemütlicher als ich erwartet habe."

„Mehr brauche ich nicht." Imogen griff nach dem Wollpullover, der an einem Haken neben ihrer Tür hing, und zog ihn sich über den Kopf. Sie verzichtete darauf, einen BH anzuziehen. Obwohl sie in dieser Hinsicht gut ausgestattet war, fühlte sich Imogen einfach nicht wohl dabei, sich vor einer Fremden umzuziehen, obwohl Bianca ihr Bestes tat, um nett zu sein ... das war zumindest ihr Eindruck. Imogen hielt inne und sah zu der Frau hinüber. Vielleicht war das alles nur ein Trick – wie bei diesen Fernsehkrimis, bei denen es immer einen „guten" und einen

„bösen Bullen" gab. Die Männer waren die bösen Bullen, und wenn das nicht funktionierte, schickten sie Bianca, um den Weg zu ebnen. Sie verengte ihre Augen.

„Was?", fragte Bianca und neigte ihren Kopf fragend zu Imogen. Imogen musterte die Frau von oben bis unten. Unter anderen Umständen wäre sie ihr einfach als attraktive Mittfünfzigerin vorgekommen, die einen hellblauen Pullover, enganliegende Jeans und robuste Wanderschuhe trug. Sie hätte Imogens Mutter sein können, wenn Shauna sich gut ernährt und sich von ihren Lastern ferngehalten hätte.

„Ich versuche nur herauszufinden, ob du mich betrügst", gab Imogen zu, richtete sich auf und zog ihren Zopf aus dem Kragen ihres Pullovers.

„Klar, ich würde mich dasselbe fragen." Bianca nickte Imogen zustimmend zu. „Darf ich?" Bianca deutete auf das Bett und Imogen zuckte mit den Schultern.

„Ich habe Fragen."

„Das will ich hoffen", sagte Bianca, ließ sich auf dem Bett nieder und drehte sich zu den Bildern um, die an Imogens Wand geheftet waren. „Die sind schön."

Das lockerte die Spannung in Imogens Schultern etwas. Wenn die Frau sie als Bedrohung betrachtet hätte, hätte Bianca ihren Blick nie von Imogen abwenden können.

„Danke. Von einem Straßenkünstler, dem ich bei einem Spaziergang durch ein Dorf an der Küste begegnet bin." Imogen drehte sich um und schlüpfte aus ihrer Schlafanzughose in eine robuste Segeltuchhose, die den Wind abhalten würde, wenn sie an Deck war.

„Ich weiß nicht, wie viel Zeit ich haben werde, um deine Fragen zu beantworten, bevor Prinz ... ähm, ich

meine Callum, vorbeikommt und deine Tür aufbricht."
Schnell fügte Bianca hinzu: „Aber frag ruhig."

„Prinz?", fragte Imogen in scharfem Ton.

„Huch. Nun, wie gesagt ... wir haben nicht viel Zeit."
Ein kleines Lächeln schwebte über Biancas Lippen. „Und
das könnte ein Beispiel dafür sein, dass eine Frage zu
hundert weiteren führt."

„Sie sind keine Menschen, oder?" Imogen brachte es
auf den Punkt, und Bianca lehnte sich mit überraschtem
Gesicht zurück.

„Nun, das ist interessant. Wie kommst du darauf?"

Ein Anflug von Scham durchfuhr Imogen. Dumm,
schimpfte sie mit sich selbst. Dumm, dumm, dumm. Sie
wusste es besser, als über solche Dinge zu sprechen.

„Vergiss es." Imogen öffnete einen Schrank, warf ihre
Schlafanzughose hinein und knallte die Tür zu. „Ich muss
unsere Vorräte überprüfen und sehen, wie es mit dem
Treibstoff aussieht. Ich weiß nicht, wohin wir fahren und
wie lange wir unterwegs sein werden."

„Ich habe nicht gesagt, dass du falsch liegst."

Die Worte ließen sie innehalten, und Imogen blieb
einfach stehen, mit dem Rücken zu Bianca, und lehnte sich
nach vorne, bis ihre Stirn am kühlen Holz der Tür anlag.
Ihr Atem ging stoßweise, während sie Biancas Worte verar-
beitete.

„Was ... was meinst du damit?" Imogen räusperte sich
und wartete. Wartete auf die Worte, die vielleicht, nur vielleicht, bedeuten würden, dass sie nicht wirklich verrückt
wurde. Die ihr sagen würden, dass sie sich die Dinge, die sie
all die Jahre gesehen hatte, nicht eingebildet hatte. Dass es

vielleicht mehr in dieser Welt gab, als man zu wissen glaubte.

„Callum, also Prinz Callum... er ist der Prinz der Feen, auch bekannt als Fae."

Feen.

Das Wort schoss durch sie hindurch, ein Geschenk und ein Fluch zugleich. Imogen drehte sich um und starrte Bianca fassungslos an.

„Es ist viel auf einmal. Ich weiß." Bianca hob eine Hand und lachte. „Aber auch – irgendwie cool, oder? Es ist einfach faszinierend zu erfahren, dass all diese Mythen und Legenden immer schon der Wahrheit entsprachen. Dass ein ganz anderes Reich heute immer noch existiert! Nach über zwanzig Jahren lerne ich immer noch neue Dinge über ihre Welt. Ich muss dir sagen, die Welt der Feen ist äußerst komplex..." Bianca brach ab, als Imogen ihre Hand hob, um sie zu stoppen. „Tut mir leid, ich schweife ab."

„Sie sind ... Du willst mir sagen, dass die Feen real sind? Und diese Männer..." Imogen hob ihr Kinn zur Tür, „diese Männer da draußen sind Fae? Keine Menschen? Sondern... magische Wesen?"

„Genau. Es hört sich wirklich ein bisschen albern an, oder?" Bianca lachte. „Aber, nun ja, es ist die Wahrheit."

„Fae", flüsterte Imogen. Ihr Blick wanderte zum Beistelltisch, in dem ihr Ring lag.

„Kommt das wirklich überraschend für dich? Du schienst bereits zu wissen, dass sie nicht von dieser Welt sind. Wie kann das sein?" Bianca neigte ihren Kopf zu Imogen.

„Ich..." Jahrelanges Schweigen über das, was in ihr vorging, machte es Imogen schwer, zu sprechen.

Bianca wartete geduldig, mit warmen Augen und einem verständnisvollen Blick.

„Ich... es ist einfach so ein Gefühl. Ich weiß nicht, wie ich es erklären soll..." Oder Imogen war nicht bereit dazu. Obwohl sie das Gefühl hatte, dass sie glauben konnte, was diese Frau ihr erzählte, gab es zu viel an diesem Abend, das sie noch verarbeiten musste. Jetzt war sicher nicht der richtige Zeitpunkt, um all ihre tief vergrabenen Geheimnisse auszubreiten.

„Das ist gut. Das heißt, dass du einen guten Instinkt hast. Wir können noch weiter darüber reden, aber ich vermute, dass Nolan bald den Verstand verlieren wird, wenn wir nicht vorankommen. Sollen wir dann deine Crew benachrichtigen und alles für die Abreise vorbereiten?" Es hörte sich an, als würde Bianca ein Picknick planen, so lässig, wie sie sprach.

„Ja, lass uns das tun." Imogen zog ihre Mauern wieder hoch, da sie noch nicht bereit war, mehr von sich preiszugeben.

„Nur eine Sache..." Bianca streckte die Hand aus und berührte Imogens Arm, ihre Stimme war ernst. „Wenn du jemanden siehst, der silbern leuchtet, töte ihn."

„Du ... warte ..." Imogens Augenbrauen schossen bis zu ihrem Haaransatz hoch. „Du willst, dass ich jemanden töte? Das *kann* ich nicht tun. Ich dachte nicht, dass ... Ich will nicht in so etwas hineingezogen werden ..."

„Du bist bereits mittendrin. Sie werden hinter dir her sein, egal was jetzt passiert. Die Silbernen sind die Domnua. Die bösen Fae. Die dunklen Fae. Sie werden dich in Sekundenschnelle töten, wenn sie denken, dass du dem, was sie wollen, im Weg stehst. Sprich nicht mit ihnen. Vertraue ihnen niemals. Lass sie nicht an dich heran."

„Ist das dein Ernst?" Imogens Verstand kam nicht darüber hinweg, dass Bianca von leuchtenden silbernen Männern sprach. Wenn die Fae glühten, wie der schwache Lichtschimmer, den sie heute Abend um die Männer herum gesehen hatte, dann bedeutete das, dass sie schon ihr ganzes Leben lang Fae gesehen hatte. Und zwar die bösen.

Ja, es war eine ganze Menge, die sie verarbeiten musste. War sie die ganze Zeit in Gefahr gewesen? Warum war sie nicht schon früher getötet worden?

„Ich meine es ernst. Ich würde normalerweise nicht für Gewalt plädieren, aber die dunklen Fae machen es uns praktisch unmöglich, in Harmonie mit ihnen zu leben. In einer Situation, in der es heißt, zu töten oder getötet zu werden? Du kannst mir glauben, dass ich verdammt noch mal lieber töten werde."

Imogen hatte Schwierigkeiten, sich die quirlige Blondine beim Töten von... irgendetwas vorzustellen. Sie wirkte einfach so sanft und mütterlich.

„Zur Kenntnis genommen", sagte Imogen. „Allerdings hat Nolan noch mein Messer."

„Wir werden es für dich zurückholen. Und wahrscheinlich auch ein paar weitere Waffen. Natürlich nur, wenn du versprichst, sie nicht gegen uns einzusetzen."

„Das werde ich nicht. Zumindest nicht gegen dich oder deinen Mann. Ich halte mich mit einem Urteil über die anderen beiden noch zurück. Technisch gesehen handelt es sich immer noch um eine Geiselnahme, und ihr alle habt mein Schiff gekapert. Ich muss mir meine Meinung noch bilden."

„Muss ich Nolan warnen, dass er bei dir auf der Hut sein muss? Er wird derjenige sein, der den Prinzen beschützt."

„Das könntest du tun. Ich traue ihm nicht, also... ja, ich denke, es ist fair, ihn zu warnen", sagte Imogen, als sie ihre Tür öffnete. Sie hielt inne, als sie sah, dass Nolan den Flur versperrte.

„Warum sollte ich dir dann dein Messer zurückgeben?", fragte Nolan. Seine raue Stimme jagte ihr erneut einen Schauer über den Rücken.

„Wenn du deinen Job anständig machst, dann sollte dich meine Bewaffnung nicht beunruhigen." Imogen hob ihr Kinn.

„Gut in meinem Job zu sein, würde bedeuten, jede Bedrohung zu entschärfen." Nolan verschränkte seine dicken Arme über seiner breiten Brust.

„Sie wird sich verteidigen müssen, Nolan. Was ist, wenn wir auf See sind und ein Fae entert, während sie an Deck ist? Dann wären wir ohne Kapitänin."

„Es würde uns schon was einfallen." Nolan tat ihren möglichen Tod ab, als ob ihr Verlust nur ein kleines Ungeschick wäre.

„Du bist ein echter Charmeur, nicht wahr?" Imogen funkelte Nolan an und schob sich an ihm vorbei ins Steuerhaus.

„Charme bringt nichts."

„Du wärst überrascht, wie unglaublich hilfreich Charme sein kann, wenn man ihn zur richtigen Zeit einsetzt", schoss Imogen zurück, zog ein Notizbuch heraus und kam vor ihrem Armaturenbrett zum Stehen.

„Oh, ich bin bekannt dafür, dass ich ihn einzusetzen

weiß." Nolans Stimme wurde heiser, und Wärme durchströmte Imogens Inneres.

„Nolan. Gib ihr das Messer zurück. Du verlangst im
Moment sehr viel von ihr. Zeig etwas Vertrauen." Bianca
stupste Nolan an. „Na los, sei nett."

„Wir verlangen nichts von ihr. Wir sagen ihr, was zu tun
ist", betonte Nolan, und gerade, als sich Imogen umdrehen
und ihm sagen wollte, was sie von ihm hielt, reichte er ihr
das Messer.

„Das ist nicht meine einzige Waffe." Imogen zwang
sich, in Nolans stürmische Augen zu sehen. „Unterschätze
mich nicht. Dies ist immer noch mein Boot und ich habe
das Sagen. Wenn du unversehrt bleiben willst, schlage ich
vor, dass du mir aus dem Weg gehst."

„Das wird nicht passieren, *Mavourneen*."

„Ich bin nicht dein Darling", knurrte Imogen auf
seinen irischen Kosenamen hin. „Mein Name ist Imogen.
Aber du kannst mich auch Captain nennen."

KAPITEL SIEBEN

„Ich berufe eine Teambesprechung ein", erklärte Bianca, öffnete die Tür des Steuerhauses und pfiff nach Callum und Seamus. Nolan folgte Imogen durch eine kleine Tür und ein paar Stufen hinunter in einen loungeartigen Bereich mit einer geschwungenen Sitzecke und ein paar Tischen zum Essen.

„Ich dachte, der Mann da draußen hätte das Sagen." Imogen reckte Nolan das Kinn entgegen, und ein Kribbeln durchzog ihn. Er wollte nicht, dass diese bissige und schwierige Frau eine solche Reaktion in ihm auslöste. Er wollte nicht daran denken, wie sich ihre Brüste sanft an seinen Arm gedrückt hatten, als er sie an sich gedrückt hielt, oder wie ihr Duft für einen Moment seinen Verstand vernebelt hatte. Ihr Haar hatte wie frischer Morgentau auf Rosenblüten gerochen, und er hatte sich davon abhalten müssen, sein Gesicht in ihrem Zopf zu vergraben und tiefer einzuatmen. Nein, Imogen war ganz sicher eine Ablenkung, und die konnte er sich nicht leisten, wenn das Leben des Prinzen auf dem Spiel stand.

Und doch... Ihre Augen, ein eisiges Blau, so hell, dass sie fast silbern waren, konnten einen Mann auf zehn Schritte Entfernung erstarren lassen. Es juckte Nolan in den Händen. Er wollte ihr Haar entflechten, nur um zu sehen, wie sich die feurige Masse auf seinem Laken ausbreitete...

Nolan schüttelte den Kopf, fluchte leise und riss sich von diesem *Traumbild* los, während die Lust in seinen Adern aufstieg. Es war schon eine Weile her, dass er sich eine Geliebte genommen hatte, erinnerte sich Nolan, und das war sicherlich der Grund, warum er eine solch heftige Reaktion auf die Frau hatte, die ihn gerade mit ihren Blicken durchbohrte. Sie könnte eine Falle sein, erinnerte sich Nolan. Warum war sie vorhin durch die Straßen geschlendert und hatte ein magisches Lied gesungen? Sie war nicht vollkommen menschlich, das stand fest, aber er konnte nicht genau sagen, was sie war. Er fragte sich, ob er sie dazu bringen könnte, es ihm zu sagen.

„Ja, Prinz Callum hat das Sagen. Aber wir sind ein Team. Und Bianca und Seamus haben ihren Wert bei Feen-Schlachten bereits unter Beweis gestellt. Ich würde die Frau nicht so schnell abschreiben."

„Ich habe sie nicht abgeschrieben. Ich habe gefragt, ob sie auch das Sagen hat." Verärgerung blitzte in Imogens hübschen Gesicht auf, und Nolan war gefangen von der Art, wie die Emotionen über ihre Züge spielten. „Sie ist im Grunde die Einzige, auf die ich im Moment höre. Ich bin überrascht, dass ein Mann wie du es überhaupt für nötig hält, ihr Anerkennung zu zollen."

Jetzt war es an Nolan, verärgert zu sein. Seine Hand wanderte zum Griff des Dolches an seiner Hüfte, eine unbewusste Reaktion auf die Provokation, und er wippte auf den Fersen zurück.

„Unsere Anführerin ist eine Frau. Königin Aurelia. Sie ist im Kampf genauso stark wie ein Mann, wenn nicht sogar stärker, weil sie gerissener ist. Ich habe keine Vorbehalte gegenüber mächtigen Frauen, *Mavourneen*. Wenn überhaupt, sind sie mir oft lieber." Nolan ließ Wärme in seine Stimme fließen, um zu sehen, ob seine Worte Imogen verunsichern würden. Er wurde mit einer zarten Röte auf ihrer Porzellanhaut belohnt. Zumindest schien er nicht der Einzige zu sein, der beeindruckt war. Allerdings würde er es mit dieser Frau nicht übertreiben. So sehr es ihn auch schmerzte, es zuzugeben, sie konnten sich nicht dorthin zaubern, wo Callum Lily vermutete, was bedeutete, dass sie Imogen brauchten. Und ihr Boot.

Nein, er sollte auf jeden Fall so tun, als würde er die Röte auf ihrer Haut nicht bemerken, oder die Art, wie sich ihre Augen leicht weiteten, wenn sie ihn ansah, oder die Tatsache, dass die Luft so schwer vor Verlangen geworden war, dass er es fast schmecken konnte. Wenn er ehrlich zu sich selbst war, hatte ihn noch nie eine Frau so beeindruckt. Aber jetzt war nicht die Zeit für Herzensangelegenheiten, und Nolan stellte sich an die Tür, als Callum und Seamus zu ihnen in die Lounge kamen.

„Wie schnell können wir los?", forderte Callum, und Imogen seufzte sofort auf.

„Ich brauche mehr Informationen", begann sie, aber Bianca hob die Hände, um das Gespräch zu unterbrechen.

„Das Wichtigste zuerst. Lasst uns alle Platz nehmen, vielleicht eine Tasse Tee?" Bianca warf einen Blick in die

Kombüse. „Und, Imogen – hast du eine Karte von der Gegend?"

„Ja, ich habe eine digitale Version, die ich auf meinem iPad abrufen kann." Imogen war bereits auf dem Weg in die Kombüse, wo sie, wie Nolan sehen konnte, einen Wasserkocher einschaltete.

Callum warf Bianca einen Blick zu, aber sie zuckte nur mit den Schultern und winkte mit den Händen.

„Hört zu, vor allem ihr zwei", Bianca stemmte die Hände in die Hüften und Nolan spannte die Schultern an, als sie einen belehrenden Ton anschlug. „Ich verstehe, was hier auf dem Spiel steht. Auch wir lieben Lily. Aber es ist nicht das erste Mal, dass wir Menschen und Feen auf eine Art und Weise zusammenbringen, bei der die Menschen erst einmal auf den neuesten Stand gebracht werden müssen. Und das auch noch schnell. Wenn ihr euch nicht einen kurzen Moment Zeit nehmt, um einige Hintergrundinformationen zu liefern und den Menschen die Chance zu geben, zu verstehen, was und warum sie euch helfen sollten, werdet ihr unterwegs Probleme bekommen. Versteht ihr? Sie ist nicht dumm, soweit ich sehen kann. Sie wird schnell begreifen, aber ihr müsst ihr ein paar Informationen geben."

„Danke, Bianca. Ich weiß das zu schätzen." Imogen kam mit einem Tablett voller Teetassen und Kekse zurück ins Zimmer. „Sie hat recht. Wenn ich mein Leben und meine Existenzgrundlage aufs Spiel setze, verdiene ich zu wissen, wofür. Ihr müsst verstehen, dass dieses Boot alles ist, was ich auf der Welt habe. Wenn es beschädigt oder, schlimmer noch, zerstört wird, bleibt mir nichts als hohe Schulden bei der Bank. Vor allem, wenn ich meiner Versicherung nicht erklären kann, was passiert ist. Ich muss wirklich genau wissen, was los ist und welche Gefahren es gibt. Ihr verlangt eine Menge von mir, und das ist nur fair."

„Wir brauchen dir nichts zu erklären", sagte Nolan, der nicht wusste, warum sie ihm so auf die Nerven ging. „Wir haben dir dein Boot weggenommen, und die einzige Motivation, die du brauchen solltest, ist der Wunsch, am Leben zu bleiben."

„Also wirklich, Nolan", wies ihn Bianca zurecht. „Das ist nicht sehr nett."

„Es ist die Wahrheit." Nolan zuckte mit den Schultern. Dies war nicht seine erste Schlacht, und bei jeder Schlacht gab es immer Leute, die den Kürzeren zogen, wenn es darum ging, zum Wohl der Allgemeinheit beizutragen. In diesem Fall war das Imogen.

„Ich würde dieses Boot eher versenken, als es in deine Verantwortung zu geben." Imogens eisiger Blick lag auf ihm, und er konnte die Hitze ihres Zorns in seinem Inneren spüren.

„Nun, es wäre ein bisschen schwierig, das dieser Versicherung zu erklären, nicht wahr?" Nolan machte sich eine mentale Notiz, Bianca zu fragen, was eine Versicherung war, da es so etwas im Reich der Fae nicht gab.

Imogens Lippen kräuselten sich, aber bevor sie etwas erwidern konnte, hob Bianca erneut die Hand.

„Gut, das ist genug von euch beiden. Ja, technisch gesehen haben wir ein Boot beschlagnahmt. Aber Imogen hat zugestimmt zu helfen, weil sie ein gutes Herz hat und weiß, dass eine Frau in Gefahr ist. Deshalb sind wir es ihr schuldig, ihr zu erklären, was hier vor sich geht. Nun, zumindest das, was wir bisher wissen. Zuallererst, Imogen, brauchen wir dein Boot, denn wenn wir zu viel von unserer Magie einsetzen, um zu Lily zu gelangen, wäre das wie ein Peilsender für die bösen Fae, um uns zu finden."

„Du bist kein Mensch." Nolans Blick fiel wieder auf Imogen, die ihren Zopf nervös um ihre Hand wickelte. Obwohl sie Callum ansah, als sie sprach, konnte Nolan in ihren Worten das Zittern von Nervosität und etwas anderem spüren ... war es Angst?

„Nein, bin ich nicht." Callum hatte beschlossen, Biancas Beispiel zu folgen, und diesmal war sein Tonfall sanft, während er Imogen über den Tisch hinweg musterte. „Ich bin der Prinz der Danula – auch bekannt als die guten Fae."

„Und deine Mutter ist Königin Aurelia?", fragte Imogen und überraschte Nolan mit ihrem schnellen Gedächtnis.

„Richtig. Du hast bereits von ihr gehört?", fragte Callum, dessen Augen überrascht leuchteten. Er lehnte sich an den Tisch und neigte seinen Kopf zu Imogen.

„Nein, der hier hat es erwähnt." Imogen sah Nolan nicht an, sondern deutete nur mit einer Hand in seine Richtung. Aus irgendeinem Grund ärgerte es ihn, dass sie seinen Namen nicht nannte.

„Ja, sie ist Königin und hat das volle Regierungsrecht. Der Thron wird auf mich übergehen, wenn sie der Ansicht ist, dass die Zeit dafür gekommen ist. Aber zuerst muss ich meine Schicksalsgefährtin finden."

„Lily?", fragte Imogen.

„Richtig. Ein Mensch, noch dazu. Es ist nicht unmöglich, dass die Schicksalsgefährtin eines Angehörigen des Königshauses ein Mensch ist, aber auch nicht üblich."

„Und woher weiß man, dass sie vom Schicksal bestimmt sind?", fragte Imogen und presste dann ihre Lippen aufeinander, als hätte sie die Frage gar nicht stellen wollen. Die Bewegung lenkte Nolans Blick auf ihren Mund, und er ertappte sich dabei, wie er mit der Zunge über seine eigenen Lippen fuhr, als ob er sie schmecken wollte.

Ja, er hatte ein Problem zu bewältigen. Nolan riss seinen Blick los und suchte die dunklen Fenster ab. Er schärfte seine Sinne, um zu sehen, ob irgendwelche Bedrohungen in der Nähe waren. Als sich nichts ankündigte, wandte er seine Aufmerksamkeit wieder dem Gespräch zu. Sollte diese Frau etwa eine Zauberin sein, die ihn in die Irre führte? Oder war es einfach ihre atemberaubende Schönheit, die ihn ablenkte?

„Eine Schicksalsgefährtin ist etwas, das in der Welt der Feen sehr ernst genommen wird", erklärte Callum. Nolan war überrascht von der Geduld des Prinzen in diesem Moment, aber er hatte offenbar entschieden, dass sie Imogen als Verbündete brauchten. Nolan war sich nicht so sicher. Warum konnte sie nicht einfach das Boot steuern und sich zurückhalten? „Es beginnt damit, dass sie anfangen, das Herzenslied des anderen zu singen. Es wird im Laufe der Jahre immer lauter und anhaltender, fast bis zum Punkt der Belästigung – oder Ablenkung – aber man kann an nichts anderes mehr denken, bis man die Person gefunden hat. In manchen Fällen kann man auch Magie anwenden, um die Verbindung zum Partner aktiv zu unterbrechen. Nicht viele wählen diesen Weg, aber einige, die nicht bereit sind, für die Liebe ein Risiko einzugehen, tun dies."

„Ein Lied?" Imogens Gesicht war noch weißer geworden, wenn das überhaupt möglich war. Nolans hörte interessiert zu. Er wusste bereits, dass sie in der Lage war, mit ihrer Stimme Macht auszuüben.

„Ja, ein Herzenslied. Du wirst es zu den unmöglichsten Zeiten hören", lachte Callum und fuhr sich mit der Hand über das Gesicht. „Auf der anderen Seite des Wassers. Während der Arbeit. Im Kampf. Während du schläfst. Du kommst nicht davon los. Das Herz will, was es will. Und wenn du einen Schicksalsgefährten hast, wird der Tag kommen, an dem du dich entscheiden musst."

Imogen atmete ein paar Mal tief durch, bevor sie sprach. Nolan ärgerte sich darüber, dass er sich so sehr mit dieser Frau beschäftigte.

„Und was passiert, wenn man seinen Schicksalsgefährten trifft?"

„Idealerweise? Liebe. Sofortige Verbindung. Ein Wissen. Ein Erkennen. Man nimmt diese Person auf eine Weise wahr, wie man es noch nie bei irgendjemandem getan hat. Man kann ihre Gefühle lesen, ihre Gegenwart spüren, und es ist... einfach ein Wissen. Stimmigkeit."

Nolans Augen blieben auf Imogen haften, und sein Herz schlug schneller. Sie wickelte ihren langen Zopf weiter um ihre Hand, und seine Augen waren gefesselt von der Art und Weise, wie das Licht über ihre Haarsträhnen tanzte und tiefere Gold- und Honigtöne, die sich mit dem Rot vermischten, hervorhob. Einen kurzen Moment lang dachte er darüber nach, dass sie seine Schicksalsgefährtin sein könnte. Nolan verwarf den Gedanken sofort wieder und rollte innerlich mit den Augen. Er hatte den Schicksalsgöttinnen sehr deutlich gesagt, dass er nicht daran interessiert war, mit einer Schicksalsgefährtin zusammengebracht zu werden. Die Göttinnen würden seine Bitten doch erhören.

„Und Lily ist also ein Mensch. Du hast sie hier gefunden? In Grace's Cove? Und sie ist deine Schicksalsgefährtin?", fragte Imogen. Ihre Stimme klang angespannt.

„So ist es. Und sie ist von den Wasser-Fae entführt worden. Zumindest glauben wir das. Wir haben nur einen kleinen Hinweis, auf den wir uns stützen können."

„Wasser-Fae. Aha." Sie zupfte sich ein weiteres Mal am Zopf. Bianca beugte sich vor.

„Schau, ich werde einige Zeit mit dir auf der Reise verbringen und dir alle Feinheiten der Feen-Welt erklären. Aber im Wesentlichen ist es so: Die guten Fae? Sie sind die, die schwach lila leuchten. Sie wachen über die Elementar-Fae. Diese wiederum halten die Ordnung in unserer natürlichen Welt aufrecht und sorgen dafür, dass wir Menschen uns auf Dinge wie ... Wasser, Feuer, die Jahreszeiten und so weiter verlassen können. Die bösen Fae? Nun, sie wollen mächtiger sein als die guten. Sie wollen die Elementaren kontrollieren."

„Warum?" Imogen blinzelte Bianca an.

„Weil es ihr Endziel ist, das dunkle Reich zu verlassen und Irland zu bevölkern."

„Warte... das heutige Irland? Sie wollen sich unter die Menschen mischen? Sie wollen es einfach ... übernehmen?" Imogens Augen weiteten sich.

„Ja. Es wäre eine Katastrophe, und das ist noch milde ausgedrückt." Bianca streckte die Hand aus und tätschelte Imogens Hand. „Ich kann es nicht oft genug betonen – die bösen Fae werden dich sofort töten, wenn sie glauben, dass sie dadurch an Prinz Callum herankommen oder es ihrem Ziel dient. Du darfst nicht zögern, dich zu verteidigen."

„Das ist ... das ist eine Menge zu verkraften. Wie würde Irland überhaupt darauf reagieren? Was würde die Welt tun? Es ist einfach... ich kann mir immer noch nicht vorstellen, dass es überhaupt Feenwesen gibt, geschweige denn böse, die die Welt erobern wollen." Imogen schüttelte den Kopf, ihre Nase rümpfte sich vor Abscheu.

„Und doch schien es keine zu große Überraschung für dich zu sein..." Bianca lächelte Imogen sanft an. „Du hast selbst gesagt, dass die Männer keine Menschen sind. Also muss es etwas geben, das du von ihrer Welt weißt, oder?"

Ein Anflug von blanker Panik huschte über Imogens Gesicht, bevor sie ihre Gefühle hinter einer Mauer verbarg. Interessant, dachte Nolan. Sie wusste mehr, als sie zugeben wollte. Die Frage war nur, warum? Als Bianca ihn ansah, erkannte er, dass auch sie zu demselben Schluss gekommen war, aber als er den Mund öffnete, um zu sprechen, schüttelte sie nur subtil den Kopf.

„Ich meine... ich bin Irin, oder? Und ein Seefahrerin noch dazu. Es ist schwer, einen Mann oder eine Frau der See zu finden, die nicht an irgendwelche Mythen glauben, oder?", sagte Imogen. Sie log, das war Nolan klar. Er konnte es spüren. Nun, sie log nicht ganz, aber es war auch nicht die ganze Wahrheit.

„Was versteckst du?", wollte Nolan wissen. Wenn sie eine Verräterin in ihrer Mitte hatten, musste er das wissen.

„Meine Geheimnisse gehören mir, Diener." Imogen blickte ihn über den Tisch hinweg an und verschränkte die Arme vor der Brust. Nolan versuchte zu ignorieren, wie sich ihre Brüste unter ihrem Pullover bewegten, und konzentrierte sich stattdessen auf ihre Worte.

„Diener ist wohl kaum das richtige Wort." Nolans Lippen kräuselten sich vor Abscheu.

„Du stehst im Dienst des Prinzen, nicht wahr? Ich würde sagen, das macht dich zu einem Diener." Imogen zuckte mit den Schultern, ein Anflug von Freude färbte ihre Augen noch blauer.

„Pass bloß auf, *Mavourneen*. Du weißt nicht, was für ein Spiel du hier spielst." Nolans Stimme war leise, aber er schickte eine Welle von Magie durch sie, so dass sie seine Macht spüren konnte.

„Nur weil ich mich nicht freiwillig gemeldet habe, heißt das nicht, dass ich nicht mitspielen werde." Imogen überraschte Nolan, weil sie sich von seiner Welle der Magie nicht aus der Ruhe bringen ließ. Hatte sie sie nicht gespürt? Es war, als hätte er eine Wand getroffen und sie wäre zu ihm zurückgeprallt.

„Kinder. Genug jetzt." Callum versuchte, die Situation zu entspannen. „Wir haben nicht viel Zeit, und meine Geduld geht langsam zu Ende. Imogen, ist dir klar, was auf dem Spiel steht?"

„Ja. Böse Fae sind böse. Gute Fae sind... fragwürdig", Imogen hob spöttisch eine Augenbraue und Nolan hatte Lust, sie zu erdrosseln. Oder sie besinnungslos zu küssen, er konnte sich nicht ganz entscheiden. Was ihn nur noch wütender machte. „Ich soll niemandem trauen. Wir finden Lily und bringen sie sicher nach Hause."

„So ungefähr, ja. Aber du kannst mir vertrauen." Bianca tippte mit einem Finger auf ihre Brust. „Und Seamus. Er ist ein guter Kerl."

Seamus, der die ganze Zeit über still geblieben war, beugte sich vor und drückte Bianca einen Kuss auf die Wange.

„Ja, ich werde dich beschützen, so gut ich kann, Imogen."

„Nun, danke." Imogen lächelte ihn an, und Eifersucht flammte tief in Nolan auf. Warum bekam Seamus ein Lächeln, während er mit Bitterkeit behandelt wurde? Verstand diese Frau nicht, dass er jeden umbringen würde, der ihr etwas antun wollte?

„Ihr Lied erreicht mich ..." Callum lenkte Imogens Aufmerksamkeit wieder auf sich. „Ich kann dir die Richtung zeigen, und ich habe ein Bild von einer Art Höhle. Aber ich habe nicht viele Anhaltspunkte. Ich werde jedoch in der Lage sein, die Schutzwälle zu spüren, die die Fae errichtet haben, wenn ich näher dran bin. Ich werde in der Lage sein, ihre Magie zu interpretieren. Kannst du mir helfen?"

„Nun, sicher, und wir können auch mal einen Blick auf die Karte werfen, nicht wahr? Nicht, dass ich wüsste, was Schutzwälle sind. Aber ich kenne ein paar Höhlen entlang der Klippen hier. Und einige, die ich irgendwann einmal erkunden wollte, um zu sehen, ob sie sich für meine Touren eignen würden." Imogen strich mit der Hand über das iPad und drehte es, um eine Karte anzuzeigen. Die vier beugten ihre Köpfe über den Tisch und begannen zu planen.

Unruhig und auf unerklärliche Weise frustriert schlüpfte Nolan nach draußen, weil er die kalte Luft auf seiner Haut spüren wollte. Zu viele Gedanken ließen seine Aufmerksamkeit abschweifen, und das konnte er nicht zulassen. Hatte der Prinz Zweifel an Nolans Loyalität oder glaubte er, dass er irgendwie mit den Wasser-Fae gemeinsame Sache gemacht hatte? Was wusste Imogen wirklich über die Feenwelt? Würden die Wasser-Fae Lily etwas antun? Wann würden die Domnua das nächste Mal angreifen?

Und vor allem, warum hatten Imogens Augen aufgeleuchtet, als Callum von dem Herzenslied gesprochen hatte?

Hatte ein Feenmann bereits Anspruch auf sie erhoben? Wusste sie mehr, als sie zugab?

KAPITEL ACHT

„Ich kann ihn nicht leiden."

Imogen und Bianca machten eine Bestandsaufnahme des Inhalts der Küchenschränke, da Imogen für diese Abteilung nicht zuständig war und keine Ahnung hatte, was genau dort vorrätig war.

„Callum? Ich meine, er ist ein Prinz. Er ist es gewohnt, Befehle zu bellen." Bianca zuckte mit den Schultern und notierte sich etwas in ihrem Notizbuch, während sie ihren Kopf aus einem Schrank zog.

„Nicht er. Ich kann verstehen, dass er verärgert ist. Ich wäre es wohl auch, wenn ich wüsste, wie sich diese Art von Liebe anfühlen würde."

„Es würde dich wahrlich in die Knie zwingen", sagte Bianca. „Ich kann mir nicht vorstellen, wie es wäre, wenn mein Seamus entführt worden wäre. Ich wäre völlig außer mir."

„Er kommt mir nicht wie jemand vor, der sich leicht überrumpeln lässt", sagte Imogen achselzuckend und musterte die Bohnenkonserven in einem Regal.

„Das würde ihm nicht passieren. Eine von Seamus' Stärken ist, dass man ihn unterschätzt. Es ist auch meine."

„Das kann ich gut verstehen, glaube ich." Imogen nickte und dachte daran, wie oft sie als Schiffskapitän abgewiesen worden war, nur weil sie eine Frau war.

„Es ist also Nolan? Der, der dich stört?" Bianca legte ihren Kopf fragend zu Imogen. Verärgert über sich selbst, zuckte Imogen mit den Schultern und versteckte ihren Kopf in einem anderen Schrank.

„Ich würde nicht sagen, dass er mich stört. Ich kann ihn einfach nicht leiden."

„Er ist im Moment ein bisschen nervös. Ich würde ihm eine Chance geben", sagte Bianca.

„Ihm eine Chance geben?" Imogen zog den Kopf heraus und sah Bianca mit zusammengekniffenen Augen an. „Er hat mich gegen meinen Willen festgehalten und mein Schiff beschlagnahmt. Entschuldige bitte, wenn ich ihm gegenüber nicht gerade warmherzig bin. Ganz zu schweigen davon, dass seine Umgangsformen ein paar Korrekturen vertragen könnten."

„Fairerweise muss man sagen, dass du ihm ein Messer an den Kopf geworfen hast." Bianca hob die Hände, als Imogen sie finster anblickte. „Nicht, dass ich dir einen Vorwurf mache, natürlich. Ich hätte dasselbe getan."

„Nun", Imogen rollte mit den Schultern und versuchte, die Spannung, die sich dort angestaut hatte, zu lösen. „Ich kann ihn nicht leiden. Und ich bin mir sicher, dass das auf Gegenseitigkeit beruht."

„Nun..." Bianca sah aus, als wollte sie noch mehr sagen und presste dann ihre Lippen zusammen.

„Was?", verlangte Imogen.

„Du musst ihn nicht mögen. Aber wir sind im selben Team, also denk daran, dass er dich mit seinem Leben beschützen wird, wenn es sein muss."

„Warum? Ich spiele keine große Rolle bei dieser Suchmission oder was auch immer es ist. Wie er selbst betont hat. Es wäre sicher auch klüger für ihn, zuerst sein eigenes Leben zu schützen, nicht wahr?"

„Das wird er ebenso tun", sagte Bianca mit einem kleinen Lächeln. Sie schloss die Schranktür und hielt ihren Notizblock hoch. „Ich glaube, ich habe alles, was ich brauche. Ich würde sagen, wir sind ziemlich gut ausgestattet. Ich kann kochen und tue es auch gerne, also bin ich froh, wenn ich hier meine Schichten machen kann."

„Ja, wenn es dir nichts ausmacht? Meine Fähigkeiten in der Küche sind bestenfalls passabel. Mit meinem Essen verhungert man nicht, aber es ist auch nichts Ausgefallenes", sagte Imogen und schloss auch ihre Schranktür. Sie sah sich in der hell erleuchteten Kombüse um, wo alles genau an seinem Platz stand. Cillian, ihr Koch und Ingenieur, würde wütend werden, wenn er herausfand, dass jemand anderes seine Küche benutzt hatte. Sie würde sich darum kümmern, wenn es so weit war.

„Seid ihr Damen fertig mit dem Tratschen?" Nolan steckte seinen Kopf in die Kombüse, und Imogen richtete sofort den Rücken auf. Musste der Mann immer so ruppig sein? Würde es ihn umbringen, höflich zu sein? Aber sie war an grobe Männer gewöhnt, da sie jahrelang in den Docks gearbeitet hatte, und so hielt sie nicht mit ihrer Antwort zurück.

„Oh, wir wollten gerade den Nagellack rausholen und über den besten Sex reden, den wir je hatten."

„Ich bezweifle, dass du deinen besten schon erlebt hast." Nolans Stimme hatte einen heiseren Unterton, und das Timbre erwärmte Imogens Innerstes. Warum reagierte sie so stark auf diesen Mann? Es ärgerte sie und brachte sie dazu, nur noch kratzbürstiger zu sein.

„Und woher willst du das wissen? Spioniert ihr Feenmänner uns Frauen etwa auch noch aus? Hast du nachts durch mein Fenster geschaut? Ich hätte dich nicht für einen Voyeur gehalten."

„Ich muss mich nicht herumschleichen, um meine Bedürfnisse zu befriedigen, *Mavourneen*. Ich weiß es, weil du noch nie mit einem Feenmann zusammen warst."

„Ach so, du bist dir also so sicher, was deine gesamte Rasse angeht? Dass du für sie alle sprechen kannst, als wären sie die besten Liebhaber? Besser als die Menschen?"

„Wenn man etwas weiß, weiß man es eben..." Nolan zwinkerte Bianca zu und verschwand wieder in die tiefe Dunkelheit der Nacht.

„Ist dieser Mann zu fassen?", schimpfte Imogen.

„Nun, nach meiner begrenzten Erfahrung ... ich war schließlich nur mit *meinem* sexy Feen-Typen zusammen... hat er nicht Unrecht."

„Es interessiert mich nicht, ob Fae gute Liebhaber sind oder nicht. Warum ist das gerade überhaupt ein Thema?" Imogen zupfte verärgert an ihrem Zopf. „Bereiten wir uns nicht gerade auf eine Schlacht vor oder so etwas? Das ist nicht der richtige Zeitpunkt, um über sexuelle Fähigkeiten zu diskutieren."

„Du hast damit angefangen." Bianca zuckte mit einer Schulter.

„Oh... aber..." Moment mal, hatte sie das wirklich?

„Nun, ja, vielleicht habe ich das, aber es sollte verärgert rüberkommen. Er denkt, dass wir hier drin Blödsinn treiben. Er hat keine Ahnung, was es heißt, ein Boot für eine solche Expedition vorzubereiten. Ehrlich gesagt, bin ich sogar etwas nervös, weil ich ohne meine Mannschaft abreisen muss."

„Bist du damit schon einmal allein gefahren?", fragte Bianca angespannt.

„Ja, natürlich bin ich das. Es ist schließlich mein Boot, nicht wahr? Aber trotzdem. Es ist sehr hilfreich, einen Ingenieur dabei zu haben, falls etwas mit den Motoren schiefgeht."

„Da werden wir uns wohl auf Magie verlassen müssen."

„Das sagst du so leicht." Imogen drehte sich um und packte Bianca an den Schultern, was die Frau überraschte. „Aber warst du schon einmal auf rauer See ohne Motorkraft? Ohne die Möglichkeit, gegen die Wellen anzusteuern? Oder mit dem Verlust des Funksignals? Das ist kein Spaß, das kann ich dir sagen. Und erst recht nicht, wenn man es mit vermeintlich mordenden Fae zu tun hat, die einen zur Strecke bringen wollen."

„Nein, ich kann nicht sagen, dass ich schon einmal in genau dieser Situation war." Bianca nahm Imogens Hände sanft von ihren Schultern. „Aber ich kann dir sagen, dass ich einige unglaublich heftige und schreckliche Schlachten mitgemacht habe. Mit... Dingen, die du dir nicht einmal ansatzweise vorstellen kannst. Mir fallen zum Beispiel Drachen ein. Gestaltwandler. Selkies. Du hast keine Ahnung, was es da draußen gibt, Imogen. Aber wir schon. Wir sind vielleicht nicht deine Ingenieure, aber wir werden diejenigen sein, die dir das Leben retten, bis du dich auf den neuesten Stand gebracht hast."

Ihre Bemerkungen ärgerten sie, und Imogen tat, was sie immer tat, wenn ihr etwas zu schaffen machte – sie ging ans Meer. Der scharfe Wind kühlte ihre erhitzten Wangen, als sie über das Deck zu Seamus schlenderte, der Wache hielt.

„Wir haben von meiner Seite aus grünes Licht. Ich nehme an, du kannst dich um die Leinen kümmern, während ich die Motoren starte?"

„Natürlich. Sag einfach Bescheid."

„Ich gebe dir ein Zeichen. Die anderen Männer?"

„Am Bug." Seamus nickte in Richtung des vorderen Teils des Bootes. „Halten Wache. Besprechen die Strategie. So etwas in der Art."

„Strategie", lachte Imogen trotz ihrer tiefen Besorgnis über ihre Expedition. „Es klingt nicht so, als ob es da viel gäbe."

„Nein, es ist schwer zu planen, wenn man im Blindflug unterwegs ist. Ich finde, dass man mit offenem Verstand und offenem Herzen am besten mit vielem umgehen kann, was das Leben einem zuwirft."

Imogen wusste nicht so recht, was sie von dem fröhlichen Feen-Philosophen halten sollte, also nickte sie ihm einfach zu, bevor sie um den Balken ging, der sich in der Nähe der Bänke am Heck des Bootes befand. Auf der anderen Seite angekommen, weigerte sich Imogen, in das dunkle Wasser hinunterzublicken, weil sie Angst vor dem hatte, was sie dort sehen könnte. Nein, sie hatte schon genug Stress für heute Abend, hatte sie beschlossen.

Sie konnte immer noch nicht ganz verstehen, wie es passiert war, dass sie aus dem Tiefschlaf aufgewacht war,

und nun eine Expedition zur Rettung der Schicksalsgefährtin des Prinzen der Feen plante. Selbst jetzt schwirrten
ihr noch so viele Fragen im Kopf herum, und Unbehagen
durchströmte sie in Anbetracht der vor ihr liegenden Reise.
Der heutige Abend war einer dieser Momente gewesen, bei
denen es kein Zurück gab, und Imogen war sich nicht
sicher, ob sie bereit war, sich in eine völlig neue Welt zu
stürzen, die sie nicht verstand. Sie hatte endlich ihren Platz
in ihrer eigenen Welt gefunden und war nicht wirklich
daran interessiert, alles ins Wanken zu bringen. Sie *mochte*
ihr Leben.

Wenn sie schon dabei war... Imogen nahm aus dem
Augenwinkel eine kleine Bewegung wahr, während sich das
Boot unter ihren Füßen leicht neigte. Ihre Nerven kribbelten, als eine sanft leuchtende, silbrige Gestalt an der Bordwand der *Mystic Pirate* hinaufkletterte und über die Reling
glitt.

Domnua.

Zögere nicht.

Biancas Worte fielen ihr wieder ein, und Imogen griff
nach ihrem Dolch. Sie legte ihn in die Hand und glitt
geräuschlos vorwärts, wobei sie sich so natürlich im
Rhythmus ihres Schiffes bewegte, wie sie es an Land tun
würde. Der böse Fae pirschte sich voran, mit dem Rücken
zu Imogen, und machte sich auf den Weg dorthin, wo
Nolan am Bug stand und auf das Wasser hinausschaute.

Als Imogen erkannte, dass ihr nur noch wenig Zeit
blieb, schrie sie eine Warnung aus, während sie nach vorne
rannte. Nolan drehte sich mit Überraschung in den Augen
und einem Schwert in der Hand um. Aber Imogen war
schneller.

Der Domnua ging zu Boden, einen Dolch im Nacken, und löste sich in einer Pfütze aus schleimigem Silber auf. Imogen starrte auf die Sauerei auf ihrem Deck, ihr Puls hämmerte in ihrer Kehle. Sie hatte jemanden getötet. *Etwas.* So oder so ... Übelkeit machte sich in ihrem Magen breit. Nolan kniete nieder und zog ihren Dolch aus dem silbernen Schlamm, wischte ihn an seiner Hose ab und reichte ihn ihr. Sein Gesicht war düster. Wenn Blicke töten könnten...

„Ich schulde dir was", sagte Nolan. Imogen fragte sich, was ihn diese Worte kosteten.

„Eine tolle Wache bist du", sagte Imogen, die aus Angst und dem Gefühl der Verletzlichkeit auf Angriff ging.

„Meine Schutzwälle hätten ertönen müssen." Ein verwirrter Blick glitt über Nolans Augen und ließ Imogen innehalten.

„Vielleicht brauchst du Hilfe, sie einzurichten. Was auch immer sie sind."

„Ich brauche keine Hilfe. Es ist ein Kinderspiel, einen Schutzwall einzurichten." Nolan blickte Imogen finster an. „Und Schutzzauber sind mächtige Instrumente der Magie. Sie warnen uns, wenn jemand die Grenzen überschreitet. Je nach Magie können die Wälle auch anzeigen, welche Art von Person sie durchbrochen hat. Und mehr noch? Wenn die Schutzwälle gut gemacht sind, können sie auch verhindern, dass bestimmte Typen sie überschreiten."

„Dann bist du vielleicht nicht so stark, wie du scheinst. Denn ... ist nicht gerade ein Domnua an deinem magischen Sicherheitssystem vorbeigetanzt?" Imogen hob eine Hand, um zu verhindern, dass Nolan etwas erwidern würde. „So oder so ... ich würde mich an deiner Stelle mal drum kümmern, bevor noch mehr von diesen bösen Jungs an Bord kommen."

„Es wird nicht wieder vorkommen." Das Licht der Docks glitzerte in Nolans Augen, und seine Worte waren voller Versprechen.

„Sieh zu, dass es nicht wieder passiert. Ich möchte mein Deck sauber halten."

„Aye, Captain. Wir werden uns um das Problem kümmern." Nolan grüßte sie spöttisch, was sie nur noch mehr ärgerte.

„Das erwarte ich. Wir sind bereit zum Aufbruch ... und wir sind offenbar spät dran. Bereitet euch auf die Abreise vor."

„Ja, Ma'am." Sein Ton ließ sie erschaudern, und Imogen drehte sich um und rannte zurück zum Steuerhaus, bevor sie auf weitere Fae treffen konnte.

„Wir müssen weg." Nolan war ihr ins Steuerhaus gefolgt.

„Ja, daran arbeite ich gerade, nicht wahr?" Imogen schenkte ihm keinen Blick, obwohl seine bloße Anwesenheit die Energie in ihrem Steuerhaus zum Sieden zu bringen schien.

Imogen beendete ihre Checkliste und warf dann einen Blick zum Fenster, wo Seamus ihnen vom Bug aus zuwinkte. Nach der Freigabe legte Imogen einen weiteren Schalter um, und Nolan schreckte auf, als Musik das Steuerhaus flutete. Seamus drehte sich ebenfalls um, was bedeutete, dass die Musik auch über die Lautsprecher draußen laufen musste.

„Glaubst du wirklich, dass das die unauffälligste Art ist,

ein Dock zu verlassen? Mach das aus", befahl Nolan, sichtlich verärgert über Imogen.

„Nein", sagte Imogen einfach, und das Boot schaukelte unter ihren Füßen, als es rückwärts in die Bucht fuhr.

„Imogen. Du kannst nicht einfach ..." Nolan brach ab, als ihre eisigen Augen ihn durchbohrten.

„Oh doch, das kann ich. Dies ist *mein* Schiff. Ich verlasse den Hafen nie, ohne dass dieses Lied gespielt wird. Betrachte es als Glücksbringer."

Er öffnete den Mund, um erneut zu protestieren. Sie zeigte auf die Tür.

„Raus."

„Ich denke, ich bleibe hier."

„Ich bin die Kapitänin. Verschwinde aus meinem Steuerhaus. Du störst meine Konzentration, und die ist entscheidend, vor allem ohne mein Fahrlicht. Geh schon."

Imogen blickte auf das Dorf hinaus, während das melancholische keltische Lied über ihr Boot hallte. Weitere Lichter erhellten die dunklen Hügel. Die Fischer, Bäcker und Bauern machten sich schon für ihren Arbeitstag bereit. Sie wälzten sich aus den Betten, die von ihren Lieben gewärmt wurden, setzten Kaffee auf und gingen ihrer täglichen Routine nach, mit nichts als einem Gedanken an die vor ihnen liegende Arbeit des Tages. Und hier drifteten sie auf die dunkle See hinaus – und wahrscheinlich in die Schlacht –, mit der moralischen Verpflichtung, sowohl die Elementar-Fae als auch die Menschen in Irland zu beschützen.

Unsere Liebe war nur ein Lied,
Unsere Träume können nicht irren,
Und doch ist es so einsam auf dem Meer um Inisfáil.

KAPITEL NEUN

Die Oberfläche des Ozeans war spiegelglatt, als Imogen die *Mystic Pirate* aus dem Hafen von Grace's Cove steuerte. Als sie den ersten Felsvorsprung umrundet hatte, der sie vor den Blicken der Dorfbewohner verbarg, schaltete Imogen ihre Fahrlichter ein und betrachtete das Wasser vor ihr. Es war auf unheimliche Weise ruhig, wie sie zugeben musste. Es gab nicht viele Morgen, an denen das Wasser *so* ruhig war. Es war natürlich schon vorgekommen, aber nachdem sie gerade ihren ersten Feenmann getötet hatte, war Imogen misstrauisch. Nicht, dass sie unbedingt wüsste, was zu tun wäre, wenn sie draußen auf dem Meer eine Bedrohung sah, aber sie könnte die anderen zumindest warnen.

Imogen knabberte an ihrer Unterlippe, während ihr Blick zu der Stelle wanderte, an der Nolan jetzt am Bug stand. Er hielt eine Leine in seiner großen Hand und stützte sich mit dem Fuß auf eine untere Sprosse der Reling. Er blickte auf das Meer hinaus, bewegungslos, die breiten

Schultern gerade, und Imogen fragte sich, woran er wohl gerade dachte.

Dachte er an sie?

Schnell schob Imogen diesen Gedanken beiseite und nutzte den Moment der Ruhe, um zu versuchen, all die neuen Informationen, die sie in so kurzer Zeit gesammelt hatte, zusammenzufügen. Die Fae waren *real*. Das war wichtig. Imogen *wusste*, dass das wichtig war, denn diese eine Wahrheit hatte sich in ihre Seele gebrannt. Mit der Zeit würde es vielleicht sogar all die seltsamen Dinge erklären, die sie in ihrem Leben gesehen hatte. Oder auch nicht. Imogen schüttelte frustriert ihren Zopf über die Schulter. Wenn sie schon ihr ganzes Leben lang Fae gesehen hatte, warum war dies dann das erste Mal, dass sie welche traf? Und warum hatte sie die Fähigkeit, sie zu sehen? Wenn es überhaupt das war, was sie gesehen hatte?

Zu viele Fragen und nicht genug Antworten. Für Imogen war es keine angenehme Ausgangslage. Sie mochte es, die Kontrolle zu haben, und, nun ja, diese ganze Suche, auf der sie sich gerade befanden, mit diesen Wesen von einer anderen Welt, entzog sich dermaßen ihrer Kontrolle, dass Imogen überrascht war, dass die Sonne an diesem Morgen immer noch im Osten aufging. Nach allem, was sie über die Welt erfahren hatte, hätte sie schon auf dem Weg zu einem anderen Planeten sein können.

Ihr Herz zitterte in ihrer Brust, und wieder einmal von Nolans Anwesenheit vereinnahmt, betrachtete Imogen den Mann auf ihrem Deck. Den Feenmann, um genau zu sein. *Er war kein Mensch*, erinnerte sich Imogen, und vielleicht hatte sie deshalb so merkwürdige Gefühle für ihn? Bianca hatte angedeutet, dass die Feen exzellente Liebhaber waren. Waren sie also vielleicht einfach charismatischer oder hatten mehr Pheromone als Menschen? Denn egal, wie sehr sie versuchte, ihre Gedanken an Nolan und ihre Reaktion auf seine Nähe zu verdrängen, ihr Gehirn kehrte immer wieder munter zu den Gedanken an ihn zurück. Unter ihr. Über ihr. Wie er sie gegen die Wand drückte und seine Lippen auf ihre presste...

Frustriert stöhnend riss Imogen ihren Blick von seinen breiten Schultern los und sah zu ihrer Konsole hinunter. Sie blinzelte verwirrt, als der kleine Bildschirm, auf dem die Navigation angezeigt wurde, schwarz wurde. Was zum...? Imogen tippte auf den Bildschirm und murmelte vor sich hin, während sie die kleine Klappe darunter öffnete und die Verkabelung überprüfte. Wunderbar, dachte sie. Eine weitere Sache, die repariert werden musste. Deshalb wäre es von Vorteil, wenn ihre Crew dabei wäre. Als sie sich aufrichtete, blinzelte Imogen überrascht auf den Ozean vor ihr. Das Wasser war zwar ruhig und spiegelglatt, aber die wütende dunkle Wolke am Horizont, die sich gerade in ihre Richtung bewegte, war es ganz sicher nicht. Woher war sie gekommen? In der Wettervorhersage war nichts zu lesen gewesen, und auch sonst hatte es keine Anzeichen dafür gegeben, dass es heute schlechtes Wetter geben würde. Imogen ergriff das Mikrofon und sprach.

„Sturm... oder so etwas Ähnliches voraus. Alle Augen nach vorn. Alle Mann an Deck. Tut, was auch immer ihr tut, um euch auf einen Angriff vorzubereiten. Denn irgendetwas ist im Gange." Bevor sie überhaupt angefangen hatte zu sprechen, war Nolan schon in Aktion getreten, war über das Deck gerannt und aus ihrem Blickfeld verschwunden. Draußen hörte sie Rufe, aber Imogen konnte nicht viel tun, außer den Kurs zu halten. Sie hatte noch nie an einer Schlacht teilgenommen. Verdammt, sie mochte es nicht einmal, sich Gruselfilme anzuschauen. Nein, sie war ungefähr so nutzlos wie eine Rettungsschwimmerin in einem olympischen Schwimmteam.

Der Sturm donnerte über das Wasser auf sie zu, viel schneller als jeder normale Sturm, und Imogen lief die Angst den Rücken hinunter. Sofort bedauerte sie, dass sie sich nicht stärker gewehrt hatte, als Nolan ihr Schiff gekapert hatte, und Imogens Augen weiteten sich, als sich die Meeresoberfläche hob – wie sie sich wie ein Maul öffnete, um sie ganz zu verschlingen – und eine gewaltige Welle über den Bug krachte. Ein Schock durchfuhr Imogen, als die *Mystic Pirate* in der Luft zu zittern schien, bevor sie auf das nun aufgewühlte Wasser unter ihr aufschlug. Durch den Aufprall wurde Imogen quer durch das Steuerhaus geschleudert, und prallte gegen die Wand. Als sie den Türgriff auf der Seite erwischte, keuchte sie auf und fuhr sich mit der Hand über die Rippen, in der Hoffnung, dass sie sich nichts gebrochen hatte. Das Schiff kippte, und ohne jemanden am Ruder würden es kentern. Imogen bäumte sich auf und rannte zur Konsole, stützte sich mit den Füßen am Schrank ab und griff mit aller Kraft nach dem Steuerrad.

Das Schiff kippte erneut, und Imogen steuerte in die Wellen hinein und versuchte, das Boot zu zwingen, auf Kurs zu bleiben und sich dem Ansturm zu stellen. Sobald sich das Boot drehte und von einer zu großen Welle seitlich getroffen wurde, würde ihre Reise zu Ende sein, lange bevor sie begann. Eine weitere gewaltige Welle traf den Bug und spülte über das Deck, und Imogen wäre fast wieder quer durch den Raum geflogen, während das gesamte Boot unter dem Angriff zitterte. Mit einer Hand am Steuer griff sie nach dem Gurt, den sie vor ein paar Jahren während eines besonders schweren Sturms angefertigt hatte. Sie hatte ihn nur zweimal benutzen müssen, denn dies war ein Charterboot. Wenn schlechtes Wetter im Anmarsch war, verließen sie den Hafen einfach nicht. Imogen war jedoch dankbar, dass sie den Gurt entworfen hatte, und jetzt schnallte sie ihn sich um die Taille. Im Wesentlichen würde er sie am Steuer festhalten und ihr gleichzeitig erlauben, zu steuern. Jetzt fühlte sie sich sicherer und hielt sich über den nächsten Wellenschlag auf den Beinen, bevor sie nach ihrer Schwimmweste griff. Sie hatte den anderen erklärt, wo die Sicherheitsausrüstung verstaut war, aber jetzt ärgerte sie sich, dass sie nicht von allen verlangt hatte, eine Rettungsweste zu tragen.

Jetzt, wo sie stabil stand und so gut wie möglich geschützt war, blinzelte Imogen in die Dunkelheit hinaus. Der Sturm hatte das Boot eingekreist und hüllte sie seit dem ersten Licht der Morgendämmerung ein, und es war fast unmöglich zu erkennen, aus welcher Richtung die nächste Welle kommen würde. Der Regen kam in dicken Sturzbächen herunter, und Imogen konnte gerade noch erkennen, wie sich Seamus mit etwas an Deck herumschlug. Panik durchzuckte sie. Nicht Seamus. Er war immer nur nett zu ihr gewesen.

Sie blinzelte auf ihre Konsole hinunter und zwang sich zum Nachdenken. Wie konnte sie helfen? Als Erstes könnte sie dieses Ungetüm beleuchten, wurde Imogen klar. Das Schiff war mit Lampen in Industriegröße ausgestattet, die beide Decks und das Wasser vor ihnen in helles Licht tauchten, wenn sie eingeschaltet wurden. Imogen schaltete alle Lampen ein, die sie finden konnte, und die *Mystic Pirate* erstrahlte in einem blendenden Licht.

Einen Moment lang wünschte Imogen fast, sie hätte es nicht getan. Ihr Boot war voll mit Fae. Oder ... waren es andere magische Wesen? Sie musste annehmen, dass es Fae waren, denn so etwas hatte sie noch nie gesehen.

Wobei ... vielleicht hatte sie das. Imogen stöhnte auf, als eine weitere Welle gegen den Bug schlug, aber sie hielt das Steuerrad ruhig, und ihr Trizeps schrie vor Schmerz auf, während das Steuerrad versuchte, sich aus ihrem Griff zu befreien. Sie hatte diese Gesichter schon einmal gesehen. Auf dem Wasser. Das waren die Gestalten, die sie vom Wasser aus angrinsten. Sie hatten ihr gewunken, als sie noch ein kleines Kind war. Nacht für Nacht, wenn sie allein an Deck war und in die trüben Tiefen gestarrt hatte, waren sie knapp unter der Wasseroberfläche entlanggehuscht, während sie so getan hatte, als würde sie sie nicht bemerken.

Aber hier waren sie nun. Sie waren aus dem Wasser, direkt aus ihren Visionen, aus ihren Träumen gekommen. Imogen war völlig perplex. Diese Wasser-Fae waren erschreckend. Sie bewegten sich schlängelnd über das Boot, als befänden sie sich noch im Wasser, und plätscherten geradezu über das Deck, während sie versuchten, die Stelle zu erreichen, an der Nolan am Bug stand. Ihre Haut war transparent, wie das sanfte Schimmern der Mondoberfläche, und sie leuchteten bunt im Licht, das Imogen eingeschaltet hatte. Für einen Moment drehte sich einer von ihnen um und sah ihr in die Augen. Der Moment zog sich in die Länge, während Imogen in Augen blickte, die wie Opale aussahen und in denen sich Blitze von leuchtendem Rosa und tiefem Türkisgrün spiegelten. Was sah er, wenn er sie ansah? Imogens Blick wurde weggerissen und zurück auf die Wellen gelenkt, die weiterhin gegen ihr Boot schlugen. So sehr sie auch in den Sturm hinausgehen und helfen wollte, Imogen war sich sicher, dass sie im Steuerhaus besser aufgehoben war. Es gäbe keine Schlacht mehr zu schlagen, wenn das Schiff kenterte.

Imogen biss sich auf die Zähne und hielt durch, während der Schweiß unter ihren Pullover rann und ihre Haut kühlte. Ihr Herz raste in ihrer Brust, und sie hustete ein Lachen, als Bianca auf das Deck stürmte und einen Domnua niedermähte, bevor sie sich an der Reling festhielt und den Inhalt ihres Magens über Bord entleerte. Klar, sie hatten ihre Seemannsbeine noch nicht gefunden, dachte Imogen. Wie konnte die hübsche Blondine noch in die Schlacht ziehen, wenn sie seekrank war? Das sprach Bände über ihre Moral, erkannte Imogen. Seamus lief zu Bianca und strich ihr mit den Händen über den Körper, und Imogen sah nur einen kleinen Lichtblitz, bevor Bianca sich aufrichtete, zu Seamus hinauflächelte und auf ihren Bauch deutete. Seamus musste irgendeinen Zauber auf Bianca angewandt haben, stellte Imogen fest. Es war schon praktisch, wenn man so einen Trick in petto hatte. Als Bianca sich instinktiv vorwärts bewegte, um Seamus zu küssen, musste Imogen lachen, als er seine Hand ausstreckte, um sie aufzuhalten. Er zeigte auf ihren Mund und dann auf das Meer. Er hatte nicht Unrecht – wer wollte schon nach einem Brechanfall geküsst werden? Bianca schien ihren Fehler zu erkennen und drückte ihren Liebsten kurz, bevor sie sich wieder der Schlacht zuwandte.

Dann geschah etwas Interessantes. Imogen biss die Zähne zusammen und hielt sich fest, als sich das Boot aufbäumte und nach einer weiteren unwirklichen Welle in die Tiefe stürzte. Doch Nolan tötete die Wasser-Fae nicht, soweit sie das beurteilen konnte. Stattdessen stieß er sie über die Reling und zurück ins Meer. Er hatte sogar eine Welle der Magie ausgesandt – zumindest sah es so aus –, die eine ganze Gruppe von Wasser-Fae vom Deck riss und sie zurück in die wogenden Gewässer schleuderte.

Er tötete die Wasser-Fae nicht.

Waren es also nur die Domnua, die getötet werden sollten? Das könnte eine vertrackte Situation werden, wenn ihr nicht bald jemand die Regeln erklärte, dachte Imogen. Denn diese silbernen Feen-Bastarde waren hier, und Imogen keuchte auf, als einer Nolan von hinten überraschte und sich auf seinen Rücken stürzte. Ohne nachzudenken, drückte Imogen den Knopf für das Schiffshorn – wohl wissend, wie laut es war – und es dröhnte in den Sturm hinaus. Alle an Deck zuckten zusammen, aber es hatte für genug Ablenkung gesorgt, dass Nolan den Domnua von seinem Rücken schleudern und ihm sein Schwert durch das Herz rammen konnte. Imogen zog eine Grimasse angesichts des silbernen Glibbers, der aus ihm herausspritzte – wie bei einer zerquetschten Blaubeere.

Nolans Blick begegnete von der anderen Seite des Decks dem ihren und er hob die Hand zu einem angedeuteten Gruß. Imogen spürte, wie ihre Lippen zuckten, und nickte ihm anerkennend zu. Seine Augen weiteten sich, als eine kühle Brise ihren Nacken berührte. Sie brauchte sich nicht umzudrehen, um zu wissen, was das bedeutete. Jemand hatte ihr Steuerhaus betreten. Nolan war bereits auf dem

Sprung, aber Imogen wusste, dass er zu weit weg war. Imogen weigerte sich, hinter sich zu schauen, und richtete ihren Blick auf den tosenden Ozean vor ihnen. Sie würde dieses Schiff bis zu ihrem letzten Atemzug steuern.

„Schwester."

Die Stimme des Domnua glitt über ihre Haut, wärmte sie und stieß sie im selben Moment ab. Imogen wollte zurückblicken, wollte mit ihm sprechen, wollte ihn fragen, was er mit seiner Bemerkung gemeint hatte – aber sie weigerte sich, sich von ihren Pflichten ablenken zu lassen. Vielleicht war diese seltsame Bande von Leuten, die ihr Boot beschlagnahmt hatten, nicht ihre Crew, aber sie hatte zumindest einige von ihnen lieb gewonnen. Nein, Imogen würde sie nicht im Stich lassen, und sie würde sich auch nicht erlauben, einen Blick auf den Domnua zu werfen, der hinter ihr lauerte. Nach allem, was sie wusste, könnte es so sein, als würde sie in die Augen eines Vampirs blicken und die dunklen Fae könnten sie zwingen, irgendeinen seltsamen Scheiß zu tun. Nein, nein, nein. Sie würde *keinen* Blickkontakt herstellen.

Imogen wartete auf den Schlag, denn sie wusste, dass der Tod nahe war, und die Zeit schien sich zu verlangsamen, als ihr Verstand zu begreifen begann, dass dies ihre letzten Momente im Leben waren. Der Bug ging erneut in die Höhe, diesmal aber sehr langsam, während eine zweistöckige Welle auf die *Mystic Pirate* niederging. Schreie waren zu hören, und Blitze zuckten durch die frenetischen dunklen Wolken, die das Schiff einhüllten. Der Moment war in der Schwebe, und Imogen hatte das Gefühl, dass ihr das Herz aus der Brust sprang.

„Bist du unverletzt?"

Erleichterung durchströmte Imogen, ähnlich wie die Welle, die jetzt über das Deck schwappte, und Imogen blinzelte gegen die Tränen an, die ihr unaufgefordert in die Augen gesprungen waren.

„Ja, ich tue mein Bestes, um uns am Leben zu halten." Imogens Atem stockte, aber sie weigerte sich, zu Nolan zurückzublicken oder dorthin, wo sich wahrscheinlich eine Pfütze aus silbernem Glibber auf dem Boden ihres Steuerhauses befand.

„Er hat nicht versucht, dir weh zu tun?", fragte Nolan und eilte an ihre Seite. Seine Nähe wärmte sie, und Imogen versuchte, sich auf seine Worte zu konzentrieren und den Drang zu ignorieren, sich zu ihm zu drehen und ihn zu umarmen. Nachdem sie fest davon überzeugt gewesen war, gleich zu sterben, durchlief Imogen nun ein leichter Schauer. Ja, sie könnte gerade wirklich eine Umarmung gebrauchen.

„Nein. Ich habe meine Augen aber nicht vom Wasser genommen. Zu gefährlich." Imogen fluchte, als eine weitere gewaltige Welle das Schiff erschütterte. Sie fragte sich, wie lange die *Mystic Pirate* noch standhalten würde. Sie war zwar robust, aber ein Schiff konnte nur eine bestimmte Anzahl von Schlägen verkraften. „Wir können nicht mehr lange so weitermachen. Wir müssen Zuflucht suchen."

„Da." Nolan zeigte nach vorne und Imogen legte fragend den Kopf schief. Spielte ihr Verstand ihr einen Streich? Oder schimmerte dort ein helles, bläuliches Licht durch den Sturm?

„Was ist das?"

„Es ist die Bucht." Durch den Regen stürmte Bianca ins

Steuerhaus. Sie keuchte. „Es ist die Bucht. Grace's Cove. Sie ruft uns. Kannst du uns dorthin bringen?"

„Waren wir nicht gerade erst in Grace's Cove?" Imogen erhöhte bereits die Geschwindigkeit ihrer Motoren.

„Ja, aber das Dorf ist nach der Bucht benannt, die sich weiter unten befindet, versteckt zwischen zwei massiven Klippenfelsen. Sie ist verwunschen und der Ort, an dem Grace O'Malley ihre letzte Ruhestätte hat."

„*Die* Grace O'Malley?" Aufregung machte sich in Imogen breit. Sie hatte ihr Schiff, zumindest den Teil mit dem Piraten, nach der berühmten irischen Piratin Grace O'Malley benannt. Für irische Seeleute war sie eine Legende.

„Die einzig Wahre. Die Bucht sagt uns, wir sollen kommen. Verstehst du? Sie ruft uns nach Hause." Biancas Finger drückten ihre Schulter, als eine weitere Welle das Boot traf wie ein Kind, das mit seinem Spielzeug um sich wirft, wenn es einen Wutanfall hat. Nolan und Bianca hielten sich fest, während Imogen das Steuer fest in den Griff nahm und das blaue Licht anvisierte.

Die *Mystic Pirate* war im Begriff, ihre Namenspatronin zu treffen.

KAPITEL ZEHN

Als die *Mystic Pirate* die Stelle passierte, an der sich
die Klippen fast berührten – wie eine Art mytholo-
gisches Tor zu einer alten Festung –, legte sich der Sturm.
Innerhalb der felsigen Wände der Bucht plätscherte das
Wasser sanft, und aus der Tiefe drang ein helles Licht.

„Hier sind wir sicher", versprach Bianca.

„Ich muss den Anker werfen, sonst beschädigen wir
den Rumpf an den Felsen." Imogen nickte zum Ufer
hinüber. „Aber meine Instrumente funktionieren nicht.
Ich muss mich auf den Schall verlassen. Kannst du das
Steuer halten, während ich den Anker löse?"

„Ich kann das machen", sagte Nolan und ging bereits
zur Tür.

„Weißt du, was du tust?", rief Imogen, die befürchtete,
dass sich ihre Ankerleine verheddern könnte. Es gab viele
Dinge, die beim Lösen eines Ankers schief gehen konnten,
und sich in der eigenen Kette zu verfangen, war nichts,
womit Imogen sich gerade beschäftigen wollte.

Nolan winkte ihr nur zu und ging zum Bug, wo der

Anker war. Er untersuchte ihn einen Moment lang, und Seamus schloss sich ihm an.

„Ich bin so froh, dass mein Süßer in Sicherheit ist." Bianca seufzte, als sie neben Imogen stand und sich geistesabwesend mit der Hand über den Bauch fuhr.

„Das bin ich auch. Ich habe mir Sorgen um euch beide gemacht."

„Ich kann nicht sagen, dass es mir anders ging. Das war ... heftig. Und kompliziert dazu, weil wir nicht dazu bestimmt waren, die Wasser-Fae zu töten."

„Genau das habe ich mich gefragt." Imogen hob bestätigend die Hand, als sich die beiden Männer ihr zuwandten. Bianca blieb still, während der Anker klirrend nach unten glitt, bis die Männer noch einmal winkten. Als sie spürte, wie das Boot zum Stillstand kam, schaltete Imogen die Motoren ab. Sie würden so viel Treibstoff wie möglich sparen müssen.

„Es geschah auf Nolans Anweisung. Er beaufsichtigt die Wasser-Fae, es gehört zu seinen Aufgaben innerhalb des königlichen Hofes. Deshalb steht er ihnen nahe. Nun, und technisch gesehen ist es seine Aufgabe, dafür zu sorgen, dass ihnen kein Schaden zugefügt wird. Es würde sicher nicht gut aussehen, wenn er sie jetzt töten würde, oder?"

„Selbst wenn sie versuchen würden, ihn zu töten? Ich meine, man könnte doch sicher verstehen, warum das ein Problem sein könnte, oder?" Imogen beendete das Ausschalten der Geräte und notierte verschiedene Messwerte in ihrem Notizbuch. Sie notierte sich auch die Koordinaten und trug ein paar Zeilen in das Logbuch der Kapitänin ein. Schließlich löste sie sich von dem Gurt, der sie festhielt, und wackelte zurück.

„Ich glaube, er versucht, so ehrenhaft wie möglich zu sein", sagte Bianca, während sie sich gegen den Tresen lehnte und einen Finger an ihre Lippen legte. „Denn wenn mein Verdacht richtig ist und die Wasser-Fae von den Domnua in die Irre geführt werden, dann ist es nicht allein ihre Schuld. Die Domnua sind für dieses Problem verantwortlich und sie benutzen die Elementaren, um anzugreifen. Nein, ich denke, Nolan hat das Richtige getan, auch wenn es schwer ist, sich im Kampf nicht zu verteidigen."

Imogen beugte sich in der Taille, streckte sich und wippte auf ihren Fersen hin und her. Die Verspannungen, die sie durch das feste Greifen des Steuerrades erlitten hatte, zogen sich durch ihre Schultern und ihren ganzen Körper. Als sie sich wieder aufrichtete, hob sie ihre Hände in die Luft und versuchte, die Schmerzen in ihrem Rücken zu lindern.

„Hat dir einer der Wasser-Fae eigentlich weh getan? Warte, wo ist Callum? Ich habe ihn nicht gesehen..." Imogen brach ab, als Nolan ins Steuerhaus zurückkehrte. Sein großer Körper schien den Raum auszufüllen, wodurch sich die winzige Kabine kleiner anfühlte, und Imogen riss ihren Blick von ihm los, um sich noch einmal zu strecken.

„Er hat das Heck verteidigt. Wir haben einen der Wasser-Fae gefangen genommen und sind dabei, ihn zu befragen, wenn ihr euch uns anschließen wollt."

„Ja, natürlich. Ich hole uns nur etwas Wasser oder vielleicht einen Whiskey?" Bianca rümpfte die Nase. „Obwohl, vielleicht lieber nur Wasser für mich."

„Ich habe gesehen, dass dir schlecht geworden ist. Geht es dir jetzt besser?" Imogen streckte die Arme wieder über den Kopf und legte den Kopf in den Nacken.

„Klar, und mein sexy Mann hat mir mit Magie geholfen. Ist das nicht großartig? Ich dachte schon, ich wäre erledigt. Weißt du, wie schwer es ist, zu kämpfen, wenn man kurz davor ist, sich zu übergeben? Zugegeben, es wäre wahrscheinlich eine effektive Verteidigungsmethode."

„Ich würde mich nicht in die Nähe von jemandem begeben, der sich in meine Richtung übergibt", stimmte Imogen lachend zu.

„Okay, ich besorge uns Drinks. Wo treffen wir uns, Nolan?"

„Am Heck. Wir dürfen ihn nicht zu lange über Wasser halten, sonst wird er verletzt."

„Schon dabei." Bianca verschwand in der Kombüse und Imogen fuhr damit fort, ihre Schultern zu entspannen. Sie verstummte, als sich Nolans Hände an ihren Nacken legten.

„Du hast Schmerzen."

„Es ist nicht leicht, das Steuer bei so einem Sturm zu halten. Ich habe mir nur ein bisschen den Rücken verrenkt."

„Lässt du mich mal?" Es war weniger eine Frage als vielmehr eine Anweisung, und Imogen schluckte gegen ihren plötzlich trockenen Mund an, als Nolans Hände sich ihren Rücken hinunterarbeiteten. Ein Stöhnen entwich ihr, als er eine besonders empfindliche Stelle erreichte, und er gurrte sie an. „Na, komm schon, *Mavourneen*. Ruhig. Ich werde es besser machen."

Imogen wollte in einer Pfütze der Bedürftigkeit zu Füßen dieses Mannes zusammensinken, während er ihren Nacken und ihren Rücken massierte. Die Anspannung fiel langsam von ihren Muskeln ab und wurde durch eine neue

Sehnsucht ersetzt, die sich in ihrem Inneren meldete. Als sie merkte, wohin ihre Gedanken abschweiften, trat Imogen hastig einen Schritt vor.

„Danke dafür. Schon viel besser. Möchtest du, dass ich während der Befragung hierbleibe? Ich bin mir nicht sicher, wie viel ihr mit dem Menschen hier teilen wollt."

„Du bist jetzt Teil des Teams." Nolans Worte streichelten sie und erfüllten ihren Zweck. Imogen hatte von Natur aus ein tief verwurzeltes Bedürfnis, irgendwo dazuzugehören. Das war der Grund, warum sie sich so eng mit ihrer Crew verbunden fühlte. Als sie aufwuchs, hatte sie nie eine Familie oder enge Freunde gehabt, deshalb war es für sie sehr wichtig, irgendwo dazuzugehören. Teil dieses Teams zu sein – auch wenn es gegen ihren Willen geschah – erwärmte ihr Herz.

„Gut, ich bin gleich unten. Ich muss nur ..." Imogen deutete mit einer vagen Geste auf ihre Kabine, und Nolan schien zu verstehen, was sie damit sagen wollte. Imogen ging in ihre Kabine, schloss die Tür und verschwand in ihrem kleinen Badezimmer. Sicher, sie musste die Toilette benutzen, aber sie brauchte auch einfach mal eine Minute für sich.

Wenn sie ehrlich war, brauchte sie mehr als eine Minute, aber mehr als einen Moment würde sie nicht bekommen. Nach dem eiligen Gang zur Toilette wusch sich Imogen die Hände und blieb vor ihrem Spiegelbild stehen. Ihre Haare hatte sich halb aus dem Zopf gelöst und kringelten sich wild um ihr Gesicht – eine stürmische Medusa mit ihren Locken und großen Augen. Eine leichte Röte färbte ihre Wangen. Sie sah irgendwie wild aus. War das das richtige Wort? *Wild* – aber auf eine schöne Art und Weise?

Imogen nahm sich selten die Zeit, ihr Äußeres zu betrachten. Höchstens um zu prüfen, ob etwas zwischen ihren Zähnen steckte. So war sie für eine Sekunde überrascht, als sie nach oben griff und ihr Haar zurück zu einem Zopf bändigte. Jetzt, wo der Adrenalinstoß vorbei war, machte sich eine tiefe Erschöpfung in ihr breit. Vielleicht war es auch die Art, wie Nolans Hände die Schmerzen in ihrem Rücken gelindert hatten. Zugegeben, sie hatten auch andere Gefühle verursacht, die nach Aufmerksamkeit verlangten, aber Imogen versprach sich selbst, dass sie sich später um ihre eigenen Bedürfnisse kümmern würde. Sie musste diese Lust zügeln, die so plötzlich in ihr aufgetaucht war. All diese Emotionen waren wirklich ablenkend, oder?

In der Bucht war der Wind ruhiger. Durch die beiden großen Klippen, die sich an das sanfte Wasser schmiegten, schien die Luft auch ein wenig wärmer zu sein, und die Sonnenstrahlen schoben sich sanft durch die Wolken, die über den Himmel zogen. Hätten sie nicht gerade einen Kampf hinter sich, wäre Imogen stehen geblieben, um den hübschen Strand zu bewundern oder den Kopf in die Sonne zu strecken. Stattdessen eilte sie zurück zum Heck, wo sich die Gruppe um einen der Wasser-Fae versammelt hatte. Der Feenmann stand mit hängenden Schultern da, die Sonne schimmerte auf seiner fast durchscheinenden Haut. Er war anders als der Mann, der sie über die Jahre hinweg verfolgt hatte, obwohl Imogen die Ähnlichkeiten erkennen konnte. Er rang nach Atem, und Imogen fragte sich, ob es das war, was Nolan damit gemeint hatte, dass die Wasser-Fae Schmerzen hatten, wenn sie zu lange an der Luft waren. Sie nahm an, dass es ähnlich war wie bei einem Fisch außerhalb des Wassers, obwohl es unpassend war, dieses wunderbare, schimmernde Wesen als Fisch zu bezeichnen. Der Mann war schön und grotesk zugleich, und doch machte ihn seine Einzigartigkeit noch bezaubernder. Imogen fand, dass es sie nicht einmal störte, dass er unbekleidet war. Es erschien ihr normal. Niemand konnte in seinen Kleidern frei im Wasser schwimmen, oder?

Die unheimlichen Opalaugen des Feenmannes trafen auf ihre, und Imogen spürte einen Schock des Wiedererkennens. Sie holte zittrig Luft. Okay, so war es also. Sie hatte keine Wahnvorstellungen gehabt, und sie hatte *tatsächlich* ihr ganzes Leben lang Feenwesen gesehen. Sie waren real. Eine echte Art. Und die Menschen hatten einfach keinen Schimmer von ihnen oder sprachen nur in Märchen über sie. Sie hatte Mühe, ihre Gedanken zu ordnen und alles, was sie von der Welt wusste, anzupassen. Sie blinzelte, als sich die Augen des Wasser-Fae weiteten, während er sie ansah.

Er neigte den Kopf.

Imogen blickte hinter sich, fragend, vor wem er sich verneigte, und stellte fest, dass niemand hinter ihr stand. Sowohl Callum als auch Nolan drehten sich um, zwei unglaublich gut aussehende Männer, und beide musterten sie mit fragenden Blicken auf ihren Gesichtern.

Ein weiterer rasselnder Atemzug des Wasser-Fae lenkte ihre Aufmerksamkeit auf ihn zurück.

„Er hat nicht mehr viel Zeit. Es ist eine Tortur für ihn", sagte Nolan sorgenvoll.

„Feenmann. Sag uns – warum bist du hinter uns her?", forderte Callum.

„Ihr habt unseren Talisman gestohlen. Unser Anführer leidet sehr. Die Macht... sie schwindet mit jedem Tag. Ihr müsst ihn uns zurückgeben."

„Du musst deinen Leuten sagen, dass wir nichts gestohlen haben. Es sind die Domnua, die so etwas tun", beharrte Callum.

Die Augen der Feenmannes huschten zu Nolan.

„Er war in unserem heiligen Raum. Und danach? Danach war der Talisman verschwunden."

„Ich bin da, um die Euren zu beschützen", sagte Nolan und beugte sich dicht vor, so dass der Feenmann gezwungen war, ihm in die Augen zu sehen. „Falls du es bemerkt haben solltest... ich habe angeordnet, dass keiner deiner Leute während eures Angriffs verletzt wird. Es wäre mein gutes Recht gewesen, das zu tun. Ich will nicht, dass deinem Volk etwas passiert – oder dass es verletzt wird. Das ist nicht die Antwort, Bruder."

„Wir haben keine Wahl." Der Feenmann begann tiefer nach Luft zu schnappen. Beziehungsweise nach Wasser, dachte Imogen. Sie erschrak, als er seine Augen wieder auf die ihren richtete. „Ich wusste nicht, dass Ihr hier seid. Es tut mir leid."

„Ich?" Imogen zeigte mit einem Finger auf ihre Brust. „Ich meine, ich nehme deine Entschuldigung an, denn du hättest mein Boot nicht angreifen dürfen – sie ist meine Lebensgrundlage. Aber ansonsten bin ich mir nicht sicher, was du meinst."

Der Feenmann blinzelte sie nur mit seinen opalblauen Augen an, während sein ganzer Körper vor Anstrengung zu atmen zitterte.

„Ich bitte um Verzeihung, *mo bhanríon*."

„Ins Wasser, sofort." Nolan warf einen besorgten Blick auf Callum und streckte den Arm aus, um den Wasser-Fae hochzuheben. „Sag deinem Volk, dass sie nicht hinter uns her sein sollten. Es sind die Domnua. Ich habe deinen Talisman nicht."

Der Feenmann sagte nichts, als er schlaff in Nolans Armen hing, und Nolan schritt zur hinteren Plattform, wo er sich hinkniete und ihn sanft ins Wasser gleiten ließ. Sobald er wieder im Wasser war, huschte der Mann davon, offensichtlich um sich von dem Boot zu entfernen. Nolan blieb noch einen Moment auf den Knien und beobachtete das Wasser. Imogen fragte sich, was er wohl dachte.

„Wie hat er dich genannt?", mischte sich Bianca ein. „Mein Irisch ist immer noch nicht das Beste."

„Meine Königin." Nolans harter Blick brachte Imogen fast dazu, dem Feenmann ins Wasser zu folgen.

KAPITEL ELF

Danach gab es nicht mehr viel zu sagen – obwohl Bianca so aussah, als wollte sie alles auf einmal auspacken. Stattdessen schubste Seamus sie ins Innere und erinnerte sie nicht allzu freundlich daran, dass sie nach Erbrochenem roch. Der Rest der Gruppe hatte sich darauf geeinigt, in ihre Kabinen zurückzukehren und sich auszuruhen. So sehr es Callum wahrscheinlich auch ärgerte, selbst er sank vor Erschöpfung in sich zusammen. Eine müde Mannschaft ist eine unbesonnene Mannschaft, hatte Imogen im Laufe der Jahre gelernt, und so hatte sie der Entscheidung von ganzem Herzen zugestimmt. Jetzt konnte sie jedoch nicht mehr schlafen, während sie auf ihrer Koje lag und an die Decke starrte.

Ein Gedanke drängte sich immer wieder an die Oberfläche.

Sie war *nicht* verrückt.

Und vielleicht bedeutete das, dass ihre Mutter es auch nicht war. Imogen hatte so lange geglaubt, dass ihre Mutter dem Wahnsinn verfallen war – doch in Wirklichkeit hatte die Frau gegen eine Wahrheit angekämpft, die sie nicht hatte einordnen können. Shauna hatte sich dem Alkohol und den Drogen zugewandt, um damit fertig zu werden – sie flüchtete sich in eine Welt, in der sie sich nicht mit einer Realität auseinandersetzen musste, die sie nicht akzeptieren wollte. Imogen war immer noch sehr verbittert, was ihre Mutter anging, aber zum ersten Mal spürte sie, dass sie der Frau gegenüber nachsichtiger wurde. Sie war keine gute Mutter gewesen, *nein,* aber zum ersten Mal erwog Imogen den Gedanken, dass es nicht daran lag, dass Imogen der Liebe nicht würdig gewesen war.

Das war der Glaubenssatz, der schließlich ihr Leben bestimmt hatte. Ihre Mutter hatte sie aus dem Haus geworfen, als sie noch ein Teenager war. Davor hatte Shauna ihr gesagt, dass sie anders sei – geistig anders – und dass sie nicht über ihre Visionen sprechen sollte. Aus diesem Grund hatte Imogen ernsthafte Zweifel an ihrer eigenen geistigen Gesundheit entwickelt. Es hatte Jahre gedauert, dieses Stigma in ihrem Kopf zu bekämpfen, sich eine Karriere aufzubauen und die „seltsamen" Dinge, die sie oft nicht erklären konnte, geflissentlich zu ignorieren. Niemals hatte sich Imogen einer anderen Person anvertraut, obwohl sie eines Abends kurz davor gewesen war, ihrer Mannschaft davon zu erzählen, als sie auf dem Schiff ein bisschen zu viel Whiskey getrunken hatten. Sie hatte nie eine Liebe riskiert, hatte sich kaum erlaubt, Freundschaften zu schließen, und war stattdessen davon ausgegangen, dass sie, wenn sie hart arbeitete und sich ruhig verhielt, dem Hauch des Anders-seins, der ihr anhaftete, entkommen konnte.

Und jetzt?

All das war real. Es sei denn, sie befand sich auf einer ausgedehnten Traumreise? Wenn das der Fall war, wäre es ein verdammt guter Traum, aber Imogens Gefühl sagte ihr, dass sie ganz bestimmt wach war. Was bedeutete, dass die Feen real waren. Ihre Mutter *hatte* von ihnen gewusst. Und Imogen war irgendwie mit ihrer Existenz verbunden. Sie war sich nicht sicher, auf welche Weise, aber allein die Tatsache, dass andere Menschen die gleichen „Illusionen" hatten wie sie, war wie ein kühler Balsam für ihre Seele. Imogen zog sich ein Kissen über den Kopf und erlaubte sich zu weinen, wobei das Kissen das Geräusch dämpfte.

Ein Klopfen ertönte.

„Ich schlafe", sagte Imogen unter dem Kissen.

„Das tust du nicht." Nolan betrat ihre Kabine, ohne zu fragen, und Imogen quietschte. Sie zog das Kissen von ihrem Kopf, griff nach der Decke und zog sie über ihre nackten Beine. Sie hatte sich ihrer Hose und ihres Pullovers entledigt und war in einem einfachen Top und einem Höschen auf ihr Bett gekrochen.

„Wie kann ich dir helfen, Nolan? In der Kombüse gibt es Essen. Bianca ist dafür zuständig." Imogen wandte das Gesicht ab, denn sie wusste, dass ihre Wangen flammend rot sein würden, wie sie es immer waren, wenn sie weinte. Sie weinte nicht oft – aber wenn sie es tat, war es nicht von der Sorte, dass ihr eine einzelne kristallene Träne über die Porzellanhaut rann. Nein, rosa Flecken bedeckten ihr Gesicht, und ihre Augen wurden sofort blutunterlaufen. Es war nicht schön, das stand fest, und Imogen wollte nicht, dass Nolan sie so sah.

„Du weinst."

„Ja, das hast du wohl richtig bemerkt! Ich weine. Ist das so eine große Sache? Es war eine harte Nacht für mich, okay? Ich bin das alles nicht gewöhnt." Imogen wedelte mit der Hand in der Luft, bevor sie sich mit dem Handrücken gegen die Wangen schlug.

„Wie kann ich dir helfen?" Nolan schwebte über dem Bett, die Hände halb erhoben, als wäre er sich nicht sicher, was er tun sollte.

„Helfen? Na klar, jetzt will er mir helfen." Imogen stieß ein Lachen aus. „Du hättest damit anfangen können, nicht mein Schiff zu stehlen."

„Es war eine notwendige Entscheidung."

„Es gab noch andere Boote." Imogen starrte ihn an und zog sich die Wolldecke noch weiter über die Brust. Wie konnte er nur so gut aussehen, obwohl er wahrscheinlich genauso müde war wie sie selbst? Wenn nicht sogar noch müder? Er hatte erbittert mit den dunklen Feen gekämpft, und Imogen konnte sich vorstellen, dass eine solch anstrengende Tätigkeit ihn erschöpfen musste. Vielleicht funktionierte es bei den Feen anders. Vielleicht regenerierten sie sich schneller wieder.

Das brachte sie dazu, fröhlich über *andere* Möglichkeiten der Regeneration nachzudenken, die wahrscheinlich genauso effektiv waren.

„Keines mit einer Kapitänin darauf."

„Schön für dich", schimpfte Imogen.

„In diesem Fall, ja." Nolans Augen wurden noch stürmischer – wenn das überhaupt möglich war –, als er auf Imogen hinunterblickte. Die Stille wurde länger, und

Imogens Herz nahm an Fahrt auf. Nolan streckte die Hand aus und fuhr mit einer Hand über ihre Wange. Seine Berührung war unglaublich sanft, und ließ eine Träne an seinem Finger zurück.

„Warum hat der Feenmann dich seine Königin genannt?", fragte Nolan, und Imogen verstummte.

„Das kann ich nicht sagen..." Imogen zog ihren Kopf leicht zurück, um sich von Nolans Berührung zu lösen.

„Du kannst oder willst nicht?" Nolan runzelte die Stirn.

„Ich weiß es nicht, okay? Ich bin seltsam! Ist es das, was du hören willst? Irgendetwas muss mit mir los sein." Imogen schlug mit geballter Faust auf das Kissen, das sie auf ihren Schoß gezogen hatte.

„Es ist alles in Ordnung mit dir. So viel kann ich sagen ... bis jetzt." Nolan verschränkte die Arme vor der Brust und wippte auf seinen Fersen zurück.

„Oh ... vielen Dank." Verärgerung durchzuckte Imogen. Warum wurde sie für etwas beschuldigt, das dieses Feenwesen gesagt hatte?

„Hast du Angst vor den Fae?", fragte Nolan. „Wir werden dich auf dieser Reise beschützen. Ich habe es dir geschworen. Ist das der Grund, warum du weinst?"

„Nein ... ich habe nur ..." Imogen biss sich auf die Unterlippe und versuchte zu entscheiden, wie viel sie diesem Mann sagen wollte. Er regte sie auf. Sie war sich nicht sicher, ob sie Nolan überhaupt mochte. Und im gleichen Atemzug faszinierte er sie zutiefst. Die verwirrende Mischung von Gefühlen führte dazu, dass sie nicht sicher war, wie sie vorgehen sollte, wenn es darum ging, ihre persönlichsten Geheimnisse zu enthüllen. „Ich schätze, ich habe Angst vor den Dingen, die ich nicht kenne. Und die Welt der Feen, nun, das ist alles neu für mich. Ich habe keine Ahnung von den Gefahren, die mich erwarten. Ich habe keine Ahnung, wie ich mich auf all das vorbereiten soll. Ich mag es, vorbereitet zu sein. Ich muss…"

„Du musst was?"

„Ich muss auf mich selbst aufpassen können." Imogens Kinn hob sich und sie sah ihm in die Augen. „Und ich bin mir nicht sicher, ob ich in diesem Fall weiß, wie das geht."

„Ich werde mich um dich kümmern, Imogen." Nolans Stimme wärmte sie, auch wenn das Gefühl sie stutzen ließ.

„Du hörst mir nicht zu. *Ich* muss mich um mich *selbst* kümmern. Ich kann mich nicht auf andere verlassen."

„Und warum?" Nolan legte fragend den Kopf schief, und Imogen wollte vor Frustration schreien. Konnte man nicht einmal in Ruhe weinen, ohne anschließend ein tiefes, intimes Gespräch führen zu müssen?

„Das geht nur mich etwas an, Nolan. Warum bist du überhaupt hier? Solltest du nicht schlafen?"

„Ich habe geschlafen. Jetzt nicht mehr." Verwirrung machte sich in seinem Gesicht breit, und Nolan strich sich mit einer Hand über die Brust. Er hatte sich eine Jeanshose und ein einfaches graues Henley-Hemd angezogen und sah ganz normal aus, abgesehen von der Energie, die um ihn herum zu knistern schien. Ob es nun Selbstvertrauen, Kühnheit oder starke Feen-Magie war, Imogen fragte sich, wie die Menschen ihn nicht sofort als etwas anderes wahrnehmen konnten. Vielleicht verbarg er seine Anwesenheit in der menschlichen Welt? Sie machte sich eine Notiz, Bianca zu fragen, wie die Feen unbemerkt durch die Menschenwelt gelangten, und wartete auf

Nolans Erklärung. „Ich wusste einfach, dass du mich brauchst."

„Ich brauche dich nicht", rief Imogen aus. Peinlichkeit durchströmte sie. Sie brauchte niemanden! Imogen kümmerte sich um ihre eigenen Angelegenheiten, schon seit sie ein Kind war.

„Da du diejenige bist, die hier sitzt und weint, würde ich sagen, du bist im Unrecht, was das angeht." Nolan zuckte mit einer muskulösen Schulter und schenkte ihr ein verschmitztes Lächeln, das ihr sofort Lust machte, auf die Knie zu gehen und Nolan zu zeigen, was sie brauchte. Igitt, dachte Imogen, und zupfte an ihrem Zopf. Wann hatte sie sich in so ein Flittchen verwandelt? Ihr innerer Monolog wurde in diesen Tagen geradezu unanständig.

„Darf man nicht mal mehr in Ruhe weinen? Wir haben alle verschiedene Arten, Dampf abzulassen."

„Ich bin sicher, es gibt angenehmere Möglichkeiten, das zu tun." Wieder ein verschmitztes Lächeln, das Imogen stutzen ließ. Wusste der Mann, wohin ihre Gedanken gegangen waren? Oh, sie hasste die Art von Männern, die sich so selbstsicher waren, dass sie wussten, wie sie auf Frauen wirkten. Solche Typen hatten in der Regel ein Ego, das breiter war als die *Mystic Pirate*, und Imogen hatte es im Laufe der Jahre genossen, einige von ihnen ein oder zwei Nummern kleiner zu machen.

„Klar, ich könnte eine Runde schwimmen gehen, wie ich es sonst immer tue, aber das scheint im Moment verboten zu sein." Imogen hob eine Augenbraue zu Nolan und wartete, ob er eine weitere Andeutung machen würde.

„So ist es. Du warst heute sehr mutig, Imogen. So das Schiffshorn dröhnen zu lassen war richtig genial."

Imogen hatte nicht mit einem Kompliment gerechnet, zumindest mit keinem, das keine sexuelle Anspielung enthielt. Es brachte sie für einen Moment aus dem Gleichgewicht, und erwärmte sie.

„Ich hielt es nicht für klug, das Steuerhaus zu verlassen."

„Nein, du hättest den Kampf behindert und wir hätten wahrscheinlich das Schiff verloren."

„*Ich* hätte mein Schiff verloren, meinst du." Imogen deutete auf ihre Brust. „Es ist mein Schiff. Mein Leben. Ich würde eher mein Schiff retten, bevor ich dich rette, vergiss das nicht, Nolan." Jetzt war sie einfach eine Zicke, aber Imogen hatte es satt, dass seine überlebensgroße Präsenz ihre Kabine füllte und ihren emotionalen Moment unterbrach. „Ich kenne dich kaum, aber mein Schiff ist die einzige Konstante in meinem Leben. Es ist das Einzige, auf das ich mich verlassen kann, also nein, ich werde das Ruder während einer Schlacht nicht verlassen. Das bin ich ihr schuldig."

„Du sprichst, als wäre sie ein lebendiges Wesen...", sagte Nolan, seine Stimme war sanft, aber nicht spöttisch.

„Für mich ist sie das. Sie ist meine Freiheit. Meine Freude. Mein Lebensunterhalt. Und, ja, oft auch anstrengend. Aber das sind die meisten Dinge, für die es sich lohnt, zu leben, nicht wahr?" Imogen warf Nolan einen herausfordernden Blick zu. Er überraschte sie, indem er die Hand ausstreckte und sie kurz an ihrem Zopf berührte. Sie sträubte sich bei seiner Berührung.

„Ja, die wichtigsten Dinge sind herausfordernd." Seine Augen hielten die ihren fest, und eine Sekunde lang dachte Imogen, er würde sie küssen. Die Nerven kribbelten in ihrem Magen, und sie sank ein Stück zurück ins Kissen.

„Du kannst dich jetzt selbst hinausbegleiten, Nolan. Ich brauche nichts."

„Sagst du mir Bescheid, wenn du es tust?" Nolan war bereits an der Tür, und sie musste es ihm zugutehalten, dass er ihre Anweisung befolgte und nicht versuchte, länger zu bleiben, wenn er nicht willkommen war.

„Du wirst wahrscheinlich der Letzte sein, der es erfährt." Imogen grinste ihn neckisch an, und Nolan kicherte.

„Herausfordernd", sagte Nolan und verließ geduckt die Kabine, wobei er scheinbar die ganze Luft mit sich riss, als er sie verließ.

Sie weinte nicht mehr, und wenn das Nolans Absicht gewesen war, hatte er sein Ziel erreicht. Imogen ließ ihren Kopf zurück in die Kissen fallen und starrte erneut an die Decke, während sich ihr ein ganz anderes Problem stellte. Sie schloss die Augen, ließ ihre Hand unter die Decke gleiten und strich über ihren Bauch. Dann tiefer, dorthin, wo es sie vor Verlangen schmerzte. Es war schon eine Weile her, dass sie sich eine solche Erleichterung gegönnt hatte, und es war klar, dass ihre unbefriedigten Bedürfnisse ihren Kopf durcheinanderbrachten. Ablenkung war nicht das, was sie im Moment brauchte, nicht, wenn sie mitten in einen Krieg zwischen den verschiedenen Fraktionen der Feenwelt geraten war. Natürlich würde ein gutaussehender Mann ihre Aufmerksamkeit erregen – verdammt, es war so lange her, dass sie die Berührung eines Mannes gespürt hatte, dass jeder Mann zu diesem Zeitpunkt wahrscheinlich etwas in ihr auslösen würde. Imogen erlaubte sich, sich ihrem Bedürfnis hinzugeben, und strich mit ihrer Hand über die Stelle, an der sie vor Verlangen pulsierte, und mit der anderen zog sie das Kissen über ihren Kopf und keuchte hinein, während sie eine heftige, süße Erlösung fand. Es hatte wirklich nicht lange gedauert, oder? Imogen lachte über sich selbst, aber schließlich beruhigten sich ihre Gedanken, und sie fiel in einen traumlosen Schlaf.

KAPITEL ZWÖLF

Es kostete Nolan alles, was in seiner Macht stand, um nicht zurück in Imogens Kabine zu stürmen und ihr das Vergnügen zu bereiten, das sie gerade suchte. Nolans Hände umklammerten das Geländer so fest, dass er sich wunderte, dass es nicht einfach in zwei Teile zerbrach. Schweiß brach ihm auf der Stirn aus, während die Lust ihn durchströmte und seine Hose eng werden ließ. Seine Willenskraft war überfordert. Wie konnte er ihre Gegenwart nur so tief spüren? Nolan kontrollierte seinen Atem, während er an den Moment zurückdachte, als er aus dem Schlaf erwacht war und genau wusste, dass Imogen ihn brauchte. Sobald er dachte, sie könnte in Gefahr sein, war er ohne zu zögern zu ihrer Kabine gerannt, nur um sie weinend vorzufinden.

Bei der Göttin, Tränen auf dem Gesicht einer Frau waren etwas, das einen tiefen Beschützerinstinkt in ihm auslöste. Nolan wollte mit der Faust auf das einschlagen, was Imogen Kummer bereitete, aber sie hatte sich vor ihm verschlossen. Nein, die schöne Schiffskapitänin hatte ihre

Geheimnisse, und sie war eindeutig nicht bereit, sie mit Nolan zu teilen. Das ärgerte ihn ein wenig, wenn er ehrlich war, aber als er von einer weiteren Welle der Lust überrollt wurde, wusste er nicht mehr, was ihn genau störte.

Das Mädchen würde ihn noch umbringen, wenn sie nicht bald fertig war. Er knirschte mit den Zähnen und keuchte fast, als ein weiterer Impuls der Lust ihn durchzuckte. Er fragte sich, wie sie wohl in diesem Moment aussehen würde. Ihre Augen trüb vor Lust, ihre Porzellanhaut rosig, und ihr Haar wild auf dem Laken. Vielleicht sollte er wieder reingehen...

Nicht, wenn er nicht geköpft werden wollte. Nolan verkniff sich ein Grinsen. Wenn er etwas über seine grimmige kleine Kapitänin gelernt hatte, dann, dass sie niemandem erlaubte, ihre Grenzen zu überschreiten. Das hatte er gestern Abend auf die harte Tour gelernt, als er ihretwegen beinahe ein Messer ins Gesicht bekommen hätte. Er musste Imogens Geschick bewundern, auch wenn es ihn ärgerte, dass sie ihn nun schon zweimal überrumpelt hatte. Das erste Mal, als sie das Messer geworfen hatte, und das zweite Mal, als sie einen Domnua zu Fall gebracht hatte, um ihn zu retten. Nun, das ärgerte ihn jetzt doch ein wenig. Nolan wischte sich mit der Hand über das Gesicht und riss sich zusammen.

Er wollte auch ignorieren, dass sein Gehirn Imogen als *seine* grimmige Schiffskapitänin betrachtete. Hier ging es um viel mehr als nur scharf auf jemanden zu sein, auch wenn Nolan bei diesem Begriff die Nase rümpfte. Er war schon immer ein großzügiger und freudiger Liebhaber gewesen, und wie die meisten Fae feierte er die Freuden des Fleisches ausgiebig. Es war wie bei allem mit den Fae – sein

Volk liebte das Extreme. Große Feste, Tanzen, Liebesspiele, Schlachten… all das. Sein Volk war keines, das sich zurücklehnte und das Leben an sich vorüberziehen ließ. Nein, die Fae liebten alles, und deshalb war das Reich der Menschen für sie unendlich faszinierend. Sein Volk bewunderte die Hartnäckigkeit der Menschen und wie sie es schafften, sich auch ohne magische Hilfe weiterzuentwickeln.

Nolan löste seinen schraubstockartigen Griff um das Geländer und atmete zittrig ein. Es schien, dass Imogen jetzt fertig war, denn es kamen keine weiteren Lustschübe durch das, was… nun ja, was auch immer es war, dass ihn mit ihr verband. Er betrachtete seine Hände, dachte über seine eigenen Kräfte nach und versuchte, diese Verbindung, die er für Imogen empfand, zu verstehen.

Schon als kleines Kind hatte Nolan gewusst, dass er mächtiger war als die anderen Fae in seiner Familie. Manchmal war es so, dass Kinder wie er identifiziert und beiseite genommen wurden, um an speziellen Programmen zur Verbesserung ihrer Fähigkeiten teilzunehmen. Bei einem solchen Programm, einem Kurs in Metallkunde – genauer gesagt ging es um die Verbindung von Werkzeugen mit Magie – hatte er Callum kennen gelernt. Natürlich ging es um alle Metalle außer Eisen. Die Fae hassten Eisen. Aber Silber und Gold? Das Herstellen von Werkzeugen oder Schmuck und sie mit Magie zu versehen, war etwas, worin sich sowohl Callum als auch Nolan ausgezeichnet hatten. Seit dieser Zeit waren Nolan und Callum fast unzertrennlich – und das, obwohl er der Prinz der Danula war. Als Kinder durften sie spielen und Freundschaften schließen, und ihr Umgang miteinander war nicht durch königliche Protokolle geregelt. Erst als Prinz Callum Teenager war, wurde er gezwungen, die Regeln zu befolgen, und Callums Interaktionen wurden stärker überwacht. Es war klar, dass Callum sich von ihrer Freundschaft zurückziehen musste, und Nolan hatte es leicht akzeptieren können, denn der junge Prinz hatte eine Verantwortung und musste gewisse Erwartungen erfüllen.

Nolan erinnerte sich noch an den Tag, an dem Königin Aurelia sein Elternhaus besucht hatte. Seine Eltern waren einfache Menschen, fleißig, fröhlich und liebenswürdig. Er hatte nie das Gefühl, dass seine Bedürfnisse nicht befriedigt wurden oder dass er nicht geliebt wurde. In Wahrheit hatten sie nur sehr wenig, aber die Fae waren eine Gemeinschaft, die sich gegenseitig half. Manchmal hatte er das Gefühl, dass die Liebe seiner Mutter überwältigend war, aber er hatte das Glück, zwei Schwestern zu haben, die einen Teil ihrer Aufmerksamkeiten ausgleichen konnten. Dennoch hatte der Tag, an dem die Königin zu Besuch kam, alles für seine Familie verändert.

Die Königin mit ihren violetten Augen und ihrem üppigen rosafarbenen Haar hatte gemütlich an ihrem Gartentisch gesessen und eine Tasse Tee getrunken, während sie beobachtete, wie Nolan in aller Ruhe an einem goldenen Kranz für eine seiner Schwestern arbeitete, den sie im Haar tragen sollte. Nun, er würde natürlich zwei machen müssen, denn wenn ihn die eine sah, würde auch die andere einen haben wollen. So war das nun einmal mit Schwestern, aber Nolan machte das nichts aus. Das würde ihm nur mehr Übung mit seinen Zaubern geben.

„Nolan." Seine Mutter, deren graue Augen leuchteten, hatte ihn an den Tisch gerufen. Nolan verbeugte sich, als er sich näherte. Er war der Königin schon oft begegnet und hatte sie als warmherzig empfunden – und ein wenig furchteinflößend. Wahrscheinlich die perfekte Mischung für eine starke Herrscherin, hatte er gedacht.

„Nolan, ich freue mich, dass es dir gut geht. Callum spricht oft von dir. Er vermisst dich, weißt du."

„Ich vermisse ihn auch." Nolan hatte leicht gelächelt. Es war ihm nicht peinlich, seine Gefühle für Callum mitzuteilen, da die Fae ziemlich offen mit ihren Gefühlen umgingen. Nolan hatte sich oft gefragt, ob das Leben für die Menschen einfacher wäre, wenn sie diesem Beispiel folgen würden.

„Wir haben dein Studium beobachtet, Nolan. Und auch deine Stärke im Umgang mit Magie. Wir glauben, du wärst geeignet, dem königlichen Hof beizutreten, wenn du Interesse daran hast? Auf diese Weise könntest du mehr Zeit mit Callum verbringen. Das würde voraussetzen, dass du ins Schloss ziehst und dich auf eine höhere Rolle am Hof vorbereitest."

Nolans Mutter hatte sich die Hände vor den Mund geschlagen. Sie hatte Tränen in den Augen gehabt, und er wusste, dass ihre Gefühle gemischt waren. Genau wie seine.

„Werde ich meine Familie noch sehen können?", fragte Nolan und schaute zwischen seiner Mutter und der Königin hin und her. Das einfallende Sonnenlicht hob den lavendelfarbenen Schimmer im Haar der Königin hervor, und er hatte sie damals für die schönste Frau gehalten, die er je gesehen hatte.

„Natürlich. Wir würden das unterstützen. Vielleicht gibt es für sie auch die Möglichkeit, ins Schloss zu ziehen, wenn das für sie von Interesse ist", lächelte Königin Aurelia.

„Und Ihr tut das nicht nur, weil ich mit Callum

befreundet bin?" Nolan stellte die andere Frage, die ihn beschäftigte, und seine Mutter zuckte zusammen.

„Nolan! Das ist eine unhöfliche Frage. Ich entschuldige mich, meine Königin."

„Nicht nötig. Es ist eine berechtigte Frage. Du willst aufgrund deiner eigenen Verdienste ausgewählt werden und nicht, weil du ein Günstling bist, richtig?" Die Königin hatte eine Augenbraue gehoben.

„Ja." Nolan zuckte mit den Schultern.

„Wir haben mit deinen Lehrern und mit anderen Schülern gesprochen, die mit dir gearbeitet haben. Alle sprechen in den höchsten Tönen von dir und deiner Arbeit. Du bist eine Ehre für deine Mutter." Königin Aurelia drückte die Hand seiner Mutter. „Das machen wir mit allen Kindern, die wir auswählen, um sie auf den Weg in den königlichen Hof zu führen. Wie ihr wisst, glauben wir nicht, dass unser Beraterstab blutsverwandt mit unserer Familienlinie sein muss. Wir glauben, dass es am besten ist, Leute zu holen, die die Stärken und Führungsqualitäten aufweisen, die wir suchen. Ein neugieriger und offener Geist macht eine bessere Führungskraft aus. Ich versuche, beides zu vereinigen, so weit wie möglich. Und du, mein lieber Nolan, wirst eines Tages ein tapferer Berater sein – wenn du dich für diesen Weg entscheidest."

„Und wenn ich es nicht tue?" Nolan scharrte mit seiner Fußspitze im Dreck. „Bekomme ich dann Ärger? Oder darf ich Callum nicht mehr sehen?"

„Natürlich nicht." Königin Aurelias Lachen klang wie das Klimpern eines Windspiels. „Das ist keine Aufforderung, die mit Konsequenzen verbunden ist. Du wirst unseren Callum immer noch sehen dürfen, auch wenn er weniger Zeit für soziale Kontakte haben wird, da er mehr Pflichten übernehmen muss. Es ist deine Entscheidung, Nolan. Und ich lasse dir Zeit. Denke in Ruhe darüber nach – denn dein Leben wird sich ändern, wenn du annimmst." Damit hatte die Königin ihr kleines Haus verlassen und Nolan stand vor einer großen Entscheidung. Er hatte die nächsten Tage damit verbracht, mit seiner Familie darüber zu sprechen, und am Ende hatte er auf sein Herz gehört. Diese Entscheidung kam seiner Familie auf eine Weise zugute, die er zu diesem Zeitpunkt nicht voraussehen konnte, und Nolan stand in der Schuld der königlichen Familie. Bis zum heutigen Tag trug er die Last dieser Verantwortung – denn er liebte seine Familie zutiefst und würde nie etwas tun, was das Leben, das sie jetzt genossen, gefährden könnte.

Diese Entscheidung hatte ihn in die aktuelle Situation geführt, in der er allein die Aufsicht über eine ganze Fraktion von rebellierenden Elementar-Fae hatte und seine einst starke Magie zu schwinden schien. Eine Situation, in der Prinz Callum, sein bester Freund, abweisend und anklagend war und die Domnua sich wieder erhoben, obwohl sie in ihr dunkles Reich verbannt worden waren, nachdem der Fluch der vier Schätze gebrochen worden war. Seine Gedanken wurden von einer Frau abgelenkt, die so weich war wie Stahlwolle und ein entsprechendes Verhalten an den Tag legte. Es war nicht das erste Mal, dass er als Anführer in eine schwierige Lage geriet, aber es war sicherlich eine der schwierigsten Situationen für ihn. Sein Verstand weigerte sich, sich auf ein einziges Problem zu konzentrieren, stattdessen schwankte er zwischen der Sorge um Lily, der Besorgnis über seine Beziehung zu Callum und der Frage, was ihr nächster Schritt sein sollte. Denn Imogen hatte *nicht* unrecht gehabt, als sie darauf hingewiesen hatte, dass sie im Grunde genommen im Blindflug unterwegs waren. Das waren sie, und das gefiel ihm nicht. Als er Stimmen hörte, hob Nolan den Kopf und ging zum Heck, wo er Callum und Seamus vorfand, die auf den Bänken saßen und auf einen Dolch auf dem Tisch vor ihnen hinunterblickten.

„Du sagst also, das Ding kann Blitze schießen?", fragte Seamus, dessen Augen glänzten. „So wie … ähm, so ähnlich wie in Krieg der Sterne?"

„Ich weiß nicht, warum Sterne sich bekriegen sollten." Callum legte verwirrt die Stirn in Falten. „Nicht einmal Blitze können die Sterne treffen."

„Nein, es ist nur…" Seamus lachte. „Es ist eine beliebte Filmreihe in der Menschenwelt."

„Ah, diese Menschen und ihre Filme. Die Sterne ziehen also in die Schlacht?"

„Nein, es sind Menschen, und nun ja, magische Wesen, und… ach, weißt du was? Ich werde es Euch eines Abends zeigen, wenn das hier vorbei ist. Wir werden einen Filmabend machen. Dann wird vielleicht alles ein bisschen klarer."

„Es lohnt sich, mal reinzuschauen", sagte Nolan, und Callum blickte ihn mit wachsamen Augen an.

„Er zeigt mir gerade, was mein königlicher Dolch alles kann. Es war ein Geschenk zu Weihnachten." Seamus hielt den kunstvoll gefertigten Dolch in die Höhe und er schimmerte im Licht. Es war Callums eigene Arbeit, das konnte Nolan am Stil erkennen, und er barg starke Magie.

„Ein wahres Schmuckstück. Er leistet großartige Dienste." Nolan nickte Callum zu, als er auf der Bank Platz nahm und seine Beine vor sich ausstreckte. Obwohl es draußen kalt war, hatte die Sonne den Kampf mit den Wolken gewonnen, und in der Bucht waren sie vor der Brise geschützt. Nolan machte weder extreme Kälte noch Hitze viel aus, so dass er sich auch ohne Mantel wohl fühlte.

„Es ist also einer von Euch? Das wusste ich gar nicht." Seamus strahlte und drehte den Dolch in seiner Handfläche. „Ich werde ihn immer in Ehren halten."

„Wohlverdient."

„Habt Ihr geruht?", fragte Nolan Callum, der sich Sorgen um seinen Prinzen und dessen Geisteszustand machte.

„Ein wenig." Callum zuckte mit den Schultern und blickte über das Wasser hinweg. „Hast du?"

„Ein bisschen. Ich, äh, war bei Imogen."

„Ach so?" Callum ließ seinen Blick wieder zu Nolan gleiten.

„Nicht so, wie Ihr denkt. Ich bin nur aufgewacht und wusste, dass sie Hilfe brauchte." Wieder strich Nolan mit einer Hand über seine Brust, wo er den dumpfen Schmerz der Frau gespürt hatte.

„War sie in Schwierigkeiten?", fragte Seamus, dessen Augen voller Sorge waren.

„Sie weinte. Da es sich um eine Frau handelt, konnte ich von ihr keine klare Antwort bekommen, warum. Aber zumindest hatte sie aufgehört, als ich ging."

„Hast du mit ihr geschlafen?", fragte Callum.

„Was? Nein, natürlich nicht", lachte Nolan und wischte sich mit der Hand über das Gesicht. „Solch eine Ablenkung kann ich im Moment nicht brauchen. Ich bin... wirklich besorgt, Callum. Ich will nicht, dass den Wasser-Fae Schaden zugefügt wird. Und ich habe Angst vor dem, was die Domnua tun könnten, um an Euch heranzukommen. Wenn sie..." Er konnte sich nicht überwinden, den Rest zu sagen.

Zum ersten Mal blühte die Wärme, die Callum üblicherweise für Nolan empfand, in seinen Augen auf.

„Ja, ich mache mir auch große Sorgen. Wir müssen eine Lösung finden. Ich respektiere deinen Wunsch, die Wasser-Fae nicht zu verletzen, aber meine Nachsicht kennt Grenzen. Wir müssen Lily finden. Und zwar bald." Callum blickte auf den Strand hinaus. „Aber zuerst müssen wir an den Strand gehen."

„Der Strand? Warum sollten wir das tun?"

„Weil da eine Frau mit einem Welpen ist, die uns zuwinkt."

KAPITEL DREIZEHN

Imogen starrte auf das sanft leuchtende Wasser, und suchte nach einem Hinweis für die Ursache des Lichts. Dann blickte sie zu Bianca hinüber.

„Einfach Magie, also?"

„Ja, es ist die Magie von Grace O'Malley. Sie verzauberte diese Bucht und ihre eigene Blutlinie in der Nacht, in der sie hier starb."

„Ich kann nicht glauben, dass dies ihre letzte Ruhestätte ist." In Imogens Stimme lag Ehrfurcht. „Sie war eine erstaunliche Frau."

„Sie ist heute noch bei uns."

„Natürlich." Imogen nickte auf das glühende Licht hinab. „Ihr Geist wohnt hier."

„Nein." Biancas lächelte verschmitzt. „Sie ist reinkarniert. In ihrer eigenen Blutlinie. Gracie lebt in der Hütte, in der einst unsere große Fiona lebte. Ich werde sie dir irgendwann einmal vorstellen. Nun, falls du Geister sehen kannst, meine ich. Aber Grace hat ihre große Liebe aus einem anderen Leben gefunden und ihn geheiratet. Im Jetzt."

Imogens Mund blieb offen stehen. Sie hatte wirklich noch eine Menge zu begreifen.

„Ich habe *so* viele Fragen. Ich meine... wow. Die Leben, die sie gelebt hat. Und was meinst du damit, ob ich Geister sehen kann? Ich dachte, du hättest gesagt, dass Grace lebt?"

„Grace ist. Fiona teilt die gleiche Blutlinie. Sie ist von uns gegangen, aber sie ist immer noch in ihrer geistigen Form bei uns." Bianca sprach in einer Art und Weise über diese unglaublichen Dinge, als würde sie Imogen sagen, dass es später am Tag regnen würde.

„Ähm, richtig. Wir haben also eine wiedergeborene berühmte irische Piratin, die in der Gegenwart lebt und in Grace's Cove wohnt, und ihre tote Nachfahrin, die in Geisterform herumhängt?"

„So ungefähr", sagte Bianca fröhlich.

„Und ich dachte schon, ich sei die Verrückte", murmelte Imogen, den Blick auf das sanft glühende Wasser gerichtet. „Wie dem auch sei ... ich habe die Geschichte von Grace O'Malley immer geliebt."

„Sie ist unglaublich, so viel kann ich sagen", nickte Bianca mit Blick auf das strahlend blaue Wasser. „Aber das ist nicht der Grund, warum das Licht leuchtet. Nun, ich meine, es *ist* wegen ihrer Magie. Aber die Bucht ist dafür bekannt, dass sie in der Gegenwart von wahrer Liebe aufleuchtet."

„Ooooh", sagte Imogen und grinste Bianca an. Sie stieß die Frau mit ihrem Ellbogen an. „Du und Seamus seid einfach zu süß."

„Oder ..." Bianca kniff ihre tanzenden blauen Augen zusammen, presste dann aber die Lippen aufeinander. Mit einem kleinen Kopfschütteln blickte sie wieder auf das

Wasser hinaus. „Das ist ein schöner Anblick, nicht wahr? Ich kann dir gar nicht sagen, wie sehr ich mich gefreut habe, herauszufinden, dass es Magie gibt. Es hat mein Leben für immer verändert, und natürlich gab es auch ein paar schwierige Momente, das gebe ich zu. Aber ich würde nichts daran ändern wollen."

„Schwierige Momente, sagt sie." Imogen lachte wieder. Sie hatte keine weiblichen Freunde, aber sie erwärmte sich für Biancas einzigartige Mischung aus Humor, Fürsorge und Mut. Sie hatte gesehen, wie Bianca mehr als einem Domnua tödliche Schläge verpasst hatte, und das alles, während sie heftig seekrank war. Frauen wurden nach Imogens Meinung weitgehend unterschätzt. „Und ein paar epische Schlachten mit Drachen und dergleichen gehörten auch dazu?"

„Das wären die Momente, von denen ich spreche", kicherte Bianca. „Aber die Drachen waren auf unserer Seite, es war also ziemlich cool."

„Okay, einerseits bin ich total eifersüchtig, andererseits habe ich immer noch Probleme, das alles zu verstehen."

„Es ist wirklich eine steile Lernkurve, nicht wahr? Wenn du darüber reden willst, bin ich für dich da." Bianca legte einen Arm um Imogens Schulter und zog sie in eine Art halbe Umarmung, die Imogen versteifen ließ. Sie konnte sich nicht daran erinnern, wann sie das letzte Mal jemand umarmt hatte – und schon gar nicht mit so viel Zuneigung. Das war einfach nichts, was sie tat. War das seltsam? Es *war* seltsam, entschied Imogen, als ihre Kehle trocken wurde. Es war normal, dass Menschen sich umarmten und intim miteinander waren. Sie war einfach nicht normal, darauf lief es hinaus.

„Meine Damen." Seamus trat zu ihnen an die Reling. „Wir werden einen kleinen Ausflug machen."

„So bald?" Bianca lehnte sich unwillkürlich an Seamus. Im Vergleich zu seiner schlanken Statur war sie rundlich und klein, und sein Arm legte sich um ihre Schultern.

„Ich glaube, Fiona ist hier und lädt uns an den Strand ein." Seamus nickte in Richtung des unberührten Sandstrandes, wo eine sanft leuchtende Person winkte.

„Ist das..." Imogen legte verwirrt den Kopf schief. Sie hatte gute Augen, aber sie blinzelte trotzdem. Es sah fast so aus, als sei die Frau etwas durchsichtig.

„Ja, das ist die Fiona, von der ich sprach. Sie ist zwar nicht mehr in diesem Reich... aber das merkt man kaum, so sehr, wie sie sich einmischt", sagte Bianca und zwinkerte Imogen zu. „Lass uns mal sehen, was sie uns zu sagen hat."

„Ein Geist also. Und keine Fee?", fragte Imogen und holte tief Luft. Was wäre, wenn Piratin Grace O'Malley in Wirklichkeit eine Fee gewesen wäre? Es gab eine Menge nachzuholen, und Imogen hatte das seltsame Gefühl, dass die Zeit knapp wurde.

„Nein, Fiona ist keine Fee. Aber sie war, ja ist, eine große Heilerin und ihre Magie stammt von der Blutlinie, die Grace O'Malley in dieser Bucht verzaubert hat, wie ich schon sagte."

„Ich...", stammelte Imogen und schüttelte hilflos den Kopf.

„Ich weiß, es ist eine ganze Menge. Ich werde mein Bestes tun, um dich auf den neuesten Stand zu bringen. Aber jetzt lass uns erst einmal mit Fiona reden und sehen, ob sie uns Hilfe anbietet."

„Ich habe kein Schlauchboot", protestierte Imogen, die

auf das leuchtend blaue Wasser hinunterschaute und wusste, dass es eiskalt sein würde. „Es ist ein bisschen kalt zum Schwimmen, oder?"

„Das ist kein Problem."

Imogen zuckte bei der Stimme an ihrem Ohr zusammen und wirbelte mit erhobenen Fäusten herum, um Nolan zu entdecken, der sie angrinste. Oh, sein Lächeln raubte ihr fast den Atem, dachte Imogen. Sie hatte kein Lächeln von ihm erwartet, denn sie war es gewohnt, ihn mit wütenden Gesichtszügen zu sehen. Er hatte sich wieder diese Lederhosen angezogen, die sie daran denken ließen, wie er auf einem Motorrad über die offene Straße fuhr. Wie er auf ihr...

„Klar, und du willst also mit diesen Hosen schwimmen?", fragte Imogen und stemmte die Hände in die Hüften. „Leder ist nicht gerade ideal, um schwimmen zu gehen, würde ich sagen."

„Niemand wird nass." Nolans Grinsen wurde breiter, und einen Moment lang sah Imogen ein Aufblitzen von Hitze in seinen Augen. Als sie sich daran erinnerte, was sie gerade getan hatte, bevor sie an Deck kam, zuckte Imogen unter seinem Blick fast zusammen. Es war, als ob der Mann ihre Gedanken lesen konnte, und das gefiel ihr nicht besonders.

„Ich bestimmt nicht. Es ist zu kalt, um..." Imogen brach ab und schnappte nach Luft, als Nolan nach vorne trat, seine Arme um sie schlang und sie fest an seine Brust drückte. Bevor sie überhaupt registrieren konnte, was geschah, gab es einen kleinen Luftzug, ein Gefühl des Fallens, und dann sanken ihre Füße in den weichen Sand des Strandes. Nolan ließ sie sofort los, wahrscheinlich weil er ahnte, dass sie einen Anfall bekommen würde, wenn er sie zu lange festhielt, und entfernte sich. Imogen taumelte zurück, drehte sich im Kreis und blickte zu den Felswänden hinauf, die sie nun berühren konnte. Die *Mystic Pirate* schaukelte sanft in der noch immer glühenden Bucht, und sie war ... nun ... *sie waren* eben noch auf dem Schiff gewesen. Und jetzt waren sie hier. Was bedeutete...

„Du kannst uns transportieren?", kreischte Imogen. Sie stürmte auf Nolan zu, ohne sich darum zu kümmern, dass die anderen wie aus dem Nichts auftauchten und sie beäugten. „Du kannst uns durch die Luft transportieren wie ein verdammtes magisches Flugzeug?"

„Ähm, nun ... ich nehme an, so ähnlich, ja." Nolan schloss seine Hand um ihren Finger und hinderte sie daran, ihm erneut in die Brust zu stechen. Wütend taumelte Imogen zurück und trat ihm mit ihren Stiefeln hart gegen das Schienbein. Nolan zuckte zusammen, aber zu seiner Ehre wich er nicht zurück.

„Ich hätte höher zielen sollen." Fast hätte Imogen ihn angespuckt – *fast*, denn das war ihr dann doch ein bisschen zu unhöflich.

„Wo liegt das Problem?" Callum näherte sich vorsichtig.

„Bei euch allen!", schrie Imogen. Ranken der Wut wickelten sich um sie. „Ihr hättet euch einfach so zu Lily transportieren können, verdammt. Ihr hättet kein blödes Boot gebraucht. Ihr seid verdammte Magie! *Magie*! Stattdessen habt ihr ohne Rücksicht auf mich oder mein Leben einfach mein Boot gekapert und mich auf irgendeine blöde Suchmission mitgeschleppt, obwohl ihr eure eigene verdammte Magie hättet benutzen können, um dorthin zu gelangen, wo ihr hinmüsst. Und ihr hättet mich verdammt noch mal in Ruhe lassen können." Mit einem letzten vernichtenden Blick stapfte Imogen durch den Sand davon, ihre Wut trieb sie blindlings vorwärts.

Erst als sie den Rand des Strandes erreichte, wo sie nicht weiter gehen konnte, es sei denn, sie wollte eine Felswand erklimmen oder ihren Hintern zum Boot zurückschwimmen, erlaubte sich Imogen, innezuhalten. Sie kletterte auf einen Felsen, drehte dem Strand den Rücken zu, schlang die Arme um ihre Beine und starrte auf das schimmernde Wasser. Als die Tränen erneut zu fließen drohten, drückte Imogen sie mit derselben Willenskraft nieder, die sie dorthin geführt hatte, wo sie heute war. Sie war eine Kämpferin, das stand fest, und diese kleine, bunt zusammengewürfelte Gruppe von Magiern würde sie respektieren müssen. Die Emotionen kochten in ihr hoch. Ihr Magen war wie eine Grube mit giftigen Schlangen, und sie kämpfte darum, sie zu entwirren und zu verstehen, warum sie so wütend war.

Sie hatte so viel Zeit ihres Lebens damit verbracht, Mauern zu errichten und Menschen auf Distanz zu halten, erkannte Imogen, deren Augen auf das Wasser gerichtet waren – stetig auf das Wasser, denn der Ozean beruhigte sie. Sie hatte die Menschen auf Abstand gehalten, aus Angst, sie würden sie für verrückt halten, wenn sie ihnen erzählte, was sie sah. Ganz zu schweigen von den Dingen, die sie mit ihren Gedanken bewirken konnte, wenn sie es nur wollte. Sie hatte *so* viel Zeit verloren, weil sie an sich selbst gezweifelt hatte. Hinzu kam, dass Nolan unglaublich attraktiv war, und es ärgerte Imogen, wie sehr sie sich seiner bewusst war. Er – der Mann, der ihr Boot gestohlen hatte, sie zu dieser Suche gezwungen hatte und dann auch noch die

Frechheit besaß, sie zu trösten, wenn sie weinte. Sie stöhnte auf, als sie daran dachte, wie er sie in einem verletzlichen Moment gesehen hatte, und sie wollte ihm noch einmal gegen das Schienbein treten.

Imogen kippte fast vom Felsen ins Wasser, als ein Welpe auf sie zukam – und sie bemerkte, dass sie durch ihn hindurchsehen konnte. Nun, das klang etwas eklig, dachte Imogen. Aber es war wirklich so – sie *konnte* durch ihn hindurchsehen. Nicht seine Eingeweide oder so etwas; sie sah einen ganz normalen, hüpfenden Flauschball von einem Hund, nur war es so, als wäre dem Drucker die Tinte ausgegangen oder so ähnlich. Ein Geisterwelpe. Seltsam. Der Hund saß vor ihr, die Zunge lächelnd herausgestreckt, und Imogen wurde weicher. Sie hatte sich immer einen Hund gewünscht, aber ein Leben auf See war nicht für Haustiere geeignet.

„Hattest du einen schlechten Tag?"

Imogen richtete ihren Blick von dem Geisterwelpen auf die Geisterfrau und... lachte einfach. Das Lachen sprudelte aus ihr heraus, als wollte es explodieren, und sie lachte so sehr, dass ihr dieses Mal tatsächlich die Tränen aus den Augen kullerten.

„Nun, das ist mal etwas Neues. Normalerweise sind die Leute erschrocken oder verärgert, wenn sie mich sehen. Übrigens, ich bin Fiona."

„Und mir tut es wirklich leid, dass ich unhöflich war." Imogen wischte sich über die Augen, während sie immer noch kicherte. „Es ist nur ..."

„Überwältigend?"

„Das kann man so sagen." Imogen wischte sich die Tränen ab und nahm sich endlich einen Moment Zeit, die

Frau zu betrachten. Geist. Geisterfrau. Wie auch immer man sie nennen sollte. Sie hatte weißes Haar, das sich um ihr Gesicht kräuselte und in einer komplizierten Hochsteckfrisur zusammengehalten wurde. Ein dichtes Gewirr von Halsketten umgab ihren Hals, und sie trug eine einfache weiße Tunika. Ihre Handgelenke waren ebenfalls mit Armbändern geschmückt, und ihre Augen strahlten Freundlichkeit aus. Sofort spürte Imogen, wie die Anspannung von ihren Schultern abfiel.

„Gestern war ich noch normal. Und heute? Geisterwelpen." Imogen wies auf den Hund.

„*Warst* du normal?", fragte Fiona direkt.

„Ich..." Okay, sie war also nicht ganz normal, nahm sie an. Aber sie war auch nicht aus der Feen- und Drachenwelt.

„Dein Mann wird dich nicht lange hier sitzen lassen. Er nähert sich bereits ..." Fiona warf einen Blick über ihre Schulter zu Nolan, der über den Strand schritt.

„Er ist nicht mein Mann", versicherte Imogen ihr hastig.

„Wie auch immer... solange wir diesen Moment haben, Imogen, werde ich dir folgendes mitgeben..."

Imogen fragte sich kurz, woher die Frau ihren Namen kannte, aber sie schüttelte den Gedanken ab und konzentrierte sich.

„Alles, was du brauchst? Du hast es bereits." Fiona klopfte sich auf die Brust, wobei ihre Armbänder leicht klirrten. „Verstanden?"

„Nicht im Geringsten." Imogen atmete aus und sah zu ihr auf. „Könnten Sie vielleicht ein bisschen ausführlicher sein?"

„Nein, kann ich nicht." Ein Lächeln schwebte auf

Fionas Lippen. „Denk einfach an meine Worte. Vertraue auf dich selbst, Imogen."

„Klar, das sagt sich so leicht ..." Imogen brach ab, als Nolan ihren Felsen erreichte.

„Bist du jetzt fertig mit deinem Wutanfall? Denn falls du es nicht bemerkt hast, eine Frau ist in tödlicher Gefahr. Eine menschliche Frau, um genau zu sein. Du könntest dein Drama mal kurz beiseite schieben, um ihr zu helfen."

„Oh..." Imogens Augen weiteten sich, und die Wut peitschte durch sie hindurch. Doch bevor sie etwas tun konnte, wandte sich Fiona an Nolan.

„Nun, wie ich sehe, gehört Höflichkeit nicht zu deinem Handwerkszeug als Führungskraft, oder?"

„Wir haben keine Zeit für Höflichkeitsfloskeln. Wir müssen handeln." Nolan fuhr sich frustriert mit der Hand durch sein dunkles Haar.

„Du solltest es eigentlich besser wissen", schimpfte Fiona, und Nolan zuckte mit den Schultern. Imogen musste schmunzeln. Es wirkte, als würde er von seiner Großmutter gescholten werden. Aber die Tatsache, dass er gerade behauptet hatte, sie hätte einen Wutanfall, brachte sie dazu, dem Mann körperliche Schmerzen zufügen zu wollen. Beziehungsweise dem Fae. Was auch immer er war.

„Wir haben wirklich keine Zeit für so etwas", betonte Nolan.

„Für Freundlichkeit ist immer Zeit, Nolan." Damit verschwand Fiona und Imogen und Nolan starrten sich an.

„Es tut...", begann Nolan, aber Imogen unterbrach ihn. Sie war weder an seiner Entschuldigung noch an dem, was er zu sagen hatte, interessiert. Ehrlich gesagt, je eher diese kleine Mission vorbei war, desto besser. Wenn es sein musste, konnte Imogen dies wie einen Arbeitsauftrag behandeln. Sie konnte gar nicht mehr zählen, wie oft sie sich im Laufe der Jahre ein Lächeln auf die Lippen geklebt hatte, während sie mit schwierigen Kunden hatte fertig werden müssen. Nolan war einfach eine weitere schwierige Person – und Imogen war eine Meisterin darin, eine Fassade aufzusetzen.

„Du brauchst nichts zu sagen. Ich verstehe das vollkommen." Imogen strahlte ihn an, kletterte vom Felsen herunter und klopfte ihm auf den Arm, als sie an ihm vorbeiging. „Du hast recht – wir müssen uns konzentrieren und Lily nach Hause bringen. Mal sehen, was Fiona zu sagen hat." Mit diesen Worten überquerte Imogen den Strand und hielt sich an einer absoluten Wahrheit fest, die sie schon seit Jahren kannte.

Es spielte keine Rolle, wie sehr sie über die Lebensumstände jammerte – nichts änderte sich, wenn sie sich nicht zuerst selbst änderte. Akzeptiere die Tatsachen. Beurteile die Situation. Gehe voran.

Und lasse verdammt heiße, mürrische Männer hinter dir.

KAPITEL VIERZEHN

„A lles okay bei dir?", fragte Bianca und überraschte Imogen erneut mit einer Umarmung, als sich diese näherte.

„Ähm, ja. Alles in Ordnung." Imogen löste sich aus der Umarmung und setzte ihr Kundenbetreuungslächeln auf.

„Aha." Bianca nickte und hob eine Augenbraue. „Na klar, und du denkst, ich erkenne eine wütende Frau nicht, wenn ich eine sehe?"

„Nun, mitten in einer Mission ist keine Zeit für Wutausbrüche, oder?" Imogen lächelte weiter.

„Du siehst ein bisschen manisch aus", flüsterte Bianca, als die anderen näher kamen und einen kleinen Kreis bildeten. „Ich würde das Lächeln ein bisschen zügeln. Außerdem – hat er wirklich gesagt, dass du einen Wutanfall hattest?"

„Das hat er."

„Oh, das sieht nicht gut für ihn aus, oder?"

„Sicher nicht", stimmte Imogen zu, spürte aber, wie sich die Spannung in ihrer Brust löste. War es so, wenn man

Freundinnen hatte? Denn innerhalb von Sekunden hatte Bianca ihre Loyalität bewiesen und ihr geholfen, sich ein wenig besser zu fühlen. Ihren Rat befolgend, schwächte Imogen ihr Lächeln ab.

„Ist alles in Ordnung?", fragte Prinz Callum. Er stand etwas abseits von der Gruppe, sein Gesicht sah im schwachen Licht des Tages verhärmt aus. Trotz ihres eigenen emotionalen Aufruhrs fühlte Imogen Mitleid mit ihm.

„Ja, Sir. Wir machen weiter", sagte Imogen mit falscher Fröhlichkeit in der Stimme.

Prinz Callum betrachtete sie einen Moment lang, beschloss dann aber, sie beim Wort zu nehmen – oder vielleicht wollte er einfach darauf eingehen, was gerade passiert war. Er nickte und wandte sich der Stelle zu, an der Fiona wieder aufgetaucht war.

„Du hast uns zu dir bestellt?"

„Nun, so könnte man es ausdrücken, nicht wahr?" Fiona stemmte die Hände in die Hüften und sah sich in der Gruppe um. „Ihr habt noch nicht gegessen."

„Du hast uns doch sicher nicht hierher gebracht, um über unsere Ernährungsbedürfnisse zu sprechen?" Prinz Callum hob eine Augenbraue.

„Nein, aber jetzt, wo ihr hier seid, sehe ich, dass ihr ernährt werden müsst. Ich weiß, dass Ihr es kaum erwarten könnt, Prinz Callum, aber die Irin in mir weigert sich, jemanden unter meiner Aufsicht hungern zu lassen. Wärt Ihr also so freundlich ...?" Fiona neigte fragend den Kopf zu Callum und strahlte, als er sich in die Nase kniff und dann mit der Hand in der Luft herumfuchtelte. Imogen schreckte auf, als zwei große Stranddecken auftauchten, auf denen ein wahres Festmahl ausgebreitet war.

„Wartet ... warum habe ich für Vorräte gesorgt, wenn Ihr einfach ... so etwas tun könnt?" Imogen entglitt wieder ihre fröhliche Fassade, während die Wut zu köcheln begann.

„Es ist keine leichte Angelegenheit, auch wenn es so scheint." Zum ersten Mal lächelte Callum sie durch die Müdigkeit hindurch an, die sich in seine Gesichtszüge eingebrannt hatte. „Wenn man Magie auf diese Weise anwendet, zieht man Energie von anderen Kräften in der Welt ab. Wenn man sie zu oft benutzt, kann sie störend wirken oder unsere Kräfte schwächen. Es ist eine Art eingebauter Sicherheitsmechanismus für Fae, um nicht *zu* mächtig zu werden."

„Weil ihr sonst alle zu faul wärt, und euch alles herbeizaubern würdet, was ihr gerade braucht?", fragte Imogen.

„Ganz genau. Es ist eine gute Sache, sich um die Dinge zu bemühen, die man will oder braucht."

Wider Willen warf Imogen einen Blick zu Nolan und stellte fest, dass seine stürmischen Augen sie beobachteten. Verärgert wandte sie den Blick ab und beschloss, sich nicht an das Höflichkeitsprotokoll zu halten. Sie ging zu der Decke und ließ sich darauf nieder, erfreut darüber, dass dort eine ihrer Leibspeisen lag. Sie schnappte sich einen Käsetoast, machte es sich bequem und wartete darauf, dass die anderen sich zu ihr setzten. Als Nolan sich neben sie auf die Decke setzte, drehte sich Imogen absichtlich in die andere Richtung und wollte gerade mit Bianca sprechen, als Fiona sich zum Picknick gesellte.

„Ihr seid hier in dieser Bucht willkommen, denn eure Absichten sind rein und eure Suche ist wichtig", begann Fiona und breitete ihre Arme aus, um die atemberaubende

Bucht hinter sich miteinzuschließen. „Die Bucht ist sehr wählerisch, wen sie hereinlässt, und so freue ich mich, euch in diesen Gewässern, die große Macht besitzen, willkommen zu heißen."

Imogens Augenbrauen hoben sich, aber sie sagte nichts und nahm stattdessen einen weiteren Bissen von ihrem Sandwich.

„Danke, dass du uns einen sicheren Platz für das Schiff gibst. Hier sind wir vor Angriffen geschützt", sagte Prinz Callum. Fiona neigte anerkennend den Kopf – genauso königlich wie jeder Prinz, dachte Imogen.

„Es tut mir leid, dass Lily entführt worden ist. Ich habe sie nur kurz kennengelernt, aber sie ist eine reizende Seele, Callum. Ihr habt wirklich Glück."

„Das habe ich." Die Stimme von Prinz Callum war heiser.

„Ihr macht Euch Sorgen, dass sie verschwunden ist?" Fionas Ton war sanft.

„Ich... ich kann ihr Lied nicht hören", gab Prinz Callum zu und vergrub sein Gesicht in den Händen. „Ich hatte es bis kurz nach der Schlacht heute Morgen gehört. Aber... sie ist verstummt. Ich habe schreckliche Angst vor dem, was das bedeuten könnte."

Imogen öffnete den Mund, um etwas zu sagen – um irgendeine Art von Trost zu spenden – aber was sie anbieten konnte, war wahrscheinlich minimal, wie sie feststellte. Nolan stand auf und ging zu Callum hinüber, ließ sich neben den Mann fallen, legte ihm den Arm um die Schultern und flüsterte ihm etwas ins Ohr. Die Geste sprach von jahrelanger Vertrautheit und einer Brüderlichkeit, nach der sich Imogen sehnte. Nun, sie hatte das mit ihrer Crew, dachte sie, aber es war nicht das Gleiche. Nein, diese Geste sprach von Familie, von einer tiefen Verbundenheit, und sie ließ ihr Herz gegenüber Nolan ein wenig auftauen.

„Sie ist immer noch bei uns, Prinz."

Callum blickte bei Fionas Worten auf, seine Augen brannten in seinem Gesicht.

„Bist du sicher?" Prinz Callum räusperte sich.

„Ich bin mir sicher. Sie hat dieses Reich noch nicht betreten, sonst wüsste ich davon. Nein, ich glaube, nach der Schlacht haben die Domnua einen Weg gefunden, sie zum Schweigen zu bringen. Sie haben erkannt, dass Ihr das Lied als eine Art Peilsender benutzt habt."

„Bastarde ... Ich werde auf ihren verdammten Gräbern tanzen ...", versprach Callum, wobei eine Mischung aus Erleichterung und Wut auf seinen Zügen lag.

„Ich bezweifle nicht, dass Ihr das tun würdet...", sagte Fiona. „Doch Ihr habt keinem der Wasser-Fae etwas zuleide getan, als sie Euer Schiff geentert haben. Als sie versuchten, Euch Schaden zuzufügen. Eurem Team Schaden zuzufügen. Ihr habt sie ausgeschaltet, aber Ihr habt ihnen nicht wehgetan. Warum ist das so, Callum? Habe ich Recht, wenn ich sage, dass sie Euch fast getötet hätten? In der allerersten Nacht, als Ihr nach Grace's Cove kamt, um Lily zu finden? Es waren die Wasser-Fae, die Euch verletzt haben, nicht wahr?"

„Ja, so war es."

Imogens Augen hüpften zwischen Callum und Fiona hin und her und versuchten, so viele Informationen wie möglich aufzusaugen.

„Ich habe ihr in dieser Nacht geholfen, das wisst Ihr

doch, oder? Weil der Ruf der wahren Liebe es verlangte."
Fionas Augen glühten förmlich vor Intensität.

„Ich weiß, dass du das getan hast. Dafür werde ich dir
ewig dankbar sein." Callum verzog schmerzlich das Gesicht.

„Seid Euch selbst gegenüber ebenfalls dankbar. Denn
Ihr hattet ein starkes und wirksames Elixier bei Euch. Ich
bin mir nicht sicher, ob wir Euch ohne es hätten retten
können."

„Es ist klug, vorbereitet zu sein", sagte Callum achselzuckend.

„So ist es. Und doch, hier sind wir wieder – im Kampf
mit den gleichen Fae, die schon einmal fast Euer Leben
gefordert haben – und Ihr habt sie nicht verletzt. Warum?"

„Nun, es war meine Entscheidung." Nolan räusperte
sich und nahm seinen Arm von Callums Schultern. „Die
Wasser-Fae sind die Fraktion, die ich zu beaufsichtigen
habe. Ich glaube, dass sie aufgrund von Fehlinformationen
handeln, und ich möchte mein Bestes tun, um sie nicht zu
verletzen, bis alles geklärt ist. Es gibt keinen Grund für
weiteres Leid. Jeder einzelne dieser Fae hat wahrscheinlich
eine Familie zu Hause."

Wow, dachte Imogen, der Mann hatte wirklich ein
Gewissen. Nur nicht, wenn es darum ging, ihr Boot zu
stehlen.

„Freundlichkeit wird belohnt", lächelte Fiona Nolan
an. „Ich würde dich bitten, darüber nachzudenken."

„Hast du nicht gerade gesagt, ich sei gütig mit den
Wasser-Fae gewesen?" Nolan rollte mit den Augen und
Fionas Grinsen wurde breiter.

„Wie dem auch sei, du solltest deine Handlungen
immer von der Güte leiten lassen, Krieger. Ich werde dich

nicht noch einmal daran erinnern. Unsere Zeit hier ist begrenzt. Und die Göttinnen beobachten uns..."

„Göttinnen?", zischte Imogen zu Bianca, deren Augen sich weiteten. Die Blondine öffnete den Mund, um etwas zu sagen, aber Fiona warf ihr einen Blick zu, der sie veranlasste, ihn wieder zu schließen.

„Und sie sind bereit, diejenigen zu belohnen, die in reiner Absicht und nicht aus Bosheit handeln. So wie ihr es auf eurer bisherigen Reise getan habt. Daher kann ich euch sagen, dass Lily auf den Aran-Inseln festgehalten wird."

„Wird sie das?" Callum sprang auf, sein Gesicht war wieder eine Maske. „Wir müssen gehen, sofort."

„Ihr habt etwas Zeit", versprach Fiona. „Esst bitte. Ihr werdet unterwegs vielen Schwierigkeiten begegnen und eure Energie brauchen."

„Aber...", sagte Callum.

„Esst." Fionas Worte waren so befehlend, dass Imogen automatisch nach vorne griff und sich einen Apfel aus dem Korb nahm.

„Dieser Shepherd's Pie ist göttlich", sagte Bianca mit einem zufriedenen Seufzer, nachdem sie einen Bissen von ihrem eigenen Teller genommen hatte. „Komplimente an die Köchin!"

Eine Zeit lang aßen sie alle schweigend, und hingen ihren eigenen Gedanken nach. Wie Imogen allerdings in Ruhe essen konnte, während ihr eine Million Fragen durch den Kopf gingen, war ihr ein Rätsel. Vielleicht gab es einen Punkt, an dem das Gehirn einfach ein gewisses Maß an Akzeptanz für jede neue Situation erreichte, in der man sich befand? Sie nahm an, dass es so sein musste – denn Anpassungsfähigkeit war eine Eigenschaft, die die

Menschen durchaus für sich beanspruchen konnten. Sie fragte sich, ob auch die Fae lernen mussten, sich anzupassen, oder ob sie einfach dafür sorgten, dass sich die Welt an sie anpasste.

Abgesehen von dem schwachen Leuchten, das die Feenmänner umgab, gab es nichts Ungewöhnliches, das Imogen darauf hinwies, dass sie keine Menschen waren. Sie hatten keine spitzen Ohren oder scharfe Zähne, wie in einigen der Mythen, die sie gelesen hatte. Nein, sie konnten als menschliche Männer durchgehen – wenn auch als höchst charismatische menschliche Männer –, während die Macht um sie herum nur so vibrierte. Imogen fragte sich, wie jemand unbeeindruckt bleiben konnte, wenn diese Männer einen Raum betraten. Sicherlich würden die Menschen ihr Anderssein spüren.

„Imogen ... erzähl mir von dir. Hast du ein enges Verhältnis zu deiner Familie?" Fionas Worte waren wie ein Schock von kaltem Wasser in Imogens Gesicht, und sie zuckte zusammen.

„Ah", sagte Fiona und maß den Ausdruck auf ihrem Gesicht.

„Ich spreche nicht mit meiner Mutter und habe meinen Vater nie gekannt." Imogen hoffte inständig, dass dies das Ende der Befragung sein würde. Der Apfel, den ihr gerade noch geschmeckt hatte, wurde plötzlich unappetitlich.

„Stimmt das? Deine Mutter hat nie mit dir über deinen Vater gesprochen?", drängte Fiona, und Imogen spürte, wie sich ihr Rücken aufrichtete.

„Es ist bestimmt kein schönes Gespräch für ein Kind, oder? Dein Vater will dich nicht, Mädchen. Er hat sich aus dem Staub gemacht. Du bist wertlos für ihn."

„Ist es das, was sie gesagt hat?" Bianca keuchte, hielt sich die Hand ans Herz und hatte traurige Augen.

„Mehr oder weniger. Da gibt es nicht viel zu sagen, oder? Manchmal sagt die Abwesenheit von Worten mehr aus, nicht wahr?" Imogen zuckte mit den Schultern und zupfte an einem losen Faden auf der Decke.

„Sonst fällt dir nichts ein? Sein Name vielleicht?", fragte Fiona, und Imogen begann wirklich, diesen Geist lästig zu finden.

Prionsa.

Der Name schoss ihr so schnell durch den Kopf, dass Imogen ihn fast verpasste. Er fühlte sich bedeutungsschwer an, und doch konnte Imogen nicht einmal erahnen, warum. Es war ein seltsamer Name, das stand fest, aber immerhin ein irischer. Wäre sie länger in der Schule geblieben, hätte sie die Bedeutung vielleicht besser verstehen können.

„Nö, nichts." Imogen zuckte mit den Schultern und wandte den Blick von Fionas wissendem Blick ab.

„Ah, das ist aber schade. Es tut mir leid, dass ich dich bedrängt habe. Es ist nicht einfach, in schwierigen familiären Verhältnissen aufzuwachsen."

„Welche Familie? Ich bin mehr oder weniger auf mich allein gestellt, seit ich zehn war. Offiziell wurde es, als sie mich ein paar Jahre später rausgeschmissen hat." Imogens Mund blieb offen stehen. Sie sprach nie über ihre Kindheit. Sogar wenn sie mit ihrer Crew über ihre Vergangenheit sprach, ließ sie Lücken und gab nur das Nötigste an Informationen preis. Imogen blickte auf den Apfel in ihrer Hand hinunter. War in diesem Ding eine Art magisches Wahrheitsserum enthalten?

Bianca schien zu spüren, dass Imogen kein Mitleid brauchte oder wollte, und reichte ihr stattdessen einen Keks. Dankbar, dass sie niemand bedrängte, nahm Imogen das Gebäck und biss hinein. Als sie wieder aufsah, entdeckte sie Nolan, der sie mit seinen launischen, undurchdringlichen Augen musterte.

Nein, ein Keks würde das nicht in Ordnung bringen, dachte Imogen, aber Zucker half immer. Sie schaute Bianca an und winkte nach einem weiteren. Die Blondine lächelte.

„Ich habe es schon oft gesagt und werde es wieder sagen... Kekse machen die Dinge immer besser."

KAPITEL FÜNFZEHN

„D ie Überfahrt wird mindestens zehn Stunden dauern, wenn nicht länger, je nach Wetterlage."

Sie waren auf dieselbe schwindelerregende Art und Weise zurück zur *Mystic Pirate* transportiert worden, und Imogen studierte nun eine Karte in ihrem Steuerhaus.

„Dauert es wirklich so lange?" Prinz Callum war der Einzige, der sich zu Imogen gesellt hatte, während die anderen sich vermutlich zum Aufbruch bereit machten.

„Nun, auf gerader Linie würde ich sagen, dass es etwa sechzig nautische Meilen sind. Aber das berücksichtigt nicht, dass wir um die Spitze von Grace's Cove herum müssen. Siehst du...ich meine, seht Ihr, wie die Halbinsel hier herausragt? Dann können wir uns an der Küstenlinie entlang nach Norden bewegen." Imogen zeichnete den Weg mit ihrem Finger nach. „Wenn alles glatt geht, kommen wir mitten in der Nacht an. Das könnte schwierig werden, je nachdem, ob es einen Küstenstreifen gibt, wo wir andocken können. Natürlich könntet Ihr uns auch mit Eurer Magie dorthin bringen, wenn Ihr wolltet..."

„Ich wünschte, dass es so wäre. Es ist leider zu viel für unsere Kräfte. Kleine Transporte von Menschen sind möglich, aber große Schiffe und Armeen? Es unterbricht den Fluss der natürlichen Energie, so viele Dinge auf einmal zu bewegen. Es ist ein Feen-Tabu, wirklich."

„Ah", sagte Imogen, als ob es absolut Sinn ergeben würde. Diese magischen Dinge waren ihr größtenteils immer noch ein Rätsel.

„Warst du schon einmal da?"

„Auf Inis Mór, ja. Das ist die größte der drei Inseln. Aber es ist schwer zu sagen, auf welcher Insel sie festgehalten wird."

„Sind Besucher dort willkommen?"

„Nun, es ist eine kleine Gemeinde, die dort draußen lebt. Zu dieser Jahreszeit sind die Touristen nicht so zahlreich, also hoffe ich, dass ich einen Platz zum Anlegen meines Bootes bekommen werde. Das gilt allerdings nur für Inis Mór. Zu den anderen beiden Inseln kann ich nichts sagen, da ich bisher nur an der Hauptinsel angelegt habe. Es gibt ein oder zwei Pubs und einen Ort zum Übernachten – aber ansonsten ist die Insel touristisch nicht sehr erschlossen. Allerdings gibt es eine Menge alter Ruinen und Steinkreise."

„In Steinkreisen liegt eine große Macht." Prinz Callum tippte gedankenverloren mit einem Finger auf das Steuerrad. „Ich frage mich, ob es dort ein Portal gibt."

„Entschuldigung ... ein was?" Imogen blickte den Prinzen an.

„Es gibt mehrere Portale zwischen dem Reich der Fae und dem der Menschen."

„Das heißt, man kann nicht einfach zwischen ihnen

hin- und herspringen, wann immer man will?", fragte Imogen.

„Nein." Ein schwaches Lächeln ging über Callums Gesicht. „Man stelle sich das mal vor. Die Fae lieben die Menschenwelt. Sie würden hier den ganzen Tag lang spielen, wenn sie könnten. Die Portale erlauben uns eine gewisse Kontrolle darüber, wer zwischen den Welten hin und her geht."

Imogen fragte sich, ob es einen Punkt geben würde, an dem ihr Gehirn mit neuen Informationen übersättigt wäre und einfach den Geist aufgab.

„Aha, und da Ihr ein Prinz seid, würdet Ihr erkennen, ob es dort ein Portal gibt, richtig?"

„Es sei denn, die Domnua haben es geschafft, ein eigenes zu schaffen. Aber theoretisch sollte ich auf alle Portale aufmerksam werden. Wenn es ein nicht genehmigtes ist, nun, dann sollte ich es trotzdem spüren können."

„Besteht die Möglichkeit, dass Ihr es jetzt spüren könnt? Ihr wisst schon, einfach diese Magie-Fühler ausstrecken? Das würde mein Leben um einiges leichter machen", überlegte Imogen.

„Ja, meines auch. Nein, leider hat meine Magie ihre Grenzen. Ich muss etwas näher herankommen, um es besser interpretieren zu können. Ich warte lieber, damit ich euch nicht in die Irre führe. Ich weiß zwar, dass wir dein Boot gestohlen und dich zu dieser Reise gezwungen haben, aber ich möchte nicht, dass du oder dein Boot zu Schaden kommt."

„Oh, vielen Dank." Imogen schüttelte den Kopf. Aber weil sie wusste, dass der Mann Sorgen hatte, solidarisierte sie sich mit ihm. „Ich weiß das wirklich zu schätzen. Das ist eine Menge für mich, aber ich werde mein Bestes tun, um zu versuchen, Eure Lily nach Hause zu bringen. Nach dem, was Bianca sagt, muss sie wirklich wunderbar sein."

„Sie... sie ist, wie wenn sich die Wolken am Nachthimmel verziehen und das Funkeln der Sterne zum Vorschein kommt. Ihre Anwesenheit bringt Licht selbst in die tiefste Dunkelheit. Eines Tages werde ich dir die Geschichte erzählen, wie wir uns kennengelernt haben. In dieser Nacht rettete sie mein Leben – und eroberte mein Herz für immer. Ich habe sie nicht verdient und werde meine Tage damit verbringen, ihr das zu beweisen. Falls ich sie zurückbekomme."

„*Sobald* Ihr sie zurückbekommt", sagte Imogen, der bei Callums Worten die Kehle eng geworden war.

„Sie wäre eine gute Freundin für dich", wandte sich Callum an Imogen. „Sie nimmt alle für sich ein. Sie kümmert sich. Sie war eine Lehrerin, weißt du. Und ich glaube nicht, dass sie einer Maus etwas zuleide tun könnte. Wenn du eine Familie suchst, wirst du sie in Bianca und Lily finden."

„Ähm ..." Imogen wusste nicht ganz, was sie von diesem Gespräch halten sollte. Sie hatte noch nie ein solches geführt. In ihrer Welt boten die Menschen einfach keine Familie an. Wenn überhaupt, war das Konzept der Familie etwas, das einem vorenthalten war oder das man sich verdienen musste – wie im Falle ihrer Crew. Dass ihr so etwas einfach so angeboten wurde, machte ihr ein merkwürdiges Gefühl.

„Narben bleiben. Aber Wunden heilen. Willst du dein

Leben über das Leid definieren, das du als Kind erfahren hast?"

„Nun, dieses Treffen zur Festlegung des Kurses hat eine tiefgründige Wendung genommen, nicht wahr?" Imogen legte ihren Kopf schief, um Callums wissendem Blick zu begegnen. Sie sprach nie über ihre Familie oder Verletzungen aus ihrer Kindheit, und jetzt befand sie sich wieder einmal auf unangenehmem Terrain.

„Wann wäre ein besserer Zeitpunkt für tiefe Gedanken, als kurz bevor man in die Schlacht zieht?", parierte Prinz Callum.

„Glaubt Ihr, wir werden noch mehr Kämpfe haben?" Nervosität machte sich in Imogens Magen breit und jagte ihr einen Schauer über die Haut.

„Natürlich. Das ist zu erwarten. Es wäre unklug zu glauben, dass alles glatt laufen wird."

Imogen presste die Lippen aufeinander und sah zum Bug hinaus, wo Nolan und Seamus an Deck zusammengekauert waren.

„Er ist ein guter Mann."

„Ja, Seamus ist wunderbar", stimmte Imogen zu, wobei sie die Anspielung des Prinzen absichtlich ignorierte. Ihre Worte wurden mit einem Glucksen quittiert.

„Das ist er. Aber ich spreche von Nolan. In jeder Hinsicht, außer dem Blut, ist er mein Bruder. Wir sind zusammen aufgewachsen, weißt du."

„Zwei Jungs aus gutem Hause, die sich auf dem Schlossgelände tummelten?" Imogen hielt ihren Ton leicht, um den Prinzen nicht zu beleidigen. Es war nicht seine Schuld, dass er in die königliche Familie hineingeboren wurde.

„In meinem Fall, ja. Nolan? Nein. Seine Familie lebte ein bescheidenes, aber glückliches Leben in einem Dorf. Doch als er ein Kind war, wurden seine Kräfte entdeckt, und er wurde an den königlichen Hof gebracht, um für seine Zukunft zu trainieren. Seine Fähigkeiten verhalfen seiner Familie zu einem Leben in mehr Wohlstand und seinen Schwestern zu Jobs und Ehen, die sie vorher vielleicht nicht gehabt hätten."

„Nun, schön für ihn. Klingt wie ein hübsches Aschenputtel-Märchen für ihn."

„Aschenputtel?" Callum blinzelte sie an.

„Ähm, es ist ein ..." Imogen lachte und zupfte an ihrem Zopf. „Ein Kindermärchen, sozusagen. Eine Geschichte. Eine Geschichte vom Tellerwäscher zum Millionär. Das arme Aschenputtel wird von ihrer Familie schrecklich behandelt, bis der Prinz sie auswählt, sie sich verliebt und eine Prinzessin wird."

„Nun, Nolan wurde nicht schlecht behandelt. Er hat ein sehr enges Verhältnis zu seiner Familie. Auch zu unserer Familie. Das mit dem Verlieben ... nun, er ist stur."

„Oh, ja? Er hat ein paar Frauen abgewiesen, was?" Imogen blickte nachdrücklich auf ihr Notizbuch, in dem sie Informationen für ihre Reise notierte. Die Antwort interessierte sie nicht. Nein, ganz bestimmt nicht.

„Nicht abgewiesen. Er hat viele Geliebte gehabt."

Natürlich hatte er das. Ein Mann, der so aussah? Imogen rollte mit den Augen.

„Für ihn ist das sicher sehr erfreulich."

Prinz Callum verzog die Lippen. „Aber er hat sich nie auf eine Liebesbeziehung eingelassen. Er ist zutiefst loyal. Mir gegenüber. Gegenüber dem königlichen Hof. Seiner

Familie gegenüber. Ich denke, dass er es fast übertreibt. Ein Teil von ihm denkt, dass er seine Pflichten vernachlässigen würde, wenn er die Liebe findet. Was für ihn fast ein Sakrileg ist. Er trägt die Last seiner Verantwortung mit Stolz."

„Nun, das klingt wirklich blöd. Verliebt sich sonst niemand an Eurem Königshof? Ist es ein Muss, Single zu bleiben?" Imogen schüttelte den Kopf über Callum. Die Fae wären ein seltsames Volk, wenn es so wäre.

„Natürlich nicht. Die Fae sind im Herzen Romantiker. Für uns ist das Finden unserer Schicksalsgefährten eine der wichtigsten Reisen in unserem Leben. Ich mache mir Sorgen um Nolan, dass er das nicht erkennt."

„Das klingt nach einem Problem für ihn, nicht für Euch", sagte Imogen, genervt von diesem Gespräch. Warum wurde ihr Herz für Nolan weicher? Es sollte ihr egal sein, ob er Liebe fand oder nicht.

„Aber ich möchte, dass mein Bruder die Liebe findet. Er hält sich zurück, weil er glaubt, dass seine Rolle als Berater ausreicht, um das Glück seiner Familie für immer zu sichern. Er ist so sehr auf seine Pflichten bedacht, dass er nicht sieht, dass der Rest von uns glücklich sein wird, wenn er glücklich ist. Stattdessen führt er seinen Job aus, als wäre das das Einzige, was ihn in dieser Welt ausmacht."

Imogen konnte *diesen Teil* sogar verstehen. Ohne die *Mystic Pirate* wäre sie völlig verloren. Ihr Leben war eng mit der Karriere verwoben, die sie sich aufgebaut hatte, und das gab ihr großen Rückhalt.

„Du scheinst ihm gegenüber kalt zu sein." Imogen wechselte geschickt das Thema, denn, nein, sie war nicht daran interessiert, mehr über Nolans Liebesleben zu erfahren. Oder die Abwesenheit eines solchen. Obwohl es sich nicht so anhörte, als wäre es für ihn ein Problem, Partner zu finden, die mit ihm das Bett teilten, was Imogen nicht im Geringsten überraschte. Ungeachtet dessen beobachtete sie ihn, wie er sich reckte, um einen Knoten zu binden. Sein Hemd hob sich an der Taille und enthüllte gut definierte Muskeln.

„Du bist sehr aufmerksam." Prinz Callum stritt ihre Worte nicht ab.

„Das gehört zu meinem Job. Eine unaufmerksame Kapitänin ist eine gefährliche Kapitänin."

„Vielleicht habe ich einen Teil meines Zorns auf ihn gelenkt, denn er ist für die Wasser-Fae zuständig, und das ist ihr Werk."

„Und doch riskiert er sein Leben, um Euch zu helfen." Imogen war sich nicht sicher, warum sie Nolan verteidigte, vielleicht war es ihr Sinn für Gerechtigkeit, dachte sie.

„Das stimmt. Es ist seine Pflicht."

„Es ist mehr als das." Imogen warf einen Blick auf den Prinzen. „Ihr könnt ihn nicht in einem Atemzug als Bruder bezeichnen und im nächsten behaupten, er würde nur seinen königlichen Pflichten nachkommen."

„Nein... das kann ich wahrscheinlich nicht." Prinz Callum holte tief Luft. „Ich werde mit ihm sprechen."

„Worum ich Euch bitte, ist, dass Ihr mit dem Team sprecht", sagte Imogen. „Ich werde das Boot steuern und mein Bestes tun, um uns sicher ans Ziel zu bringen. Aber unser Team muss als Einheit arbeiten. Jede gute Mannschaft funktioniert so. Wenn es Schwierigkeiten in der Kommunikation oder Missverständnisse gibt, schlage ich vor, dass das jetzt geklärt wird, bevor wir aufbrechen."

„Aye, aye, Kapitänin!" Callum schürzte die Lippen, als er das Steuerhaus verließ, offensichtlich amüsiert darüber, herumkommandiert zu werden. Imogen war es egal, was für ein Adeliger er war. Das Schiff gehörte ihr, und damit hatte sie das Sagen. Auch wenn sie das Ausmaß dessen, womit sie es zu tun hatte, nicht ganz verstand, so wusste sie doch, wie man ein Schiff erfolgreich führte. Das bedeutete, dass Callum besser alle Risse an seiner Basis ausbessern sollte, oder sie würden eine holprigere Fahrt als erwartet erleben.

Imogen hielt inne, eingenommen von dem Bild, das sich bot, als Callum auf Nolan zuging und ihn in eine Umarmung zog. Die Art und Weise, wie sie ihre Gefühle füreinander frei zum Ausdruck brachten, hatte einfach so etwas... *Anziehendes*. Es war selten, dass die Männer in ihrer Welt ihre Zuneigung auf andere Weise als durch raues Gehabe und bissige Bemerkungen zum Ausdruck brachten. Ein Klaps auf den Rücken hier und da? Sicher, aber Imogen hatte noch nie erlebt, dass sich jemand aus ihrer Crew umarmte. Sie fand, dass das die Attraktivität der Männer nicht schmälerte. Im Gegenteil, sie wirkten dadurch sogar noch stärker. Die beiden Männer unterhielten sich ernst miteinander, und Imogen konnte sich nur schwer entscheiden, wer von den beiden attraktiver war.

Nun, Nolans dunkles Aussehen und sein durchdringendes Lächeln hatten etwas Faszinierendes. Oh, sein Lächeln. Ihr Herz flatterte einen Moment, als sie sich daran erinnerte, wie er sie an diesem Tag angelächelt hatte. Es war, als hätte man ihr ein seltenes Geschenk gemacht, und die Wärme, die es ausgestrahlt hatte, hatte ihren Körper überfordert. Deshalb hatte er sie auch so leicht hochheben und transportieren können, erinnerte sich Imogen. Sie war überrumpelt worden. Etwas, das ihr auf dieser Reise besser nicht noch einmal passieren sollte. Aber ihr Blick blieb trotzdem bei ihm. Als hätte er es bemerkt, drehte sich Nolan abrupt um und sah ihr durch das Fenster in die Augen.

Der Moment wurde länger, und Imogen wurde nervös. Sie war die erste, die den Kontakt abbrach, obwohl es sie ärgerte, dies zu tun. Aber sie musste ihre Arbeit machen, nicht wahr? Sie blätterte in ihrem Notizbuch, verdrängte die Gedanken an sexy Nolan und beendete die Planung des Kurses.

KAPITEL SECHZEHN

Es war eine erstaunlich ruhige Fahrt gewesen, dachte Imogen, als sie sich die müden Augen rieb. Ihrer Einschätzung nach hatten sie die Zehn-Stunden-Marke fast erreicht, und sie war die meiste Zeit auf den Beinen gewesen. Zu verschiedenen Momenten waren die anderen zu ihr gekommen und hatten ihr angeboten, sie von ihrem Posten abzulösen, aber Imogen blieb standhaft. Es gab niemanden, dem sie zutraute, ihr Schiff zu steuern, falls es zu einer weiteren Schlacht kommen sollte. Jetzt war sie hundemüde, denn sie hatte in zwei Tagen nur wenige Stunden Schlaf bekommen. Schon bald würden sie Inis Mór erreichen, und dort hoffte Imogen einen sicheren Platz für ihr Boot und ein paar Stunden Schlaf für sich selbst zu finden.

Alle anderen hatten beschlossen, in Schichten zu arbeiten, um etwas Schlaf zu bekommen, aber trotzdem das Schiff schützen zu können. Jede Person auf Wachdienst war irgendwann vorbeigekommen, um sich mit Imogen zu unterhalten, und sie hatte interessante Gespräche mit Seamus und Bianca gehabt, in denen sie mehr über die Welt der Fae erfahren hatte. Callum war nicht so gesprächig gewesen, aber sie konnte es ihm nicht verübeln – sein Herz schmerzte gerade.

Nur Nolan hatte das Steuerhaus während seiner Wache gemieden und streifte stattdessen wie eine unruhige Katze über das Deck. Imogen konnte nicht umhin, sich zu fragen, was in seinen Gedanken vorging. Nach dem früheren Gespräch mit Callum hatte er etwas fröhlicher gewirkt, aber es war schwer, den Unterschied zwischen einem verärgerten und einem fröhlichen Nolan zu erkennen, da beide Stimmungen hinter der strengen Maske, die er trug, verborgen waren. Sie fragte sich, ob diese Maske ihm half, ein besserer Herrscher über die Wasser-Fae zu sein.

Imogen prüfte ihren Kurs und nahm eine kleine Korrektur vor. Sie fuhren in das Gewässer von Foul Sound ein, das sie um die Insel Inis Meáin und in die Bucht von Inis Mór führen würde. Sie hatte gehört, dass die See dort tückisch sein konnte und dass man gut aufpassen musste. Vielleicht hatte diese Gegend deshalb ihren Namen, überlegte Imogen, während sie in die Nacht hinausblickte und ihre Augen auf das Wasser richtete, das von den Frontscheinwerfern des Bootes beleuchtet wurde. Es war nicht typisch für sie, das Boot nachts mit so viel Licht zu fahren, aber sie hatte sich gedacht, dass die bösen Fae wahrscheinlich schon wussten, wo sie waren, und mit Sicherheit auch die Wasser-Fae. Das Licht würde ihnen nur zum Vorteil gereichen, denn so würden sie zumindest sehen können, ob jemand versuchte, sie erneut anzugreifen.

Ein paar Gestalten waren unter der Wasseroberfläche aufgetaucht und verfolgten sie, aber keine machte Anstalten, an Bord zu gehen. Hatten die Wasser-Fae beschlossen, milder mit ihnen umzugehen? Hatte Nolans Entscheidung, ihnen nichts anzutun, die Fae dazu veranlasst, ihre Position zu überdenken?

Oder warteten sie nur ab, um ihnen ein falsches Gefühl von Sicherheit zu geben? Imogen befürchtete, dass Letzteres der Fall war. Eine Bewegung auf ihrem kleinen Bildschirm ließ sie aufhorchen. Sie hatte Sicherheitskameras installiert, als sie mit dem Nachtcharterservice begonnen hatte, um sicherzugehen, dass ein beschwipster Gast, der über Bord ging, von einem Mitglied der Crew gesehen würde. Zum Glück war das noch nie passiert, aber jetzt war Imogen dankbar für die Kameras, denn so konnte sie jeden Winkel des Schiffes im Auge behalten.

Sie beobachtete Nolan, wie er über das Seitendeck streifte, die Schultern breit unter dem leichten Pullover, den er trug, und mit einer Lederhose, die seine muskulösen Beine zur Geltung brachte. Der Mann war gut gebaut, da konnte sie nichts Gegenteiliges sagen. Sie hatte schließlich Augen im Kopf, oder nicht? Aber ein gut aussehender Mann macht nicht automatisch einen Partner, schimpfte Imogen leise vor sich hin. Ihre Welten lagen zu weit auseinander – und offen gesagt konnte sie kaum ein Gespräch mit ihm führen, ohne ihn über Bord werfen zu wollen – also nein, sie sollte wirklich nicht darauf achten, wie seine Hose saß.

Imogens Augen hüpften zu einem anderen Bildschirm, als eine hektische Bewegung ihre Aufmerksamkeit auf sich zog. Sie zuckte zusammen und sah, wie Prinz Callum von mehreren dunklen Wesen zur Laderampe am Heck gezerrt wurde. Nolan schlenderte weiter, offensichtlich ohne zu wissen, dass sie angegriffen worden waren.

„Nolan! Angriff! Am Heck!", rief Imogen in das Mikrofon und sah zu, wie sein Kopf hochschnellte und er zum Heck des Bootes sprintete. Imogens Augen weiteten sich und Schweißperlen traten ihr auf die Stirn, als sie sah, wie Nolan seine Wildheit auf die Domnua losließ. Nun, zumindest dachte sie, dass es Domnua waren. Ihre Überwachungskameras waren in Schwarz-Weiß, so dass Imogen nur das schwache Leuchten um die Fae herum sehen konnte, aber nicht die Farben. Kurz fragte sie sich, ob andere Menschen in der Lage wären, das Glühen der Fae auf Video zu sehen – so wie Geisterjäger versuchten, Bilder auf Film zu bannen. Würde man es auf Video besser erkennen können? Oder war die Fähigkeit, zu unterscheiden, wer Fae und wer Mensch war, nur bestimmten Menschen vorbehalten, die gesegnet waren mit... nun ja, was auch immer es war, das sie in sich trug.

„Oh, Scheiße", hauchte Imogen, und ihre Augen hüpften zwischen dem kleinen Bildschirm und dem Wasser vor ihr hin und her. Die Sorge wegen der dunklen Fae, die über die Vorderseite des Bootes kamen, verdrängte fast die Sorge um Callum.

Aber Nolan? Er war ... mit einem Wort ... unglaublich. Er flog in die Meute der Domnua, wirbelte herum und schlug um sich, als achtete er kaum darauf, wo seine Schläge landeten. Imogen keuchte auf, als er einen Domnua direkt über Bord warf.

Einhändig.

Sie schluckte, als er mit seinem Dolch einen weiteren Domnua durchbohrte, wobei dieser augenblicklich aufplatzte und sich zu einer kleinen Pfütze aus silbernem Glibber auflöste, die Imogen schon zuvor gesehen hatte.

„Hinter dir!", kreischte Imogen in das Mikrofon, gerade als fünf weitere böse Fae über die Reling huschten und sich auf Nolan stürzten. Es waren zu viele. Wie sollte er das überstehen? Sie brauchten mehr Hilfe. Imogen streckte die Hand aus und löste den Feueralarm aus, in der Hoffnung, Seamus und Bianca aus ihren Betten zu wecken. Hilflosigkeit durchströmte sie, als sich die Wellen wie wild auftürmten und das Boot heftig hin- und herzuschaukeln begann. Mit aller Kraft hielt Imogen das Steuer fest und hoffte, dass das plötzliche Auftauchen der Wellen die Männer nicht aus dem Gleichgewicht gebracht hatte. Ihr Blick fiel wieder auf den kleinen Bildschirm, wo sie sah, wie Callum rücklings auf dem Deck lag und ein Domnua ein Messer über seinem Kopf hob.

„Nein!", keuchte Imogen.

In diesem Moment stürzte sich Nolan auf den Domnua und schlug ihm gnadenlos ins Gesicht, bis der Fae auf dem Deck zusammensackte. Nolan hob das Messer auf und stach damit auf seinen Besitzer ein, woraufhin sich eine weitere kleine Pfütze aus Schmiere über das einst saubere Deck ergoss. Nolan wischte das Messer an seiner Hose ab und steckte es in seinen Hosenbund, bevor er sich umdrehte und das hintere Deck inspizierte. Der Feueralarm hatte funktioniert, stellte Imogen fest, als Seamus neben Nolan zum Stehen kam und Bianca mit wildem Haar ins Steuerhaus stürmte.

„Bist du okay?", rief Bianca.

„Ja, mir geht's gut. Es ist Callum, der in Schwierigkeiten war."

„Ich bin gleich wieder da." Bianca war bereits verschwunden, und Sekunden später sah Imogen, wie sie auf dem Bildschirm erschien und neben Callum in die Hocke ging, der sich den Kopf rieb.

Die Tür zu ihrem Steuerhaus schwang auf, und Nolan kam herein, von Wut ummantelt. Sein Blick durchbohrte sie. Die Luft zwischen ihnen summte, schwer vor Spannung.

„Bist du in Sicherheit?"

„Ja, ich bin in Sicherheit." Imogen richtete ihren Blick wieder auf das Wasser, wo die Wellen weiterhin gegen den Rumpf schlugen. „Solange ich uns auf Kurs halten kann."

„Sieh zu, dass du das tust. Ich bin gleich wieder da."

„Sieh zu, dass du das tust ...", äffte ihn Imogen im nun leeren Steuerhaus nach. Wer redete denn so? Konnte der Mann noch nerviger werden?

Ein leises Klopfen an der anderen Tür zu ihrer Rechten lenkte ihre Aufmerksamkeit von den felsigen Gewässern vor dem Boot ab. Imogen hielt das Steuer fest umklammert und warf einen Blick hinüber, um zu sehen, wie sie opalblaue Augen in der Dunkelheit anfunkelten. Es war der Mann aus ihren Träumen. Derselbe, den sie all die Jahre unter der Wasseroberfläche hatte gleiten sehen. Sie musterten einander durch das Glas, wobei die Spiegelung des Lichts der Kabine es Imogen schwer machte, den Fae vollständig zu sehen. Ihr Herz hämmerte in der Brust, als das Boot auf eine weitere starke Welle traf. Aber sie hielt das Steuer fest.

„Was willst du?", fragte Imogen und fragte sich, ob der Feenmann sie hören konnte.

Der Wasser-Fae klopfte erneut, und Imogen fühlte sich plötzlich gezwungen, hinüberzugreifen und den Riegel an der Tür zu öffnen. Imogen war wie hypnotisiert und konnte ihren Blick nicht abwenden, als er zu ihr in das Steuerhaus schlüpfte. Der Brustkorb des Feenmannes hob und senkte sich gleichmäßig, und er schien nicht nach Atem zu ringen, so wie der andere Wasser-Fae, als er zu lange außerhalb des Wassers gewesen war.

Er lächelte. Wie er es immer tat. Und Imogen keuchte auf, als er die Hand ausstreckte und seine eiskalten Arme um sie schlang. Sie war so geschockt, dass sie der Wasser-Fae schon fast durch die Tür gezogen hatte, bevor sie reagieren konnte. Panik ergriff sie, und Imogen folgte ihrem ersten Instinkt. Sie warf ihren Kopf nach hinten und hörte das scharfe Zischen des Feenmannes, als ihr Hinterkopf mit seinem Gesicht zusammenstieß. Imogen nutzte den Moment zu ihrem Vorteil, drehte sich und brachte ihr Knie zwischen seine Beine, woraufhin er nach vorne kippte. Sie folgte der Bewegung, packte seinen schleimigen Kopf und rammte ihr Knie gegen seine Nase. Genugtuung durchströmte sie, als er vor Schmerz aufkreischte und über Bord stürzte. Ein lautes Platschen versicherte Imogen, dass er auf dem Wasser aufgeschlagen war, und sie flitzte zurück in die Kabine, um das Steuer zu ergreifen, bevor das Boot kenterte.

In Sekundenschnelle verwandelte sich der Ozean von einem Meer voller böser Strömungen und Wellen wieder in ein spiegelglattes Meer.

„Seltsam", flüsterte Imogen. Der Ozean funktionierte nicht auf diese Weise, was bedeutete, dass Magie im Spiel war. Vielleicht hatten die Wasser-Fae die Domnua zurückgedrängt? Oder arbeiteten sie immer noch zusammen? Unmöglich, das zu wissen, dachte Imogen und schüttelte den Kopf. Es gab einfach zu viele Dinge zu bedenken. Kein Wunder, dass die königlichen Fae sich in dieser Schlacht schwer taten. Es schien, als wären die Fae generell kompliziert, egal ob sie sich zu den Dunklen oder den Hellen zählten.

„Alles in Ordnung da drin?" Seamus steckte seinen Kopf herein. Sein rotes Haar ragte in alle Richtungen von seinem Kopf ab.

„Ja, alles gut", sagte Imogen, obwohl sie sicher war, dass die Anspannung in ihrer Stimme zu hören war. Sie war noch nicht bereit, über das zu sprechen, was gerade passiert war, denn ihr Gehirn war noch dabei, es zu verarbeiten. Adrenalin strömte durch ihre Adern und ließ sie vibrieren wie eine Gitarrensaite. Sie fragte sich, ob Nolan sie dafür rügen würde, dass sie einen Wasser-Fae verletzt hatte. „Wie konnten die bösen Fae Callum auf diese Weise überwältigen? Ich dachte, er wäre der Stärkste der Fae?"

„Seine Kräfte haben nachgelassen, nachdem sie seine Schicksalsgefährtin entführt haben", erklärte Seamus.

„Im Ernst?" Imogen blickte Seamus ungläubig an.

„Ja. Je länger er von ihr getrennt ist, desto mehr schwindet seine Kraft. Liebe ist... sie ist alles in unserer Welt."

„Also... gut, dann. Okay." Imogen korrigierte ihre Idee des allmächtigen Prinzen. „Verstanden. Denke ich."

„Bist du reif für ein Nickerchen?"

„Das werde ich sein, wenn wir andocken. Jetzt ist es nicht mehr weit. Ich sehe den Leuchtturm von Straw Island, das heißt, die Bucht ist gleich dahinter. Da, siehst du das Licht?" Imogen zeigte darauf und lenkte Seamus davon ab, ihr weitere Fragen über das, was sie gesehen hatte, zu stellen.

„Es ist ziemlich dunkel da draußen. Wirst du andocken können?"

„Ja, ich habe den Hafenmeister kontaktiert, bevor wir losgefahren sind. Sie sollten über unsere Ankunft informiert sein, auch wenn wir die Anlegegebühren bezahlen müssen."

„Das ist kein Problem. Die Kassen der Fae sind gut gefüllt", versicherte Seamus ihr.

„Alle müssen an Deck und bereit sein, Leinen zu werfen. Sobald wir sicher angedockt sind, gehe ich direkt in meine Kabine und möchte nicht gestört werden, es sei denn, wir werden wieder angegriffen. Habt ihr das gehört?" Imogen erhob ihre Stimme, als Nolan hinter Seamus auftauchte.

„Wie war das?", fragte Nolan.

„Sobald wir angedockt haben, gehe ich schlafen und möchte nicht gestört werden. Es ist mir egal, was für eine Wanze in deinen Hintern kriecht – meine Kabine ist tabu. Verstanden?"

„Aye, Kapitänin", sagte Nolan und tippte sich mit dem Finger an den Kopf, um einen Salut anzudeuten.

„Komm mir nicht mit diesem Ton", schnauzte Imogen, deren Verärgerung über ihn von Müdigkeit und Angst verstärkt wurde. „Du bist derjenige, der keine Grenzen kennt."

„Dies mag dein Schiff sein, aber es ist meine Suche. Grenzen bedeuten mir nichts."

Holla, der Mann war wütend. Imogen drehte sich um, um etwas Beleidigendes zu sagen, aber da war nur Seamus, der in der offenen Tür stand.

„Er muss doch sicher auch ein paar positive Eigenschaften haben, oder? Ich versuche es ja, Seamus. Aber der Typ bringt mich dazu, dass ich mir die Haare raufen will", schimpfte Imogen und drosselte die Geschwindigkeit ihrer Motoren, während sie die felsige Insel mit dem Leuchtturm umfuhren. Das Licht war ein willkommener Anblick, und warf seinen Strahl in die Nacht. Die Vorfreude auf den Schlaf ließ Imogen ungeduldig werden. Sie wollte endlich anlegen, um für eine Weile zu verschwinden.

„Hast du es denn versucht? Es klang eher so, als wolltest du ihn reizen", sagte Seamus. Imogen warf ihm einen verkniffenen Blick zu, doch er grinste sie an und wippte auf seinen Fersen zurück, ganz freundlich und gelassen.

„Vielleicht haben wir unterschiedliche Definitionen von versuchen."

„Ah, klar, das wird's sein. Und wie läuft dein Versuch? Klappt es gut?"

„Seamus, ich versuche wirklich auch, dich zu mögen", warnte Imogen, und Seamus lachte.

„Tut mir leid, Boss-Lady. Ich sage nur, wie ich es sehe. Mir scheint, ihr findet beide Wege, aufeinander herumzuhacken. Was meiner Meinung nach normalerweise nur eines bedeuten kann..."

„Dass es eine gegenseitige Abneigung gibt, wir aber zusammenarbeiten müssen, weil keiner von uns im Moment ein großes Interesse am Sterben hat?", zwitscherte Imogen, während sie am Leuchtturm vorbeifuhr und den willkommenen Anblick der hell erleuchteten Docks erblickte.

„Oder...", begann Seamus, doch Imogen unterbrach ihn.

„Hattest du jemals einen Kollegen, den du gehasst hast,

Seamus? Warte...hattest du jemals einen richtigen Job?"

„Natürlich hatte ich das. Ich habe in der IT-Abteilung der Universität gearbeitet, als ich während des Fluchs der vier Schätze anfing, das erste Mal für die Danula zu arbeiten."

„Dort hat er mich kennengelernt", sagte Bianca, trat zu Seamus in den Türrahmen und schlang automatisch ihre Arme um seine Taille. „Das ist sein Glück."

„Sie war zu sehr damit beschäftigt, sich mit jedem anderen Mann auf dem Campus zu verabreden, als dass sie Zeit für mich gehabt hätte. Es bedurfte eines epischen irischen Fluchs und einiger Feen-Schlachten, bevor ihre hübschen blauen Augen mich eines Blickes würdigten."

„Ach was, ich hatte immer schon ein Auge auf dich geworfen. Es ist deine Schuld, dass du mich nicht früher um ein Date gebeten hattest." Bianca stieß Seamus in die Rippen und er zuckte zusammen.

„Und wann? In der Stunde zwischen der Trennung vom vorherigen und dem nächsten Mann in deiner Schlange?"

„Oh, du lässt mich wie ein richtiges Flittchen klingen."

„Ach ja? Es ist nichts falsch daran, sich zu amüsieren." Seamus beugte sich herunter und drückte Bianca einen Kuss auf die Lippen. „Aber jetzt ist es nur mit mir, nicht wahr?"

„Na klar, Süßer. Es sei denn, du möchtest noch andere in unsere Beziehung mit einbeziehen?" Bianca tippte mit einem Finger auf ihre Lippen.

Das war zu viel für Imogen.

„Wagt es nicht, mich anzusehen. Ich habe schon genug Sorgen, als dass ich mich mit einem einzigen Mann einlassen könnte, geschweige denn mit mehreren Personen. Könnt ihr euch das vorstellen? Nein, vielen Dank. Und jetzt begebt euch bitte auf eure Plätze auf dem Deck, denn wir werden bald andocken."

„Ich glaube nicht, dass ich eine offene Beziehung möchte", stimmte Bianca zu, als sie das Steuerhaus verließen. „Ich möchte die Einzige sein, auf die du dich konzentrierst."

„Du bist die Einzige, für die ich Augen habe... für immer und ewig, meine Liebe."

Imogen hätte fast einen kleinen Seufzer bei ihren Zärtlichkeiten ausgestoßen, obwohl sie das nie zugeben würde. Vielleicht würde sie eines Tages einen solchen Partner finden, wer konnte das schon wissen? Aber es war einfach nicht ihre Priorität. Weder jetzt noch zukünftig. Einen Partner zu haben bedeutete, alles teilen zu müssen – und Imogen hatte vor langer Zeit gelernt, für sich selbst zu sorgen. Auf allen Ebenen. Nein, einen Partner zu haben, kam für jemanden wie sie einfach nicht in Frage. Und das war auch gut so. Im Moment war das Einzige, was sie interessierte, das erfolgreiche Andocken ihres Schiffes.

Es verlief so reibungslos, wie es mitten in der Nacht nur möglich war, dachte Imogen und freute sich, dass ihrem Boot beim Anlegen nichts passiert war. Nach einem kurzen Gespräch mit dem Hafenmeister, der von Callum gut bezahlt wurde, hatte sich Imogen in ihre Kabine geschlichen und strikte Anweisung gegeben, in Ruhe gelassen zu werden. Solange ihr Boot nicht brannte, brauchte sie ihre Zeit *für sich*. Ohne sich um irgendetwas anderes zu kümmern als um ihren Schlaf, zog sich Imogen aus und blickte nach unten, um das Licht in ihrer Schublade leuchten zu sehen. Nach dem Tag, den sie erlebt hatte, war

Imogen nicht in der Stimmung für noch mehr Verrücktheiten. Zum ersten Mal steckte sie den Ring nicht vor dem Schlafengehen an, sondern schlüpfte unter ihre Decke und versank in einen traumlosen Schlaf.

KAPITEL SIEBZEHN

I mogen erwachte mit einem Blinzeln und ihr unscharfer Blick glitt sofort zum Wecker auf ihrem Nachttisch. Sie hatte länger geschlafen als geplant, denn es war früher Nachmittag, aber da niemand gekommen war, um sie zu wecken, musste sie davon ausgehen, dass sie noch in Sicherheit waren.

Oder alle waren ermordet worden, während sie schlief, und die Fae hatten nicht daran gedacht, in ihrer Kabine nachzusehen. Na toll, dachte Imogen, als sie aus dem Bett schlüpfte, um in ihr Bad zu gehen und hastig zu duschen. Jetzt konnte sie nur noch an die seltsame Gruppe von Menschen denken, die sie langsam zu mögen begann. Sie hoffte, dass sie den Morgen gut überstanden hatten. Sie trocknete sich schnell ab, fuhr mit einem grobzinkigen Kamm durch ihr tropfendes Haar und wickelte es in ein Handtuch, um das überschüssige Wasser aufzusaugen, während sie sich saubere Kleidung anzog. Ihre Hand zögerte an der Schublade ihres Nachttisches, und mit einem verstohlenen Blick über ihre Schulter zog sie die Schublade auf.

Schnell öffnete sie den Deckel der Schatulle, und der Ring begann sofort zu leuchten – ein sanftes blaues Licht, das aus den Tiefen des Aquamarinsteins drang. Großartig, einfach großartig, dachte Imogen und knallte den Deckel der Schatulle wieder zu. Wenn sie das richtig verstanden hatte, konnte ihr Ring durchaus den Wasser-Fae gehören.

Was bedeutete das genau?

Hatte sie deshalb ihr ganzes Leben lang all diese jenseitigen Wesen sehen können? Sie hatte keine Ahnung, wie lange ihre Mutter den Aquamarinring in ihrem Besitz gehabt hatte. Bei diesem Gedanken hielt Imogen inne. Sie zog das Handtuch von ihrem Haar und ließ es auf die Schultern fallen. Sie betrachtete ihr Spiegelbild, die Augen groß und besorgt im Gesicht, die Haut noch blasser als sonst. Wenigstens hatte der Schlaf dazu beigetragen, dass die dunklen Ringe unter ihren Augen verschwunden waren.

Wenn sie all die Jahre eine Art magischen Gegenstand bei sich getragen hatte, dann war es vielleicht nicht Imogen, die abnormal war. Vielleicht hatte es alles mit dem Ring und nichts mit ihr zu tun. Während sie darüber nachdachte, knabberte sie an ihrer Lippe und ging ins Steuerhaus, während ihre Gedanken zum Bedürfnis nach einer starken Tasse Kaffee übergingen. Sicher, sie hatte gut geschlafen, aber Kaffee war ihr Lebenselixier, und sie begann ihren Tag nie ohne ihn.

„Uff!", keuchte Imogen, als sie direkt gegen etwas lief, das sich wie eine Wand anfühlte, sich aber als die harte Brust eines noch härteren Mannes herausstellte.

„Nur mit der Ruhe, Captain." Nolan packte sie an den Schultern. Imogens Gedanken überschlugen sich, und sie brauchte einen Moment, um sich zu überlegen, was sie sagen sollte. Seine Nähe überwältigte sie fast, und sie konnte sich kaum dagegen wehren, sich zu strecken und an seinem Hals zu schnuppern. War das Irish Spring Seife, mit der er sich gewaschen hatte? „Du siehst schon ein bisschen besser aus. Hast du gut geschlafen?"

„Ja, das habe ich." Dankbar, dass sie wieder zu Worten gefunden hatte, drängte sich Imogen an ihm vorbei und machte sich auf den Weg die kleine Treppe hinunter in die Küche und den Wohnbereich. Dort fand sie Bianca, die in einem alten, in Leder gebundenen Buch las, und ihr Magen jubelte angesichts des Tellers mit French Toast, den sie auf dem Tisch sah. „Wie geht's Callum?"

„Gut", sagte Nolan.

„Hast du das gemacht? Ich könnte dich küssen", sagte Imogen und warf Bianca ein strahlendes Lächeln zu. Bianca blickte auf und lächelte zurück. Heute trug die hübsche Blondine einen fröhlichen roten Pullover und eine dunkle Jeanshose und hatte ihr Haar zu zwei Zöpfen geflochten.

„Du musst deine Küsse für Nolan aufsparen, denn er ist heute der Chefkoch." Bianca nickte in Richtung Nolan, der ihr in die Kombüse gefolgt war. Imogen schnitt eine Grimasse und setzte dann ein höfliches Lächeln auf.

„Danke fürs Kochen, Nolan."

„Was? Keine Küsse für den Koch? Obwohl ich gerne dabei zusehe, wie du und Bianca euch küsst, wenn du so tickst."

„Wie kommt es, dass du mich jedes Mal, wenn du

sprichst, nur noch mehr nervst?", fragte sich Imogen laut, drehte sich um, um eine Kaffeetasse zu holen und sich ihr eigenes Lebenselixier einzuschenken. Sie wollte Callum fragen, was Fiona mit dem lebensrettenden Elixier gemeint hatte, das er bei sich hatte und das ihn vor dem nahen Tod bewahrt hatte, aber sie hatte den Mut dazu noch nicht aufgebracht.

„Das ist einfach der Charme, den ich auf Frauen ausübe", sagte Nolan. Imogen war froh, dass sie mit dem Rücken zu ihm stand, denn sie konnte sich ein Grinsen nicht verkneifen.

„Und ... das erklärt den Mangel an Frauen, die bei dir Schlange stehen", scherzte Imogen und verzog ihre Miene zu einem gleichgültigen Blick, bevor sie sich mit ihrem Kaffee umdrehte und sich einen Teller holte.

„Vielleicht mag ich es nicht, die Damen warten zu lassen...also gibt es keine nennenswerte Schlange."

„Oh, siehst du? Da hast du es schon wieder getan." Imogen schüttelte den Kopf und atmete aus. „Bianca, kannst du diesem Mann erklären, warum er unausstehlich ist?"

„Nicht genug Zeit." Bianca grinste von ihrem Tisch aus und zwinkerte Nolan zu.

„Ich bin offen für alles, was du mir beibringen willst, Imogen." Nolans Worte waren wie ein warmer Hauch von Seide auf ihrer Haut und Bianca fächelte sich das Gesicht.

„Ich sollte wohl besser los..." Bianca machte Anstalten aufzustehen, aber Imogen deutete mit einer Gabel auf sie.

„Du. Bleib. Du..." Imogen drehte sich zu Nolan. „Geh weg."

„Aber ich wollte etwas essen."

„Nimm es mit auf die Terrasse. Dort gibt es Tische."

„Aber die Aussicht ist hier schöner." Nolan schenkte ihr ein träges Lächeln, das sie innerlich zum Schmelzen brachte. Imogen konterte, indem sie ihre Augen verengte.

„Weißt du noch, wie schnell ich scharfkantige Dinge werfen kann?" Sie gestikulierte mit ihrer Gabel.

„Gut, gut. Ich werde dann mal gehen. Offensichtlich ist hier jemand mit schlechter Laune aufgestanden."

„Ich rede nicht gern vor dem Kaffee." Das stimmte zwar nicht ganz, aber für Imogen war es ein einfacher Ausweg, und sie wartete, während Nolan sich das Essen auf den Teller schaufelte und mit einem verlegenen Gesichtsausdruck ging, was Bianca zum Kichern brachte.

„Na, *das* war ja mal interessant." Bianca klimperte mit den Wimpern und sah Imogen an.

„Nein, das war es nicht." Imogen setzte sich und nahm einen kräftigen Schluck ihres Kaffees. Ihre Sinne belebten sich mit dem ersten Schluck Koffein.

„Bist du dir sicher? Ich fand es faszinierend, wirklich." Bianca hatte einen beschwingten, singenden Ton in ihrer Stimme.

„Weißt du was, Bianca?" Imogen schnitt ein ordentliches Stück vom Toast ab und stach mit der Gabel hinein. „Ich fing gerade an zu denken, dass ich es schön finden würde, eine Freundin zu haben."

„Och, komm schon, lass den Unsinn." Bianca schlug mit der Hand auf den Tisch und brach in schallendes Gelächter aus. „Das ist es, was Freundinnen tun, weißt du. Wir vertrauen uns gegenseitig Dinge an. Und ich will dich nicht anlügen, wenn ich sage, dass ich sehe, dass zwischen dir und Grumpy McFaeFace etwas brodelt."

Imogen verschluckte sich an ihrem Bissen, und Bianca beugte sich vor und schlug ihr spielerisch auf die Schulter, bevor Imogen nach Luft schnappte. Nachdem sie sich geräuspert hatte, blinzelte sie Bianca durch die Tränen hindurch an, die ihr in die Augen gestiegen waren.

„Entschuldigung...aber hast du ihn gerade Grumpy McFaeFace genannt?"

„Ich meine... es ist mir einfach spontan eingefallen. Aber es passt doch, oder? Oder sollten wir ihm einen anderen Namen geben?"

„Nein, nein, ich mag es." Imogen war überrascht, als ihr ein Kichern entwich. „Es ist nur... oh, er wird es *hassen*."

„Besser so. Ich kann mich nicht entscheiden, wer von euch verklemmter ist – du oder er."

„Ich? Was ist aus deinem Verständnis dafür geworden, dass ich auf einer steilen Lernkurve bin und versuche, mit dem ganzen Fae- und Magie-Scheiß klarzukommen? Jetzt bin ich diejenige, die verklemmt ist? Das ist nicht fair", beschwerte sich Imogen und nahm einen weiteren Bissen von ihrem Toast. Verdammt, der Mann konnte auch noch kochen.

„Natürlich, ich verstehe vollkommen, dass das eine Menge für dich zu verarbeiten ist." Bianca beugte sich vor und tätschelte ihr sanft den Arm. „Aber ... das macht dich nicht weniger verklemmt."

„Ich bin nicht ..." Imogen entdeckte einen Wasserring von Biancas Glas auf dem Tisch. „Entschuldige mal ... hast du noch nie etwas von Untersetzern gehört?"

„Siehst du?" Bianca strahlte sie an und wischte eilig das Wasser weg.

„Ich bin nicht ... es ist nur ..." Imogen atmete tief durch. „Ich habe nicht viel in dieser Welt. Und ein Teil des Bootes gehört immer noch der Bank. Das ist wichtig. Zumindest für mich, okay?"

„Das kann ich gut verstehen. Ich bin auch nicht mit viel aufgewachsen. Aber das meine ich nicht. Wenn du zu verklemmt bist, wirst du zerbrechen, Imogen. Du musst etwas Dampf ablassen."

„Aber wie?" Imogen konnte ehrlich gesagt nicht verstehen, warum Bianca nicht nervöser war. Wo doch die dunklen Fae versucht hatten, sie zu ermorden. „Sehen wir hier nicht die gleichen Dinge? Du weißt schon... Fae versuchen uns jeden Tag zu töten und all das?"

„Sicher, das ist ganz schön lästig, nicht wahr? Aber trotzdem musst du auch noch lernen, Spaß zu haben."

„Lästig, sagst du." Imogen riss die Augen auf und musterte die Frau ihr gegenüber vorsichtig. Vielleicht hatte sie sich mit ihrer Meinung über Bianca grob verschätzt. Vielleicht war die Frau auch einfach nur eine Verrückte? „Magische Wesen mit fiesen Messern und silbernem Glibber als Blut sind einfach ... lästig? Und wie nennst du dann Stechmücken? Kumpel? Beste Freunde? Kuscheltierchen?"

Bianca gluckste und nahm einen Schluck von ihrem Kaffee.

„Okay, ich gebe zu, dass das, was für mich normal ist, ganz anders ist als das, was für andere normal ist. Und nein, ich verkenne nicht den Ernst unserer Situation. Aber es stimmt auch, dass man sich ein wenig entspannen muss. Du weißt schon, zwischen den kleinen Episoden mit den mörderischen Fae."

„Ich wüsste gar nicht, wie ich anfangen sollte." Imogen stieß einen Atemzug aus. „Meinst du so etwas wie Yoga?"

„Ich dachte, heißer Sex mit Grumpy McFaeFace wäre das Beste für euch beide."

„Bianca!" Imogens Mund blieb offen stehen, als sich hinter ihr jemand räusperte.

„Hast du mich gerade Grumpy McFaeFace genannt?", fragte Nolan und Imogens Gesicht errötete vor Peinlichkeit. Sie hätte sich lieber umgedreht und einem dunklen Fae gegenübergestanden als Nolan.

„Wenn ein Spitzname passt, dann passt er..." Bianca zuckte mit einer Schulter und grinste schelmisch.

„Frauen." Nolan ging aus der Kombüse und brummte vor sich hin.

„Bianca", zischte Imogen, sicher, dass sie dabei war, vor Scham zu sterben.

„Siehst du? Ihr müsst euch beide entspannen. Und ich habe gerade eine todsichere Methode vorgeschlagen, wie das geht."

„Such dir eine andere Idee aus", knirschte Imogen.

„Okay, gut. Lass uns einen Spaziergang machen."

„Ein Spaziergang?", fragte Imogen.

„Sicher. Die Männer können das Boot bewachen. Meinst du nicht, wir sollten ein wenig die Lage checken? Mal nachsehen, ob wir irgendwelche Hinweise finden oder Domnua herumschleichen sehen?"

„Und das ist es, was du als entspannend bezeichnest?"

„Nein, aber ich bin schon entspannt, seit mich mein Seamus heute Morgen wie die Göttin, die ich bin, geliebt hat." Bianca grinste fröhlich, als Imogen ihre Hände über das Gesicht schlug.

„Das will ich lieber nicht wissen."

„Weißt du... du kamst mir eigentlich gar nicht wie eine prüde Person vor."

„Ich bin nicht... Ach, verdammt noch mal."

KAPITEL ACHTZEHN

Nolan blickte vom Heck des Bootes auf das Wasser hinunter und versuchte, sein Bewusstsein von dem Gedanken zu lösen, Imogen über seinen Körper gleiten zu lassen und sie tief auszufüllen. Das Verlangen nach ihr pochte in seinem Blut, was ihn noch wütender machte. Je näher sie Lily auf ihrer Suche kamen, desto dringender wurde es, dass er sich nicht ablenken ließ. Und Imogen war eine gewaltige Ablenkung, und zwar mit Großbuchstaben.

Allein ihr Aussehen... Nolans Faust ballte sich so fest um die Kaffeetasse, dass er sich wunderte, dass sie nicht in seinen Händen zerbrach. Als sie aus ihrer Kabine gekommen war, ihr nasses, lockiges Haar um den Kopf gewickelt und ihre Haut frisch geschrubbt, hätte er sie fast an sich gezogen, gleich dort. Er hätte sie am liebsten mit dem Rücken gegen die Tür ihrer Kabine gedrückt und ihre süßen Lippen gekostet. Nun, nicht dass sie jemals süße Worte für ihn gehabt hätte. Aber er hatte sich vorgestellt, dass ihr Kuss süß schmecken würde. Lang und leise fluchend verengte Nolan seine Augen und beobachtete eine Bewegung im Wasser.

Nur ein Fisch, der kam, um ein Stück Seetang zu pflücken, der an der Oberfläche schwamm. Er hatte sich schon bereit gemacht, Magie auf das arme Ding loszulassen. Nolan atmete aus und drehte sich um, um den Blick auf den Hafen von Kilronan zu genießen. Grumpy McFaeFace hatte sie ihn genannt. War er wirklich so *grumpy?* So griesgrämig und mürrisch? Natürlich war er im Moment ein wenig angespannt, aber wer wäre das nicht? Eine der reizendsten Frauen, die er kannte, wurde gefangen gehalten, und es war seine Aufgabe, dabei zu helfen, sie zu finden. Es war normal, unter diesen Umständen angespannt zu sein ... Nolan blickte auf, als ein fröhliches Pfeifen seine Aufmerksamkeit erregte.

Seamus schlenderte zu ihm nach hinten, eine marineblaue Strickmütze über sein rotes Haar gezogen. Seine Augen strahlten, als er Nolan sah.

„Das war ein fantastischer French Toast, Kumpel. Danke fürs Zubereiten."

„Warum bist du so fröhlich?", knurrte ihn Nolan beinahe an.

„Ich bin einfach ..." Seamus verengte seine Augen und blickte in Nolans Gesicht. „Die Sonne ist draußen. Ich habe gut gegessen. Ich bin zuversichtlich, dass wir heute bei der Suche nach Lily vorankommen. Es ist doch alles gut, oder?"

„Und deine Bedürfnisse wurden von deiner Frau erfüllt", stellte Nolan klar.

„Auch das, aber ich würde gerne glauben, dass ich auch eine gute Rolle bei der Erfüllung ihrer Bedürfnisse gespielt habe." Seamus lächelte und ging zum Rand des Bootes, um ins Wasser zu schauen.

„Deshalb sollten Paare nicht auf Suchmissionen gehen. Sie machen die Atmosphäre kaputt."

„Ist das so? Es scheint, dass wir bei der wichtigsten Mission in der Geschichte der Feen ziemlich erfolgreich waren. Falls du es vergessen hast?" Seamus drehte sich um und hob eine Augenbraue zu Nolan.

Nolan schnitt eine Grimasse. Der Mann hatte nicht ganz unrecht.

„Ich bin einfach..."

„Mürrisch? Hab ich gehört."

„Grumpy, glaube ich, war ihr Wort. Hör mal, sollten wir uns nicht umsehen? Nachsehen, womit wir es hier zu tun haben?"

„Ich glaube, das hatten die Damen auch vor. Ah, da sind sie ja schon." Seamus strahlte, als sich die Frauen zu ihnen auf das Deck gesellten und drückte Bianca einen Kuss auf die Lippen. Nolan wandte seinen Blick ab, aus irgendeinem Grund verärgert über ihre Zwanglosigkeit, und blickte stattdessen auf den ruhigen Hafen hinaus.

„Wir machen einen Spaziergang", sagte Imogen. „Kann ich euch vertrauen, dass ihr mein Boot beschützt?"

„Natürlich. Mit meinem Leben." Seamus verbeugte sich halb vor ihr.

„Das wird er", nickte Bianca Imogen zu. „Er weiß, wie wichtig es für dich ist."

„Du kannst doch nicht einfach ... gehst du etwa nicht mit?", verlangte Nolan und stellte sich vor Seamus. Wut schoss durch ihn hindurch. „Du willst sie einfach unge-schützt lassen?"

„Wir können uns doch selbst schützen, oder?", forderte Bianca und stemmte die Hände in die Hüften. Mit ihren Zöpfen und ihrem hellen Pullover sah sie kaum alt genug aus, um ein Auto zu fahren.

„Ihr werdet nicht allein gehen. Das kommt nicht in Frage."

„Ich kann...", begann Seamus, hielt aber inne, als Nolan nach vorne stapfte.

„Ich werde mitgehen."

„Ach, wirklich? Ich kann mich nicht erinnern, dich eingeladen zu haben", zischte Imogen ihm zu. Sie hatte sich einen smaragdgrünen Pullover über das dünne weiße Shirt gezogen, das sie vorhin getragen hatte, aber ihr Haar hatte sie offen gelassen, vermutlich um es zu trocknen, und nun hob es sich wie ein Leuchtfeuer von der Farbe ihres Pullovers ab. Ihr Haar war wild, wie ein außer Kontrolle geratenes Feuer, und der Wind peitschte Ranken um ihr Gesicht. Nolan wollte seine Hände in ihr Haar tauchen und die Wärme spüren, denn ein so rotes Haar konnte sich unmöglich kalt anfühlen.

„Vielleicht wird es ihm gut tun, ein wenig zu laufen", beschloss Bianca. „Er kommt mir nicht wie ein Mann vor, der es gewohnt ist, auf einem Boot eingesperrt zu sein."

„Es ist ja kein Käfig", sagte Imogen mit einem finsteren Blick. „Das Boot bewegt sich und bringt dich überall hin."

„Du weißt, was ich meine", sagte Bianca sanft. „Nolan, du kannst dich uns gerne anschließen. Wir wollten uns nur ein bisschen die Beine vertreten und die Gegend erkunden."

„Ich bin mir nicht sicher, ob das die Entspannungsmethode ist, die ich gesucht habe", murmelte Imogen leise vor sich hin. Sie blieb vor Seamus stehen. „Passt du auf sie auf?"

„Als ob sie mein eigenes Kind wäre, Captain!" Seamus salutierte, und Imogen verdrehte die Augen, lächelte aber trotzdem.

„Es ist ein schöner Tag, nicht wahr?", sagte Bianca in einem fröhlichen Tonfall, als sie den Hauptpier entlanggingen. Ihre Sorge, einen Platz zum Anlegen zu finden, war unbegründet gewesen, denn nur eine Fähre lag gerade an dem langen Steg, und ein paar Passagiere tummelten sich an Bord und warteten auf die Abfahrt. Da es noch nicht Hochsaison war, hatte die Insel wahrscheinlich die Fährenüberfahrten nach Galway Bay reduziert.

„Ja, für den Frühlingsanfang ist es nicht schlecht. Schön, dass es nicht in Strömen regnet", stimmte Imogen zu. „Gibt es bei euch im Feenreich Jahreszeiten?"

Aus seinen Gedanken gerissen, blickte Nolan fragend zu ihr hinüber.

„Jahreszeiten?"

„Du weißt schon...Herbst...Winter..."

„Ach so, ja. Tut mir leid, ich war mit den Gedanken woanders." Sie erreichten das Ende der Anlegestelle und bogen links ab, um einem Weg zu folgen, der in ein kleines Dorf führte, viel kleiner als Grace's Cove, und mit ein paar charmanten Steinhäusern. „Ja, wir erleben vieles in der natürlichen Welt genauso wie ihr. Deshalb herrschen wir über die Elementar-Fae."

„Ja, natürlich. Tut mir leid." Imogen errötete.

„Kein Problem. Ich kann mir vorstellen, dass du viele Fragen hast, genau wie die Fae auch Fragen zu den Menschen haben."

„Was zum Beispiel?" Imogen hob eine Augenbraue, als sie eine Anhöhe erklommen und vor einem fröhlich aussehenden Pub ankamen, wo ein alter Mann mit einer Ballonmütze auf einer Bank neben der Tür saß.

„Das Fernsehen zum Beispiel. Ich verstehe diese Sendungen nicht, die sich die Menschen die ganze Zeit ansehen. Oder warum man sich zu Hause Sendungen über die Interaktion von Menschen ansieht, anstatt in die Welt hinauszugehen und mit Menschen zu interagieren."

„Ähm ..." Imogen rümpfte ihre Nase auf ihre eigene liebenswürdige Art und Weise, wenn sie über etwas Tiefsinniges nachdachte. Es ließ Nolan den Drang verspüren, sich nach vorne zu beugen und sie zu küssen. „Ich nehme an, es liegt daran, dass wir es manchmal leid sind, in unserem Beruf den ganzen Tag mit Leuten zu reden, und wir deshalb gerne unterhalten werden, ohne dass unsere Energie beansprucht wird?"

„Aber wenn man den ganzen Tag unter Menschen ist, warum sollte man sich dann noch mehr Menschen ansehen?", fragte Nolan.

„Darüber habe ich noch nie nachgedacht", lachte Bianca und wandte ihr Lächeln dem alten Mann zu, der Tabak in eine geschnitzte Holzpfeife stopfte, die er in seiner knorrigen Hand hielt. „Guten Tag."

„Lá maith." Der Mann nickte ihnen zu.

„Verstehen Sie auch Englisch oder nur Irisch?", fragte Bianca den Mann.

„Beides." Ein Lächeln zeichnete sich auf dem faltigen Gesicht des alten Mannes ab. „Obwohl ich es vorziehe, Touristen auf Irisch anzusprechen, da es die alte Sprache bewahrt."

„An bhfaca tú aon rud aisteach?", fragte Nolan. Imogen sah bei seinen Worten überrascht aus. Aber warum eigentlich? Er war schließlich ein irischer Fae, nicht wahr?

„Sea, tá agam." Der Mann nickte, zündete ein Streichholz am rauen Stein der Pubmauer an und paffte einen Moment lang an seiner Pfeife. Der süße Geruch des Tabaks zog durch die Luft und erinnerte Nolan an seinen Großvater.

„Cá háit?"

Der Mann begann einen gestenreichen Wortschwall, und Nolan nickte, während er ihm folgte. Er blickte auf, als Imogen sich abwandte, um sich den Pub genauer anzuschauen. Er hieß einfach „The Bar" und sah nach einem netten Treffpunkt aus, wenn das Wetter wärmer war. Mit einem Innenhof voller Holztische, Kästen mit Blumen, die schon bald blühen würden, und hübschen Fenstern, die den Blick auf das Wasser freigaben, war es ein schöner Ort für ein Bierchen.

Nolan kramte in seiner Tasche und reichte einige Münzen herüber. Der alte Mann warf ihm einen Blick zu und deutete dann mit dem Daumen in Richtung des hinteren Teils der Kneipe.

„Lasst uns gehen."

„Was ist los?", fragte Imogen, und Bianca zuckte mit den Schultern.

„Mein Irisch ist nicht gut genug, um das Gespräch vollständig zu übersetzen. Aber ich glaube, wir werden Fahrräder bekommen."

„Warum?" Imogen hielt bei Nolan an, der Fahrräder aus einem langen Ständer zog.

„Es ist ein bisschen frisch für eine Fahrt, oder?", sagte Bianca und schaute hoffnungsvoll in Richtung des Pubs.

„Du kannst hier bleiben, wenn du willst."

„Na, komm schon. So funktioniert das hier nicht. Wir fahren als Team oder gar nicht", sagte Bianca und ging vor, um die Höhe des Sitzes an ihre kurzen Beine anzupassen.

„Was ist los, Nolan?" Imogen bewegte sich nicht, ihre Worte waren von Unsicherheit geprägt.

„Ich habe den Mann draußen gefragt, ob er in letzter Zeit etwas Seltsames gesehen hat. Es ist immer gut, die alten Leute zu fragen. Oder Kinder. Die sehen alles."

„Und was hat er gesagt?" Imogen rührte sich immer noch nicht.

„Er hat ein paar Leute gesehen, die ihm merkwürdig vorkamen. Sie bewegten sich seltsam, sagt er."

„Das könnte wirklich alles bedeuten, oder?", fragte Imogen.

„Nein, wahrscheinlich hat er Fae gesehen." Bianca zuckte mit einer Schulter. „Es ist typisch, dass Menschen, die Fae sehen, denken, dass sie sich schnell oder seltsam bewegen. Das liegt daran, dass ihre Bewegungen flüssiger sind. Fae sind sehr agil, während Menschen in ihren Bewegungen ungelenk oder klobig sein können. Das macht für mich Sinn."

„Genau wie sie sagt." Nolan wartete neben einem Fahrrad und warf Imogen einen stürmischen Blick zu. Der Wind frischte auf und wehte ihr das Haar ins Gesicht, und sie griff nach ihrem Haarband, um es zu einem improvisierten Dutt zurückzubinden. Seine Finger sehnten sich wieder, sie zu berühren.

„Meinst du nicht, wir sollten wenigstens die anderen alarmieren? Oder sie mit uns kommen lassen?"

„Es ist nur ein kleiner Erkundungstrip", sagte Nolan. „Es gibt mehrere Steinkreise auf der Insel. Ich will nur vorbeischauen und sehen, ob ich irgendwelche Magie spüren kann."

„Und wenn wir überfallen werden?", fragte Imogen. „Was dann? Ich bin mir sicher, dass Seamus und Callum nicht sehr glücklich darüber wären."

„Mein Mann weiß, dass ich auf mich selbst aufpassen kann. Siehst du?" Bianca hielt ihr Handy hoch, um eine Kussmund-Nachricht von Seamus zu zeigen. „Sie sind damit einverstanden, dass wir die Gegend auskundschaften, aber Callum hat uns gebeten, nicht zu den Kreisen zu gehen."

„Na, dann wird es so gemacht. Nun, was ist mit dir, *Mavourneen?*"

Er konnte nicht anders, als sich über das Aufflammen des Feuers in ihren Augen zu freuen, als er sie so nannte.

„Ich glaube, ich warte einfach hier und schaue, ob sich vor dem Pub etwas Merkwürdiges ereignet."

„Vielleicht könnten wir heute Abend im Pub ein Bierchen trinken, falls wir nicht auf Rettungsmission gehen..." In Biancas Stimme lag ein Hauch von Sehnsucht.

„Das hängt ganz davon ab, was wir finden. Es ist bereits Nachmittag, also müssen wir abwarten, ob Callum die nächsten Schritte in der Dunkelheit machen will oder nicht. Wenn sie in der Nähe ist, wird es schwer sein, ihn davon abzuhalten, sie zu suchen."

„Ich kann es ihm nicht verübeln", gab Bianca zu, schwang ihr Bein über die Stange des Fahrrads und setzte sich auf den Sitz. „Nun, dann, Imogen. Auf geht's. Wir lassen dich nicht zurück."

Imogen blickte auf das Fahrrad hinunter und dann wieder hoch. Ihre Wangen färbten sich rosa, und Nolan fragte sich, was das Problem war.

„Ich würde lieber einfach hier warten. Ich bleibe bei dem alten Mann oder gehe zurück zum Boot. Ich kann alles zu Fuß erkunden."

„Sag bloß, du hast Angst vorm Fahrradfahren?" Nolan zog eine Augenbraue hoch und provozierte sie absichtlich. Ängstlich? Ein Schiffskapitän war vieles, aber bestimmt kein Angsthase.

„Oh, natürlich." Verständnis dämmerte auf Biancas Gesicht. „Komm schon, Nolan. Du hast gehört, dass sie eine harte Kindheit hatte. Du kannst nicht davon ausgehen, dass jeder weiß, wie man Fahrrad fährt."

Sofort entschuldigte sich Nolan, trat vor und nahm sich das Fahrrad von Imogen. Er ergriff ihre Hand und zog sie zu seinem Fahrrad hinüber.

„Tut mir leid, ich habe nicht nachgedacht. Hier, siehst du diese beiden kleinen Stangen?" Nolan zeigte auf die kleinen Stangen, die auf beiden Seiten des Hinterrads herausragten.

„Ja", sagte Imogen mit einem nervösen Unterton in ihrer Stimme.

„Ich fahre das Fahrrad. Du stellst dich drauf, legst deine Arme um meine Schultern und hältst dich fest. Auf diese Weise kannst du mitfahren. Passt dir das?"

„Perfekt", strahlte Bianca.

„Ähm. Sicher, ich denke, wir können ..." Imogen brach ab, als Nolan sich auf das Fahrrad schwang und sich auf den

Sattel setzte, mit dem Rücken zu ihr.

„Na dann los. Klettere drauf und wir probieren es, ja?"

Imogen räusperte sich, dann legte sie ihre Hände auf Nolans Schultern. Sofort durchflutete ihn ein Gefühl von ... Stimmigkeit. Imogen zog ihre Hände zurück, und Nolan brachte es nicht über sich, sich umzudrehen und sie anzusehen, während sich sein Magen bei der kleinsten Berührung zu einem Knoten zusammenzog.

„Du schaffst das, Imogen." Bianca schickte ihr ein ermutigendes Lächeln.

„Klar, sicher." Imogen holte zittrig Luft und legte ihre Hände noch einmal auf seine Schultern, und dieser subtile Strom von Energie vibrierte wieder zwischen ihnen, bevor sie auf die Stange kletterte. „Gib mir nur einen Moment, bevor du losfährst."

„Sag einfach, wann", sagte Nolan, und seine Kehle schnürte sich zu. Sie lehnte sich nach vorne, so dass sie fast an Nolans Rücken gepresst war, und schlang ihre Arme um seine Schultern. Obwohl sie stand, war er immer noch so groß, dass ihr Kopf, selbst wenn er saß, nicht viel höher war als seiner. Nolan nahm ihren süßen Duft wahr – sie roch nach getrockneten Blumen gemischt mit Seife – und sein Magen wurde wieder flau. Er musste sich ganz bewusst auf die Straße vor ihm konzentrieren und nicht auf den sanften Druck ihrer Brüste in seinem Rücken. Er würde nicht damit umgehen können, wenn er dieses verdammte Fahrrad zu Schrott fuhr und sie dabei verletzte.

„So, wie sieht's aus? Alles geklärt im Team? Wohin geht's?", fragte Bianca.

„Der erste ist nur zwei Kilometer weiter, sagte der Mann", und Nolan zeigte auf die Stelle, an der der unbefestigte Weg in eine asphaltierte Straße mündete. „Er sagte, das Radfahren sollte problemlos sein, da der größte Teil der Hauptstraße asphaltiert ist."

„Noch besser. Dann werde ich mal ein paar Kalorien von dem French Toast abarbeiten." Mit diesen Worten fuhr Bianca los, ein leuchtendes Rot an einem knackig kalten Sonnentag. Nolan folgte ihr und passte den Rhythmus des Fahrrads schnell an das zusätzliche Gewicht von Imogen in seinem Rücken an. Sie sagte kein Wort, aber ihre Arme legten sich um seine Schultern, und er fragte sich, ob sie denselben Energieschub gespürt hatte wie er, als sie ihn zum ersten Mal berührt hatte.

Vielleicht war es einfach nur er. Und das war auch gut so, dachte Nolan, als sie Bianca einholten und ein ruhiges Tempo auf der Straße hielten. Für jemanden, der sich fest vorgenommen hatte, sich während einer Mission nicht ablenken zu lassen, machte er seine Sache ziemlich beschissen.

„Ist das so in Ordnung für dich?", fragte Nolan und drehte seinen Kopf ein wenig, damit Imogen ihn hören konnte. Der Wind hatte ein wenig aufgefrischt und stach ihm ins Gesicht, aber erinnerte ihn auch daran, die Umgebung nicht außer Acht zu lassen.

Die Klinge eines dunklen Fae wäre viel schlimmer als der kalte Stachel des Windes, so viel stand fest.

„Es ist nicht so schlimm, wie ich dachte." Imogens Stimme klang warm in seinen Ohren, und Nolan dachte sofort daran, wie es wäre, neben ihr aufzuwachen, mir dieser sinnlichen Flüsterstimme an seinem Ohr, und die Lust stieg in ihm auf. Dann peitschte die Verärgerung durch ihn. Wenn er nicht einmal seine eigenen Reaktionen auf eine Frau kontrollieren konnte, wie sollte er dann seine Magie kontrollieren, wenn es zum Kampf kam? Er musste einen klaren Kopf bekommen, bevor er Callum versehentlich im Stich ließ.

Statt zu antworten, fuhr Nolan schweigend weiter, wobei seine Augen kontinuierlich die Landschaft um sie herum abtasteten. Niedrige Steinmauern, die scheinbar wahllos aus verschieden großen Steinen zusammengesetzt waren, säumten die Straße, und auf der einen Seite fielen grünlich-blaue Hügel sanft ab. Auf der anderen Seite versank die Welt in den eisigen Gewässern weit unterhalb der Klippen, und Nolan fragte sich, ob die Wasser-Fae sie beobachteten.

„Da ist ein Kreis." Bianca verlangsamte ihr Tempo und deutete auf eine Stelle, an der große Steine, einige Meter voneinander entfernt, einen Kreis bildeten. Mit seinen Sinnen tastete Nolan den Kreis ab, fand aber nur wenig Energie – und die war heidnischer Natur und hatte nichts mit den dunklen Fae zu tun. Er schüttelte den Kopf und bedeutete Bianca, weiterzufahren.

„Wie kannst du sicher sein?", fragte Imogen an seinem Hals.

„Dunkle Fae Magie fühlt sich an wie... Teer. Ich nehme an, das ist der beste Weg, es zu beschreiben. Ein klebriger Rückstand. Während unsere Magie mit universeller Energie fließt, ist das bei ihnen nicht der Fall."

„Fällt es dir leicht, es zu spüren?"

„Ja, für mich ist es leicht. Nicht für andere. Es hängt auch von der Art der Magie ab. Ich kann zwar nicht immer ihre unmittelbare Anwesenheit erkennen – wie neulich, als sie sich auf das Schiff geschlichen haben –, aber ich kann spüren, ob sie ein Gebiet verzaubert haben. Es gibt keine große Beständigkeit, das ist der Weg der Fae, sowohl der dunklen als auch der hellen."

„Wechselhaftigkeit", murmelte Imogen.

„Ganz genau. Es hilft, uns so unaufspürbar wie möglich zu halten. Vorhersehbarkeit ist gefährlich."

KAPITEL NEUNZEHN

Imogens Blut summte, als hätte man sie an eine Steckdose angeschlossen, und sie fühlte sich ... nun, als hätte sie eine Tasse Kaffee zu viel getrunken. Am liebsten wollte sie auf den kleinen Fußstützen, auf denen sie stand, auf und ab hüpfen. Ihr war fast schwindlig, und doch hatte sie kein Ventil für diese Energie, die in ihr brodelte. Wenn sie ehrlich zu sich selbst war, war es das Umarmen von Nolan, das diesen plötzlichen Energieschub verursacht hatte. Aber Imogen war nicht in der Stimmung für tiefgründige Überlegungen dieser Art, also schrieb sie es stattdessen der Aufregung zu, dass sie zum ersten Mal mit dem Fahrrad fuhr. Sicher, sie trat nicht *wirklich* in die Pedale, aber das Fahren, während sie sich um Nolan schlang, war schon aufregend genug. Imogen begann zu summen, und das Glück tanzte durch sie hindurch. War es seltsam, dass sie glücklich war, obwohl sie wusste, dass sie jeden Moment überfallen werden konnten? Wahrscheinlich schon.

Imogen war schon immer ein Mädchen gewesen, das in den Tag hineinlebte. Ehrlich gesagt hatte sie nie genug Zeit, um sich Sorgen über die Zukunft zu machen, weil sie zu sehr damit beschäftigt war, im Jetzt über die Runden zu kommen. Ein solches Leben machte es ihr leichter, die kleinen, alltäglichen Momente zu schätzen, die ihr Freude bereiteten, anstatt in die Zukunft zu blicken und nach einer Art von unerreichbarem Glück zu trachten, das irgendwo am Horizont schwebte. Sie hatte einmal gelesen, dass diese Gefühle denjenigen von Nomaden ähnelten. In dem Artikel hatte es geheißen, dass solche Menschen selten darüber nachdachten, ob sie glücklich waren oder nicht. Sie waren einfach ... da. Sie existierten. Sie standen auf, fanden Nahrung und Unterkunft und zogen weiter zu neuen Orten. Der Gedanke, sich um das Glück zu sorgen, war einfach kein gängiges Denkmuster. Imogen hatte sich sehr mit diesem Artikel identifiziert, denn das war im Grunde ihr Leben. Sie arbeitete, um zu leben, und lebte, um zu arbeiten, und stahl sich Momente des Vergnügens, wenn sie konnte. Es war kein schlechtes Leben, aber anders als das der meisten, dachte sie.

„Was singst du da?", schnauzte Nolan und riss Imogen aus ihren Gedanken.

„Ähm ..." Was hatte sie da gesungen? Eine Melodie schwebte knapp außerhalb ihres Bewusstseins, wie wenn sie aus einem Traum aufwachte und noch im Halbschlaf war und versuchte, die Fäden der Geschichte festzuhalten. „Ich ... ich kann es nicht sagen. Ich weiß es nicht. Es tut mir leid, ich habe wohl ein wenig geträumt, nehme ich an."

„Du hast gesagt, dass die Liebe ein Ozean ist, der mächtig und heilend ist."

„Habe ich das?"

„Ja, das hast du." Imogen spürte, wie seine Worte durch

seinen Rücken dröhnten, an der Stelle, wo ihre Brust an ihn gepresst war. Die Vibration erregte sie auf eine Weise, die sie nicht ganz erklären konnte. „Ich wusste nicht, dass du Irisch sprichst."

„Tue ich nicht." Imogen lachte.

„Du hast vorhin auf Irisch gesprochen. Na ja, gesungen."

„Habe ich das? Na, ist das nicht merkwürdig?" Imogen sah sich um und fragte sich, ob etwas nicht stimmte. War sie in eine Art Bann geraten?

„Da!", rief Bianca und lenkte ihre Aufmerksamkeit auf eine massive, kreisförmige Steinmauer.

„Nun, das ist ein Steinkreis, wie ich ihn noch nie gesehen habe", sagte Imogen. „Es wirkt fast wie eine Art Festung. Ich meine ..."

„Sie sind hier." Nolans Stimme jagte ihr einen Schauer über den Rücken, als er scharf nach Bianca pfiff, die sofort anhielt, damit Nolan zu ihr aufschließen konnte. Als das Fahrrad anhielt, stieg Imogen ab und vermisste sofort die Wärme seines Körpers, als ein eisiger Windstoß sie streifte.

„Was ist das für ein Ort?", fragte Imogen und drehte sich um, um die aufgeschichtete Steinmauer zu studieren, die einen massiven Kreis bildete – zu hoch für Imogen, um von der Straße aus über den Rand zu sehen.

„Er heißt Dún Eochla", sagte Bianca, als sie vor einer kleinen Tafel am Straßenrand stand. „Es ist eine Festung aus der Zeit um 500 n. Chr., die vielleicht als Wohnstätte für eine Großfamilie oder ein kleines Dorf diente."

„Es ist atemberaubend", sagte Imogen und trat näher heran. Das schöne Bauwerk mit den grauen Mauersteinen im Kontrast zum winterlichen Blau des Himmels hatte etwas Faszinierendes an sich. Sie begann loszugehen, weil sie mehr sehen wollte.

„Warte einen Moment ..." Nolan griff nach ihrem Pullover und zog sie an sich heran. Sofort war die Anziehungskraft von Nolan stärker als die Anziehungskraft der Festung, und sie drehte sich um und blinzelte verwirrt zu ihm auf. „Wir werden zusammen nachsehen."

„Nur zur Erinnerung: Der Prinz hat uns befohlen, uns von Steinkreisen fernzuhalten", sagte Bianca und machte sich auf den Weg den Hügel hinauf, der zur Festung führte. „Dies ist also nur eine kurze Erkundungsmission."

„Wonach genau sollen wir suchen?" Imogen schritt hinter Bianca her, ihr Puls beschleunigte sich, als sie den etwas steilen Hügel hinaufstiegen, auf dem das Fort stand. Es war ein guter Platz für ein Fort, dachte Imogen, denn man konnte mögliche Bedrohungen von allen Seiten gut sehen.

„Im Wesentlichen möchte ich die Magie hier verstehen. Da unsere dunklen Brüder an einem guten Tag verschlagen und an einem schlechten geradezu wahnsinnig sind, muss ich einschätzen, ob sie Lily hier festhalten oder..." Nolans Stimme verstummte, als der Wind auffrischte und ihr Vorankommen verlangsamte.

„Oder ob es ein Hinterhalt ist?", fragte Bianca, die ihren Dolch bereits in der Hand hielt.

Imogen folgte ihm, holte ihr Lieblingsmesser aus der Tasche und beobachtete den Durchbruch in der Mauer, durch den die Menschen die Festung betreten sollten. Sie hätte schwören können, dass sie eine Art Lichtimpuls von innen gesehen hatte, und sie beschleunigte ihre Schritte, wobei sie Bianca fast niederriss, als sie sie auf dem Weg überholte.

„Warte, Imogen. Du darfst nicht so vorpreschen", sagte Bianca, die kurzatmig wurde, während sie sich beeilte, mit Imogen Schritt zu halten. „Du weißt nicht, was auf der anderen Seite dieser Mauern ist."

„Ich muss es einfach sehen", beharrte Imogen, die das Gefühl hatte, dass ein Seil an ihrem Körper zog. Sie konnte es sich nicht erklären, nicht wirklich, aber als sie den Kontakt zu Nolan abgebrochen hatte, rief das Fort nach ihr. Es war, als ob ihr nächster Atemzug davon abhing, dass sie das Fort erreichte, und sie begann zu rennen, nahm die Stufen des Walls mit Leichtigkeit und erreichte fast die Mauern, bevor Nolan sie einholte und einen Arm um ihre Taille schlang.

„Was zum Teufel tust du da?", zischte Nolan ihr ins Ohr. „Bist du völlig übergeschnappt? Hast du deinen verdammten Verstand verloren? Hast du uns nicht schreien gehört?"

„Du hast geschrien?", fragte Imogen. Die Anziehungskraft der Festung löste sich auf, als sie wieder in Nolans Armen lag. Sie blinzelte müde zu ihm hinauf, während die Verwirrung ihr Gehirn vernebelte.

„Deine Augen", flüsterte Nolan, als Bianca zum Stehen kam.

„Mensch, Imogen. Was ist los, Mädchen?", sagte Bianca und hielt ihr das Messer vor die Nase. „Deine Augen sehen gerade ein bisschen irre aus. Hast du uns etwas zu sagen?"

„Was meinst du damit, sie sind irre? Ich verstehe das nicht." Imogen schaute zwischen Nolan und Bianca hin und her, die sie beide aufmerksam betrachteten.

„Ähm, nun ja, sie glühen nur ein bisschen. Ein bisschen silbrig", räusperte sich Bianca. „Aber fairerweise muss man sagen, dass deine Augen von Natur aus eher silbern sind. So ein leicht bläuliches Grau."

Nolan nahm sich einen Moment Zeit, um Bianca wortlos anzustarren, bis sie den Mund hielt.

„Ich weiß wirklich nicht, wovon du sprichst", sagte Imogen, ihr Magen verknotete sich, und das Bedürfnis, in die Festung zu gelangen, überwältigte beinahe jeden bewussten Gedanken. „Ich muss ... da ist etwas drin. Wir müssen reingehen."

„Nein, das tun wir nicht. Callum sagte, wir dürfen nicht. Schon vergessen?", zischte Bianca und stemmte die Hände in die Hüften, als würde sie mit einem kleinen Kind schimpfen.

„Die dunklen Fae rufen nach ihr. Sie muss aus irgendeinem Grund empfänglich dafür sein." Nolan wies auf Bianca. „Kannst du sie hier festhalten, während ich mir das ansehe?"

„Sicher kann ich das. Ich mag klein sein, aber ich bin stark", sagte Bianca fröhlich und legte einen Arm fest um Imogen. „Wir bleiben einfach hier, Liebes, während Nolan einen kleinen Kontrollgang macht, okay?"

Sobald Nolan sich von ihr entfernte, wurde der Zwang, ihm in die Festung zu folgen, fast lähmend, und Imogen beugte sich in der Taille, keuchend, während sie versuchte, dagegen anzukämpfen.

„Ich brauche...", sagte Imogen. „Ich muss..."

„Scheiße!", sagte Bianca, und Imogen blickte gerade auf, als Nolan einen Schrei ausstieß. Licht blitzte auf und sein Körper wurde durch den Eingang des Forts gesaugt wie ein Fussel von einem Staubsauger. Bianca ließ Imogens Arm los und rannte hinter Nolan her.

Imogen musste der Frau Anerkennung zollen – sie war furchtlos.

„Verdammt", kreischte Bianca und prallte so heftig gegen eine Art unsichtbare Wand, dass sie mit dem Hintern auf den Boden fiel. Sie rieb sich mit einer Hand über den Kopf und starrte auf den offenen Durchgang. „Sie haben es verzaubert."

„Kannst du Nolan sehen?", fragte Imogen und beugte sich vor, um Bianca aufzuhelfen, obwohl alles in ihr in die Festung rennen wollte. Sie musste dem folgen, was sie dazu zwang, weiterzugehen. Was auch immer es war.

„Da!", rief Bianca und zeigte auf die Stelle, an der Nolan sich auf eine Art kleinere Steinplattform in der Mitte des Kreises schwang. Silbrige Domnua, drei an der Zahl, umkreisten die Plattform. Imogen erstarrte, als Nolan eine Art Magie abfeuerte ... und die erste Welle von Domnua niedermähte, aber es kamen immer mehr. Als er seine Hände für die nächste Runde Magie hob, schüttelte er den Kopf und sah auf seine Hände hinunter, Verwirrung auf seinem Gesicht.

„Irgendetwas stimmt nicht", sagte Imogen, und das Gefühlschaos in ihr trieb sie vorwärts.

„Seine Magie funktioniert nicht. Er hat nur sein Messer. Oh... was ist los? Warum funktioniert seine Magie nicht? Er ist doch ein königlicher Diener!", weinte Bianca neben ihr.

Imogen hörte sie kaum sprechen, und dann hörte sie gar nichts mehr, als sie mit Leichtigkeit durch die Barriere ging, die Bianca gestoppt hatte. Sie spürte sie, fast so, als würde sie ins Wasser eintauchen, aber es tat nicht weh und hielt sie nicht auf. Imogen pirschte sich vorwärts, fast wie betäubt, während Biancas Schreie durch die magische Barriere, die die Festung einhüllte, gedämpft wurden. Domnua kletterten auf die Plattform und umkreisten Nolan, der einen mit seinem Messer niederstreckte, sich umdrehte und einen anderen mit einem schnellen Tritt von den Beinen riss und von der Plattform stieß. Während er sich im Kreis drehte, nahm Nolans Gesicht den Ausdruck eines Mannes an, der wusste, dass er gleich sterben würde, aber nicht kampflos aufgeben wollte. Als sich die Schar der Domnua der steinernen Plattform näherte, schienen sie zu erkennen, dass Nolan seine Magie nicht mehr besaß, und ein Freudenschrei ging durch die Gruppe der dunklen Fae.

Nolan wandte sich dem Eingang zu, trat zurück, nahm Anlauf und sprang so weit er konnte in die Luft. Er landete fast auf der anderen Seite der Menge. Er schlug zwei Köpfe von Domnua knirschend zusammen und rannte weiter.

Es war zu viel. Es waren zu viele Domnua. Imogens Herz schlug ihr bis zum Hals, und sie rannte auf Nolan zu. Seine Augen weiteten sich vor Überraschung, als er sie sah. Dann wurde er wütend. Wissend, dass sie keine Zeit hatte und ohne zu verstehen, was sie tat, ergriff Imogen Nolans Hand und rannte mit ihm zum Eingang. Die Domnua folgten ihnen dicht auf den Fersen.

Als Imogen sich umdrehte, öffnete sie den Mund – und das Lied, das sie auf dem Fahrrad gesummt hatte, strömte aus ihr und dröhnte über die Weite des Kreises. Nolan blieb wie angewurzelt stehen, zog sie an sich, legte seine Arme um sie und blickte auf Imogen herab. Der Moment hing in der Luft, bevor sich Nolan abrupt losriss und sie auf den Eingang zu rannten. Nolan prallte gegen die gleiche unsichtbare Wand, wie es Bianca getan hatte, aber Imogen bewegte sich hindurch, zog ihn mit sich durch die Barriere. Sie weigerte sich, seine Hände loszulassen, obwohl die Wucht des Aufpralls ihre Arme fast aus den Gelenken riss. Sie stürzten auf die andere Seite und landeten unsanft auf dem Boden. Imogen stöhnte beim Aufprall.

Nolan sprang auf, wesentlich schneller als Imogen, und schnellte zum Eingang der Festung.

„Sie sind weg", sagte Bianca mit zittriger Stimme, als sie sich an Imogens Seite hockte. „Hey. Geht es dir gut? Lass mich mal deine Augen sehen."

„Ja, ich glaube schon", sagte Imogen und bewegte ihren Körper vorsichtig. Nichts schien kaputt zu sein, und der seltsame Zwang, den sie vorhin im Fort gespürt hatte, war verschwunden. Nolan stand über ihr, Wut verzerrte sein schönes Gesicht.

„Was zum Teufel hast du dir dabei gedacht?"

„Ich dachte, ich sollte vielleicht deinen Arsch retten", sagte Imogen, sprang auf und wischte sich den Schmutz von den Händen an ihrer Hose ab.

„Und wie genau?" Nolan warf die Arme in die Luft. „Du hast keine Magie."

„Du ja anscheinend auch nicht", spuckte Imogen zurück. Nolans Gesicht straffte sich, er wandte sich von ihr ab und stapfte den Weg zu den Fahrrädern hinunter.

„Blöde Frau. Blödes Lied", murmelte Nolan.

„Also, äh, richtig. Da gibt es eine Menge aufzuarbeiten", sagte Bianca und blickte zurück zur Festung. Sie streckte ihre Hand aus und strich damit über die Stelle, an der die unsichtbare Barriere gewesen war. Nun hielt sie nichts auf. „Interessant."

„Blöder *Mann*. Denkt, er kann die Welt retten. Er ist da kaum lebend herausgekommen", murmelte Imogen, streckte ihre Arme aus und vergewisserte sich, dass sie sich bei dem kleinen Sturz nicht verletzt hatte.

„Fairerweise muss man sagen, dass er sich auch ohne Magie ganz gut geschlagen hat", meinte Bianca und hielt sich die Hand über den Mund, als Imogen sie anfunkelte. „Schon gut. Also, was ist mit den leuchtenden Augen?"

„Sag du es mir. Ich bin neu in dieser Welt der Magie und des Chaos oder was auch immer sonst gerade passiert."

„Warum unterhalten wir uns nicht ein bisschen, wenn wir wieder sicher auf dem Boot sind? Ich werde einen Blick in das Buch werfen, das Callum mir netterweise geschenkt hat. Vielleicht finde ich ein paar Informationen für dich."

„Mach das. Ich werde mein Bestes tun, um Grumpy McFaeFace nicht zu erdrosseln."

„Sicher, und danach wird er noch mürrischer sein, nicht wahr?", sagte Bianca mürrisch.

„Ich fange an zu glauben, dass das die Standardprozedur für ihn ist."

„Weißt du, was du tun könntest, um das zu ändern?"

„Halt die Klappe ..." Imogen hielt inne, als Bianca den Hügel hinunterging. Als sie sich umdrehte und zum Eingang des Forts zurückblickte, schlug ihr das Herz bis zum Hals.

Der Mann ... der, den sie normalerweise im Wasser sah ... stand auf der steinernen Plattform, von der Nolan sich gerade gestürzt hatte. Er grinste Imogen an und winkte sie mit einem Finger zu sich.

Komm zu mir, mein Liebling.

So wie Imogen vorhin gezwungen gewesen war, zur Festung zu rennen, so wollte sie auch jetzt einen Schritt nach vorne machen. Um mehr Informationen von diesem Mann zu bekommen. Diesem Fae. Zum Beispiel... warum hatte er versucht, sie zu entführen? Warum war er ihr durch ihr ganzes Leben gefolgt? Was wollte er von ihr? Der Drang war so stark, dass Imogen zwei Schritte nach vorne machte, bevor sie Biancas Hand an ihrem Handgelenk davon abhielt.

„Hey...bist du okay? Hast du mich nicht gehört?" Biancas besorgte blaue Augen suchten die ihren.

„Oh, tut mir leid. Ich war nur ..." Imogen deutete auf die nun leere Plattform. „Ich habe nur eine Sekunde gebraucht, glaube ich. Das war ziemlich heftig."

„Nehmen wir uns die Zeit, das zu verarbeiten, wenn wir wieder sicher auf dem Schiff sind. Wir mögen diese Runde gewonnen haben, aber sie werden Hunderte folgen lassen. Wir haben keine Zeit für Verzögerungen."

„Richtig, okay. Tut mir leid."

Imogen warf noch einmal einen Blick über die Schulter, als sie den Pfad hinuntergingen, aber das Fort blieb leer, bis auf eine einzelne Möwe, die im eisigen Wind, der über die Hügel fegte, ihre Kreise zog.

Allein ... genau wie sie selbst ihr Leben gelebt hatte, dachte Imogen.

KAPITEL ZWANZIG

A ls sie es zurück zum Boot geschafft hatten, stapfte
Callum wütend auf und ab. Die wenigen Leute, die
sich auf dem Steg aufhielten, warfen ihm immer wieder
besorgte Blicke zu, und Imogen konnte es ihnen nicht
verdenken. Das kühle, gute Aussehen und der mörderische
Blick des Prinzen der Fae reichten aus, um selbst die
mutigsten Kerle in die Flucht zu schlagen.

„Habe ich euch nicht gesagt, dass ihr nicht in die Kreise
gehen sollt?", donnerte Callum, noch bevor sie halb über
den Steg gekommen waren.

Imogen war nicht in der Stimmung für so etwas ...
nein, das war sie *wirklich* nicht. Sie hatte eine schmerzhaft
schweigsame Fahrradtour zurück in den Ort hinter sich
und wollte nichts mehr als einen Whiskey und eine warme
Mahlzeit. In dieser Reihenfolge. Was sie nicht wollte, war,
von jemandem belehrt zu werden, der ihr ganz sicher
nichts zu sagen hatte. Callum schaute sie verdutzt an, als
sie sich an ihm vorbeidrängte und Nolan skrupellos
auslieferte.

„Nolan ist reingegangen. Ich bin ihm nur hinterhergelaufen, um seinen Arsch zu retten."

„Das ist absoluter Mist", protestierte Nolan. Sie salutierte schnell mit einem Finger und verschwand im Steuerhaus und dann direkt in ihrer Kabine, wobei sie das Schloss der Tür hinter sich zuzog. Sofort schritt sie ins Badezimmer, schaltete das Licht an und schaute in den Spiegel.

Ihre Augen sahen normal aus. Sicher, sie waren sehr blass – und bei bestimmten Lichtverhältnissen eher gräulich-silbern als blau. Aber ein Leuchten? Nein, das war einfach... Imogen richtete sich auf und ging zu ihrer Nachttischschublade. Das Einzige, von dem sie wusste, dass es leuchtete, abgesehen von dem seltsamen Licht um die Fae, war der Aquamarinring, den sie hatte. Könnte er die Ursache für die leuchtenden Augen sein? Als sie ins Bad zurückkehrte, beugte sie sich über das Waschbecken und schaute noch einmal in den Spiegel.

Nein, immer noch keine leuchtenden Augen. Vielleicht lag es also doch nicht am Schmuck? Vielleicht würde ihr Leben normaler werden, wenn sie diesen Ring einfach loswerden würde. Während sie darüber nachdachte, wusch sich Imogen den Schmutz von Händen und Gesicht, bändigte ihr Haar so gut es ging und verließ ihre Kabine, um sich in der Kombüse etwas Essen zu holen.

In der Lounge war Gott sei Dank niemand. Imogen machte einen Umweg über die kleine Bar und holte eine Flasche Jameson's Cask Strength heraus. Sie schnappte sich ein Glas, schenkte sich eine ordentliche Menge ein und schluckte es in einem Zug hinunter. Keuchend wiederholte Imogen das gleiche Manöver und ihre Kehle schrie aus Protest. Sie stellte die Flasche auf den Tisch und goss sich noch einen Schluck ein, bevor sie in die Küche ging, um sich etwas zu essen zu machen, damit sie nicht von der Wirkung des Whiskeys auf leeren Magen überfordert wurde.

Wie jeder Seemann konnte Imogen hin und wieder einen Drink vertragen, aber sie mochte es selten übertreiben. Sie fühlte sich nicht wohl dabei, wie der Alkohol ihre Hemmungen und auch ihre Lippen lockerte. Einige ihrer Geheimnisse sollte sie für sich behalten und musste sie nicht unbedingt bei einem Bier in der Kneipe teilen.

Imogen machte sich ein Schinken-Käse-Sandwich und ging zurück in den Aufenthaltsraum, wo sie sich auf eine gepolsterte Bank setzte und die Beine neben sich hochzog. Sie hatte... nun, sie hatte Angst. Imogen schluckte gegen den Kloß in ihrer Kehle an und nahm einen kleinen Schluck Whiskey. Es fühlte sich total überfordert. Es war, als würde man in ein American-Football-Spiel hineingeworfen werden und nicht wissen, dass ein Football etwas ist, das man wirft und nicht kickt. Imogen verstand das immer noch nicht... der Name Football sagte doch eindeutig, wie der Ball zu benutzen war. Man kickte den Ball mit dem Fuß. Warum warfen sie ihn über das ganze Feld?

Der Whiskey begann seine Wirkung zu entfalten, und Imogen spürte, wie ein Teil der Anspannung von ihren Schultern wich, während sie mürrisch auf ihrem Sandwich herumkaute. Irgendwann musste sie akzeptieren, dass sie auf die eine oder andere Weise in die Welt der Feen verstrickt war, auch wenn es nicht wirklich einen Sinn ergab. Aber nach dem heutigen Tag, an dem sie die Anziehungskraft der Magie in der Festung gespürt hatte? Es war unbestreitbar, dass etwas vor sich ging.

„Einsame Mitleidsparty?" Bianca steckte ihren Kopf durch die Tür zur Lounge.

„So ähnlich."

„Willst du darüber reden?" Bianca kam näher heran.

„Ich..." Imogen zuckte nur mit den Schultern. „Ich bin mir nicht sicher."

„Ist es die Sache mit den leuchtenden Augen?"

„Ja, das verwirrt mich ein bisschen. Ganz zu schweigen von..." Imogen sah sich um und vergewisserte sich, dass niemand kam. „Ich... hör mal, ich kann nicht anders, als mich zu fragen, was mit mir los ist? Verstehst du? Zum Beispiel... was passiert hier? Jetzt frage ich mich, ob ich... ob ich vielleicht auch eine bin? Oder irgendetwas anderes bin? Meine Mutter wusste etwas, so viel steht fest. Und, nun, was ist eigentlich mit meinem Vater? War er..." Imogen schluckte. Sie konnte sich nicht überwinden, den Satz zu beenden.

„Vielleicht war dein Vater ein Fae? Das würde Sinn ergeben." Bianca tippte mit einem Finger auf ihre Lippen. „Und wenn du nicht viel von deinem Vater weißt? Ja, das könnte sein. Ich glaube, wir müssen mehr darüber reden."

„Müssen wir das? Ich habe nämlich das Gefühl, dass ich im Moment nicht mehr viel aufnehmen kann." Imogen nahm einen weiteren Schluck von ihrem Whiskey.

„Wenn dein Vater ein dunkler Fae ist, könnte das für das, was wir hier vorhaben, katastrophale Folgen haben. Ich bin mir aber nicht sicher. Vielleicht wäre es egal, weil du nicht mit ihren Lehren aufgewachsen bist?" Bianca hielt Imogens Augen fest.

„Scheiße", hauchte Imogen.

„Das kann man wohl so sagen. Und ich weiß, dass es

sich nicht gut anfühlen kann, über diese Dinge nachzudenken. Aber...ich meine, die Wasser-Fae haben dich ihre
Königin genannt. Ist da nicht vielleicht... etwas dran? Ich
weiß, dass wir es alle eilig haben, Lily zu retten, aber vielleicht übersehen wir ein paar wichtige Teile."

„Und du glaubst, dass du Callum dazu bringen kannst,
tiefer in die Sache einzudringen? In meine Vergangenheit?"

„Nein, du hast Recht. Er ist im Moment schon ein
wenig angespannt", seufzte Bianca. „Ich glaube, wir gehen
jetzt nochmal raus."

„Wirklich?", fragte Imogen.

„Wir gehen in den Pub. Callum will sehen, ob er von
dem alten Mann, den wir vorhin gesehen haben, weitere
Informationen bekommen kann. Er hat auch Lust auf eine
Rundfahrt über die Insel, um zu sehen, ob er noch andere
magische Signaturen oder Zeichen oder was auch immer
findet, die ihn zu Lily führen könnten. Willst du
mitkommen?"

„Nö. Nicht im Geringsten." Imogen hatte keine Lust.
Sie wollte einfach nur in Ruhe auf ihrem Boot bleiben. Na
ja, hoffentlich in Ruhe, und einfach... ein bisschen abschalten. Das würde ihr letzter Whiskey sein, denn es wäre wohl
nicht gut, sich zu betrinken und mit einer weiteren Fae-
Offensive fertig werden zu müssen. Oder etwa doch? Vielleicht würde sie es nicht so sehr stören, wenn sie betrunken
kämpfte? Imogen blinzelte nachdenklich mit einem Auge
auf die Flasche.

„Ich kann es dir nicht verübeln, aber ich denke, dass wir
über einige dieser Dinge reden müssen, Imogen. Hier ist
etwas im Gange, und ich glaube nicht, dass du das noch
lange ignorieren kannst."

„Ich gebe mir gerade ziemlich viel Mühe", sagte Imogen und hielt Bianca ihr Glas zum Anstoßen hin.

„Ich lasse dir heute Abend Zeit, um Trübsal zu blasen oder was auch immer das hier ist. Denn ich verstehe, dass wir alle manchmal so eine Zeit brauchen. Aber das war's, okay? Wir sind immer noch ein Team, auch wenn du nur widerwillig dazugehörst, und das bedeutet, dass wir uns umeinander kümmern müssen. Du und ich können morgen bei einem Kaffee ein privates Gespräch führen und ich werde einen Blick in mein Fae-Buch werfen. Vielleicht finden wir ein paar Erklärungen, die dir helfen."

„Was ist, wenn ich keine Erklärungen aus deinem Fae-Buch haben möchte?", sagte Imogen, riss einen Teil der Kruste ihres Brotes ab und rollte es zu einem kleinen, festen Brotball. Ein Krustenbällchen. Ein Brall? Ein Crumble? Okay, ja, der Whiskey machte sich bemerkbar. Imogen schob ihr Glas beiseite. „Was, wenn ich einfach nur normal sein will?"

„Wozu denn?" Biancas Lachen erfüllte den Raum. „Warum in einer Welt des Banalen leben, wenn man Magie haben kann?"

Nun, weil es vielleicht die falsche Art von Magie ist? Imogen sprach den letzten Gedanken nicht laut aus, aber er schwirrte ihr seit dem Fort-Debakel im Kopf herum. Ihre Hand wanderte zu dem Ring in ihrer Tasche und sie fragte sich, ob ihr vermeintlicher Glücksbringer all die Jahre nichts anderes als ihr persönlicher Fluch gewesen war.

„Habt noch einen schönen Abend", sagte Imogen.

„Bevor ich gehe... kann ich noch deine Telefonnummer haben? Damit ich dir eine Nachricht schicken kann, falls etwas passiert? Oder auch nur, damit wir in Kontakt sind?

Ich mache mir einfach Sorgen." Bianca hielt ihr Telefon hoch.

Imogen holte ihr Handy aus der Tasche. Sie benutzte es nur, um E-Mails von neuen Chartergästen abzurufen und gelegentlich Textnachrichten mit ihrer Crew zu schreiben. Sie hatte es aus Gewohnheit in ihre Tasche gesteckt und blickte nun zum ersten Mal seit einer Weile auf das Display.

„Ich habe nur noch zehn Prozent Akku."

„Na, dann lade es auf, Dummerchen."

Nachdem Bianca gegangen war, überprüfte Imogen ihre Nachrichten und sah, dass Cillian, ihr Ingenieur, sich nach ihr erkundigte. Sie schickte eine Nachricht, in der sie versprach, dass es ihr gut ging und dass sie es bald erklären würde. Und ja, dass er immer noch seinen Job hatte. Das trug nicht viel dazu bei, ihn zu beruhigen, denn im Gegenzug kam eine Flut von Nachrichten zurück, aber Imogen konnte nicht erklären, was genau passiert war. Konnte sie ihm wirklich einen Job auf dem Boot für diese Saison versprechen, wenn sie nicht einmal wusste, wie der morgige Tag aussehen würde? Schuldgefühle kamen auf, denn ihre Mannschaft war ihr wichtig, und sie bat ihn, Geduld mit ihr zu haben, und dass sie es ihm erklären würde, sobald sie es konnte. Mit diesen Worten schob Imogen das Telefon beiseite und starrte aus dem Fenster, wo die Sonne gerade unter den Horizont getaucht war und den Himmel in einem sanften Marineblau mit einem Hauch von Rosa erscheinen ließ. Unruhig nahm Imogen ihr Glas in die Hand, blickte auf die Flasche und überlegte, ob sie sie nachfüllen sollte.

Stattdessen drehte sie um und machte sich auf den Weg zum Bug, ließ sich auf dem Deck nieder und überlegte, ob sie ihre Beine über die Bordwand hängen sollte. Doch sie merkte, dass sie sich an ihrem Lieblingsplatz nicht mehr wohlfühlte, und auch wenn es ihr Boot war, sollte sie vernünftig sein. Da sie nicht so direkt am Wasser sein wollte, ging Imogen zurück zum Steuerhaus und kletterte die kleine Leiter hinauf, die an der Seite befestigt war und zum Dach des Steuerhauses führte. Manchmal saß sie dort oben, lehnte sich zurück, stützte den Kopf auf die Arme und betrachtete die Sterne am Himmel. Heute schien eine solche Nacht zu sein, und sie seufzte, als sie sich zurücklehnte. Das sanfte Schaukeln des Bootes unter ihr beruhigte sie wie eine Mutter, die ihr Kind schaukelt.

„Du solltest nicht alleine trinken."

„Um Himmels willen!" Imogen setzte sich auf und stieß dabei fast ihr Whiskeyglas um. Sie starrte auf die Stelle, an der Nolans Kopf über den Rand des Daches lugte. „Was machst du denn hier?"

„Dachtest du wirklich, ich würde dich allein auf dem Boot lassen?"

„Ja, das habe ich tatsächlich gedacht." Imogen legte ihre Hand auf ihre Brust und atmete tief durch. „Schon mal was davon gehört, dass man sich nicht so anschleichen soll?"

„Sagen wir einfach, dass ich froh bin, kein dunkler Fae zu sein, sonst hätte ich dich gerade ziemlich leicht überfallen können." Nolan beendete den Aufstieg auf das Dach und ließ sich neben ihr nieder. Imogen rutschte ein wenig von ihm weg, sie brauchte Abstand, damit ihre Gedanken nicht so durcheinandergerieten, wie sie es in seiner Gegenwart zu tun schienen.

„Du nervst, aber du hast auch recht. Ich schätze, ich wollte einfach ein bisschen abschalten", gab Imogen zu.

Nolan sagte kein Wort. Stattdessen streckte er seine Hand aus und stieß mit seinem eigenen Whiskeyglas gegen ihres. Imogen akzeptierte das Anstoßen als das, was er war – eine Entschuldigung für sein früheres Verhalten – obwohl sie sich nicht sicher war, wie sie diese Dinge bei ihm zu verstehen hatte. Der Rest ihrer Anspannung fiel von ihr ab, jetzt, da er da war, und auch das war ein Gedanke, mit dem sie nicht so recht etwas anfangen konnte.

Das Schweigen zog sich eine Weile hin, und Imogen war froh, dass er nicht jemand war, der die Stille sofort mit Geplapper füllen musste. Stattdessen legte sie den Kopf in den Nacken und blickte über das Wasser zum Leuchtturm auf Straw Island hinaus. Sie hatte schon immer eine Vorliebe für Leuchttürme gehabt. Für sie als Seefahrerin spielten sie natürlich eine große Rolle für die Sicherheit. Aber die Vorstellung, in einem Leuchtturm zu leben und Leuchtturmwärterin zu sein, war für Imogen immer eine romantische Vorstellung gewesen. Eine weitere Möglichkeit für sie, ein einsames Leben zu führen, dachte sie und lachte leise in sich hinein.

„Möchtest du dich mitteilen?"

„Nun…", Imogen nahm noch einen Schluck von ihrem Whiskey und deutete dann auf den Leuchtturm. „Ich schaute zum Leuchtturm hinüber und dachte, wie gut mir dieser Job gefallen würde. Allein auf einer Insel zu leben, mir selbst überlassen zu sein und nur dafür verantwortlich zu sein, das Licht brennen zu lassen, damit die Seeleute es sicher nach Hause in den Hafen schaffen."

„Glaubst du nicht, dass du dich einsam fühlen würdest?", fragte Nolan.

„Eigentlich nicht. Ich bin es gewohnt, allein zu sein." Imogen zuckte mit einer Schulter.

„Wie das? Du hast eine Crew, mit der du auf dem Boot arbeitest, oder? Und du nimmst Leute auf Charterfahrten mit, richtig? Bist du nicht ständig unter Menschen?"

Imogen dachte nach und nahm sich einen Moment Zeit. Wie sollte sie erklären, dass sie, auch wenn sie unter anderen Menschen war, immer noch allein war? Allein mit ihren Geheimnissen. Allein mit ihrer Unfähigkeit, jemandem völlig zu vertrauen. Allein mit dem Wissen, dass – wenn sie ihre eigenen Eltern als Kind nicht hatten lieben können – sie auch als Erwachsene niemand lieben konnte. Imogen schluckte heftig, schüttelte den Kopf und blickte wieder zum Leuchtturm hinaus.

„Es ist schwer zu erklären, denke ich."

„Versuche es."

„Nolan..." Imogen seufzte.

„Was? Wir hatten beide einen beschissenen Tag. Und einen merkwürdigen noch dazu. Wenn wir nicht bereit sind, darüber zu reden, dann lass uns über andere Dinge reden. Sag mir, warum du allein bist."

„Ich war schon immer allein", stieß Imogen hervor und dachte, wenn sie ihm von ihrer Vergangenheit erzählte, würde er das Thema vielleicht fallen lassen. „Ich habe keinen Vater. Zumindest keinen, von dem ich weiß. Meine Mutter hat sich kaum um mich gekümmert und mich vor allem Ablehnung spüren lassen. In der Schule hatte ich keine wirklichen Freunde, weil ich an keinen außerschulischen Aktivitäten teilnehmen konnte, und außerdem durfte ich nicht bei anderen Kindern zu Hause spielen. Ich habe nie ein Geburtstagsgeschenk bekommen. Ich war nie auf einer Geburtstagsparty. Ich... ich gehöre einfach nicht dazu, Nolan. Nicht als Kind. Und jetzt auch nicht. Nachdem meine Mutter mich rausgeschmissen hatte, bin ich meinen eigenen Weg gegangen und konnte mir zumindest ein Leben aufbauen, in dem mir niemand sagt, was ich zu tun habe. Das heißt, bis du aufgetaucht bist."

„Deshalb kannst du mich so wenig leiden."

„Irgendwie schon, ja. Für mich ist das mehr als nur ein Boot."

„Das sehe ich jetzt auch", sagte Nolan, rückte näher und berührte ihre Schulter mit seiner. „Falls es dir hilft, ich hätte dein Boot nicht genommen, wenn es nicht eine wirklich ernste Situation gewesen wäre."

„Das verstehe ich ja. Wirklich." Es gab nicht viel, was Imogen darauf erwidern konnte. Es gab jetzt kein Zurück mehr, um die Situation zu ändern.

„Also keine Geburtstagsfeiern, was? Das tut mir leid, wirklich. Jeder verdient es, sich hin und wieder besonders zu fühlen. Erzähl mir von deiner Mutter. Was glaubst du, warum sie so war, wie sie war? Sprichst du noch mit ihr?"

„Nein... wir haben keinen Kontakt. Ich habe es versucht, zumindest in dem Jahr, nachdem sie mich rausgeschmissen hatte. Ich schätze, ich fühlte mich um Weihnachten herum nostalgisch und dachte, sie würde vielleicht ans Telefon gehen, wenn ich anrufe. Aber..."

„Aber was?"

„Sie hatte ihre Nummer geändert. Und dann ging ich zurück. Sie wohnte nicht mehr in dem Haus. Sie war einfach weg. Es war fast so, als wäre sie ein Hirngespinst von mir gewesen."

Nolan überraschte sie, indem er ihr die Hand reichte

und sie drückte. Er schien zu spüren, dass sie keine Platti-
tüden brauchte oder wollte. Ähnlich wie bei dem Diebstahl
ihres Bootes konnte sie auch bei der Situation mit ihrer
Mutter nicht viel tun.

„Und wie war sie so? Nun... ich glaube nicht, dass sie
eine besonders glückliche Frau war." Imogen zog die Knie
an, schlang die Arme um ihre Beine und stützte ihr Kinn
auf die Knie. „Ich glaube, sie war auf der Suche nach
irgendetwas in ihrem Leben. Und ihre Unzufriedenheit ist
auf mich übergesprungen. Sie nahm es mir übel, dass ich
mich um sie kümmerte. Sie nahm mir meine Anwesenheit
übel. Sie nahm mir meine Bedürfnisse übel. Ich war für sie
nur Ballast, und sie wurde mich so schnell wie möglich los.
Wenn überhaupt, dann habe ich sie nur wütend gemacht,
wenn ich über ..." Imogen hielt inne.

„Über was?"

„Ich... Ich rede eigentlich nicht über solche Dinge,
Nolan", sagte Imogen vorsichtig. Die größte Überraschung
war, dass sie Nolan von ihrer Vergangenheit erzählen wollte.
So sehr der Mann sie auch wütend machte, fühlte sie sich
ihm auf eine seltsame Weise verbunden.

„Tauschst du ein Geheimnis gegen ein Geheimnis?",
fragte Nolan, und Imogen drehte sich um und hob ihr
Kinn zu ihm.

„Okay, du zuerst", sagte Imogen, und Nolans Lächeln
blitzte hell im Licht des Docks.

„In Ordnung. Du vertraust anderen nicht so leicht,
oder?"

„Nur sehr wenige Menschen haben mir Gründe gegeben, ihnen zu vertrauen."

„Ich finde, dass die Leute einen überraschen können,

wenn man ihnen eine Chance gibt", sagte Nolan und hob sein Glas für einen weiteren Schluck.

„Dein Geheimnis, Grumpy McFaeFace." Imogen war über sich selbst überrascht, weil sie über seine Grimasse lachen musste.

„Och, ich mag es nicht, wenn du mich so nennst", sagte Nolan und zog eine Augenbraue hoch, woraufhin Imogen noch lauter lachte.

„Gib Bianca die Schuld. Das war ihre Idee."

„Es ist schwer, wütend auf sie zu sein", brummte Nolan.

„Ich mag sie. Sie könnte meine erste Freundin werden."

„Du kannst das nicht als dein Geheimnis beanspruchen, denn zuerst bin ich dran", sagte Nolan, und Imogen zuckte zusammen. Verdammt, das wäre ein leichter zu verratendes Geheimnis gewesen.

„Gut, dein Geheimnis?"

„Meine Kräfte schwinden, und ich weiß nicht, warum." Nolans Stimme klang scharf in der Nacht. Imogen richtete sich auf und drehte sich zu ihm um. „Und ich mache mir Sorgen. Ich habe Angst, dass ich in einem Kampf nicht mehr helfen kann. Ich verstehe nicht, was hier vor sich geht."

„Ich habe es gesehen", sagte Imogen. Am liebsten wollte sie ihm die Hand reichen und ihn trösten, aber sie wusste nicht, ob sie das tun sollte. Andere zu trösten lag ihr nicht. Genauso wenig wie intime Gespräche, in denen Geheimnisse enthüllt wurden. Viele der Menschen, die sie an den Docks und auf dem Wasser kennengelernt hatte, behielten ihre Geheimnisse für sich – was Imogen sehr gelegen kam. „Heute, als du gegen die dunklen Fae gekämpft hast. Es war, als hätten deine Hände versagt oder so ähnlich. Deshalb bin ich gekommen, um zu helfen."

„Ich weiß nicht, wie ich jemandem Magie erklären soll, der sie nicht hat. Aber es ist eine Quelle in mir, die ich anzapfen kann. Und sie fließt einfach, verstehst du? Ich habe sie schon mein ganzes Leben lang und sie ist ziemlich stark. Diese Kraft hat mein Leben bestimmt, sie hat mich an den Königshof geführt und mein Leben und das meiner Familie verändert."

„Und es funktioniert nicht mehr?"

„Nicht so, wie es sein sollte, und ich weiß nicht, warum. Es ist so, seit..." Nolans Augen trafen die ihren.

„Seit wann?", flüsterte Imogen.

„Seit wir an Bord dieses Schiffes sind."

„Oh." Imogen stieß einen leisen Atemzug aus. Sofort fragte sie sich, ob es an ihr und dem leuchtenden Aquamarin lag. Sie war sich nicht sicher, warum ihre Gedanken dorthin gingen, aber da es sich um Magie handelte – vielleicht hatte sie die Fähigkeit, Nolan die Kraft zu entziehen. „Ich... ich kann nicht einmal ansatzweise verstehen, was das bedeutet oder warum es passiert ist. Es tut mir leid, dass ich dir nicht weiterhelfen kann, ich verstehe diese Welt einfach nicht. Ich weiß, das ist eine beschissene Antwort. Ich mag Probleme, für die ich Lösungen habe. Gibt es eine Möglichkeit, dass dir die bösen Fae deine Kräfte rauben?"

„Das hängt davon ab, wie stark ihre Magie ist. Manchmal können sie bestimmte Gegenstände verzaubern und sie nach ihrem Willen einsetzen. Wie das Amulett, nach dem die Wasser-Fae suchen. Es hat unglaubliche Kräfte. Aber das Gleiche gilt auch für die andere Seite. Die dunklen Fae könnten zum Beispiel ein Schmuckstück oder einen Dolch mit einem Zauber belegen, und der Träger würde dann durch diesen Fluch geschädigt."

Imogens Mund wurde trocken. Das Bild ihres leuchtenden Aquamarinrings blitzte in ihr auf.

„Im Grunde willst du damit sagen, dass man magische Dinge für oder gegen sich arbeiten lassen kann?"

„Nun, nicht alle. Aber bestimmte Gegenstände sind geeigneter dafür, Magie gut zu speichern. Vor allem Steine können Magie gut fassen."

„Richtig. Ähm, das ist einfach zu viel, um es zu begreifen", sagte Imogen, während sie von Schuldgefühlen übermannt wurde. Was, wenn ihr Ring die Ursache für seine Probleme war?

„Sicher, das kann ich verstehen. Es macht mich wahnsinnig, wenn ich ehrlich bin. Vielleicht bin ich deshalb im Moment besonders schlecht gelaunt?"

„Oh, das ist nicht dein Normalzustand?" Imogen zog eine Augenbraue hoch. Ein Lächeln umspielte seine Lippen.

„Ich habe meine Momente. Okay, Imogen. Du bist dran. Spuck's aus."

Obwohl Imogen froh war, dass sie nicht mehr über ein Problem sprachen, das sie nicht für ihn lösen konnte, hatte sie ein ungutes Gefühl dabei, jemandem ein Geheimnis anzuvertrauen, das sie noch nie laut ausgesprochen hatte. Sie dachte an den Moment zurück, als sie durch eine unsichtbare Barriere gegangen war und eine Herde Domnua mit einem Blick und einem Lied aufgehalten hatte. Wenn sie ehrlich war, musste sie mit jemandem darüber reden, denn sie wusste nicht, was mit ihr geschah. Fair war fair.

„Ich ... okay, ich habe das eigentlich noch nie laut ausgesprochen. Man hat mir sogar mit Strafe gedroht, falls ich es täte. Und die wenigen Male, die ich darüber gesprochen habe... nun, da *wurde* ich bestraft. Wenn sie mich nicht körperlich bestrafte, dann hat mich meine Mutter verlassen. Wochenlang, wenn nicht sogar länger. Es ist nicht leicht für mich, darüber zu sprechen."

„Oh, und für mich ist es also leicht, zuzugeben, dass meine Kräfte nicht mehr funktionieren und ich von meinem Posten am Königlichen Hof entfernt werden könnte?", fragte Nolan, aber sein Tonfall war sanft und löste Imogens Anspannung ein wenig.

„Na schön, also gut. Im Grunde war ich ein seltsames Kind. Ich dachte, ich könnte Dinge sehen, die nicht da waren, so was in der Art", sagte Imogen achselzuckend, ohne Nolan anzuschauen. „Mom mochte es nicht, wenn ich darüber sprach."

„Was für Dinge, Imogen?"

„Ähm... Gesichter im Wasser. Leuchtende Menschen. Menschen, die sich in Luft auflösten."

„Du kannst die Fae sehen."

„Ich..." Imogen hielt inne. Ihr fehlten die Worte, denn sie hatte es noch nie richtig benennen können.

Und außerdem kann ich Wasser durch die Kraft meiner Gedanken bewegen.

Imogen hielt sich selbst davon ab, diesen letzten Teil mitzuteilen. Sie hatte dieses kleine Kunststück entdeckt, als sie noch viel jünger war, und es selten in die Praxis umgesetzt. Hauptsächlich, weil sie nicht wirklich verstand, was sie tat, und weil der Energiefluss, der durch sie pulsierte, wenn sie dieses Manöver versuchte, ihr eine Heidenangst einjagte.

„Und deine Mutter wusste das?", fragte Nolan.

„So hat sie es *nie* gesagt, nein."

„Aber sie wusste etwas. Das musste sie doch. Oder? Weil Menschen nicht einfach ... hör zu, Imogen." Nolan beugte sich vor und fasste sie an den Schultern, so dass sie ihn ansah. Er behielt seine Hände auf ihren Schultern, und Imogen wollte sich nach vorne in seine Arme lehnen. „Hier fehlt ein Stück. Es gibt einen Grund dafür, dass deine Mutter wusste, was du gesehen hast. Sonst hätte sie gedacht, dass du krank bist oder Wahnvorstellungen hast. Vielleicht hätte sie dich zu einem dieser Ärzte gebracht, zu denen die Menschen gehen. Ich weiß es nicht. Aber die Tatsache, dass sie dich bestraft hat, weil du darüber sprachst? Nun, das bedeutet, dass sie etwas über die Fae wusste. Denn was du beschreibst, ist normal für Fae-Kinder. Diese Dinge zu sehen. Es ist einfach ... natürlich. Es ist, was es ist. Es ist zu erwarten. Wir identifizieren verschiedene Fae aufgrund der Farben, die sie umgeben. Es ist nicht seltsam für uns... überhaupt nicht. Es ist das, was ihr Aura nennen würdet. Wir sehen sie nur deutlicher. Die Gesichter im Wasser? Das sind die Wasser-Fae. Du kannst alle Elementar-Fae sehen, wenn du genau hinschaust. Hast du irgendwelche anderen gesehen? Im Feuer vielleicht?"

„Nein", sagte Imogen überrascht. „Nein, das habe ich wirklich nicht. Nur die Wassergesichter. Na ja, eigentlich nur ein Gesicht."

„Dasselbe?"

„Ja, derselbe Mann."

„Ich frage mich..." Nolan kniff die Augen zusammen.

„Was?"

„Gibt es irgendetwas... irgendetwas, das man dir über deinen Vater erzählt hat?"

Imogen wollte Nolan von dem Ring erzählen, den ihre Mutter ihr geschenkt hatte, aber irgendetwas hielt sie zurück. Es lag nicht in ihrer Natur, sich mitzuteilen, und sie war bereits weit außerhalb ihrer Komfortzone.

„Wie ich bereits erwähnt habe, hasste mich meine Mutter im Grunde genommen... also, nein. Und ich konnte ihr nie wirklich von dem Mann erzählen, den ich im Wasser gesehen habe."

„Hat er versucht, mit dir zu kommunizieren?", fragte Nolan.

„Ähm, nicht wirklich. Er hat mir zugewinkt, glaube ich? Ehrlich gesagt, bin ich nie lange geblieben. Ich dachte... ich dachte, ich wäre verrückt, weißt du? Ich wurde dazu gebracht zu glauben, dass ich Dinge sehe, die nicht da sind. So etwas kommt bei einem Menschen nicht gut an, weißt du? Und als ich dann auf mich allein gestellt war, hatte ich nicht mehr viel Zeit, an etwas anderes zu denken als daran, wie ich über die Runden komme."

„Und deshalb warst du allein." Imogen zuckte zusammen, als Nolan sich nach vorne lehnte und sie an sich zog, indem er seine muskulösen Arme um sie schlang. Sie erstarrte, lag steif an seiner Brust und ihr Herz klopfte wie wild. Imogen wusste nicht, was sie mit dieser Zuneigung – dieser Bereitschaft zum Trost – anfangen sollte, und sie spürte einen Riss in ihrem Inneren. Es war, als ob die Mauern, die sie um ihr tiefstes verletzliches Inneres gezogen hatte, aufbrachen. Ein Teil von ihr wollte sich an ihn schmiegen und sich die Augen ausheulen.

„Ja, deshalb war ich allein", brachte Imogen heraus. Nolans Hand hob sich und er zog sanfte Kreise auf ihrem Rücken, die Wärme folgte dem Weg seiner Hand, und allmählich entspannte sich Imogen. Vor Stunden hatten sie sich noch angeschrien, und jetzt … nun, jetzt taten sie, was auch immer es war. Imogen fühlte sich deutlich wohler, wenn sie sich anschrien.

„Nun, jetzt bist du nicht mehr allein. Ob du es willst oder nicht." Nolan ließ sie los. Imogen lehnte sich zurück und sog einen Atemzug ein, um die Nerven zu beruhigen, die unter ihrer Haut tanzten. „So nervig wir auch sein können, du bist jetzt eine von uns, Imogen."

„Ich…" Oh Gott, die Tränen drohten zu kommen. Sie war nicht bereit, vor ihm zu weinen, nein, das war sie sicher nicht. „Ich muss mal auf Toilette."

„Vorsicht mit der Leiter." Nolan ließ sie los und folgte ihr nicht nach unten, wofür Imogen dankbar war. Die Emotionen, die sie durchströmten, waren verwirrend. Es war, als hätte jemand einen Hahn mit heißem Wasser voll aufgedreht, und jetzt hatte sie das Gefühl, zu ertrinken. Wenigstens war Nolan verständig genug, um sie nicht zu bedrängen, und dafür gab sie ihm Punkte. Imogen rutschte an der Seite des Bootes hinunter, und anstatt in ihre Kabine zurückzukehren, machte sie einen Umweg zum Heck. Mit einem Blick suchte sie den Steg nach Menschen ab, und als sie sicher war, dass niemand in der Nähe war, griff sie in ihre Tasche.

Imogen wusste zwar immer noch nicht, was das Leuchten zu bedeuten hatte, aber sie wusste eines – dieser Ring könnte der Grund dafür sein, dass Nolan seine Kräfte verloren hatte. Oder es könnte eine Verbindung zu den dunklen Fae bestehen. Vielleicht hatte sie die ganze Zeit über versehentlich alle sabotiert? Sie hatte zugesehen, wie seine Magie am Steinkreis fehlschlug. Seine Kräfte waren in Ordnung gewesen, bis er ihr Boot betreten hatte. Und dies war der einzige magische Gegenstand, von dem sie wusste, dass er Nolan Kräfte entziehen könnte.

Er hatte sie umarmt, anstatt sich über ihr Geheimnis lustig zu machen.

Imogen strich mit dem Finger über den Ring und spürte ein letztes Mal sein angenehmes Gewicht. Als sie den Ring zur Reling brachte, hielt Imogen ihren Atem an.

Und dann warf sie den Aquamarin ins Meer.

KAPITEL EINUNDZWANZIG

Nolan nippte an seinem Whiskey und beobachtete Imogen im hinteren Teil des Bootes. Er hatte verstanden, dass sie nicht wirklich auf die Toilette musste, aber sie hatte einen Moment Abstand von ihm gebraucht, um ihre Gedanken zu sammeln. Jetzt hoffte er, dass sie nichts Dummes tun würde, wie zum Beispiel schwimmen zu gehen, denn es war verdammt kalt draußen und er versuchte, den einzigen friedlichen Moment zu genießen, den er an diesem Tag bisher hatte.

Seine Augenbrauen schossen hoch, als Imogen etwas aus ihrer Tasche nahm und dann, nach einem Moment des Überlegens, wie es schien, eben dieses Etwas ins Wasser warf. Sie blieb einen Moment lang stehen und betrachtete die dunkle Wasseroberfläche, bevor sie aus seinem Blickfeld verschwand. Nolan hörte, wie sich die Tür des Steuerhauses öffnete und wieder schloss, so dass er wusste, dass sie in ihre Kabine gegangen war.

Das machte ihn neugierig. Was hatte sie aus ihrer Tasche genommen? Als er seinen Whiskey ausgetrunken hatte, nahm Nolan sein Glas in eine Hand und huschte die Leiter hinunter. Er ging zum Heck und spähte über die Reling. Er hatte nicht wirklich erwartet, etwas im Meer zu sehen. Das Wasser blieb dunkel, die Oberfläche glitzerte matt im Licht der Docks, und Nolan wartete einen Moment. Worauf? Er war sich nicht sicher. Als nichts geschah, wandte er sich zum Gehen.

Der Schutzwall schlug an.

Nolan schnellte zurück und entdeckte einen Wasser-Fae, der an der Einstiegsplattform hing. Er machte keine Anstalten, auf das Boot zu kommen und hielt seinen perlmuttfarbenen Körper halb aus dem Wasser. Die opalenen Augen schimmerten im Licht. Die Wasser-Fae waren nicht seine Feinde, erinnerte sich Nolan, auch wenn es wichtig war, dass er jetzt mit Vorsicht vorging. Er wusste nicht mehr, wem sie unterstanden, und es juckte ihn in den Fingern, ein Treffen mit ihren Anführern zu erreichen, um die Sache mit ihnen zu klären. Dies war jedoch kein Wasser-Fae der herrschenden Klasse, sondern einer aus dem einfachen Volk. Der Feenmann wartete, neigte seinen Kopf zu ihm und Nolan kam näher.

„Bruder." Nolan senkte respektvoll den Kopf.

„Ihrer." Der Wasser-Fae legte etwas auf die Plattform und schob es näher an Nolans Füße heran. Nolan blickte nach unten und sah ein schwaches Glühen, das von etwas Goldenem ausging. In dem trüben Licht war es schwer, etwas zu erkennen.

„Ihrer? Von Imogen, meinst du?"

Der Wasser-Fee nickte einmal, bevor er wieder unter die Oberfläche des Ozeans glitt. Nolan schaute sich um, in der Hoffnung, dass es sich nicht um eine Falle handelte, und nahm den Gegenstand vom Deck. Er eilte nach hinten, wobei er sich vergewisserte, dass er weit genug von den Rändern des Bootes entfernt war, und steckte ihn dann in seine Tasche. Nachdem er noch einmal kurz die Umgebung überprüft hatte, duckte er sich und ging in seine Kabine. Dort knipste er das Licht an und kramte in seiner Tasche, um zu sehen, was der Wasser-Fae zurückgegeben hatte. Denn eines wusste er: Was auch immer Imogen über das Geländer geworfen hatte, die Fae hatten es sofort zurückgebracht. Das bedeutete, dass sie nicht wollten, dass sie es verlor und dass es wichtig war, dass sie es behielt.

Nolans Puls beschleunigte sich, als er den gehämmerten Goldring gegen das Licht hielt. Er kannte diesen Ring – und zwar ganz genau – weil er sein Gegenstück besaß. Er trug den Ring nicht immer und hatte ihn während dieser Mission die meiste Zeit sicher verstaut, da die Gefahr eines Krieges ihn immer dazu brachte, zu prüfen, was er an seinem Körper trug. Nolan beugte sich zum Nachttisch, öffnete die Schublade und zog seinen eigenen Ring heraus. Als er die beiden aneinanderhielt, konnte er sofort die Unterschiede erkennen. Ja, sie passten zusammen – aber eher wie ein männlicher und ein weiblicher Ring. Sein Ring war klobiger und hatte einen runderen Aquamarin, der tiefer eingelassen war. Ihrer war zierlicher und für eine kleinere Hand bestimmt. Beide Steine begannen zu leuchten, als sie nahe beieinander lagen.

Nolan ließ sich auf das Bett fallen und betrachtete die Ringe.

„Wir sind wieder da! Wir gehen ins Bett!" Ein Klopfen an der Tür riss ihn aus seinen Gedanken, und Nolan steckte den Schmuck schnell weg, bevor er zu seiner Tür schritt und sie öffnete.

„Alles gut?", fragte Nolan Seamus.

„So gut wie möglich, nehme ich an. Callum geht es nicht besonders gut. Er hat sich in seine Kabine zurückgezogen, und ich bin überrascht, dass er nicht die ganze Insel in Brand gesteckt hat. Wir haben ihn überredet, eine Pause zu machen, aber der Plan ist, im Morgengrauen loszureiten."

„Im Morgengrauen losreiten?" Nolan wölbte eine Augenbraue.

„Nur so ein Sprichwort aus den Filmen. Aber im Grunde ja. Bei Tagesanbruch. Zurück auf die Insel. Callum empfängt eine starke Signatur in einem bestimmten Gebiet und will sie untersuchen. Wir haben ihn überzeugt, bis zum Morgengrauen zu warten, aber er ist nicht glücklich darüber."

„Domnua sind in der Nacht stärker", sagte Nolan.

„Ja, ich weiß. Und sie kennen das Gelände hier sicher besser als wir. Das ist ein Nachteil für uns, und wir wollen nicht, dass die Dunkelheit eine zusätzliche Beeinträchtigung darstellt."

„Es muss sehr schwer sein für Callum", seufzte Nolan. „Soll ich mit ihm sprechen?"

„Nein, er hat darum gebeten, in Ruhe gelassen zu werden. Wenn ich ehrlich sein soll, glaube ich, dass er erst ein wenig schmollen und sich dann ausruhen will. Er wird gleich morgen früh bereit sein für die Schlacht, da habe ich keine Zweifel, also schlage ich vor, dass du dich auch ausruhst. Morgen früh geht es mit voller Kraft los."

„Verstanden. Aber ich werde noch eine Weile aufbleiben und Wache halten."

„Gib mir vier Stunden und ich löse dich ab?"

„Ist mir recht." Nolan ging zurück in seine Kabine und steckte die beiden Ringe ein. Er musste Imogen fragen, woher sie ihren hatte, denn zu viele Dinge kamen gerade für ihn zusammen.

Für den Moment musste Nolan jedoch noch einmal seine magischen Schutzzauber überprüfen und seine Kräfte testen, ohne dass jemand zusah. Er hoffte inständig, dass das, was an diesem Tag passiert war, nur ein Zufall war, aber er konnte sich nicht sicher sein.

Nach mehreren langsamen Runden über das Deck war Nolan überzeugt, dass für die *Mystic Pirate* derzeit keine Gefahr bestand. Er hatte seine Schutzzauber überprüft, und sie summten alle noch fröhlich vor sich hin – ihre Magie war stark. Jetzt war es an ihm, zu sehen, ob er auch nur den einfachsten Zauber heraufbeschwören konnte. Nolan ließ sich auf eine gepolsterte Bank in der Außenlounge am Heck fallen. Der eisige Wind, der über die Oberfläche des Ozeans strich, störte ihn kaum, und er hielt eine Hand vor sich. Seine Kraft zu kanalisieren war für ihn so einfach wie zu atmen und inzwischen zur zweiten Natur geworden. Aber weil er immer noch besorgt war, ließ Nolan sich Zeit und atmete ein paar Mal tief durch, bevor er in den Fluss der Magie eintauchte, der ihn durchströmte.

Ein kleiner Feuerball erschien – schwebend über seiner Handfläche – und er schleuderte ihn sanft durch die Luft, so dass er herumwirbelte, bevor er ihn ordentlich auslöschte. Okay, das war ein Zauber, der den sehr jungen

Fae beigebracht wurde, und es war gut, dass er die Grundlagen noch beherrschte. Als Nächstes zog er seinen Dolch heraus. Dieser scheinbar harmlose Dolch war eine Waffe, die von den meisten unterschätzt wurde. Nolan hatte Seite an Seite mit dem Prinzen gelernt, und sie hatten sich daran erfreut, raffinierte Magie zu entwickeln, die sie in die kleinsten Waffen zauberten. Sie waren immer der Meinung gewesen, dass die Menschen von Waffen wie Schwertern und Armbrüsten große Macht erwarteten, aber den einfachen Dolch oft unterschätzten. Da es sich in der Regel um eine Nahkampfwaffe handelte, rechnete niemand damit, dass sie auch aus größerer Entfernung Schutz bieten könnte.

Nolan drehte die Klinge in seiner Hand und fuhr mit dem Finger über die Kanten des Griffs, in den er sein Familienwappen eingeritzt hatte. Er hatte sogar eine Locke des Haares seiner Mutter abgeschnitten und in das Design eingearbeitet, damit ihre Liebe seiner Magie Kraft verlieh, wenn er sie brauchte. Die Klinge selbst war kurz, dünn und teuflisch scharf. Einer seiner Lieblingszauber beschwor alle Elemente herauf – wenn er also den Dolch auf jemanden richtete, konnte er Feuer, Wasser, Eis, Luft oder eine Vielzahl von anderen Möglichkeiten wählen, um seinen Gegner zu entwaffnen. Um auf dem Schiff nicht zu viel Aufsehen zu erregen, entschied er sich für Eis und richtete die Klinge quer über das Deck.

Ein kleiner Eisbrocken schoss aus der Klinge, kaum groß genug, um ein Whiskeyglas zu füllen, und klapperte über das Deck, bevor er über die Bordwand rutschte.

Nolan schürzte die Lippen, und ein unruhiges Gefühl ließ die Haare in seinem Nacken zu Berge stehen. Er versuchte es erneut und wurde diesmal mit zwei Eiswürfeln belohnt, die beide planlos über das Deck kullerten.

In seiner Tasche wurde es warm und er erinnerte sich an die Ringe. Er hielt inne, als ihn ein Gedanke traf wie der Blitz.

Seine Kräfte waren geschwunden, als er an Bord dieses Schiffes gegangen war. Davor war noch alles in Ordnung gewesen, nicht wahr? Er hatte mit Leichtigkeit Blitze vom Himmel geholt und sie auf die Domnua vor Gallagher's Pub losgelassen. Erst als er auf der *Mystic Pirate* angekommen war, hatten die Probleme mit seinen Kräften angefangen.

Imogen hatte offensichtlich mehr Geheimnisse, als sie zu teilen bereit war, denn sie hatte ihm gegenüber den magischen Schmuck nicht erwähnt, bevor sie ihn ins Meer geworfen hatte. Der Wasser-Fae hatte den Ring liebevoll zurückgegeben... was ihn an den ersten Kampf denken ließ, den sie gehabt hatten – kurz bevor sie in die Bucht gekommen waren.

Der Wasser-Fae hatte Imogen als seine Königin bezeichnet.

Nolan knallte seinen Dolch auf den Tisch. Wie hatte er diesen Teil vergessen können? Jetzt, wo er darüber nachdachte, war es ein ziemlich wichtiges Detail. Und heute? Ihre Augen hatten silbern geglüht, als sie sich den Domnua genähert hatten. Ganz zu schweigen von dem fehlenden Teil darüber, wer ihr Vater war? Jetzt begann alles einen Sinn zu ergeben. Nolan fluchte lange und wütend, stand auf und griff nach seinem Dolch auf dem Tisch.

Imogen war die Falle.

Es war die ganze Zeit ein abgekartetes Spiel gewesen.

Die Wasser-Fae benutzten sie, um sie näher an das heranzu-
locken, was die Domnua mit ihnen vorhatten. Sie hatten
eine Verräterin in ihrer Mitte und ihr Name war Imogen.
Wut kochte in ihm hoch, als er daran dachte, wie er sie
früher am Abend auf dem Dach getröstet hatte. Er hatte ihr
die kleine rührselige Geschichte geglaubt, dass ihre Mutter
sie verlassen hatte und dass sie überrascht war, dass sie die
Fae sehen konnte. Oh, sie *war* gut, nicht wahr? Sie hatte die
ganze Zeit über einen magischen Ring gehabt und nie ein
Wort zu einem von ihnen gesagt. Die ganze Zeit über hatte
sie Bianca erzählt, wie neu die Welt der Fae für sie war und
dass sie versuchte, sich auf den neuesten Stand zu bringen,
um etwas über diese magische Welt zu lernen. Und doch –
sie hatte ihr ganzes Leben lang Gesichter im Wasser gesehen
und trug lässig einen unglaublich magischen Ring mit sich
herum, als ob es nichts wäre? Warum sollte sie den Ring ins
Wasser geworfen haben? Nein, das alles ergab für ihn
keinen Sinn. Eine Sache, die Nolan über die Fae wusste,
war, dass, wenn etwas faul zu sein schien, es das meistens
auch war. Die Fae liebten nichts mehr, als ihre Tricks auf
alle möglichen Arten anzuwenden.

Von wegen steile Lernkurve, dachte Nolan. Sie waren
von einem trojanischen Pferd in Gestalt einer umwerfend
gut aussehenden Schiffskapitänin ausgetrickst worden, und
er war direkt in die Falle gegangen. Jetzt schwanden seine
Kräfte und Lilys Leben stand auf dem Spiel, während er der
Lösung keines dieser Probleme näher gekommen war.
Nolan ging mit schweren Schritten über das Deck, während
er überlegte, wie er die Sache am besten angehen sollte. Am
liebsten wäre er in Imogens Kabine gestürmt und hätte
ihren Verrat aufgedeckt. Aber ein guter Anführer agierte

nicht aus einem Impuls heraus. Nein, er brauchte einen kühleren Kopf, bevor er entschied, wie er Imogen bestrafen wollte.

Der Gedanke an Verrat drehte seinen Magen um. Galle stieg in seiner Kehle auf. Für einen Moment heute Abend, als sie sich in seine Arme geschmiegt hatte, hatte Nolan sich erlaubt, in ihr mehr zu sehen als nur eine Frau, zu der er sich instinktiv hingezogen fühlte. Er begann, sie wirklich als Person zu mögen, und er hatte bewundert, wie sie in den Kampf gerannt war, um ihm zu helfen, anstatt sich zu verstecken.

Was natürlich verwirrend war, denn wenn sie eine Verräterin war – wäre es dann nicht einfacher gewesen, ihn einfach den Domnua zu überlassen? Er fragte sich, was die Fae ihr versprochen hatten. Vielleicht war es Reichtum? Oder war es, dass sie endlich eine Art Zugehörigkeitsgefühl hatte? Irgendwie waren sie an sie herangekommen, nicht wahr?

Verwirrung und Wut wechselten sich ab, und das war der einzige Grund, warum Nolan das erste Ertönen des Alarms seiner Schutzwälle verpasste. Erst als ihm eine Bewegung ins Auge fiel, bemerkte er, dass die magischen Wälle schrien und dass Domnua das Deck des Schiffes geflutet hatte. Immer bei Nacht, diese Bastarde, dachte Nolan, während sein Verstand schnell in den Kriegermodus schaltete. Er rannte über das Deck und betätigte den Feueralarm. Die Glocke schrillte laut durch die Stille der Nacht, und die beiden dunklen Fae, die sich ihm näherten, hielten beim Lärm erschrocken inne. Sie waren nicht die klügsten Biester, dachte Nolan. Es war genug Zeit für ihn, nach vorne zu rennen und seinen Dolch durch ihre Hälse gleiten zu lassen, um sie zu vernichten, und er blieb in Bewegung, als mehr von ihnen den hinteren Teil des Bootes überfluteten. Von unten hörte man Geschrei, und stampfende Füße schlugen auf das Deck.

Nolan war dankbar für jede Unterstützung, denn er glaubte nicht, dass es viel bringen würde, mit Eiswürfeln auf die Welle der dunklen Fae zu schießen, die sich über die Bordwand ergoss. In wenigen Augenblicken befand er sich im Nahkampf, das Blut pochte in seinen Ohren und Wut befeuerte seine Bewegungen.

Es waren einfach *so* viele von ihnen. Was ihnen an Intelligenz fehlte, machten sie durch ihre schiere Menge wieder wett.

Nolan krümmte sich, als eine Welle von Magie seinen Magen traf und ihm für einen Moment den Atem raubte. Dann bekam er einen Aufwärtshaken ins Gesicht, der seinen Kopf ruckartig zurückwarf. Der stechende Schmerz brachte ihn aus dem Gleichgewicht, verengte seine Sicht, aber dann stürzte er sich mit einem wilden Gebrüll wieder in den Kampf.

„Nolan!"

Nolan drehte sich um und duckte sich, entging nur knapp einem Schwert an seinem Kopf, riss seinen Arm hoch und stieß seinen Dolch in den Magen des Domnuas, der hinter ihm aufgetaucht war. Nolan blickte auf und fluchte, als Imogen nach vorne stürmte, ihr kleines Messer in den Händen, ihre Augen weit aufgerissen und ... ja, sie glühten wieder. Er hatte nicht viel Zeit, sich darüber Gedanken zu machen, als er von hinten angegriffen wurde.

Imogens Augen weiteten sich, sie schrie auf und warf ihre Arme nach vorne, woraufhin eine Welle von Magie auf ihn einprasselte, die so stark war, dass er auf dem Deck in die Knie ging. Er blickte auf seinen Arm hinunter, wo Blut aus einem Schnitt quoll, den ihm ihre Magie zugefügt hatte, und sein Verdacht bestätigte sich. Wut trübte seine Sicht und Nolan sprang auf. Er stakste über das Deck, packte Imogen und schlang seinen blutenden Arm fest um ihre Taille. Er zerrte sie die Bordwand hinunter, duckte sich und stieß die Tür seiner Kabine auf. Er warf sie hinein und schnappte sich eine dicke Lederschnur aus seiner Tasche, die auf dem Boden lag.

„Nolan ... geht es dir gut?" Imogen eilte auf ihn zu und griff nach seinem Arm. „Ich weiß nicht, was..."

„Halt die Klappe", zischte Nolan. Imogen keuchte, als er ihre Arme packte, sie umdrehte und die Arme hinter sie zog. Schnell wickelte er die Lederschnur um ihre Handgelenke und fesselte sie so, dass sie ihre Handgelenke nicht mehr frei bewegen konnte.

„Was machst du da? Bist du wahnsinnig?", kreischte Imogen und stolperte von ihm zurück, als er sie losließ.

Aber das war Nolan egal. Er konnte die Schreie von oben hören und wusste, dass der Kampf weiterging. Seine Loyalität galt zuerst Callum und nicht dieser Frau, die sie alle verriet. Er suchte den Raum ab und griff nach dem Bademantel, der bei seiner Ankunft im Schrank der Kabine gelegen hatte. Er ignorierte Imogens Versuche, ihn zu treten, und hob sie stattdessen einfach hoch und fesselte ihre Füße mit dem Gürtel des Bademantels. Dann warf er sie seitlich auf das Bett.

Er beugte sich vor, brachte sein Gesicht nahe an ihres und hielt seinen blutenden Arm hoch.

„Fast hättest du es geschafft, mich zu täuschen, *Mavourneen.*"

„Hast du deinen verdammten Verstand verloren?", schnaubte Imogen. Ihre Augen leuchteten immer noch und überzeugten Nolan, dass er Recht hatte. Silber war die Farbe des Feindes, und Imogen zeigte ihr wahres Gesicht.

„Nein, ich glaube, dass ich ihn endlich gefunden habe. Ich komme zurück und wir werden uns lange und nett unterhalten. Wenn du in der Zwischenzeit auch nur versuchst, diese Kabine zu verlassen oder diese Fesseln zu lösen? Dann versenke ich dieses Schiff ohne zu Zögern. Verstanden?"

„Du bist wahnsinnig. Mistkerl!", zischte Imogen, und Hass zeichnete sich auf ihrem schönen Gesicht ab. Sie keuchte auf dem Bett, die Arme hinter sich verschränkt, eine Wange in sein Kissen gepresst, während sie ihn anstarrte.

„Ich könnte es sein. Aber eine gute Frau könnte sterben, weil du uns verraten hast. Meine Loyalität gilt meinem Prinzen."

„Nolan... du kannst doch nicht denken, dass ich..."

„Kein. Wort. Mehr", zischte Nolan und schritt zur Tür. Als er sich umdrehte, sah er zu ihr hinunter und ignorierte die Warnung in seinem Bauch. „Ich komme wieder und kümmere mich um dich."

Nolan schlug die Tür hinter sich zu, stakste den Flur entlang, schnappte sich einen Stuhl und klemmte ihn unter den Türknauf. Nachdem er sich vergewissert hatte, dass die Tür sicher war, rannte er wieder nach oben, um sich in den Kampf zu stürzen. Stattdessen fand er Callum mit seinen Händen in den Haaren vor, der langsam im Kreis ging, während Seamus und Bianca vom Bug des Bootes aus Entwarnung gaben.

„Seid Ihr in Sicherheit?", fragte Nolan und ließ seinen Blick über den Prinzen schweifen.

„Ja, aber du blutest." Callum nickte auf Nolans Arm, als Bianca und Seamus neben ihnen zum Stehen kamen.

„Ei, das sieht übel aus", sagte Bianca, griff nach Nolans Arm und betrachtete die Wunde. „Wir müssen das behandeln."

„Wo ist Imogen?", fragte Seamus und sah sich auf dem Deck um.

„Es tut mir leid, dass ich euch mitteilen muss, dass sie eine Verräterin ist", sagte Nolan und zog seinen Arm zurück. Bianca schnappte nach Luft.

„Nein! Das kann unmöglich wahr sein." Bianca schüttelte den Kopf. Ihr Haar war wild auf dem Kopf, und sie trug eine einfache Schlafhose und ein dünnes T-Shirt.

„Sicher irrst du dich", stimmte Seamus zu, stellte sich hinter Bianca und schlang seine Arme um sie.

„Ich glaube nicht, dass ich das tue", sagte Nolan. „Ich habe sie in meiner Kabine gefesselt und werde sie jetzt verhören."

„Du kannst sie befragen, aber du wirst ihr nichts antun. Bringe sie in die Lounge, damit ich mit ihr sprechen kann." Callum hielt seinen Blick fest und vergewisserte sich, dass Nolan verstand, dass dies ein direkter Befehl und kein Vorschlag war.

„Ja, mein Prinz." Nolan ging ohne ein weiteres Wort.

KAPITEL ZWEIUNDZWANZIG

Imogen starrte auf die Tür, als sie hörte, wie sich die Klinke drehte. Die Minuten hatten sich wie Stunden angefühlt, während ihre Arme auf schmerzhafte Weise hinter ihr verschränkt waren, und die Wut brodelte tief in ihrem Bauch.

Nolan war für sie gestorben.

Für sie gab es keinen größeren Verrat als den, dass er sich gegen sie wandte, nachdem sie sich ihm endlich offenbart hatte. Tatsächlich hatte er sie nur in ihrer Überzeugung bestärkt, dass sie die ganze Zeit recht gehabt hatte – es war wirklich unmöglich, anderen Menschen zu vertrauen.

Nolan trat durch die Tür, mit einem Handtuch um den Arm gewickelt, und Imogen erhaschte einen Blick auf eine nervöse Bianca, die im Flur stand.

„Ich möchte nur sichergehen, dass es ihr gut geht", protestierte Bianca, aber Nolan trat die Tür hinter sich zu. Einen Moment lang stand er da, seine grauen Augen dunkler als sonst, und dann schüttelte er den Kopf.

„Du hattest uns wirklich getäuscht, Imogen."

„Dann habe ich mich wohl auch selbst getäuscht. Ich hatte keine Ahnung, dass ich eine Verräterin bin." Imogen schenkte ihm ein klebriges Lächeln.

„Es gibt einfach zu viele Faktoren, die gegen dich sprechen."

„Das war's dann also? Angeklagt und verurteilt. Ich habe nichts zu sagen in der Angelegenheit?" Imogen blinzelte zu ihm auf und war wütend auf sich selbst, weil sie ihn immer noch begehrte. Denn das tat sie, und es war sinnlos, es zu leugnen, aber jetzt ließ sein Verrat ihr die Tränen in die Augen schießen.

„Versuche es nicht mit Tränen, Imogen. Es wird nicht funktionieren."

„Ich *versuche* gar nichts. Ich fühle mich einfach so... Kannst du mir die bitte abnehmen? Ich werde langsam taub." Imogen wand sich gegen die Fesseln. Sie fühlte sich unglaublich verletzlich, wie ein festgebundenes Schwein auf dem Bett, und wenn sie schon beschuldigt wurde, dann wollte sie wenigstens auf ihren eigenen Füßen stehen. Imogen schloss die Augen und versuchte, ihre Tränen zu unterdrücken. Das Bett neigte sich, als Nolan sich darauf setzte, und Imogen musste alles in ihrer Macht Stehende tun, um nicht die Beine hochzuschwingen und ihm einen Tritt gegen den Kopf zu verpassen. Sie hatte wirklich Lust darauf – *und wie!* Aber sie war auch des Kämpfens müde, und was hatte es schon für einen Sinn? Wenn sie Nolan verletzte, würde sie der Prinz in Sekundenschnelle erledigen. Callums Priorität war seine Liebe, Lily. Er würde alles aus dem Weg räumen, was er als Bedrohung für dieses Ziel ansah. Wenn Nolan sagte, dass Imogen eine Verräterin sei, dann war sie erledigt. Daran ging kein Weg vorbei.

Imogen schob ihre Beine über den Rand des Bettes, als er ihre Knöchel losgebunden hatte, und versuchte, den kleinen Energieschub zu ignorieren, der von ihm ausging, als seine Hände ihre Knöchel berührten. Anziehung bedeutete wenig, wenn es kein Vertrauen gab. Als sie sich aufsetzte, ließ sie die Schultern hängen, und ihre Arme schmerzten hinter ihr. Nolan saß neben ihr, und die Stille dehnte sich aus, bis die Spannung zwischen ihnen unerträglich wurde.

„Wie?" Nolans Stimme klang rau, als er endlich das Schweigen brach. „Wie hast du es gemacht?"

Imogen würgte ein Lachen hervor, das ein Schluchzen überdeckte.

„Ich habe gar nichts getan, Nolan. Ich weiß nicht einmal, wovon du sprichst."

„Ach, nein?" Nolan drehte sich um, seine Augen hart, sein Gesicht wie Granit.

„Nein." Imogen drehte sich halb zu ihm um, flehend. „Nolan, ich dachte..."

„Was hast du gedacht?", fragte Nolan.

„Ich... wir haben... unsere Geheimnisse. Ich dachte, wir..."

„Was? Dass wir miteinander schlafen würden? Ist es das, was du wolltest?"

„Das habe ich nicht gesagt..." Imogen blinzelte ihn an. Ihr Atem zitterte, als Nolan sich gefährlich nahe an sie heranlehnte. Seine Lippen schwebten über ihren.

„Ist es das, was du die ganze Zeit wolltest, Imogen? Dass ich mich in dich verliebe? Denn ich gebe es zu. Du warst verdammt nah dran."

Die Information erregte und verletzte sie zugleich.

Imogen schluckte gegen ihre plötzlich trockene Kehle an. Langsam hob sie ihren Blick zu ihm. Am liebsten hätte sie ihm ins Gesicht gespuckt. Aber hinter dem Zorn, der seine Augen beherrschte, sah sie noch etwas anderes. Dort lag Schmerz. Er dachte, sie hätte ihn irgendwie betrogen, und das tat ihm weh. Ihr Herz verkrampfte sich. Sie wollte kein Mitleid mit Nolan haben oder ihm gar verzeihen, aber es gab eine unerklärliche Verbindung zwischen ihnen, die sie zu ihm zog.

„Das Einzige, was ich jemals wollte, war, mein Boot wieder sicher nach Hause zu bringen, Nolan", sagte Imogen leise. „Und hoffentlich eine Frau in Not zu retten. Ich habe das alles nie gewollt. Ich war glücklich mit meinem Leben, so wie es war."

„Aber du warst einsam, nicht wahr, Imogen?" Nolans Lippen kamen näher und berührten fast die ihren. In ihr wechselten sich Verwirrung und Traurigkeit ab.

„Ich war allein. Das heißt aber nicht, dass ich einsam war, Nolan. Bitte, sag mir, was passiert ist? Lass mich dir helfen", flüsterte Imogen.

„Ich glaube, die Domnua haben dich eingeschleust. Um mir meine Kräfte zu rauben. Damit ich meinen Verstand verliere. Um Schlaf einzubüßen, während ich von dir träumte. Um mich von meiner Mission, Callum zu beschützen, abzulenken. Genau zu einem Zeitpunkt, an dem ich mir keine Ablenkung leisten kann. Ist es etwa nicht so, Imogen?"

„Nein..." Imogen schüttelte den Kopf, Tränen kullerten über ihre Wangen. „So etwas würde ich nie tun."

„Verdammt", zischte Nolan, und dann waren seine

Lippen auf ihren – eine Strafe und ein Geschenk zugleich. Wo sie rohe Gewalt erwartet hatte, bot Nolan eine Sanftheit, die nicht zu seinen Worten passte. Sie wimmerte, während ihr ganzes Wesen aufzuleuchten schien, als würden kleine Feuerwerkskörper unter ihrer Haut explodieren, und trotz ihrer Wut auf ihn lehnte sie sich gegen seine Lippen. Nolan neigte seinen Kopf und vertiefte den Kuss, und Imogens Herz brach, als sie seinen Schmerz und seine Wut in ihr spürte. Sie war sich nicht sicher, wie oder warum sie ihn so lesen konnte, aber sie wusste einfach, dass sie auf eine Weise miteinander verbunden waren, die sie noch nicht verstehen konnte.

Imogen zog als erste zurück. Sie war sich sicher, dass es für ihr Herz zu viel war, und ließ ihren Blick auf ihren Schoß fallen. Alles tat weh. Ihre Arme waren taub, da sie immer noch hinter ihr gefesselt waren, aber der Schmerz verblasste im Vergleich zu dem Schmerz in ihrem Herzen.

„Willst du mir das erklären?", fragte Nolan mit heiserer Stimme, als er das Handtuch wegzog und seinen Arm hochhielt. Imogen zuckte zusammen, als sie die Wunde sah, aus der immer noch Blut sickerte.

„Ich weiß nicht, was passiert ist." Alles, was Imogen anzubieten hatte, war ihre Wahrheit, und sie würde eher sterben, als etwas zuzugeben, das nicht ihre Schuld war. „Ich ... ich weiß es nicht."

„Erkläre es mir. Ausführlich, bitte." Nolan bewegte sich auf dem Bett von ihr weg. Es fühlte sich an, als wäre ein Band zwischen ihnen zerschnitten worden.

„Ich..." Imogen räusperte sich und rollte mit den Schultern, um den Schmerz zu lindern. „Ich kam heraus und sah, wie du von den Domnua angegriffen wurdest. Es waren

vielleicht zehn von ihnen um dich herum. Ich weiß nicht ...
ich habe einfach ... ich habe reagiert."

„Wie hast du reagiert? Erkläre es."

„Ich... wollte einfach, dass sie verschwinden. Ich... ich
habe nur... Ich weiß nicht, was ich sagen soll. Ich habe
noch nie..." Imogen hielt inne. Nun, sie hatte diese Art
von Magie noch nie angewandt, aber das hieß nicht, dass
sie in ihrem ganzen Leben noch nie Magie angewandt
hätte. Sie erinnerte sich an ihre Kindheit und daran, wie
sie das Wasser des Baches vor ihrem Haus umgelenkt
hatte. Sie konnte sich nicht dazu durchringen, zu lügen –
nicht einmal, wenn es darum ging, ihr Leben zu retten.
„Ich wollte dir nicht wehtun. Ich habe nur versucht zu
helfen."

Ein Klopfen ertönte an der Tür und Bianca steckte
ihren Kopf herein, bevor Nolan antworten konnte.

„Callum hat befohlen, Imogen in die Lounge zu
bringen."

„Das werde ich gleich."

„Er sagt jetzt. Tut mir leid, aber das sind seine Befehle."
Bianca warf Imogen einen mitfühlenden Blick zu. „Können
wir die Fesseln entfernen? Das sieht schmerzhaft aus."

„Nein." Nolan stand auf, ergriff Imogens Arm, hob sie
vom Bett und schob sie vor sich her. Sie stolperte herum,
denn ihre Beine waren eingeschlafen, und er fing sie auf,
bevor sie fallen konnte.

„Das gefällt mir nicht, Nolan. Ganz und gar nicht.
Binde sie los." Imogens Herz schlug höher, als Bianca sich
für sie einsetzte. „Was immer du glaubst, gesehen zu haben,
du irrst dich. Ich weiß es in meinem Herzen. Und das solltest du auch. Hat diese Frau heute nicht deinen bescheu-

erten Arsch gerettet? Ich kann nicht glauben, dass du sie so behandelst."

„Aus dem Weg, Bianca", befahl Nolan, seine Stimme war wie eine Peitsche.

„Nein." Bianca verschränkte die Arme vor der Brust. Sie sah aus wie ein aufmüpfiges Kind und wartete. „Binde sie los."

„Nein."

„Doch", Bianca stampfte mit dem Fuß auf. „Wir sind zu viert auf diesem Schiff. Wenn sie uns aus irgendeinem Grund verraten hat, glaubst du wirklich, dass wir sie nicht in Schach halten können?"

„Ich habe sie schon einmal gebändigt. Warum sollte ich es noch einmal tun?"

„So wirst du sie hier nicht hinausschleppen." Bianca breitete ihre Arme aus und stützte sie in den Türrahmen. Ihr Gesicht war stur, und Imogen hätte sie küssen können.

„Sture Kuh ...", zischte Nolan, und dann spürte Imogen seine Hände an ihren Handgelenken. In Sekundenschnelle war sie befreit, und sie atmete scharf aus, während sie ihre Hände nach vorne brachte. Spitze Nadeln des Schmerzes durchzuckten ihre Handgelenke und Tränen schossen ihr erneut in die Augen.

„Komm. So ist es besser." Bianca trat sofort vor und schlang ihre Arme um Imogen, die beinahe die Fassung verlor. Noch nie hatte jemand, insbesondere eine Frau, sich so für sie eingesetzt. Nach allem, was Bianca wusste, hätte Imogen eine Verräterin sein können. Und doch stand die Frau hier, stellte sich einem riesigen, wütenden Feen-Krieger entgegen und ließ es nicht zu, dass er Imogen misshandelte. Es war die Art von Schutz, die sie sich immer von ihrer Mutter gewünscht hatte, dachte Imogen. „Dann bringen wir dich mal nach oben, damit du dich ein bisschen mit Callum unterhalten kannst und wir alles klären können."

„Ein bisschen unterhalten", spottete Nolan. „Das ist kein Kaffeeklatsch mit den Mädels, Bianca."

„Ach, vergiss es, Nolan. Du bist unmöglich, wie immer, und du würdest gut daran tun, mal ein bisschen weniger ichbezogen zu sein."

Imogen hätte applaudieren können. Trotz ihrer Ängste lächelte sie Nolan frech über ihre Schulter an. Seine stürmischen Augen verengten sich, und sie warf ihren Kopf wieder nach vorne.

Als sie im Salon ankamen, durchquerte Imogen sofort den Raum und setzte sich an den Tisch gegenüber von Callum. Der Prinz sah in seinem schwarzen Mantel und mit seinem zurückgebundenen blonden Haar besonders königlich aus. Er musterte sie, seine Augen schienen alles zu sehen, und dann wandte er sich Nolan zu.

„Erkläre dich, Nolan."

„Sie hat mich verwundet." Nolan hielt seinen Arm hoch. „Mit ihrer eigenen Magie. Sie hat Magie auf mich abgefeuert und mich damit verletzt, Callum. Ihre Augen glühen silbern im Kampf. Die Wasser-Fae nannten sie ihre Königin. Sie hat Macht. Sie hat mir gegenüber sogar zugegeben, dass sie ihr ganzes Leben lang die Fae sehen konnte. Ich glaube, sie wurde hergeschickt, um mich bei dieser Mission abzulenken. Meine Kräfte..." Nolan brach ab.

„Ja? Deine Kräfte?"

„Seine Kräfte funktionieren nicht mehr, seit er auf dem Schiff ist", meldete sich Imogen zu Wort. Wenn er schon ihre Geheimnisse ausplauderte, konnte sie das Gleiche auch für ihn tun. „Sie haben heute auch während des Kampfes aufgehört zu funktionieren. Ich habe ihn gerettet, obwohl ich es jetzt bereue."

„Das hast du mir nicht gesagt." Callums Blick wanderte von Imogen zu Nolan.

„Es kann kaum davon die Rede sein, dass sie ganz aufgehört haben, zu funktionieren...", begann Nolan, doch Bianca räusperte sich.

„Darf ich?", fragte Bianca.

„Unbedingt", Callum streckte seine Hand aus, und Bianca ließ sich neben Imogen auf die Bank plumpsen, um ihre Loyalität zu zeigen. Das brachte Imogen wieder dazu, in Tränen ausbrechen zu wollen.

„Da ich bei dem Angriff heute auch dabei war, kann ich ein paar Dinge für Euch aufklären."

„Das wäre wünschenswert." Callums Tonfall war eisig.

„Imogen wurde eindeutig von den Domnua angezogen. Sie haben eine gewisse Wirkung auf sie. Und ihre Augen leuchteten silbern, wenn sie in ihrer Nähe waren. Aber...", Bianca hob einen Finger, als Nolan sie unterbrechen wollte. „Das schien nichts zu sein, das sie aus freiem Willen tat. Es war, als ob sie zur Festung gezogen wurde. Und Nolan war im Kampf unterlegen."

„Das war ich nicht."

„Ach, halt die Klappe. Das warst du." Bianca warf Nolan einen bissigen Blick zu. „Da waren Hunderte von Domnua. Er wurde in die Festung hineingesaugt und war im Begriff zu sterben, und ich konnte nicht durch die Barriere kommen, um zu helfen. Imogen ist sofort reinge-gangen und hat seinen blöden Arsch gerettet."

„Sie hat mich nicht *gerettet*. Ich war schon auf dem Weg nach draußen…"

„Oh, doch! Das hat sie!" Bianca knallte ihre Hand auf den Tisch, Frustration zeichnete sich auf ihren hübschen Zügen ab. „Das hat sie, Nolan. Du bist genauso hart an der Barriere abgeprallt wie ich. Aber aus irgendeinem Grund hat sie Imogen nichts ausgemacht. Und sie hat dich direkt in Sicherheit gebracht. Und jetzt sag mir bitte – wie kann das jemand sein, der dabei ist, dich zu verraten?"

„Vielleicht zieht sie das Spiel nur in die Länge. Sie spielt ihre Rolle bis zum Ende."

„Oder vielleicht bist du einfach ein Idiot", murmelte Bianca.

„Gut. Dann erkläre mir das hier." Nolan kramte in seiner Tasche und warf einige Gegenstände auf den Tisch. Imogen starrte auf ihren Ring, der über die Oberfläche glitt, zusammen mit einem anderen Ring, den sie noch nie gesehen hatte. Ihr Herz setzte einen Schlag aus. Wie war er in seinen Besitz gekommen? Sie hatte ihn weggeworfen, weil sie dachte, seine Kraft würde Nolan schaden.

Beide Schmuckstücke enthielten Aquamarinsteine. Und die Steine leuchteten sanft.

„Erkennst du diese Stücke?" Callum richtete die Frage an Imogen.

„Diesen Ring ja. Den anderen nicht."

„Das ist dein Ring, Nolan."

Imogen schaute Nolan überrascht an. Er hatte den gleichen Ring wie sie? Was konnte das nur bedeuten?

„Ja, das ist er."

„Imogen – was kannst du uns über diese Schmuckstücke sagen?", fragte Callum. Bianca hob Imogens Ring auf und hielt ihn gegen das Licht.

„Er ist schön. Das Leuchten ist auch hübsch. Das fühlt sich nicht schlecht an, oder?" Bianca hielt Callum den Ring hin, der ihn nahm und ihn sanft mit seiner Handfläche umschloss.

„Nein, es fühlt sich nicht wie dunkle Magie an. Er ist mächtig. Aber nicht schädlich", stimmte Callum zu, und Erleichterung machte sich in Imogen breit.

„Meine Mutter hat mir diesen Ring geschenkt. Es ist das Einzige, was sie mir je geschenkt hat." Imogen hörte ein schnelles Einatmen von Nolan, weigerte sich aber, ihn anzuschauen. Er wusste, was ihre Geheimnisse für sie bedeuteten, aber sie musste sich ihm gegenüber verschließen. Es war nicht mehr wichtig, was er dachte. „Sie hat ihn mir ohne jede Erklärung gegeben, kurz bevor sie mich vor die Tür gesetzt hat. Seitdem habe ich ihn."

„Und hat er für dich geleuchtet?" Callum drehte den Ring weiter in seinen Fingern.

„Das hat er. In letzter Zeit war es ziemlich intensiv. Wahrscheinlich etwa seit der Zeit, als ihr nach Grace's Cove kamt."

„Und du hast nichts gesagt? Die ganze Zeit über?", verlangte Nolan.

„Als ich dachte, ich hätte seine Wirkung verstanden, warf ich ihn ins Meer. Ich weiß nicht, wie er wieder auf das Schiff gekommen ist. Ich schwöre es Euch, Prinz Callum." Imogen ignorierte Nolans Fluchen und wandte sich an den Prinzen. „Als ich dachte, dass er Schaden anrichtet, habe ich ihn beseitigt."

„Wie kommst du darauf, dass er Schaden anrichtet?",

fragte Callum und drehte den Ring in seiner Hand.

„Weil Nolan mir sagte, dass seine Kräfte nachließen, seitdem er auf dem Schiff war. Ich... nun ja, es war der einzige magische Gegenstand, der mir einfiel, der das hätte bewirken können. Als ich begriff, dass es seine Kräfte beeinträchtigen könnte, habe ich ihn entfernt."

„Du..." Nolans Stimme verstummte und Bianca stieß ein kleines Lachen aus.

„Siehst du, du dickköpfiger Trottel? Sie hat versucht, dir zu helfen. Und du behandelst sie so?"

„Ich bitte um Verzeihung, Prinz. Ich hätte den Ring zu Euch bringen sollen. Ich verstehe diese Welt noch nicht besonders gut. Ich ... ich lerne noch. Und ich dachte, was ich tat, war die richtige Entscheidung. Ich wollte Nolan wirklich nicht verletzen", sagte Imogen. Sie drehte sich um und sah Nolan in die Augen. „Du musst das wissen. Ich wollte dich nicht verletzen."

„Natürlich wolltest du das nicht", Bianca tätschelte Imogens Arm.

„Ich glaube dir", sagte Prinz Callum und schob ihr den Ring wieder zu. „Aber gibt es sonst noch etwas, das du uns mitteilen möchtest? Jetzt ist es an der Zeit, dies zu tun. Es könnte ein schlechtes Licht auf dich werfen, wenn wir herausfinden, dass es noch mehr gibt."

„Ich kann Wasser bewegen. Glaube ich. Ich weiß nicht, was während des Kampfes passiert ist. Diese ganze Welle der Magie war neu für mich."

„Du kannst Wasser bewegen?" Bianca hob eine Augenbraue zu ihr. „Wie cool. Was kannst du sonst noch? Ich meine, du hast im Grunde alle dunklen Fae am Steinkreis vernichtet. Ist da noch etwas anderes?"

„Ich weiß es nicht." Imogen warf ihre Hände in die Luft. „Ich weiß wirklich nicht, wie oder warum ich das getan habe ... was auch immer es war, das ich getan habe. Es war wohl Instinkt, nehme ich an? Ich war noch nie in einem Kampf, also bin ich mir nicht sicher, warum ich so reagiert habe, wie ich es tat."

„Aber du weißt, dass du Wasser bewegen kannst", drängte Bianca.

„Woher? Erkläre es uns", forderte Callum, während Nolan begann, im Zimmer auf und ab zu gehen. Imogen versuchte, ihn zu ignorieren.

„Ich weiß es nicht. Ich versuche normalerweise, es nicht zu tun. Aber manchmal, wenn es eine besonders schwierige Überfahrt gibt, kann ich die Dinge mit meinen Gedanken glätten. Das ist alles, was ich wirklich weiß. Ich war während unserer Reise hierher so gestresst, dass ich nicht einmal daran gedacht habe, es zu tun, als die Fae angegriffen haben."

„Hmm. Darüber muss ich nachdenken." Callum drehte sich um und reichte Nolan den anderen Ring, den er mit einer Grimasse einsteckte. „Nolan, du schuldest Imogen eine Entschuldigung."

„Ich..." Nolan seufzte, seine Schultern hingen durch. „Es tut mir leid, Imogen."

Imogen wartete und fragte sich, ob er noch etwas sagen würde, und als er es nicht tat, zuckte sie nur mit den Schultern. Es war schon in Ordnung, log sie sich vor. Sie mussten keine Freunde sein, um diese Mission zu erfüllen.

„Wenn du nicht glaubst, dass es magischer Schmuck ist, der deine Kräfte schwächt, was könnte es sonst sein?", fragte sich Bianca und hob Imogens Ring wieder auf, um ihn zu untersuchen.

„Es ist eigentlich ganz einfach." Ein sanftes Lächeln schwebte auf Callums Lippen. „Je länger Nolan den Ruf seiner Schicksalsgefährtin unbeantwortet lässt, desto mehr werden seine Kräfte schwinden."

Imogen konnte sich nicht entscheiden, wer mehr überrascht war, denn sowohl sie als auch Nolan sahen sich voller Schreck mit offenem Mund an.

„Ich bin mir sicher, dass ich keinen Ruf abgewiesen habe", spottete Nolan.

„Ja, ich habe es vorhin schon erwähnt, erinnerst du dich?", meldete sich Seamus zu Wort. „Vielleicht bist du einfach nicht empfänglich für ihren Ruf?"

„Was soll das bedeuten?", fragte Bianca und schaute zwischen den Männern hin und her. „Wie wird man empfänglich?"

„Man kann sich davor verschließen. Oder ihn ignorieren. Nicht alle Fae wollen verkuppelt werden", erklärte Prinz Callum.

„Und wer ist dann seine Gefährtin? Holt sie an Bord, bevor er noch einen Herzkasper bekommt", forderte Imogen.

Stille breitete sich aus. Imogen drehte sich zu Bianca um, aber die Frau blickte unverwandt auf den Ring in ihrer Hand und weigerte sich, Augenkontakt herzustellen. Als sie wieder aufblickte, stürmte Nolan aus dem Zimmer und Imogens Augen weiteten sich. Sie konnten doch nicht etwa denken, dass *sie* seine Gefährtin war? Sie konnten sich kaum ausstehen.

„Möchte jemand einen Whiskey?", meldete sich Bianca.

KAPITEL DREIUNDZWANZIG

Imogen wurde aus dem Tiefschlaf gerissen, als ihr Wecker am nächsten Morgen klingelte. Sie war sich sicher gewesen, dass sie nach dem Tag, den sie hinter sich hatte, keine Ruhe finden würde. Nach dem Kampf, beziehungsweise den zwei Kämpfen mit den Fae, und all den anderen Ereignissen des Tages, war ihr Geist wild umhergesprungen. Doch sobald sie sich in ihre Kabine geschlichen hatte, halb in der Angst, Nolan zu begegnen, war sie fast augenblicklich auf ihr Bett gefallen und vor lauter Erschöpfung in einen glücklicherweise traumlosen Schlaf gesunken.

Jetzt schaltete Imogen ihren Wecker aus und schlurfte ins Bad, um eine heiße Dusche zu nehmen. Obwohl sie es nicht besonders mochte, so früh aufzustehen, war Imogen niemand, der sich beschwerte, wenn es Arbeit zu erledigen gab. Und heute hatten sie einiges vor. Nachdem Nolan am Abend zuvor aus der Lounge gestürmt war, hatte Bianca das Thema von Schicksalsgefährten zurück auf Callums Pläne, Lily zu retten, gelenkt. Obwohl Imogen das Schicksalsgefährten-Thema unangenehm war, weil sie noch nicht bereit war, zu erforschen, was es möglicherweise für sie bedeuten könnte, wäre es *doch* schön gewesen, ein paar mehr Informationen dazu zu bekommen. Denn, na ja, was wäre, wenn...

Sie wollte auch unbedingt wissen, warum Nolan einen Ring hatte, der zu ihrem passte. Die einzige Schlussfolgerung, die sie ziehen konnte, war, dass er mit den Wasser-Fae verbunden war und sie ihm ebenfalls ein Schmuckstück geschenkt haben mussten. An diesem Punkt musste sie annehmen, dass ihr Ring ebenfalls von den Wasser-Fae stammte. Was sich... ein wenig seltsam anfühlte, wie sie zugeben musste, denn es bedeutete, dass diese Gesichter im Wasser ihr vor all den Jahren eine Art Zeichen gegeben hatten. War es möglich, dass ihr Vater...? Bei dem Gedanken lief Imogen ein kalter Schauer über den Rücken.

Was sie wirklich brauchte, waren Antworten. Sie musste Bianca bei der ersten Gelegenheit beiseite nehmen, ihr Buch zur Hand nehmen und anfangen zu recherchieren. Denn Imogen fühlte sich wie in einem Theaterstück, in dem alle außer ihr das Drehbuch gelesen hatten. Sie mochte es nicht, nicht in ihrem Element zu sein, und abgesehen von den Momenten, wenn sie das Schiff steuerte, hatte sie, seit sie Grace's Cove verlassen hatten, nicht mehr das Gefühl, die Dinge unter Kontrolle zu haben.

Imogen band ihr Haar zu einem festen Dutt auf dem Kopf und ließ das heiße Wasser auf ihren Nacken prasseln. Dampf umwehte sie, und sie lehnte ihre Stirn an die Wand der Dusche und ließ das Wasser auf ihre Schultern wirken, die durch die hinter dem Rücken gefesselten Hände verspannt waren. Es war demütigend gewesen, so behandelt zu werden, und Imogens Gefühle für Nolan hatten sich mittlerweile zu einem fiesen Knäuel verknotet, von dem sie nicht sicher war, ob sie es wieder lösen konnte. Einerseits konnte sie, wenn sie die Situation objektiv betrachtete, den Keim seines Misstrauens verstehen. Denn sie wusste, dass er gesehen hatte, wie sie den Schmuck ins Wasser geworfen hatte, bevor ihn der Wasser-Fae zurückgab. Andererseits war es furchtbar von ihm gewesen, so schnell seine Schlüsse zu ziehen und nicht einmal vorher mit ihr darüber zu sprechen. Zugegeben, sie waren angegriffen worden und sie hatte ihn mit Magie verletzt, von der sie nicht wusste, dass sie über sie verfügte. Aber *trotzdem*. Sie merkte, dass ein Teil von ihr wollte, dass Nolan eine höhere Meinung von ihr hatte.

Imogen öffnete und schloss ihre Fäuste und versuchte, sich an das Gefühl zu erinnern, das sie gehabt hatte, als sie am Vortag Magie eingesetzt hatte. Es war kein bewusster Gedanke gewesen. Als sie gesehen hatte, dass Nolan verletzt werden würde, hatte sie instinktiv reagiert. Jetzt versuchte sie, diesen Moment im Geiste in kleine Schritte aufzuteilen, um zu sehen, ob sie vielleicht auf kontrollierte Weise auf diese Kraft zugreifen konnte. Sie drehte sich so, dass sie mit dem Rücken an der Wand stand und dem Wasser, das aus dem Duschkopf strömte, zugewandt war. Dann konzentrierte sie sich auf einen einzelnen Wasserstrahl. Sie betrachtete ihn einen Moment lang und überlegte, was sie tun musste, um das Wasser mit ihrem Geist zu bewegen, und dann zog sie die Kraft aus ihrem Inneren. Es gab wirklich keinen anderen Weg, den sie sich vorstellen konnte. Da war dieser kleine kribbelnde Energiekern in ihr, und Imogen tauchte mental in diesen Kern ein und richtete die Energie auf den Wasserstrahl. Sie keuchte auf, als der Wasserstrahl einen 90-Grad-Winkel einschlug und ihr direkt ins Gesicht spritzte.

„Huch!" Nun, sie würde wohl noch ein bisschen mehr Kontrolle brauchen… Obwohl sie wusste, dass die Zeit begrenzt war, verbrachte Imogen die nächsten kostbaren zehn Minuten damit, mit dem Wasser zu spielen, bis sie begann, sich mit ihren Fähigkeiten wohler zu fühlen. Sie war sich nicht sicher, was es bedeutete, dass sie so etwas tun konnte, aber sie würde das in ihrem Gespräch mit Bianca thematisieren.

Bianca war ihre neue beste Freundin – was Imogen betraf. Sie hatte *noch nie* jemanden gehabt, der sich so für sie eingesetzt hatte. Was auch immer heute auf der Suche nach Lily passierte, Imogen würde Bianca im Auge behalten und versuchen, die Frau um jeden Preis zu beschützten. Denn das war es, was Freundinnen taten. Und wenn diese verrückte Suche, zu der sie gezwungen worden war, nichts anderes ergeben würde als das – Imogen würde nun für immer wissen, wie es sich anfühlte, eine echte Freundin zu haben.

Imogen beeilte sich mit dem Anziehen und steckte sich im letzten Moment den gehämmerten Goldring an, den der Prinz ihr zurückgegeben hatte. Wenn Prinz Callum sagte, dass es sich nicht um böse Magie handelte, dann könnte er ihr tatsächlich helfen. Sie wusste es nicht, aber da ihre einzige andere Waffe, abgesehen von ihrem Mut, ihr kleiner Dolch war, nahm Imogen ihn mit.

„Hast du ein wenig Schlaf bekommen?", fragte Bianca und eilte zu Imogen hinüber, als sie die Lounge betrat, und zog sie in eine Umarmung. Imogen versteifte sich etwas, da sie eine solche Intimität immer noch nicht gewohnt war, erwiderte die Umarmung dann aber heftig. Es fühlte sich gut an, dieser unkomplizierte Austausch von Zuneigung, und sie versprach sich, in Zukunft freier mit ihren Umarmungen umzugehen.

„Weißt du, nach gestern Abend dachte ich, ich würde keine Ruhe finden – aber irgendwie bin ich sofort eingeschlafen."

„Du bist erschöpft, du armes Ding. Es war wirklich ein heftiger Tag, nicht wahr?" Bianca lehnte sich zurück und betrachtete Imogens Gesicht. „Es geht dir also gut?"

„So gut wie möglich, denke ich. Ich, ähm... ich habe heute Morgen versucht, mit meinen, ähm, Kräften ein bisschen zu üben." So. Sie ließ es schnell raus, bevor sie sich selbst hinterfragen konnte, denn sie hatte sich versprochen, offener zu sein.

„Hast du das? Und wie ist es gelaufen?"

„Nachdem ich mich mit Wasser vollgespritzt habe, habe ich es wohl ganz gut hinbekommen." Imogen durchquerte den Raum und füllte einen Reisebecher mit Kaffee. Sie glaubte nicht, dass sie noch lange auf dem Boot bleiben würden, denn Callum hatte deutlich gemacht, dass er bei Tagesanbruch an Land gehen wollte.

„Guten Morgen, meine Gute." Seamus drückte ihr im Vorbeigehen einen Kuss auf die Wange und ließ Imogen fast aus ihrer Haut fahren.

Nolan betrat die Lounge, sah sich schnell um, und ließ dann seinen Blick auf ihr ruhen. Verdammt, Imogen wollte doch von seiner Anwesenheit unbeeindruckt bleiben. Und doch schien ihr Herz einen kleinen Seufzer zu machen. Der Mann sah einfach zu gut aus. Das musste es sein. Er trug wieder dieses sexy Flanellhemd, darüber eine jägergrüne

Segeltuchjacke und robuste Stahlkappenstiefel. Sein Haar steckte unter einer grauen Strickmütze, die seine stürmischen Augen betonte, und er hatte sich schon seit mehreren Tagen nicht mehr rasiert. Wenn er Imogen nicht so verletzt hätte, würde sie den Anblick genießen. Stattdessen drehte sie sich um, um sich wieder ihrem Kaffee zu widmen.

„Kann ich mit dir sprechen?", fragte Nolan in ihrem Rücken.

„Sicher", sagte Imogen und griff nach dem Zucker.

„Alleine?", fragte Nolan.

„Das glaube ich nicht, mein Junge", sagte Bianca, die am Tisch Haferbrei löffelte. „Du kannst vor uns sagen, was du zu sagen hast. Wir sind ein Team, und da sollte es keine Geheimnisse geben. Was du letzte Nacht getan hast, hat unser Fundament zerrüttet, und ich denke, du musst das in Ordnung bringen. Für alle von uns. Imogen ist nicht die Einzige, die sauer auf dich ist."

Imogen presste ihre Lippen zusammen, denn Biancas Bemutterung brachte sie dazu, grinsen zu wollen, und sie wusste, dass dies Nolan nur noch weiter über den Rand bringen würde, an dem er bereits taumelte.

Nolan murmelte etwas, das gefährlich nach „verdammte aufdringliche Frauen" klang, und wandte sich dann an den ganzen Raum.

„Also. So sieht's aus: Ich habe es vermasselt."

„Ach so?", fragte Bianca und stach ihren Löffel in ihre Schüssel.

„Meine Liebe, nun lass den Mann aussprechen. Es ist nicht leicht, angekrochen zu kommen, wenn man alle zwei Sekunden unterbrochen wird", sagte Seamus.

Imogen strahlte die beiden an.

„Imogen." Nolan drehte sich zu ihr und wartete, bis sie aufschaute und ihm in die Augen sah. „Ich weiß, dass ich mich gestern Abend entschuldigt habe, aber das war auf Prinz Callums Bitte hin. Ich entschuldige mich heute Morgen noch einmal. Weil ich es wirklich vermasselt habe. Ich habe voreilige Schlüsse gezogen und ohne nachzudenken danach gehandelt. Ich denke, es war zum Teil deshalb, weil ich so besorgt über meine fehlenden Kräfte war. Ich habe nach einer Erklärung und einer Person gesucht, an der ich meine Wut auslassen konnte. Wie ich dir gestern Abend schon sagte: Ich hatte Angst. Es fällt mir nicht leicht, das zuzugeben – niemandem gegenüber. Aber ich habe schlechte Entscheidungen getroffen. Ein besserer Anführer hätte die Situation von allen Seiten betrachtet, anstatt voreilige Schlüsse zu ziehen. Schlüsse, die dazu geführt haben, dass du verletzt wurdest und unser Vertrauen beschädigt wurde. Dafür tut es mir aufrichtig leid. Ich weiß nicht, ob du es in deinem Herzen hast, mir zu verzeihen, aber ich möchte dich bitten, es zumindest in Betracht zu ziehen."

Imogens Augen weiteten sich. Sie hatte nicht mit einer so direkten und aufrichtigen Entschuldigung gerechnet, und nun wusste sie nicht, was sie mit all der Wut und dem Schmerz in ihr anfangen sollte.

„Nun, das ist mal eine ordentliche Entschuldigung, nicht wahr, Imogen? Damit habe ich nicht gerechnet. Nolan, gut gemacht." Bianca nickte zustimmend.

„Ich weiß deine Entschuldigung zu schätzen, Nolan." Imogen prüfte ihre Gefühle, bevor sie fortfuhr. „Aber du hast mir wehgetan. Du hast mich wirklich verletzt. Was mich eher überrascht hat, denn seit ich dich kenne, nun ja, hast du mich größtenteils zu Tode genervt. Und doch dachte ich schließlich, dass wir *vielleicht* eine Bindung aufbauen würden. Ich habe meine Geheimnisse mit dir geteilt, und du hast sie fast sofort gegen mich verwendet. Ich glaube, ich kann dir verzeihen, aber ich bin mir nicht sicher, ob ich vergessen kann, was du mir angetan hast."

„Ich hoffe, dass ich mit der Zeit in der Lage sein werde, das zu ändern. Wenn du mir die Chance dazu gibst ...“ Nolans Gesicht war düster, und Imogen konnte erkennen, dass er seine Worte ernst meinte. Das Problem war nur, dass es nichts an dem Schmerz änderte, der immer noch in ihr brodelte.

„Wir werden sehen. Ich weiß nicht, was ich noch sagen soll...“

„Das ist in Ordnung. Nicht wahr, Seamus?“ Bianca drehte sich zu Seamus um, der nickte.

„Diese Dinge brauchen Zeit. Aber heute müssen wir ein Team sein. Callum ist sich ziemlich sicher, dass er weiß, wo wir hinmüssen. Wir müssen uns heute gegenseitig den Rücken freihalten, egal was passiert.“ Bianca sah sich im Raum um und begegnete den Blicken aller Anwesenden, als Callum hereinkam.

Der Prinz sah angespannt aus, aber in seinen Augen brannte ein Feuer, das Imogen nicht gesehen hatte, seit sie ihm begegnet war. Es war allein dieser Blick, der sie erkennen ließ, dass heute wirklich der Tag war.

Sie wollten seine Lily nach Hause bringen.

„Geht es heute Morgen allen besser? Werden wir in der Lage sein, als Team zu arbeiten?“, fragte Callum ohne Vorrede.

Die Gruppe nickte zustimmend und Callum blickte zum Fenster.

„Es ist Zeit zu gehen. Ich habe einen Wagen, der auf uns wartet."

„Kann ich irgendetwas tun ... oder mitbringen?" Imogen ging zu Callum hinüber und schaute in seine verzweifelten Augen. Sie streckte die Hand aus und berührte seinen Arm, weil sie spürte, dass er eine Art von Verbindung brauchte.

„Ich glaube nicht. Wir müssen einfach... wir müssen gehen. Ich spüre, dass sie in der Nähe ist. Ich habe schreckliche Angst, sie zu verlieren." Callums Worte waren abgehackt, als ob er sie kaum aussprechen konnte.

„Dann werde ich alles tun, was ich kann, um zu helfen. Ich weiß nicht, wie ich helfen kann, aber ich werde es versuchen."

„Du könntest dich selbst überraschen. Gestern hast du mich gerettet", sagte Nolan hinter ihr. Seine Worte ließen ein Gefühl der Wärme in ihr aufsteigen.

„Wir werden sehen, was uns erwartet. Beeilt euch. Ich will da sein, wenn es hell wird."

Die Gruppe eilte zum Auto, einem kleinen Van, und Seamus übernahm das Steuer, während Callum Anweisungen gab. Im hinteren Teil des Wagens saß Imogen neben Bianca auf der Sitzbank, und Nolan nahm den Platz hinter ihnen ein. Sie würde lügen, wenn sie behaupten würde, dass sie seine Anwesenheit, die über ihrer Schulter schwebte, nicht bemerkte, aber sie hatte im Moment genug andere Gedanken, die sie beschäftigten.

„Wohin fahren wir, Callum?", meldete sich Bianca und durchbrach die Stille. Es war der dunkelste Teil der Nacht, dieser Moment kurz vor der Dämmerung, und die Scheinwerfer warfen ein helles Licht auf die leere Straße. Sie waren das einzige Auto, das im Moment unterwegs war, und Imogen fragte sich, ob irgendjemand aus dem Fenster schaute und sich fragte, welche Verrückten zu dieser Zeit herumfuhren. Bald hatten sie das kleine Dorf hinter sich gelassen und es gab keine anderen Lichter mehr, die die Landschaft erhellten. Es war unheimlich leer in dieser Gegend, aber Imogen versuchte, sich davon nicht aus der Ruhe bringen zu lassen. Sie erinnerte sich, dass die Insel ohnehin nur spärlich bevölkert war, also war das normal.

„Offiziell ist es als *Serpent's Lair*, also als Schlangenhöhle bekannt, aber die Leute vor Ort nennen es das Wurmloch."

Der Name ließ Imogen einen Schauer über den Rücken laufen.

„Ich habe darüber gelesen. Es hat die Form eines fast perfekten Rechtecks, das in den Felsen gegraben wurde, dort, wo das Meer anschwillt. Von den umliegenden Klippen aus kann man darauf hinunterblicken."

„Ein Rechteck? Ist es von Menschenhand gemacht? Wie eine Art Schwimmbecken?", fragte Imogen.

„Nein, es ist natürlich entstanden, denke ich. Ich glaube, ich habe es bei so einer Extremsport-Sendung im Fernsehen gesehen. Da sind Leute von einer Plattform ins Wasser gesprungen. Das sah ziemlich beeindruckend aus", sagte Bianca.

„Und wir glauben, dass Lily dort ist. In diesem Loch? Aber wie? Wenn dort Wasser drin ist?" Imogen sah auf und Callum blickte zu ihr zurück.

„Wenn sie dort ist, ist es wahrscheinlich, dass sie unter Wasser festgehalten wird."

„Aber..." Imogen brach ab. „Klar. Magie."

„Wie lautet der Plan?", fragte Nolan von hinten, was Imogen aufschrecken ließ, weil sie ihn für einen Moment vergessen hatte.

„Wir müssen uns aufteilen", sagte Callum in ernstem Ton. „Wegen der Beschaffenheit der Klippen, die das Loch umgeben, brauchen wir Deckung oben auf den Felsen, während ich versuche, zur Schlangenhöhle zu gelangen."

„Woher wollt Ihr wissen, ob sie da ist?", fragte Imogen, die bei dem Gedanken, dass sich die Gruppe aufteilen könnte, nervös wurde.

„Ich bin nah genug dran, um es zu wissen. Die dunklen Fae können ihre Magie einsetzen, so viel sie wollen, aber nichts kann das Herzensband der Schicksalsgefährten zerreißen. Daher weiß ich, dass sie noch atmet. Als ich weiter weg war, hat die Magie der Fae funktioniert. Aber jetzt? Ich kann sie spüren. Wir kommen näher."

„Die Straße wird uns nicht direkt dorthin führen. Wir müssen aussteigen und zu Fuß gehen", sagte Bianca, die auf ihr Smartphone blickte.

„Könnt ihr nicht euren magischen Transporttrick anwenden?", fragte Imogen und Bianca ballte die Faust in der Luft.

„Viel klüger, Imogen. Also, wir teilen uns auf. Was sind die Teams?"

„Callum und ich werden zum Versteck gehen. Ihr drei überwacht von oben", sagte Nolan.

„Nein", Callum drehte sich um und sah Imogen im

weichen Licht des Armaturenbretts in die Augen. „Imogen bleibt bei mir."

„Ähm, ist das wirklich der klügste Schachzug?" Imogen schluckte. „Nolan ist doch wahrscheinlich ein viel besserer..."

„Du kommst mit mir." Callums Tonfall duldete keinen Widerspruch und Imogen schluckte heftig. Also gut. Sie würde mit dem Prinzen der Fae in die Schlangenhöhle gehen. Keine große Sache, oder?

„Warum wollt Ihr sie unbedingt mitnehmen?", meldete sich Nolan zu Wort. Seine Stimme hatte einen gefährlichen Unterton, und der Prinz hob sein Kinn.

„Willst du meine Befehle in Frage stellen?", fragte Prinz Callum.

„Ich stelle Eure Absicht in Frage. Seht... meiner Ansicht nach wäre es das Klügste, einen Krieger mitzunehmen. Einen wie mich. Und doch besteht Ihr darauf, Imogen mitzunehmen? Wollt Ihr sie als Tauschmittel benutzen?"

Imogen keuchte auf, ebenso wie Bianca, und beide Frauen blickten sich an.

„Tauschen? Zum Beispiel mich gegen Lily tauschen?" Imogen spürte, wie Angst in ihr aufstieg. Bianca streckte sich nach ihr aus und drückte ihre Hand.

„Ich würde nichts dergleichen tun", versprach Prinz Callum Imogen.

„Aber die Liebe lässt Menschen verrückte Dinge tun", fuhr Nolan fort. „Woher weiß ich, dass Ihr sie nicht benutzen werdet, um zu bekommen, was Ihr am meisten begehrt?"

„Was kümmert dich das überhaupt?", fragte Prinz Callum. „Du hältst sie doch sowieso für eine Verräterin."

„Ich *habe gedacht,* dass sie eine sei. Aber ich habe mich geirrt. Also stehe ich jetzt für sie ein. Sie ist Teil unseres Teams und ich muss verstehen, warum Ihr uns trennt."

„Ist das der einzige Grund?", forderte Prinz Callum.

Nolan zuckte nur mit den Schultern und gab einen unverbindlichen Laut von sich. Imogen stieß einen zittrigen Atemzug aus. Ihr Magen wurde flau, während sie das raue Timbre von Nolans Stimme erwärmte.

„Ich werde Imogen beschützen, als wäre sie mein eigenes Kind. Das verspreche ich", sagte Prinz Callum. Der Moment zog sich in die Länge, bis Nolan schließlich einmal nickte.

„Dann lasst uns aufteilen", sagte Seamus und versuchte, alle wieder auf Kurs zu bringen.

„Wir geben euch von oben Deckung." Bianca stieß Imogens Arm an. Mein Seamus ist ein Meisterschütze mit seinen Pfeilen, nicht wahr, mein Lieber?"

„Du bist auch nicht so schlecht, Süße."

„Siehst du? Wir haben alles im Griff. Außerdem kann Seamus einige seiner Zaubersprüche anwenden. Er kann mit seiner Magie sehr kreativ sein."

„Wenn ihr Giftpfeile oder so etwas regnen lasst, könntet ihr dann bitte dafür sorgen, dass sie mich nicht treffen?", fragte Imogen.

„Ich habe dich im Blick, Imogen. Mach dir keine Sorgen", versprach Seamus. Nolan drehte sich um, und sein stürmischer Blick hielt ihren fest, was Imogens Nerven in Wallung brachte.

„Wir sind da. Halt an", wies Callum an. Seamus brachte den Wagen am Straßenrand zum Stehen. „Von jetzt an ist Ruhe. Hat jeder seine Rolle verstanden? Wir werden zum

Rand der Klippen transportiert. Imogen. Du kommst mit mir."

„Ähm, aber was genau soll ich tun?", fragte Imogen, deren Magen sich vor Sorge verkrampfte.

„Du wirst wissen, was zu tun ist, wenn es so weit ist", versprach Callum, und Imogen hoffte, dass er Recht behalten würde. Sicherlich würde er Lilys Leben nicht aufs Spiel setzen, wenn er dachte, dass Imogen unfähig war. Sie stiegen aus dem Wagen und schoben die Tür leise hinter sich zu. Imogen trat neben Callum und wartete darauf, dass er seine Arme um sie legte und sie wegbeförderte, wie Nolan es neulich getan hatte.

Callum griff nach ihrer Hand. Bevor sie sie ergreifen konnte, stellte sich Nolan zwischen sie. Er nahm ihr Gesicht in seine Hände und drückte ihr den sanftesten Kuss auf die Lippen. Es war kaum ein Flüstern und doch voller unge-ahnter Versprechen. Imogens Augen weiteten sich, als er sich zurückzog. Sie hatte tausend Fragen, aber keine Antworten. Nolan drehte sich ohne ein Wort um und verschwand mit Bianca und Seamus in der Dunkelheit.

Callum ergriff Imogens Hand, bis sie dieses seltsame, saugende Gefühl umhüllte und sie in Sekundenschnelle vom Wegesrand verschwunden waren.

Als sie landeten, brach Chaos aus.

KAPITEL VIERUNDZWANZIG

E twas zischte an ihrem Kopf vorbei, so dass Imogen sich ducken musste, während sie im Kreis herumwirbelte und versuchte, sich zu orientieren, nachdem sie dorthin transportiert worden war. Die Sonne hatte gerade den Horizont überquert und schoss goldene Strahlen über die aufgewühlte Oberfläche des stürmischen grauen Meeres. Die Schlangenhöhle war genau so, wie Bianca sie beschrieben hatte – ein fast perfektes rechteckiges Becken, das in den Felsvorsprung geschnitten und von steilen Klippen umgeben war. Imogen konnte gerade noch Seamus und Bianca weit oben auf den Klippen ausmachen, die Pfeile auf die Domnua abfeuerten, die über die Felsvorsprünge rannten.

Zu ihnen.

Imogen erkannte, dass sie im Grunde genommen eine leichte Beute war, und quietschte auf, als ein Domnua direkt vor ihr in einem silbrigen Sprühnebel explodierte. Dann schaute sie auf und sah, wie Nolan seinen Bogen vor sie gerichtet hatte.

Guter Schuss, dachte sie, als Nolan einen weiteren Domnua ausschaltete, der sich Imogen näherte. Sie drehte sich um, um mit Callum Schritt zu halten, der begonnen hatte, sich über die felsige Oberfläche zum Rand des Beckens vorzukämpfen. Imogens Herz setzte einen Schlag aus.

Wenn die Ankunft in der Morgendämmerung ihnen eine bessere Chance geben sollte, fragte sich Imogen, wie schlimm es wohl mitten in der Nacht gewesen wäre. Denn ihrer Einschätzung nach? Sie waren *geliefert*. Hunderte von Domnua strömten über die Felswände wie eine dunkle Welle von Ameisen, wenn ihr Nest gestört wurde. So etwas hatte sie noch nie gesehen, und Imogen wusste nicht, wie sie sich zu fünft jemals gegen eine solche Macht behaupten sollten. Die Domnua hatten ihren Angriff gut geplant, wie Imogen feststellte, sie hatten Prinz Callum angelockt und hielten eine Armee bereit, um ihn zu vernichten. Lily war nur der Köder, aber der Prinz war die Beute. Imogen beobachtete, wie die Domnua ihr auswichen und direkt auf den Prinzen zusteuerten.

Es war, als ob sie sie gar nicht sehen würden.

Oder es war ihnen einfach egal. Sie war heute nicht das wichtigste Objekt, oh nein. Wenn sie den Prinzen ausschalten würden, wäre das der nächste Schritt auf dem Weg zu ihrer Herrschaft über Irland. So viel verstand Imogen nach dem, was Bianca ihr erzählt hatte.

Callum kämpfte wie ein Besessener und kam mit jedem Schritt näher an das Becken heran, aber er war nur ein Mann. Selbst mit den Wellen der Magie, die er ausstieß und welche die dunklen Fae gruppenweise niedermähten...ihre Plätze wurden gleich wieder aufgefüllt. Silbriges Blut überzog die Felsen und machte die Oberfläche glitschig, während Imogen vorwärts stürmte, wobei die Panik ihre Bewegungen ruckartig machte. Es war zu viel – es war einfach zu viel für sie. Es gab keine Möglichkeit, das aufzuhalten, was bereits geschah. Hilflosigkeit durchströmte sie, und der Moment hing in der Luft, als Imogens Augen dorthin schweiften, wo die Domnua die kahlen Felswände so leicht erklommen, als würden sie auf Leitern klettern. Ihr Blick fiel auf Bianca, ihre tapfere Freundin, die ihr beigestanden hatte, und etwas tief in ihr brach auf. Nein, nicht das, schwor sich Imogen. Die Domnua würden ihr nicht die erste Freundin wegnehmen, die sie jemals gehabt hatte.

Für eine Sekunde blitzte das Gesicht von Fiona in ihrem Kopf auf. Ihre Worte vom Strand von Grace's Cove stiegen an die Oberfläche und verdrängten Imogens Panik.

Alles, was du brauchst, ist in dir.

Imogens Blick schweifte zur Schlangenhöhle, wo das Wasser in dicken Schichten aufgewühlt wurde wie in einer Waschmaschine, die Wäsche durcheinander wirbelte.

Wasser.

Sie konnte Wasser bewegen.

Imogen starrte auf das stürmische Meer in der Schlangenhöhle, zerrte an dem kleinen, funkelnden Energieball in ihrem Inneren, ließ ihre Angst und Wut aufsteigen und schoss ihre Kraft auf das rechteckige Wasserbecken. Sie rutschte auf einem Felsen aus, der mit silbernem Domnua-Blut bedeckt war, aber blieb nicht stehen und stürmte vorwärts. Das Wasser stieg in einer gewaltigen Säule höher und höher, drehte sich zu einem gewaltigen Tornado, und Imogen schleuderte es seitlich gegen die Klippen, wo es Hunderte von Domnua mit sich riss, die Bianca bedrohten.

Ohne anzuhalten, stürmte Imogen vor Wut nach vorne, die Hände ausgestreckt, und zog eine weitere Wasserwelle aus der Formation. Sie schnippte mit einer Hand, so dass die Welle über den unteren Felsvorsprung krachte und löschte so die unmittelbare Bedrohung für Prinz Callum mit einer einzigen heftigen Welle von Wasserfeen-Magie vollständig aus.

Callum drehte sich um. Seine Augen leuchteten hoffnungsvoll, und er jubelte ihr zu.

Bianca tat das Gleiche von hoch oben auf der Klippe.

Sie jubelten *ihr* zu. Imogen half ihren Freunden. Sie konnte es.

Sie erreichte seine Seite, ihre Augen suchten nach Bedrohungen, während sie die nächste Wassersäule in die Luft hielt.

„Kannst du es so lange kontrollieren, dass ich Lily holen kann?", rief Callum über das tosende Geräusch des Wassers hinweg, das sich über ihren Köpfen aufbäumte.

„Geh hinein. Ich halte das Wasser draußen." Imogen wusste nicht, wie sie ein solches Versprechen geben konnte, aber sie wusste einfach, dass sie es schaffen konnte. Sie fühlte sich wie von einem Blitz getroffen, und ihre Adern schienen vor Energie zu vibrieren. Imogen saugte mehr Wasser aus der Höhle, so dass sie fast leer war, und von ihrem Standpunkt aus konnte sie nun das Loch in der Felswand sehen. Es war der Eingang zu einer unterirdischen Höhle. Callum sah es auch, und verschwand, bevor Imogen auch nur blinzeln konnte. Besser so, denn jetzt war nicht die Zeit zum Zögern.

Ein Schrei wurde ihr vom Wind zugetragen, und Imogen hielt eine Hand in die Luft, um die wirbelnde

Wassersäule über sich zu halten. Dann blickte sie über ihre Schulter.

„Mistkerle", wetterte Imogen und sah eine weitere Reihe von Domnua über die Klippen vorrücken. Offensichtlich waren sie nicht ganz so helle, dachte Imogen, während sie sich drehte und den Wassertunnel auf die nächste Gruppe schoss, die sogleich von den Klippenwänden gefegt wurden. Ihre Schreie bereiteten ihr Freude, und sie war sich nicht ganz sicher, was sie von dieser neuen blutrünstigen Seite an sich hielt. „Komm schon, Callum, beeil dich."

Sie war sich nicht sicher, wie lange sie das Wasser so in der Luft halten konnte, und noch während sie darüber nachdachte, begann das Wasser in Kaskaden zurück in die Schlangenhöhle zu fließen. Musik pulsierte in ihren Adern, und sie warf einen Blick zu der Stelle, wo Nolan auf der Klippe stand. Sie sah, wie er einen Strom von Pfeilen abschoss. Dann sang sie um ihr, nein, um *ihrer beider* Leben.

Nolans Kopf hob sich, seine Augen funkelten sie an, und Imogens Gefühle für ihn verstärkten sich, während sie von Licht und Liebe durchströmt wurde, während sie das Wasser in der Luft hielt.

„Die Liebe muss siegen", sagte Imogen, kniff die Augen zusammen und ging tief in sich hinein. Schweiß brach ihr auf der Stirn aus, trotz des eisigen Windes, der ihr ins Gesicht schlug. Die Sekunden dehnten sich zu Stunden aus, und Imogen versuchte, nicht an ihren Fähigkeiten zu zweifeln. Denn es war nicht möglich, dass sie in der Lage war, dies zu tun, nein, nicht im Geringsten, und doch befehligte sie hier den Ozean, während der Prinz der Feen seine Prinzessin rettete.

Imogen zuckte zusammen, als Callum vor ihr auftauchte, eine Frau um sich geschlungen, und noch bevor sie etwas sagen konnte, packte er sie mit einer Hand, und dieses seltsame, saugende Gefühl, das bedeutete, dass sie transportiert wurden, erfasste sie wieder. Imogen hatte noch einen Augenblick Zeit, um das Wasser zu betrachten, das mit einem gewaltigen Krachen auf die Flut von dunklen Fae niederprasselte, die über die Felsen rannten, bevor sie sich beim Van wiederfand und nach Luft schnappte. Kleine Lichtpunkte tanzten über ihr Blickfeld. Sie beugte sich vor, die Hände auf den Knien, und atmete tief ein. Imogen war sich ziemlich sicher, dass sie in Ohnmacht fallen würde, denn das schiere Ausmaß dessen, was sie gerade getan hatte, drohte sie zu überwältigen.

„Verdammt, ja!", kreischte Bianca, ließ sich vor Imogen auf die Knie fallen und berührte ihr Gesicht. Als sie aufblickte, strahlte ihre Freundin Imogen mit ihrem strahlenden Lächeln an. „Schau dich nur an in deiner ganzen Pracht. Du warst großartig, meine Freundin."

„Ich glaube, mir wird schlecht", keuchte Imogen.

„Huch, dann gehe ich mal besser aus der Schusslinie." Bianca sprang auf, zerrte Imogen um die Seite des Wagens herum und gab den anderen ein Zeichen, wegzuschauen. „Na dann, lass mal alles raus, wenn es sein muss. Und stütz dich bei mir auf."

Imogen lehnte sich an Bianca, dankbar für die Unterstützung, und versuchte, ihre Atmung zu kontrollieren.

„So ist das manchmal, weißt du. Große Magie kann

eine körperliche Reaktion hervorrufen. Das ist nicht ungewöhnlich, zumindest soweit ich weiß."

„Ich glaube ..." Imogen schluckte und beruhigte sich. Die tanzenden Punkte waren aus ihrem Blickfeld verschwunden, das war schonmal gut. „Schon gut. Ich glaube ... es geht mir besser. Ich brauchte nur einen Moment. Es ist alles so... schnell passiert."

„Es war verdammt krass, das sag ich dir. Oh, und bist du nicht einfach nur fantastisch, Imogen? Ich sag's dir. Einfach wunderbar."

„Geht es dir gut?", fragte eine leise Stimme zaghaft. Imogen drehte sich um und sah eine hübsche Frau mit feinen Gesichtszügen und sanften braunen Augen, die sie besorgt ansah.

„Lily!" Bianca stürzte sich auf die Frau, und die beiden umarmten sich freudig. „Bist du verletzt?"

„Nein, es geht mir gut. Hungrig wie eine Bärin, aber ansonsten alles gut." Lily lächelte und trat dann einen Schritt vor. Sie nahm Imogens Hände und drückte sie, ihre Augen leuchteten vor Wärme. „Du hast mich gerettet. Ich danke dir."

„Ich helfe gerne. Dein Mann, nun ja, er liebt dich wirklich", sagte Imogen.

„Und ich ihn. Danke, dass du geholfen hast, uns wieder zusammenzubringen."

„Klar, kein Problem." Imogen zuckte mit den Schultern. Sie war immer noch verwirrt von dem, was gerade passiert war.

„Ich sage es nur ungern, meine Damen, aber wir müssen gehen. Und zwar *sofort*. Ich glaube nicht, dass die Domnua glücklich darüber sein werden, ihren Köder zu verlieren." Seamus hüpfte unruhig auf den Fahrersitz des Vans, und sie stiegen alle ein. Imogen saß hinten neben Nolan, während Callum und Lily auf der ersten Sitzbank kuschelten und Bianca die Schrotflinte hielt. Callum sah Lily an, sein Gesicht war voller Emotionen, und sein Blick war so voller Sehnsucht und Liebe, dass Imogen die Augen abwenden musste, weil sie nicht in einen so privaten Moment eindringen wollte.

Ihre Augen trafen sich mit denen von Nolan, und der Kuss, den er ihr gegeben hatte, bevor sie in die Schlacht gezogen waren, drängte sich ihr wieder auf. Obwohl der Schmerz über sein gestriges Verhalten noch immer anhielt, hatte sich dieser Kuss, nun ja... verdammt gut angefühlt.

„Ich bin so stolz auf dich."

Es war nicht das, was sie von ihm erwartet hatte, obwohl sie auch nicht genau wusste, was sie eigentlich von ihm erwartet hatte. Aber, nun ja, das war es nicht. Die Worte ließen ihr heiße Tränen in die Augen steigen, und Imogen drehte sich um, um aus dem Fenster zu sehen. Ihre Gefühle waren widersprüchlich. Nolan sagte nichts weiter, er schien zu verstehen, dass sie Raum brauchte, um sich zu sammeln.

Imogen presste die Lippen aufeinander, blinzelte schnell, und ihr Atem stockte, als Nolan eine ihrer Hände ergriff und sie sanft in der seinen drückte. Sie ließ ihn gewähren, denn seine Berührung spendete ihr Trost, obwohl sie noch nicht bereit war, ihre Verbindung besser einzuordnen. Sie fragte sich, ob sie es jemals sein würde. Intimität war etwas, mit dem Imogen nur schwer zurechtkam, ganz zu schweigen von einer Art „schicksalhafter Verbindung, die in die Sterne geschrieben war."

„Wie schnell können wir ablegen?", fragte Callum über seine Schulter zu Imogen.

„Es dauert ein bisschen, bis die Triebwerke anlaufen, aber nicht allzu lange. Wir könnten innerhalb von dreißig Minuten oder so unterwegs sein." Imogen machte eine schnelle gedankliche Berechnung.

„Schaffst du es in zehn?", fragte Callum.

„Ich... ich kann es versuchen. Aber..."

„Was?", fragte Callum.

„Warum aufs Wasser gehen? Sind die Domnua dort nicht genauso gefährlich?"

„Nein, sie sind viel besser an Land. Das Meer ist die Spielwiese der Wasser-Fae. Und ich hoffe, sobald sie sehen, dass wir Lily zurück haben und ihnen nichts Böses wollen, werden sie uns den Weg nach Hause erleichtern."

„Und wenn sie es nicht tun?" Imogens Stimme wurde brüchig. Sie war sich nicht sicher, ob sie einen weiteren Kampf überstehen würde. Nein, sie war sich sicher, dass ihr Adrenalin für diesen Tag aufgebraucht war.

„Dann werden wir uns auf raue See einstellen müssen."

„Na toll", stöhnte Bianca vom Beifahrersitz aus. „Hat jemand Tabletten gegen Seekrankheit?"

Trotz allem musste Imogen mit dem Rest der Gruppe lauthals lachen. Denn war es am Ende des Tages nicht das Wichtigste, sich einen Moment Zeit zur Heiterkeit zu nehmen?

Nolan hielt ihre Hand während der gesamten Rückfahrt zum Boot.

KAPITEL FÜNFUNDZWANZIG

Unsere Liebe war nur ein Lied,
    Unsere Träume können nicht irren,
Und doch ist es so einsam auf dem Meer um Inisfáil.

„LASST UNS MAL LICHT MACHEN", krähte Imogen, drehte ihren Abfahrtssong voll auf und schaltete alle Lichter auf dem Boot ein. War das ein bisschen überdramatisch? Vielleicht. War es eine Art großer Mittelfinger in Richtung der dunklen Fae, die sie wahrscheinlich vom Ufer aus beobachteten? Ja, ja, das war es. Und Imogen fand, dass es ihr einfach egal war. Ihre neu entdeckte Zuversicht durchströmte sie und sie trommelte mit der Hand auf das Steuerrad, als sie den Hafen verließen und die ruhige Insel hinter sich ließen. Imogen ließ das Boot an Straw Island vorbeiziehen, summte, während sie dem Leuchtturm kurz zuwinkte, und wendete das Boot in Richtung Foul Sound. Sobald sie diesen Kanal durchquert hatten, würden sie wieder auf offener See sein und, so hoffte sie inständig, eine reibungslose Überfahrt nach Hause haben.

Wie konnte man so arbeiten? Wenn ständig ein Kampf drohte? Imogen überprüfte ihr Navi und suchte das Wasser vor ihnen ab. Es fühlte sich an, als hätte sie kaum eine Chance gehabt, zu Atem zu kommen, bevor die nächste potenzielle Bedrohung auftauchte. Ihre Finger trommelten weiter auf das Steuerrad, und sie erhöhte die Geschwindigkeit, in der Hoffnung, sie ohne Zwischenfälle durch den Kanal zu bringen. Ihr Blick blieb an einem ihrer Bildschirme hängen. Boote voraus.

„Bitte seid Fischerboote. Bitte seid Fischerboote." Aber Imogen wusste, dass sie zu groß waren, um Fischerboote zu sein.

„Callum", sprach Imogen ins Mikrofon. Sie hasste es, das wahrscheinlich sehr intime Wiedersehen mit Lily zu unterbrechen. „Da vorne sind Boote. Ähm, es scheinen sechs zu sein. In Formation."

Die Tür des Steuerhauses flog auf und ließ einen eisigen Luftzug herein. Imogen fröstelte, obwohl sie nicht sicher war, ob es am Wind lag oder daran, dass Nolan sich über sie beugte, um auf den Bildschirm zu schauen. Seine Nähe machte sie äußerst nervös, denn ihre Gefühle waren noch immer aufgewühlt, und sie wich geschickt zur Seite.

„Entfernung?" Nolan drehte sich zu ihr um. Ihr Blick blieb an seinen Lippen hängen, und sie erinnerte sich an seine Küsse. Der erste, gestohlen zum ungünstigsten Zeitpunkt. Der zweite, gegeben zum besten Zeitpunkt. Würde sie jemals einen dritten zulassen?

„Nicht weit draußen. Höchstens zehn bis fünfzehn

Minuten?" Imogen zeigte auf sie. „Man kann sie gerade so erkennen."

Nolan schnappte sich ihr Fernglas und richtete es auf die kleinen Punkte am Horizont. Die Stille zog sich in die Länge, und in Imogens Magen kribbelte es. Sie liebte die *Mystic Pirate,* aber ihr Boot konnte nur ein gewisses Maß aushalten. Gegen diese riesigen Schiffe würde sie nicht ankommen. Imogen sah den Anfang vom Ende, zumindest für ihr Leben und ihren Lebensunterhalt, und sie presste die Lippen zusammen. Die Hoffnung schrumpfte wie ein Luftballon, der mit einer Stecknadel zum Platzen gebracht wurde.

„Es ist die Königin." Nolan nahm das Fernglas herunter und zog die überraschte Imogen zu einem Tanz heran. „Königin Aurelia kommt. Sie bringt uns Verstärkung."

„Warte ..." Imogen lachte, und Nolan wirbelte sie im kleinen Steuerhaus herum, bevor er sie in einer übertriebenen Verbeugung umarmte und ihr so schnell einen Kuss auf die Lippen drückte, dass sie keine Zeit zum Protestieren hatte. Dann zog er sie hoch und setzte sie vor dem Steuerrad ab, bevor er hinausraste. Imogen blinzelte zum Horizont, benommen von der kleinen Achterbahnfahrt, auf die Nolan sie gerade mitgenommen hatte, und hielt sich am Steuer fest. Sie war sich nicht sicher, was sie von der ganzen Küsserei halten sollte, die Nolan plötzlich mit ihr veranstaltete. Er war so schnell von einem Extrem ins andere gewechselt, dass Imogen immer noch nicht ganz damit klarkam. Und sie war sich nicht sicher, ob sie das überhaupt wollte. Ihre Gefühle waren immer noch verletzt, und sie hatte kaum Zeit gehabt, zu verarbeiten, was das alles zu bedeuten hatte. Und schon gar nicht war sie bereit, sich in die Romantik von Nolans Küsse hineinziehen zu lassen.

„Meine Mutter kommt", sagte Callum und steckte seinen Kopf durch die Tür. „Bitte, wenn wir in der Nähe sind, kannst du das Boot verlangsamen, um neben ihnen herzufahren? Ihre Flotte wird uns auf unserer Heimreise beschützen."

„Wo ist zu Hause?", musste Imogen fragen. Sie würde gerne zurück nach Grace's Cove fahren und sehen, ob ihre Mannschaft dort noch auf sie wartete.

„Grace's Cove für Lily und mich. Wir werden unsere Zeit natürlich zwischen den beiden Reichen aufteilen, aber für den Moment würden wir gerne dorthin zurückkehren, wenn es passt?"

„Von mir aus, vor allem, wenn wir eine königliche Eskorte haben, die uns dorthin bringt."

„Ähm", Callum trat ein und schloss die Tür hinter sich. „Es tut mir leid, Imogen."

„Wofür?" Imogens Blick huschte vom Meer zu Callums Gesicht. „Was ist los?"

„Mir ist klar, dass ich mich nicht richtig für deine Hilfe heute Morgen bedankt habe. Du hast die Liebe meines Lebens gerettet, und ich stehe in deiner Schuld. Ich weiß zwar noch nicht, was ich dir schenken werde, aber eines kann ich dir geben – du brauchst nur um Hilfe zu bitten, und das Volk der Danula wird dir den Rücken stärken. So steht es geschrieben."

„Oh, nun, danke. Aber wirklich, Ihr schuldet mir nichts. Lily scheint wirklich nett zu sein und ich bin froh, dass wir sie retten konnten. Und ich bin einfach froh, wenn ich mein Boot sicher nach Hause gebracht habe. Ich brauche es, wisst Ihr?"

„Richtig. Das ist dein Beruf. Du verdienst Geld damit, ja?" Callum sah sich auf dem Boot um, als sähe er es zum ersten Mal. Der Mann muss auf dieser Reise wirklich nicht bei der Sache gewesen sein, obwohl sie ihm das nicht verübeln konnte. Er hatte sicherlich andere Dinge im Kopf.

„Ja, das tue ich. Ich biete Sightseeing-Charter-Touren an."

„Und du liebst deinen Job? Es ist ein Beruf, der zu dir passt?"

„So ist es", lächelte Imogen zu ihm hoch. „Ich hätte mein Leben nicht der Bank überschrieben, um dieses Boot zu bekommen, wenn ich diesen Job nicht lieben würde."

„Ah!" Callum schnippte mit den Fingern. „Nun, das ist das perfekte Geschenk. Ein Leben für ein Leben. Metaphorisch gesprochen, natürlich."

„Ich kann nicht ganz folgen?" Imogen rümpfte verwirrt die Nase und blickte wieder auf das Wasser. Die Boote waren näher gekommen, und wirkten imposant und unerschütterlich. Nein, die Fae waren nicht bescheiden unterwegs, oder? Mit ihren massiven Segeln und den prächtigen, geschnitzten Galionsfiguren war die Flotte majestätisch.

„Die Bank, meine ich natürlich. Das Boot gehört dir."

„Moment mal ... was?" Imogen wandte ihren Blick von den Schiffen ab. „Was meint Ihr?"

„Dein Kredit. Das ist Geld, das du schuldest, richtig?"

„Ja, so ist es."

„Betrachte es als abbezahlt."

„Wartet ... nein, das müsst Ihr nicht tun." Imogens Stolz

bäumte sich auf und sie blickte den Prinzen an. „Lily zu retten war Bezahlung genug. Wirklich."

„Was ist hier los?", fragte Lily und duckte sich ins Steuerhaus. Sie hatte geduscht, einen hübschen lilafarbenen Pullover angezogen, und die Farbe war in ihre Wangen zurückgekehrt.

„Ich habe Imogen gerade gesagt, dass ich ihren Bootskredit als Belohnung für ihre Hilfe bei deiner Rettung abbezahlen werde."

„Nein, das ist völlig unnötig. Ich zahle selbst", protestierte Imogen, die sich mit einem solchen Geschenk zutiefst unwohl fühlte.

„Imogen." Lily trat vor, seufzte und streckte die Hand aus, um ihren Arm zu streicheln. „Ich liebe Callum innig, aber er ist unendlich stur. Wenn er sich auf diese Weise bei dir bedanken will, wird er einen Weg finden, das zu tun, ob es dir gefällt oder nicht. Kannst du dieses Geschenk so annehmen, wie du es bekommst?"

„Ähm, nein, ich glaube nicht, dass ich das kann", lachte Imogen. „Meine Welt funktioniert nicht auf diese Weise. Die Leute geben einem nicht einfach so Tausende von Dollar."

„Tausende? Ach, das ist doch gar nichts." Callum winkte ihr Darlehen ab, als wäre es völlig unbedeutend.

„Hunderttausende...", korrigierte Imogen.

Callum zuckte nur mit der Schulter. Imogen warf Lily einen flehenden Blick zu, und ein Lächeln breitete sich auf ihrem schönen Gesicht aus.

„Hör zu, ich kann deinen Standpunkt verstehen. Ich war nur eine Lehrerin mit einem kleinen Gehalt, bevor ich nach Grace's Cove kam. Der Reichtum, den Callum hat, nun ja, seine ganze Welt, ist einfach... fast unbegreiflich. Aber ich verspreche dir, er gibt nicht nur, weil er es kann, sondern auch, weil er es will."

„Das ist besser als ein Zeremoniendolch, oder?", mischte sich Callum ein. „Du hast doch schon ein Messer, das dir gefällt, oder?"

„Ich meine, ja, das tue ich. Aber ..." Imogen schüttelte nur den Kopf und lachte. „Das ist einfach ... das ist zu viel, Callum."

„Unsinn. Nichts ist zu viel. Du hast das Einzige gerettet, was mir wichtig ist, meine liebste Lily." Callum schlang seine Arme um Lily und drückte sie an seine Brust, und Imogen konnte nicht glauben, wie sehr sich der Prinz verändert hatte, jetzt, wo er sie wieder hatte. Er strahlte förmlich vor Freude, und das war ansteckend. „Bitte, lass mich dir etwas von meinem Glück abgeben."

„Ich wollte einfach ..." Imogen dachte daran, wie es wäre, ohne die Last des Kredits auf ihren Schultern. Sie würde ihr Schiff frei und unbelastet besitzen. Sie könnte Urlaub machen! Ihren allerersten. Ein Anflug freudiger Erregung durchströmte sie und sie drehte sich lächelnd um. „Ich sollte wirklich nicht ..."

„Das ist ein Ja", entschied Callum, und Lily klatschte in die Hände und lachte.

„Oh, juhu! Ich liebe ein Happy End, das tue ich wirklich. Ich bin so froh, dass du das Geschenk annimmst, Imogen. Ich hoffe, es hilft dir."

„Ungeheuerlich", gab Imogen zu und spürte eine Leichtigkeit in ihrer Brust, die sie bisher nicht kannte.

„Wir sind nah dran. Sieh mal, Lily. Mum kommt."

„Deine Mutter ist hier?", Lilys Augen weiteten sich, als Imogen ihr Tempo drosselte.

„Ist das etwas Schlechtes?", fragte Imogen.

„Nein, sie ist wirklich nett. Und einschüchternd. Und nett ... und ..."

„Lily ist es einfach peinlich, weil meine Mutter bei ihrer ersten Begegnung in unserem Schlafzimmer auftauchte, als wir beide nackt waren." Callum zuckte mit den Schultern, als ob es keine große Sache wäre, und Imogen schluckte.

„Im Ernst?", fragte Imogen und hatte sofort Mitleid mit Lily. „Oh, nein."

„Ja. Ich erhole mich immer noch davon. Aber jetzt, wo die Hochzeit ansteht, hat sich seine Mutter in die Vorbereitungen gestürzt, und ich denke, ich kann ... nun ja, ich versuche, diese erste Begegnung einfach zu vergessen."

„Du armes Ding."

„Warum ist das so eine große Sache? Nackt sein ist schön. Sex ist eine völlig normale und gesunde Angelegenheit", flüsterte Callum in Lilys Ohr und ihre Wangen wurden rot.

„Wer hat hier Sex?", fragte Nolan, der an der Tür stand, und Imogen hielt ihren Blick krampfhaft auf die Boote vor sich gerichtet.

„Nun, hoffentlich Lily und ich, und zwar so bald wie möglich. Aber nicht, wenn meine Mutter hier ist. Dann ist das offenbar nicht erlaubt."

„Natürlich ist das nicht erlaubt, Callum." Lily stieß den Prinzen mit dem Ellenbogen in den Bauch und packte ihn am Arm, um ihn aus dem Steuerhaus zu ziehen. „Komm, lass uns deine Mutter begrüßen."

„Warum habt ihr über Sex gesprochen?" Nolan

lümmelte im Türrahmen, und Imogen weigerte sich, ihn anzuschauen. Es war viel wichtiger, dass sie mit ihrem Boot nicht mit einem der majestätischen Fae-Schiffe zusammen-stieß, die immer näher kamen.

„Ich nicht. Sie waren es. Geh und sprich mit ihnen", befahl Imogen.

„Magst du keinen Sex?", fragte Nolan.

„Nein. Nö. Nein." Imogen schüttelte heftig den Kopf. „Ich werde dieses Gespräch nicht führen. Nicht jetzt. Nicht, wenn ich kurz davor bin, die Königin der Feen zu treffen. Und auch später nicht. Dieses Thema ist tabu." Imogens Unsicherheit in Bezug auf Intimität kam auf und erinnerte sie daran, dass sie noch nie mit einem Mann über Sex geplaudert hatte. Nicht auf diese Weise ... nicht, wenn es eine Art Verbindung zwischen ihnen gab. Es hatte eine zu große Bedeutung, und das machte ihr Angst.

„Jetzt bin ich aber neugierig ...", sagte Nolan, und das warme Timbre seiner Stimme erwärmte Imogen.

„Es ist mir egal, was du bist. Dieses Gespräch geht dich nichts an."

„Vorerst...", sagte Nolan und verließ geduckt das Steuer-haus. Und auch nicht in absehbarer Zukunft, dachte Imogen, als sie den Motor in den Leerlauf schaltete und dann vorsichtig rückwärts fuhr, um das Boot neben das erste Schiff der Flotte zu steuern. In Anbetracht des Winkels und der Größe der beiden Boote ließ Imogen die *Mystic Pirate* nach hinten fallen. Sie hielt es für klüger, zu folgen, als zu versuchen, neben dem massiven Fae-Schiff festzumachen. Callum und Nolan schnappten sich die Seile, die ihnen zugeworfen wurden, und banden den Bug an das Schiff der Königin, so dass die *Mystic Pirate* in dessen Kielwasser fuhr. Gut genug, dachte Imogen und schaltete die Maschinen ab.

Imogen warf einen Blick auf ihre Kleidung, die sie heute Morgen im Kampf getragen hatte, und fragte sich, ob sie für ein Treffen mit einer Königin angemessen gekleidet war. Es sah so aus, als hätte sie keine Wahl, denn Bianca schwang die Tür auf.

„Wir treffen uns in der Lounge. Ich mache etwas von deinem Champagner auf. Ist das in Ordnung? Ich weiß, er ist für die Gäste gedacht."

„Das ist völlig in Ordnung." Jetzt, da sie der Bank keine Zahlungen mehr schuldete, fügte Imogen leise hinzu. Aber bevor sie nicht die Besitzurkunde für ihr Boot in den Händen hielt, würde sie wahrscheinlich nicht glauben, dass es wahr war.

„Na dann komm. Warte, bis du die Königin siehst – sie ist einfach zu cool." Bianca ergriff Imogens Hand und zog sie die Treppe hinunter in die Lounge, wo eine Frau mit rosa Haaren, vermutlich die Königin, Hof hielt. Sechs Männer unterschiedlicher Größe und Kleidung flankierten sie, und Imogen blinzelte sie an. Es gab einfach so viel zu sehen, dachte sie. Ihr Kleidungsstil und die Verzierungen waren einfach so ungewöhnlich. Die Königin trat vor, und Imogen riss ihren Blick von einem Mann im Hintergrund los, der einen goldenen Kranz in Form von Flammen auf dem Kopf trug.

„Du musst Imogen sein, die Kapitänin? Es ist mir eine Ehre." Die Königin verbeugte sich vor ihr – vor *ihr* – und Imogens Verstand war wie weggeblasen, bevor sie einen unbeholfenen Knicks machte. Nun, zumindest so, wie sie dachte, dass ein Knicks aussehen müsste. Sie hatte es schließlich nie geübt. Die violetten Augen der Königin, ja, violett, kräuselten sich in den Winkeln, während sie lächelte. Sie trug eine strahlende Tunika, die schimmerte und um sie herumwehte, und eine schmale Hose, die ihre Beine umschloss. Eine zarte, mit winzigen Juwelen besetzte Krone war in ihr Haar geflochten.

„Nein, wirklich, die Ehre ist ganz meinerseits. Königin... Aurelia, nicht wahr?"

„Ja, richtig. Ich bitte um Entschuldigung, dass ich meinen Namen nicht genannt habe."

„Willkommen auf der *Mystic Pirate*. Ihr seid ein hoch geehrter Gast." So, dachte Imogen, das klang höflich. „Darf ich etwas Champagner bringen? Oder eine Tasse Tee?" Imogen hielt inne. Was würde eine Fae-Königin trinken wollen?

„Champagner wäre schön. Dürfen wir uns setzen?" Die Königin wies mit einer Geste auf den vorderen Teil der Lounge, wo sich eine gepolsterte, halbkreisförmige Bank an der Wand befand.

„Bitte." Imogen wollte den Champagner einschenken, aber die Königin winkte mit der Hand, und einer der Männer hinter ihr schritt vor und nahm Imogen die Gläser ab.

„Komm, setz dich neben mich."

Es war seltsam, dachte Imogen, auf ihrem eigenen Boot zu sitzen und bedient zu werden. Aber sie tat, was man ihr sagte, und bald hatte die ganze Gruppe Gläser in der Hand und saß nebeneinander auf der Bank. Nolan hatte sich neben Imogen gesetzt. Seine Anwesenheit lenkte sie ab, und sie war unauffällig einige Zentimeter von ihm weggerutscht, damit ihre Gedanken durch seine Nähe nicht durcheinander gebracht wurden.

„Du hättest Bescheid sagen sollen." Imogen blinzelte und merkte, dass sie an Nolan und seine Küsse dachte und sich nicht auf das konzentrierte, was die Königin sagte. Im Moment schien sie mit Callum zu schimpfen. „Wir wären da gewesen."

„Es war keine Zeit", beharrte Callum und hob Lilys Hand an seine Lippen. „Ich musste sie finden."

„Dennoch hätte es mit Verstärkung möglicherweise leichter sein können."

„Wie dem auch sei, ich habe eine Entscheidung getroffen", sagte Callum.

„Nun, ich bin unendlich dankbar, dass es nicht nach hinten losgegangen ist. Ich habe heute Morgen einen gewaltigen Ausbruch von Magie gespürt. Wie hast du überlebt? Es kam mir vor wie eine ganze Armee von Domnua. Ich war unfassbar besorgt, dass wir nicht rechtzeitig kommen würden."

„Es war eine Armee", mischte sich Bianca ein und zeigte auf Imogen. „Aber sie hat uns gerettet."

Diese violetten Augen drehten sich zu Imogen und musterten sie prüfend.

„Ist das wahr? Wie kam das, Kapitänin?"

„Ähm ..." Wie konnte sie etwas beschreiben, das sie noch nicht verstand? „Es scheint, dass ich so etwas wie besondere Fähigkeiten habe. Vor allem solche, die in äußersten Stresssituationen verfügbar sind?"

„Ich habe Grund zu der Annahme, dass sie die lange verschollene Königin der Wasser-Fae ist", sagte Nolan leise.

Imogen zuckte zusammen und verschüttete Champagner, als sie sich zu ihm umdrehte.

„Du hast was?"

„Oh ja, das ergibt so viel Sinn", quietschte Bianca.

„Ich kann nicht ... ich bin nicht ...", protestierte Imogen und war wütend auf Nolan, dass er überhaupt auf diese Idee gekommen war. Besonders vor einer echten Königin. Wollte er sich über sie lustig machen? Oder wollte er nur, dass sie sich unwohl fühlte? Es war wirklich nicht fair. „Du verstehst das völlig falsch."

„Wirklich?" Nolan nahm Imogens Hand, an der sie den Ring trug, und hielt seine eigene in die Luft.

„Ah", nickte Königin Aurelia wissend.

„Ah?", platzte es aus Imogen heraus. Sie sprang auf. Nolan nahm ihr das Champagnerglas aus der Hand, bevor sie noch mehr verschütten konnte. „Wie könnt ihr das einfach so sagen, als wäre es eine ausgemachte Sache? Ich bin keine Königin. Von gar nichts. Ich bin einfach die Kapitänin dieses Schiffes. Ein einfaches Mädchen, das aus dem Nichts kommt. Ich bin keine Königin."

„Die Wasser-Fae haben dich allerdings ihre Königin genannt", erinnerte Bianca sie, und Imogen schnellte herum, wobei ihr die Nerven durch den Magen zappelten.

„Das hat nichts zu bedeuten, Bianca. Sie haben eindeutig etwas verwechselt, das ist alles."

„Ach so? Ich meine, du hast im Grunde einen halben Ozean in der Luft gehalten, damit Callum Lily retten konnte und nebenbei eine ganze Armee von dunklen Fae abgeschlachtet. Ist es wirklich außerhalb des Bereichs des Möglichen, dass du die Königin der Wasser-Fae bist?", fragte Bianca.

Imogen war schockiert, als ihr die Tränen in die Augen stiegen. Das war alles zu viel. Sie war keine Magierin. Sie war keine Königin. Sie wurde hier auf den Arm genommen, und das konnte sie nicht ertragen. Sie wünschte sich ihr einfaches Leben zurück. Ihr Leben, bevor sie diese verrückten Leute kennengelernt hatte, denn dieses Leben ergab wenigstens einen Sinn für sie. Imogen drehte sich um und rannte aus der Lounge, ohne sich darum zu kümmern, was die Königin dachte. Sie schlug die Tür zu ihrer Kabine hinter sich zu, ließ sich auf ihr Bett fallen, sah auf ihre Hände hinunter und drehte den Ring an ihrem Finger.

„Warum macht dir das Angst?"

Imogen sprang fast vom Bett, als sich die Königin vor ihr materialisierte.

„Man sollte die Leute wirklich warnen, bevor man das tut."

„Verzeihung. Darf ich?" Die Königin wies mit einer Geste auf ihr Bett und Imogen nickte. Das Bett senkte sich leicht, als die Königin sich setzte und Imogens Gesicht betrachtete. „Du bist eine reizende Frau. Aber darüber hinaus sehe ich eine Stärke, die nicht viele haben. Geboren aus der Not, nehme ich an?"

„So kann man es wahrscheinlich sehen", sagte Imogen, und dachte an all die Jahre des Mühsals und der Sorge.

„Ich bin der Meinung, dass die besten Führungspersönlichkeiten diejenigen sind, die die Schwierigkeiten des Lebens selbst erlebt haben. Nicht diejenigen, die in reichen Familien in Watte gepackt wurden und keine Mühsal kennengelernt haben. Du scheinst jedoch zu wissen, was harte Arbeit und Verantwortung bedeuten. Es klingt auch so, als wärst du sehr mutig, und obwohl du meinen Sohn nicht kanntest und man dich gegen deinen Willen entführt hat, hast du dich trotzdem für eine Frau in Not eingesetzt. Das sind alles Eigenschaften einer guten und gerechten Anführerin."

„Nun, danke für die Komplimente...aber Ihr müsst verstehen, dass ich nicht die Königin der Wasser-Fae sein kann. Ich meine, ich kann schwimmen und alles, aber ich kann nicht unter Wasser leben. Ich wüsste nicht das Geringste darüber, wie... man seinem Volk hilft. Wie man es macht, ein Volk zu regieren. Was seine Bedürfnisse sind. Das ist... verrückt, Königin Aurelia. Es ist einfach verrückt. Könnt Ihr das verstehen? Es wäre besser, jemanden aus ihrer eigenen Welt zu befördern, der ihre Gesellschaft versteht und mit ihnen schwimmen und Zeit verbringen kann. Ich würde dem Job nicht gerecht werden. Also werde ich einfach ... könnt Ihr ihnen das zurückgeben?" Imogen streifte den Ring ab und hielt ihn der Königin hin.

„So funktioniert das nicht, fürchte ich." Königin Aurelia lächelte sanft und drückte Imogens Hand. „Aber ich glaube nicht, dass es eine Rolle wäre, in der du alles in deinem Leben ändern müsstest. Es gibt noch viele unbeantwortete Fragen."

„Ja, wie zum Beispiel... Warum gerade ich?"

„Genau. Deine Mutter...?"

„Sie konnte kaum schwimmen und will nichts mit mir zu tun haben."

Ein kurzer Blick des Mitgefühls ging über das Gesicht der Königin.

„Und dein Vater?"

„Ich weiß nichts über ihn." Imogen zuckte mit den Schultern.

„Ich vermute, dass er wahrscheinlich der Schlüssel ist. Obwohl wir eine matriarchalische Gesellschaft sind, haben auch Männer Macht. Wenn dein Vater ein Fae ist, würde das Sinn ergeben. Wie auch immer... selbst wenn du die verschollene Königin bist...“

„Moment. Woher wissen die Leute, dass es eine verschollene Königin gibt? Wurde sie etwa bei der Geburt entführt oder so ähnlich?“

„Ah, natürlich. Du kennst die Geschichte nicht, oder? Willst du wieder herauskommen und dich zu uns setzen? Wenn ich dir verspreche, dass du nicht sofort den Thron der Wasser-Feen besteigen oder irgendetwas an deinem Leben ändern musst, bis du dazu bereit bist?“

„Es steht mir frei, auf den Thron zu verzichten?“

„Natürlich hast du immer noch einen freien Willen.“

„Dann verzichte ich darauf.“ Sofortige Erleichterung erfüllte Imogen.

„Nun, lass uns zunächst alles besser erklären, bevor du etwas aufgibst, was du nicht wirklich verstehst. Aber, wenn du mich fragst, Imogen... du bist eine Königin. Auch wenn es nur für dieses Schiff gilt. Manche Menschen haben diese Macht, andere nicht. Du hast sie. Ich schlage vor, du akzeptierst sie und lässt diese Kraft dein Leben bestimmen – egal, welche Entscheidungen du in Zukunft triffst.“

„Das weiß ich zu schätzen“, sagte Imogen und stand auf, um der Königin zurück in die Lounge zu folgen, wo die Gruppe auf sie wartete. Hitze stieg Imogen in die Wangen, als sie sich im Raum umsah. „Entschuldigung für meinen kleinen Ausbruch. Es ist einfach ganz schön viel zu verkraften.“

„Machst du Witze? Ich würde wahrscheinlich einen

Nervenzusammenbruch bekommen, wenn mich jemand plötzlich zur Königin erklären würde. Es ist alles gut, Imogen, mach dir keine Sorgen." Bianca tätschelte das Kissen neben ihr, und Imogen nahm dankbar Platz.

„Imogen wollte wissen, warum wir wissen, dass es eine verschollene Königin der Wasser-Fae gibt." Königin Aurelia richtete ihre Aufmerksamkeit auf Nolan. „Und ich schlage vor, du erklärst ihr auch etwas über die Ringe."

„Die Wasser-Fae haben ihre eigenen Anführer. Ähnlich wie die Feuer-Fae, die Torin beaufsichtigt." Nolan nickte dem Mann mit der Flammenkrone zu. „Das gilt für alle Elementar-Fae. Sie haben ihre eigenen Königshöfe, besondere Blutlinien und Wege, ihre Gesellschaften zu strukturieren. Da wir jedoch die höherrangigen Fae sind, wird uns eine führende Rolle in ihrer Gesellschaft zugewiesen. So könnte Torin zum Beispiel als König der Feuer-Fae angesehen werden. Die weiteren Anführer der Feuer-Fae finden sich am Hof der Berater. Sie kümmern sich um die Bedürfnisse ihres Volkes."

„Man muss nicht von Elementar-Fae abstammen, um eine Rolle am Königshof zu bekleiden", mischte sich Torin ein. „Trotzdem legen die Elementaren großen Wert auf Abstammung und Blutlinien. Das bedeutet, dass es manchmal mehr als eine Königin geben kann. Mehr als einen König."

„Ist das nicht verwirrend?", fragte Imogen und musterte Torin. Seine Augen waren gelbbraun, wie die eines Löwen, und sein goldenes Haar verbarg einen Hauch von Rot.

„Nicht, wenn alle kooperieren. Nur wenn jemand nach mehr Macht strebt, können die Dinge aus dem Gleichgewicht geraten. Das kommt nicht allzu oft vor, und im Allgemeinen freuen sich die Fae, wenn sie ihre Könige feiern können."

„Das heißt ...Moment." Imogen sah zu Nolan, der sie geduldig betrachtete. „Heißt das, dass Nolans beratende Funktion ihn im Grunde zum König der Wasser-Fae macht?"

„Ja, das stimmt", lächelte Königin Aurelia. „Aber es ist eine matriarchalische Gesellschaft, wie ich schon sagte. Daher haben die Frauen mehr Macht."

Was bedeutete, wenn er der König war und sie die Königin ... waren sie dann Schicksalsgefährten? Diese Wahrheit traf sie so hart, dass Imogen nach einem Glas Champagner griff, um ihre nun brennende Kehle zu beruhigen.

„Es gab ein Kind, das vor Jahren verschwunden ist. Ein Baby, das außerhalb des Königreichs der Wasser-Fae geboren wurde. Die Prophezeiung spricht von ihr", sagte Nolan, seine Worte gemessen, während er den Ring an seinem Finger drehte. „Sie wurde aus vier Welten erschaffen, Menschen und Fae – Dunkelheit und Licht – und ihre Rückkehr würde das Königreich vor dem sicheren Untergang bewahren. Ich vermute, dass du dieses vermisste Kind bist."

„Ich..." Imogens Mund blieb offen stehen, und sie blickte zur Königin, die ihr zunickte. „Aber wie kann ich sie vor dem Untergang bewahren? Ich kann den Wasser-Fae nicht helfen."

„Das wissen wir noch nicht. Ihr Amulett ist immer noch verschwunden", sagte Nolan.

„Und ich soll es finden?" Imogen lachte – sie lachte tatsächlich – denn der Gedanke, dass sie ein ganzes Königreich von Elementar-Fae retten sollte, war, nun ja, einfach lächerlich.

„Das wissen wir noch nicht. Aber, möglicherweise." Nolan musterte sie.

„Und das hier?" Imogen hielt den Ring hoch, den sie in ihrer Hand drehte. „Er passt zu deinem. Heißt das... dass wir Schicksalsgefährten sind?"

„Ich ... ich glaube schon", sagte Nolan, und seine Augen brannten in seinem Gesicht. Seine Worte raubten Imogen den Atem, und ein Gedanke drängte sich an die Oberfläche.

Wie konnte sie mit einem Mann schicksalhaft verbunden sein, dem sie nicht einmal ihre Geheimnisse anvertrauen konnte? Was für ein grausamer Scherz war das?

Bianca spürte Imogens Verzweiflung und legte einen Arm um Imogens Schultern.

„Vielleicht bist du für diese Unterhaltung noch nicht bereit. Ich denke, das sollte ein privater Moment für euch beide sein. Wollen wir stattdessen über dieses Amulett reden? Es ist verschwunden, und die Person, die es hat, ist so etwas wie der faktische Herrscher oder Machthaber der Wasser-Fae? Ist das der Kern der Sache?"

„Richtig." Diesmal sprach Torin. „Die verschiedenen Elementar-Fae haben ein Amulett oder eine Art magischen Gegenstand, der die Macht der Elementaren in sich trägt. Wenn es in die falschen Hände gerät, kann das katastrophale Folgen für die ganze Welt haben. Im Falle der Wasser-Fae? Man denke nur an Überschwemmungen, Tsunamis, Wirbelstürme... so etwas in der Art. Bei meinem Volk? Waldbrände und große Verwüstungen. Die Domnua haben unser Volk unterwandert und sind hinter diesen Gegenständen her. Wir müssen sie aufhalten."

„Und wir wissen, dass das Amulett der Wasser-Fae verschwunden ist, aber wir haben keine Anhaltspunkte, wer es gestohlen hat, wo oder warum?" Bianca zählte die Fragen an ihren Fingern ab.

„Wir haben ein paar Ideen, aber keine entscheidenden Hinweise."

„Hier ist mein Vorschlag", Bianca hob eine Hand, bevor Nolan etwas sagen konnte. „Kehren wir zurück nach Grace's Cove. Ich werde mir etwas Zeit nehmen, um dieses faszinierende Buch, das Callum mir gegeben hat, durchzulesen und nach Hinweisen zu suchen. Jetzt, wo wir hoffentlich nicht mehr von einer Schlacht bedroht sind, werden wir uns ein wenig ausruhen. Wir werden uns alle ein oder zwei Nächte freinehmen, um aufzutanken und uns zu erholen, bevor wir versuchen, das Amulett zu finden. Die Wasser-Fae werden nicht aufgeben, bis ihr Anführer seine Kräfte zurück hat. Es gibt also noch viel zu tun. Imogen wird uns nichts nützen, wenn sie auf Sparflamme läuft und voller Verwirrung und Zweifel ist. Was meint ihr?"

„Das klingt nach einem perfekten Vorschlag." Königin Aurelia beugte ihr Haupt zu Bianca. „Danke, Bianca, dass du hier die Führung übernimmst. Ich vermute, dass Imogens Ring eine Anerkennung ihrer Abstammung ist. Die Fae machen gerne Geschenke. Ich stimme zu, dass Imogen ein wenig Zeit brauchen wird, um ihre Rolle in all dem zu verstehen, sonst wird sie keine fundierten Entscheidungen treffen können. Und das ist weder ihr noch unserem Volk gegenüber angemessen. Darum lasst uns keine Zeit verschwenden. Wir werden sofort zurückkehren."

Die Gruppe löste sich sofort auf, wobei die Fae aus dem unmittelbaren Blickfeld verschwanden und zurück zu ihren Schiffen gingen. Bianca stand auf und zog Nolan von Imogen weg.

„Bedräng sie jetzt nicht, Nolan. Sie braucht jetzt ein wenig Raum."

„Sie hat nicht gesagt, dass sie Raum braucht."

„Nun, ich sage es für sie. Geh' schon."

Imogen hätte Bianca küssen können, wahrhaftig. Denn das war genau das, was sie brauchte – etwas Freiraum von all dem, verdammt – einfach um zu Atem zu kommen und herauszufinden, was ihre nächsten Schritte waren. Denn im Moment? Im Moment hatte sie keinen blassen Schimmer.

KAPITEL SECHSUNDZWANZIG

Nach der Ankunft in Grace's Cove entschlüpfte Imogen dem geschäftigen Gewusel, kurz nachdem sie am Steg angedockt hatten. Bianca erwischte sie kurz bevor sie ging.

„Warte...“

„Bianca, bitte. Ich muss nur einen Spaziergang machen, um meinen Kopf frei zu bekommen. Ich habe mein Handy dabei. Kannst du ihn zurückhalten?“ Imogen brauchte nicht zu sagen, von wem sie sprach. Bianca zog sie in eine heftige Umarmung, bevor sie sich bereit erklärte zu helfen. Imogen schlenderte nun im frühen Abendlicht durch das Dorf, ohne eine bestimmte Richtung im Kopf, und ließ sich ausnahmsweise einfach mal treiben, während sie die Leute beobachtete. Selten nahm sie sich die Zeit zum Spazierengehen, wie sie feststellte, geschweige denn zum Beobachten der Menschen, die ihrem Alltag nachgingen. Wussten sie, dass es eine magische Welt gab, die direkt unter der Oberfläche ihres täglichen Lebens ablief? War ihnen klar, wie nahe sie der Magie waren? Imogen war sich nicht sicher, ob sie jemals wieder in das Leben zurückkehren konnte, das sie kannte, jetzt, da ihre eigene Welt durch all diese neuen Informationen durcheinander gebracht worden war.

Eine junge Mutter verließ ein Restaurant und bückte sich, um ihrem Sohn einen Schokoladenfleck aus dem Gesicht zu wischen. Er grinste sie mit einem zahnlosen Lächeln an und sagte etwas, woraufhin die Frau ihren Kopf zurückwarf und lachte. Sie hob ihn hoch und überhäufte sein Gesicht mit Küssen, bevor sie um die Ecke bog. Imogens Herz zog sich zusammen. Diese zwanglose Zärtlichkeit und Liebe war etwas, das sie sich immer von ihrer eigenen Mutter gewünscht hatte. Ihre Mutter hatte sie nicht nur abgelehnt, sie war auch nie liebevoll gewesen. Selten war Imogen in eine Umarmung gezogen worden, und bis heute konnte sie mit körperlicher Zuneigung nicht so recht umgehen.

Imogen ging an einer Gruppe von Frauen vorbei, die aus einem Pub kamen, und hörte Bruchstücke ihrer Gespräche. Sie sprachen über Schlussverkäufe und Schminktipps, über Verabredungen und Freunde. Alles Dinge, mit denen sich Imogen einfach nicht identifizieren konnte.

Genauso war es gewesen, als sie zum ersten Mal auf den Docks gelandet war, dachte Imogen, als sie die Straße weiter entlangging, vorbei an einem kleinen Buchladen mit einer hübschen Auslage mit Märchentiteln im Schaufenster. Auch dort hatte sie nicht hineingepasst. Das tat sie immer noch nicht, wenn sie ehrlich war, aber zumindest hatte sie sich den widerwilligen Respekt einiger alter Hasen verdient.

Im Grunde genommen sah Imogen es so: Sie passte

nirgendwo hin. Das hatte sie nie. Sie wusste absolut nichts über Kindererziehung, so dass es ihr nicht leicht fiel, ein Gespräch mit einer frischgebackenen Mutter zu beginnen. Sie wusste nicht nur nichts darüber, wie es war, Mutter zu sein, hinzu kam, dass ihre Erfahrungen zu Hause wahrscheinlich alles andere als normal waren, was sie noch mehr zu einem Sonderling machte, wenn es um dieses spezielle Thema ging.

Verabredungen, die neueste Mode und Make-up? Imogen hatte weder die Zeit noch das Geld für so etwas. Es interessierte sie auch nicht. Welchen Sinn hatte es, sich die Nägel zu lackieren, wenn der Lack schon am selben Tag beim Schrubben des Decks wieder abgekratzt werden würde? Eine Verabredung war eigentlich unmöglich, da sie ständig auf dem Wasser war und ihre Freizeit von der Führung ihres Unternehmens eingenommen wurde.

Nein, Imogen hatte akzeptiert, dass sie dazu bestimmt war, allein zu sein. Sie hatte sich sogar damit abgefunden. Sie wusste zwar, dass sie nicht so normal sein konnte wie die Frauen, die jetzt wie eine bunte Schar von Elstern die Straße hinaufflatterten, aber sie war auch einverstanden damit, ihr Leben zu etwas gemacht zu haben, das ihr Befriedigung verschaffen konnte.

Jetzt fürchtete Imogen, dass sie nicht mehr in dieses Leben zurückkehren konnte, aber sie wusste auch nicht, was die Zukunft bringen würde. Es war dieser Zwischenzustand, der ihr Angst machte, und sie mochte es nicht, vom Kurs abgebracht zu werden. Ungewissheit machte sie kribbelig, und es war kein Gefühl, das Imogen behagte. Als sie die Tür zu Gallagher's Pub entdeckte, beschloss sie, dass ein Whiskey gut zu solch tiefgründigen Überlegungen passen würde. Als Imogen die Tür aufschwang, fand sie den Pub voller Geschäftigkeit vor, entdeckte aber ein paar leere Hocker am Ende der langen Holztheke. Perfekt für ihre Bedürfnisse, dachte Imogen und nahm den am weitesten von den Leuten entfernten Hocker in einer schwach beleuchteten Ecke.

„Ich erinnere mich an dich." Eine schlanke Frau mit einem kurzen Haarschopf blieb vor ihrem Hocker stehen. „Schiffskapitänin, richtig?"

Imogen war schon ein paar Mal mit ihrer Crew zum Abendessen hierher gekommen, bevor ihre Welt ins Wanken geraten war.

„Ja, das ist richtig. Ich bin Imogen."

„Cait, schön, dich offiziell kennenzulernen. Du siehst aus, als wärst du ein bisschen ausgedörrt. Welches Gift kannst du heute Abend gebrauchen?"

Normalerweise hätte Imogen sich nach den Angeboten der Happy Hour erkundigt, aber da sie nun offenbar ein Boot hatte, das bald abbezahlt sein würde, konnte sie vielleicht ein bisschen Geld ausgeben.

„Einen Green Spot Whiskey. Pur bitte. Oh, und ein Glas Wasser dazu."

„Kommt sofort. Möchtest du etwas zu essen?"

„Nicht jetzt, danke." Imogen fragte sich, ob ihr Appetit jemals zurückkehren würde. Sie hatte *noch nie* so viele Tage hintereinander erlebt, an denen die Höhen und Tiefen der Emotionen so ein Gefühl bei ihr hinterlassen hatten. Es war ein bisschen so wie das eine Mal, als sie vor Jahren an einem warmen Sommertag Bodyboarding ausprobiert hatte. Die Wellen waren viel zu hoch gewesen, aber Imogen, stur wie sie war, hatte es trotzdem versucht. Als die Wellen über ihrem Kopf zusammenschlugen – man hatte sie davor gewarnt –, war Imogen in einem Chaos aus Sand und Meerwasser herumgewirbelt worden, bevor der Ozean sie förmlich wieder an den Strand ausspuckte; ein tropfendes und blutendes Häufchen Elend. Ja, so in etwa hatten sich die letzten Tage für sie angefühlt.

„Harter Tag?", fragte Cait, einen Barlappen auf der Schulter, während sie Imogen das Glas Whiskey hinüberschob.

„Ein hartes Leben, wenn man es genau nimmt. Aber das wird es ein bisschen besser machen. Danke." Imogen prostete der Frau zu. Anstatt sich zum Gehen zu wenden, lehnte sich Cait an die Bar und betrachtete sie.

„Hast du jemals diese Auslagen mit den kleinen Edelsteinen gesehen?", fragte Cait und Imogen blinzelte verwirrt zurück.

„Diese hübschen bunten?", fragte Imogen.

„Ja, wie der leuchtend orangene Karneol, der ganz glatt ist und sich weich anfühlt, oder ein leuchtend blauer Lapislazuli. Du weißt, wovon ich spreche, oder?"

„Ja, das tue ich. Sie sind wunderschön."

„Nun, am Anfang sind sie nicht so. Am Anfang sind sie irgendwie unansehnlich."

„Okay", Imogen nippte an ihrem Whiskey und genoss die Hitze, die ihr Inneres erwärmte.

„Und um sie hübsch und glänzend und vorzeigbar für die Welt zu machen? Nun, sie werden einem verdammt hohen Druck ausgesetzt. Sie werden in diese Maschinen geworfen, die sie so lange schleudern, dass sie am Ende schön poliert sind. Und das dauert Wochen über Wochen. Das ist kein einfacher Prozess, der über Nacht abläuft. Aber weißt du, was dabei herauskommt, nachdem sie all diesem harten Druck ausgesetzt wurden?"

„Ein schöner Stein?", fragte Imogen.

„Ja, die wahren Farben des Steins. Aber man sieht sie nicht in ihrer ganzen Schönheit, wenn man sie nicht zuerst intensivem Druck aussetzt. Die harten Zeiten? Nun, das macht die Schönheit in dieser Welt aus, Imogen." Cait klopfte einmal auf die Theke und ging, um mit anderen Kunden zu sprechen. Imogen blinzelte auf den Ring hinab, den sie immer noch an ihrer Hand trug, und fragte sich, was die anderen sahen, wenn sie sie ansahen. War sie nur ein hässlicher, rauer Klotz am Rande der Gesellschaft? Wollte sie immer so bleiben?

Oder war sie bereit, sich der Welt zu zeigen?

Sie wusste schon, dass Nolan in der Kneipe war, bevor er den Stuhl neben ihrem erreichte. Imogen hatte es sofort gespürt, als er sich dem Pub genähert hatte. Es musste diese Verbindung sein, von der er sprach – diese schicksalhafte Verbindung – dieselbe Verbindung, die Callum dazu gebracht hatte, Lily zu finden.

„Hallo", sagte Nolan, ohne den Hocker herauszuziehen.

„Hey", sagte Imogen, nahm einen weiteren Schluck von ihrem Whiskey und sah nicht zu ihm auf. Caits Worte schwebten ihr noch im Kopf herum.

„Ich weiß, dass du etwas Zeit für dich haben willst, und ich respektiere das. Aber ich wollte dich warnen, dass bald alle zum Essen in die Kneipe kommen, so dass es unwahrscheinlich ist, dass du diese Zeit allein verbringen kannst, wenn du hier bleibst."

Imogen dachte darüber nach. War sie bereit für einen

Abend im Pub mit allen? Sie fühlte sich immer noch ausgelaugt von den letzten Tagen, aber sobald Nolan neben ihr stand, durchströmte sie ein kleiner Strom von Energie.

„Kann ich dir etwas bringen?", fragte Cait und stellte sich vor Nolan.

„Nein", sprach Imogen für sie beide, nachdem sie sich entschieden hatte. „Wir wollten gerade gehen. Was schulde ich dir?"

„Das geht aufs Haus, aber nur, wenn du mich bald wieder besuchst. Ich würde gerne ein paar deiner Geschichten vom Wasser hören." Cait zwinkerte ihr zu und ging weg.

Eine Königin würde sich nicht vor ihrem Schicksal verstecken, dachte Imogen, als sie aufstand und Nolans fragenden Augen begegnete. Eine Königin würde sich ihrem Schicksal stellen. Sie konnte ihr Schicksal vielleicht nicht ändern, aber sie konnte es akzeptieren und ihre eigenen Entscheidungen über ihre Zukunft treffen. Und was wollte sie im Moment wirklich wissen? Was sie am meisten beschäftigte – mehr als die magische Welt der Feen, mehr als das verschollene Amulett und mehr als die mögliche Abstammung ihrer Familie – war, was es bedeutete, einen Schicksalsgefährten zu haben.

Und Nolan war der Einzige, der ihr diese Frage beantworten konnte.

Sie verließ den Pub schnell, da sie wusste, dass Nolan ihr folgen würde, und bog in eine Seitenstraße ein, um nicht mit der Gruppe zusammenzustoßen, die vom Schiff kommen würde. Nolan passte sich ihrem Tempo an, sprach aber nicht, und wieder einmal wusste sie einen Mann zu schätzen, der es nicht für nötig hielt, die Stille mit unsinnigem Geschwätz zu unterbrechen.

Es war bereits Nacht, und die Geräusche des Dorfes erklangen um sie herum. Mütter, die ihre Kinder nach Hause riefen, das Klirren von Silberbesteck auf Tellern, das Lachen von Menschengruppen in Restaurants. Der Vollmond erhob sich in den dunklen Nachthimmel und warf eine Lichtspur über die schimmernde Oberfläche des Hafens. Imogen war sich nicht ganz sicher, was sie da tat, aber ihre Haut summte vor Vorfreude, als sie sich den Docks näherten. Sie war noch nicht ganz bereit, zu ihrem Boot zurückzukehren. Imogen brauchte zuerst Antworten.

Sie ging einen kleinen Pfad entlang, der den Hafen umgab, und setzte sich auf die Felsmauer, wobei ihre Beine über den Rand baumelten. Imogen tätschelte den Platz neben sich und lud Nolan stumm ein, sich zu ihr zu setzen.

Stattdessen stellte er sich vor sie und trat so nah an sie heran, dass sie ihre Beine spreizen und den Kopf neigen musste, um zu ihm aufzuschauen. Seine kräftige Kieferpartie zeichnete sich im Mondlicht ab, und sie konnte gerade noch seine stürmischen Augen ausmachen.

„Sprich mit mir, Imogen. Bitte, sei nicht so frostig mit mir. Ich will wissen, was in deinem schönen Kopf vor sich geht."

Imogen wurde klar, dass sich noch nie jemand wirklich für sie interessiert hatte. Zumindest nicht genug, um ihr so etwas zu sagen. Ihre früheren Liebhaber waren betrunkene One-Night-Stands gewesen, und das war Imogen auch recht gewesen. Aber das hier? Das hier war von Bedeutung. Und sie musste die Gefühle verstehen, die sie durchströmten, wenn er sie so ansah, wie er es tat.

„Ich versuche nicht, dich oder irgendjemanden zu vergraulen, wirklich nicht. Ich brauchte nur einen Moment zum Spazierengehen. Um nachzudenken. Um alles zu verarbeiten. Ich kann nicht glauben, dass es nicht einmal eine Woche her ist, dass ich das letzte Mal hier war. Und es fühlt sich an, als wäre es eine Ewigkeit." Imogen blickte sich in dem hell erleuchteten Dorf hinter ihr um. „Wissen sie es überhaupt? Erkennen sie überhaupt die Magie, die direkt vor ihren Augen tanzt?"

„Manche schon. Die meisten nicht. Mehr könnten es, wenn sie sich die Zeit nähmen, danach zu suchen", sagte Nolan. Er legte seine Hände auf ihre Beine, trat dezent vor und strich mit seinen Handflächen beruhigend über ihre Oberschenkel. „Ist es das, was dich bedrückt? Der Zustand der Menschenwelt im Vergleich zum Reich der Fae?"

„Das ist eines der Dinge, ja. Vor allem, weil ich nicht mehr genau weiß, wo ich hingehöre." Imogen lachte und schüttelte den Kopf, wobei ihr die Haare über die Schultern fielen. „Abgesehen davon glaube ich nicht, dass ich jemals wirklich irgendwo hineingepasst habe, Nolan. Ich habe nie eine Familie gehabt. Ich habe keine Freunde. Nicht so wie du. Du bist dir deiner selbst und deines Platzes in der Welt so sicher. Und ich? Alles, was ich kenne, ist mein Boot. Es ist mein eigenes kleines Reich, über das ich herrsche, und das Einzige, was für mich Sinn macht."

„Und ich bin eine Bedrohung dafür."

„Ja", Imogen hob ihr Kinn an und sah ihm in die Augen. „Das bist du. Aber auch... diese ganze Sache mit der Königin. Und alles andere auch. Ich habe Angst, dass ich, wenn ich den nächsten Schritt tun werde, was das auch immer bedeutet, danach nie wieder dahin zurückkehren kann, wo ich jetzt bin."

„Ist das etwas Schlechtes?"

„Natürlich ist es…" Imogen verstummte. Seine Worte schienen etwas tief in ihr freizusetzen. *War* es etwas Schlechtes? Was gab sie wirklich auf? Sicher, sie liebte ihre Arbeit, aber das war eigentlich alles, was sie außer dem Respekt und der Zuneigung ihrer Mannschaft hatte. „Ehrlich gesagt … ich weiß es nicht. Es fühlt sich einfach alles so groß und beängstigend und verwirrend an. Ich weiß es nicht. Ich fühle mich wie erstarrt, als wüsste ich nicht, ob ich einen Schritt nach vorne machen oder weglaufen soll, und dieses Gefühl gefällt mir nicht. So bin ich normalerweise nicht und so gehe ich auch nicht vor. Normalerweise kann ich die Schläge des Lebens gut wegstecken und einfach weitermachen."

Nolan streckte seinen Arm aus und strich mit dem Daumen über ihre Kieferpartie, was ihr einen kleinen Schauer über die Haut jagte.

„Du musst diese Schläge nicht mehr allein wegstecken, wenn du nicht willst", sagte Nolan, dessen Stimme vor Rührung brüchig war.

„Das ist die andere Sache, die mir Angst macht", lachte Imogen wieder und merkte, dass sie den Tränen gefährlich nahe war. Sie steckte schon zu tief drin, um sie noch zu verbergen. „Ich weiß nicht, wie ich das machen soll."

„Was?"

„Das hier. Du und ich. Ich verstehe das mit den Schicksalsgefährten nicht. Ich… hör zu, Nolan. Ich habe mich noch nie mit jemandem auch nur ein paar Wochen lang getroffen. Ich hatte bisher nur One-Night-Stands. Ich weiß nicht, wie man so etwas macht, verstehst du? Ich weiß nicht, wie man in einer Beziehung ist. Ich weiß nicht, wie man mit jemandem zusammenlebt. Ich weiß nicht, wie ich jemanden fragen soll, bevor ich Entscheidungen treffe. Ich weiß nicht, wie..." Imogens Stimme stockte.

„Was weißt du nicht?" Nolans Finger hielten ihr Gesicht und drehten es zu ihm.

„Ich weiß nicht, ob ich gut genug für dich bin, Nolan. Ich habe Angst, dass du merkst, dass ich dir nicht genüge, und dass du gehst. So wie alle anderen auch." Da war sie, die nackte Wahrheit, und Imogen schloss die Augen, weil sie das Mitleid nicht ertragen konnte, das wahrscheinlich in seinen Augen leuchtete.

„Du bist nicht diejenige, die sich Sorgen machen sollte, Imogen. Es liegt nicht an dir, dass du nicht gut genug bist. Ich bin es, verstehst du nicht? Ich tue mein Bestes, aber ich bin immer noch ein unvollkommener Mann, Imogen. Ich stelle meine Pflicht oft über meine eigenen Bedürfnisse und verletze dabei andere. Du bist nicht die erste Frau, die ich durch meine Loyalität zu meiner Rolle verletzt habe, aber ich hoffe, du wirst die letzte sein."

„Das ist die andere Sache ..." Imogen amtete zitternd aus. „Ich weiß nicht, ob ich dir vertrauen kann. Und das hasse ich. Ich möchte dir vertrauen und mich auf die Person verlassen können, die ich endlich als Partner haben möchte. Du hast mich wirklich verletzt. Was du getan hast... war erschreckend. Und frustrierend. Und doch gleichzeitig? Ich habe es verstanden. Ich verstehe es. Ich verstehe es wirklich. Wäre ich in deiner Lage, hätte ich vielleicht die gleichen Schlüsse gezogen. Ich sollte also nicht so verletzt sein, wie ich es bin. Und doch ..."

„Es nagt an mir, Imogen. Was ich dir angetan habe. Als ich dachte, du hättest uns verraten? Ich... es hat mich innerlich zerstört. Denn ich glaube, ich wusste schon da, dass ich dir verfallen bin. Dass du die Richtige für mich bist. Und zu denken, dass du mich die ganze Zeit zum Narren hieltest? Nun, das hat mich um den Verstand gebracht. Nein, Imogen, ich mag magische Kräfte haben, aber ich bin auch nur ein Mann. Ich werde den Rest meiner Tage damit verbringen, es wieder gutzumachen, wenn du mir das erlaubst."

„Für den Rest deines Lebens?" Jetzt liefen ihr die Tränen über die Wangen. Hoffnung stieg in ihr auf. „Du kannst doch unmöglich denken, dass..."

„Was glaubst du, was Schicksalsgefährten sind, Imogen?" Nolan wischte ihr sanft die Tränen von den Wangen. „Für mich wird es keine andere geben. So ist das nun einmal."

„Aber Seamus sagte, dass Fae manchmal auf ihre Schicksalsgefährten verzichten können."

„Das können sie... aber nicht, wenn sie schon einmal zusammen waren. Wenn sie einmal zusammen waren, gibt es nichts mehr, was dieses Band brechen könnte, verstehst du? Nur bevor die Verbindung besiegelt ist, ist es möglich, sie zu verlassen. Unter großen persönlichen Opfern, aber die Wahlmöglichkeit ist da."

„Ist das... ist das der Grund, warum ich deine Nähe spüren kann? Als ob wir irgendwie verbunden wären?" Imogen schlug sich mit der Faust an die Brust. „Oder warum ich manchmal deine Gefühle kenne?"

Nolan hob ihre Faust und küsste sie sanft.

„Ja, deshalb weißt du es. Es wird stärker werden,

wenn... wenn du mich akzeptiert hast. Was fühlst du im Moment, Imogen? Was fühlst du für mich?" Nolan führte ihre Hand an sein Herz, und Imogen schloss ihre Augen und erlaubte sich, mit ihrem eigenen Herzen zu lauschen.

„Ich fühle... wie du... oh", keuchte Imogen und zog fast ihre Hand zurück angesichts der Vision, die ihren Kopf erfüllte. „Du siehst mich so anders, als ich mich selbst sehe, nicht wahr?"

„Sag es mir", flüsterte Nolan, der ihre Hand immer noch an sein Herz drückte.

„Es ist so, als ob... ich bin einfach glitzernd und glänzend und ich... glühe für dich. So würde Liebe aussehen, denke ich."

„So ist es. Imogen... du bist unglaublich. Du bist mutig, du bist loyal, du bist brillant, und deine Schönheit bricht mein Herz. Du sagst, du fürchtest die Zukunft, aber du bist eine Kriegerin, *Mavourneen*. Du hast dich in eine Schlacht gestürzt, die du nicht verstanden hast, und du hast der Welt gezeigt, wie mächtig du bist. Du bist die Frau meiner Träume, und ich weiß nicht, ob ich ohne dich an meiner Seite weiterleben könnte."

„Oh ...", sagte Imogen, gefangen von seinen Worten. „Ich habe Angst, Nolan. Was, wenn du..."

„Das werde ich nicht. Ich verspreche es. Damals wusste ich es nicht, aber jetzt weiß ich es. Ich werde dir nie das Gefühl geben, dass du nicht gut genug bist, das verspreche ich dir, Imogen. Ich verspreche bei der Seele meiner Mutter, dass ich meine Tage damit verbringen werde, dir zu zeigen, wie sehr du geliebt wirst."

„Ich glaube, ich brauche das", sagte Imogen und schluckte durch ihre Tränen hindurch. „Ich glaube, ich brauche jemanden, der für mich einsteht. Ich will nicht mehr allein sein, Nolan."

„Dann lass mich dieser Mensch für dich sein, *Mavourneen*."

Imogen blinzelte durch ihre Tränen hindurch zu ihm auf und nickte, als sich die Puzzleteile endlich zusammenfügten. Ja, dieser Mann war ihre Zukunft, und der Rest würde sich ergeben, so wie es kommen musste.

Nolan zog Imogen an sich, legte seine Arme um sie und transportierte sie mit seiner Magie. Eines Tages würde sie sich an das seltsame, saugende Gefühl des Transportierens gewöhnen, aber so weit war sie noch nicht. Als sie wieder festen Boden unter den Füßen hatte, sah sie sich um und stellte fest, dass sie sich in seiner Kabine auf der *Mystic Pirate* befanden. Im Gegensatz zu ihrer waren die Gästekabinen mit Doppelbetten ausgestattet, und Nolan war gerade dabei, sie auf den Rücken zu legen, bis ihre Beinrückseiten an den Rand der Matratze stießen.

„Du machst etwas mit mir", sagte Nolan und beugte sich so, dass seine Lippen ihr Ohr berührten. Sein Atem an ihrem Hals war heiß, und ein Schauer durchlief sie. „Seit ich dich zum ersten Mal gesehen habe. Seit der allerersten Berührung habe ich dich begehrt. Ich habe von meinen Lippen auf deiner Haut geträumt, davon, deinen Mund zu schmecken, dich unter mir zu spüren... über mir. Der Gedanke an dich hat mich fast in den Wahnsinn getrieben, *Mavourneen*."

„Ich..." Imogen keuchte, als er ihr den Pullover über den Kopf zog und das Shirt darunter gleich mit. Sie hatte an diesem Morgen nur einen einfachen bequemen BH angezogen und fühlte sich nun etwas schäbig, als sie vor ihm stand.

„Ja?", fragte Nolan, während er an dem Träger herumfummelte. Seine Finger an ihren Schultern ließen kleine Wärmeströme an ihren Armen hinunterrollen.

„Mir ging es auch so. Ich habe es irgendwie gehasst", Imogen sah zu ihm auf. „Du warst nicht sehr nett im Umgang mit mir."

„Das war wahrscheinlich nur der Versuch, dich auf Abstand zu halten. Ich wollte mich nicht von dir ablenken lassen. Wollte nicht ständig daran denken, dich zu berühren." Nolan strich mit seiner Hand über ihre Brust. Ihre Nippel reagierten unter seinen Berührungen. „Ich wollte nicht von dem Gedanken verzehrt werden, wie es wäre, dich nur für mich zu haben."

Imogens Inneres wurde bei seinen Worten flüssig. Es klang so nach Eigentum, nicht wahr? Jemanden für sich zu haben. Sie zuckte zusammen, als Nolan auf die Knie sank, seine Hände an ihrer Taille, und ihre Hose aufknöpfte. Sie zitterte unter seiner Berührung, wurde nervös. Vielleicht sollten sie es einfach hinter sich bringen?

„Oh, die kann ich schnell ausziehen. Und wir können gleich loslegen."

Nolan stieß ein Lachen aus und drückte dabei seine Stirn an ihren Bauch. Imogen sah auf ihn herab und wollte mit ihren Händen durch sein Haar fahren. Aber das erschien ihr zu intim. Zu ... partnerschaftlich?

„Hat sich noch nie jemand Zeit mit dir genommen?" Nolans Atem stieß an die empfindliche Haut ihres Bauches, und sie erschauerte erneut. Sie fühlte sich unbehaglich, aufgeregt und unsicher ... es gab so viele Emotionen, die in ihr brodelten.

„Ähm... nein. Ich weiß nicht genau ... wie man das auf diese Weise macht."

„Und was meinst du damit?" Nolan blickte zu ihr auf, während er kniete.

„Nicht halb betrunken und ohne große Rücksicht auf die andere Person?", sagte Imogen und presste dann ihre Lippen aufeinander. Wahrscheinlich war das nicht das Beste, was sie zu jemandem sagen konnte, der mit ihr schlafen wollte. Trotzdem schien Nolan zu verstehen.

„Sag mir, was du willst, Imogen."

„Ich will mit meinen Händen durch dein Haar fahren", gab Imogen zu und fühlte sich dumm.

„Du kannst mit mir machen, was du willst, mein Liebling. Ich gehöre dir. Bitte, komm dir nicht albern vor. Und halte dich nicht zurück – das habe ich bei dir auch nicht vor." In diesem Moment zog Nolan ihre Hose herunter, zusammen mit ihrer Unterwäsche und entblößte sie vor ihm. Imogens Augen weiteten sich.

„Du raubst mir den Atem", sagte Nolan, tastete ihren Körper ab und sah dann wieder zu ihr auf. „Meine Liebe. Meine Herzensgefährtin. Bitte, erlaubst du mir, dich zu lieben? Ich habe von deinem Geschmack auf meinem Mund geträumt."

Oh je... Imogen war sich sicher, dass ihr ganzer Körper gerade rot wurde, aber sie konnte nicht viel gegen ihre Verlegenheit tun, bevor seine Zunge zwischen ihre Schenkel glitt und die Stelle fand, an der sie sich am meisten nach ihm sehnte. Imogens Beine bäumten sich bereits vor Verlangen auf, während Nolan sie mit seinem Mund massierte, ihre empfindlichsten Stellen fand und so sanft saugte, bis Imogen bereits aufschreien wollte. Sie beugte sich nach hinten, grub ihre Hände in sein Haar und schloss die Augen bei der Welle der Lust, die sie überspülte. Der süßeste Druck baute sich auf und ihr Körper zitterte vor Verlangen – Verlangen nach Erlösung – Verlangen nach Nolan – Verlangen nach dieser Verbindung mit ihm. Seine Zunge, oh, das war der reine Wahnsinn. Der Mann war ohne Zweifel ein Zauberer, so wie er in sie eintauchte und abtauchte, seine Zunge flattern ließ und sie kostete, als wäre sie eine Delikatesse, die man genießen musste.

Imogen schauderte, das Vergnügen steigerte sich zu einem solchen Höhepunkt, dass sie schreien wollte – um ihm zu sagen, er solle niemals aufhören –, als er einen Finger tief in sie schob und ihn so krümmte, dass er sie genau traf. In diesem Moment zog er sie über den Rand, das unablässige Streicheln seiner Zunge brachte ihr die Erlösung, die sie suchte, und sie packte seine Schultern, während sie um ihn herum explodierte. Als sie fertig war, blinzelte Imogen verschwommen zu Nolan hinunter, der sie träge angrinste und begann, ihren Körper zu küssen, wobei er eine Spur der Hitze auf ihrer Haut hinterließ.

„Genau wie ich dachte, meine schöne, süße Göttin. Dein Geschmack... er macht mich besinnungslos. Ich werde mich nie wieder so nach einer anderen sehnen wie nach dir."

Oh, der Mann war poetisch, dachte Imogen. Im Moment konnte sie nicht einmal zwei Worte aneinanderreihen, geschweige denn sich etwas Romantisches einfallen lassen. Ihr Herz pochte in ihrer Brust, und sie war einfach ... überwältigt von ihm. Er war so viel größer als sie, und seine

Hände und sein Mund waren überall, küssten, knabberten, schmeckten, probierten. Es war, als würde sie in einen Strudel erotischer Freuden hineingezogen werden, und Imogen kam kaum mit, bevor er sie noch einmal kurz vor die Erlösung brachte, indem er sich ihren Brüsten widmete. Bevor sie erneut zum Höhepunkt kam, legte sie eine Hand auf seine Brust.

„Warte, bitte... ich...“

„Sag mir, was du brauchst.“ Nolan stand jetzt auf, knabberte an ihrem Hals und hob sie sanft hoch, um sie mit dem Rücken auf das Bett zu legen.

„Ich möchte dich berühren“, sagte Imogen. Sie hatte ihre eigenen Fantasien, nicht wahr? Hier war sie nackt und der Mann war noch vollständig bekleidet. War sie nicht auch an der Reihe, etwas von der Landschaft zu genießen?

„Wie die Dame will ...“ Nolan hielt inne und breitete die Arme aus.

„Nun, erstens trägst du viel zu viel Kleidung.“ Zu ihrer Freude schnippte Nolan mit den Fingern und seine Kleidung verschwand augenblicklich von seinem Körper. „Wow, du wärst der Hit im Stripclub, nicht wahr?“

„Ich bin mir nicht sicher, was das ist“, gab Nolan zu, und Imogen starrte ihn erstaunt an.

„Da tanzen die Leute für Geld. Und ziehen sich aus.“

„Interessant. Wirst du eines Tages nackt für mich tanzen, Imogen?“

„Was? Nein! Ich meine...“ Imogen hielt inne. Eigentlich faszinierte sie der Gedanke irgendwie.

„Das ist also ein Ja?“ Nolan verstand ihren inneren Kommentar genau.

Imogen musste lachen. Das war etwas, das sie von

einem Liebhaber nicht erwartet hatte. Nolan war verspielt und sexy und anspruchsvoll und ... wirklich gut gebaut. Imogen ließ ihren Blick über seine breiten Schultern und seine extrem gut definierten Bauchmuskeln gleiten, und ... ihr blieb der Mund offen stehen, als ihr der Beweis seiner Anziehungskraft vor Augen geführt wurde. Er war... nun, in dieser Abteilung fehlte es ihm an nichts, entschied Imogen. Sie setzte sich auf und kroch über das Bett zu ihm, wo er immer noch stand. Zögernd streckte sie die Hand aus und fuhr mit ihr über seine Brust und über seinen Bauch, fühlte die Vertiefungen und Erhebungen seiner harten Muskeln. Er war die Perfektion, dieser Mann vor ihr, und er gehörte ihr, wenn sie es zuließ.

Imogen sah zu ihm auf, ihre Augen blieben an seinen hängen, ihr Mund war nur Zentimeter von seinen Lippen entfernt, als sie nach ihm griff und ihre Hand über seine harte Länge gleiten ließ. Er schloss die Augen, ein leiser Lufthauch entwich seinen Lippen, und Imogen stellte fest, dass sie es genoss, diese Macht über ihn zu haben. Sanft fuhr sie mit ihrer Hand hin und her, genoss das Gefühl, das er ihr gab, und ihre Hüften begannen sich im Rhythmus ihrer Hand zu bewegen. Nolan beugte sich vor, um ihre Lippen mit den seinen zu küssen, und Imogen stöhnte in seinen Mund. Sie schmeckte sich selbst auf seinen Lippen und noch etwas anderes – ein ursprüngliches Verlangen, das aus ihrer Seele aufzusteigen schien, und sie verlor sich in dem Kuss, ertrank, ertrank, bis er den Kuss unterbrach und sie zurück aufs Bett drückte.

„Ich muss dich um mich herum spüren, Imogen. Ich brauche..." Seine Stimme hatte diese raue Qualität angenommen, die Imogen einen Schauer über den Rücken jagte, und sie zog ihn auf sich, weil sie sein Gewicht auf ihrem Körper spüren wollte. Oh, er war wirklich groß ... in jeder Hinsicht. Nolan stützte sich auf seine muskulösen Arme, hielt sich von ihr ab und schob sich zwischen ihre Beine. Er verlängerte den Moment, neckte sie, während er seine Länge zwischen ihre Spalte schob und sie genau an der richtigen Stelle berührte, bis sie darum betteln wollte, dass er sie in diesem Moment nahm.

„Imogen", sagte Nolan und beugte sich vor, so dass seine Lippen noch einmal heiß über die ihren glitten.

„Nolan." Imogen keuchte gegen seinen Mund.

„Du gehörst mir. Jetzt. Für immer. Wir sind Schicksalsgefährten. Wirst du es zulassen, dass du mir gehörst?", fragte Nolan, sein Atem kam in flachen Stößen, seine Beherrschung war kurz davor, sich zu verabschieden. Imogen merkte es, denn sie spürte, wie sich seine Gefühle für sie in ihr widerspiegelten, was den Moment nur noch verstärkte und das Gleiten seiner Bewegungen berauschend machte.

„Bitte, Nolan", Imogen wimmerte beinahe gegen seinen Mund an. „Du gehörst mir."

„Meine Königin", sagte Nolan und glitt tief in sie hinein, füllte sie auf eine Weise aus, wie es noch niemand zuvor getan hatte. Sofort krallte sich Imogen um ihn, eine scharfe Welle der Lust brachte sie zum Gipfel, so dass sie um ihn herum erschauderte, während er sich selbst still hielt und auf sie wartete.

„Nolan ... ich ... liebe dich." Es schien unmöglich. Es war gerade einmal eine Woche her, dass sie diesem Mann ein Messer an den Kopf geworfen hatte. Aber ihr Herz wusste es – hatte es gewusst – in dem Moment, als sie ihn erblickt hatte. Jetzt küsste Nolan sie sanft auf den Mund, bevor er sich in ihr bewegte, sich ganz herauszog und wieder tief in sie eindrang, immer und immer wieder, bis Imogens Lust in die Höhe schoss und überzulaufen drohte. Aber dieses Mal war sie entschlossen, ihn mit sich zu nehmen, und kam seinen Stößen entgegen, indem sie ihren Rücken krümmte, damit er tiefer in sie eindringen konnte, und gemeinsam bewegten sie sich, um ihren Anspruch aufeinander für immer zu zementieren. Nolan hielt inne, ließ seinen Kopf auf Imogens Schulter sinken, und sie schlang ihre Beine um ihn, weil sie ihn noch einen Moment länger in ihrer Nähe halten wollte.

„Meine Königin." Nolan beugte sich vor und drückte ihr einen Kuss auf den Hals. „Ich freue mich darauf, dir all die Möglichkeiten zu zeigen, wie ich dich lieben kann."

„Ich ... ich freue mich auch schon darauf." Imogen brachte es nicht über sich, ihn als ihren König zu bezeichnen, denn das kam ihr etwas albern vor, aber sie würde lügen, wenn sie behaupten würde, dass sie nicht ein glückliches kleines Prickeln in sich spürte, wenn er sagte, dass sie seine Königin sei. Einen Moment lang lehnte sie sich zurück und spürte, wie sein Herz an ihrem schlug. Das hatte sie noch nie getan, stellte sie fest, und sie genoss den Moment, in dem sie mit ihrem Geliebten umschlungen war.

„Du singst."

Imogen blinzelte zu Nolan auf, als er sie angrinste.

„Ach ja?"

„Ja, du hast dieses Lied jetzt schon ein paar Mal gesungen. Ich erkenne es. Es ist das Lied unserer Herzen."

„Wirklich?" Imogen zog eine Augenbraue zu ihm hoch.

„So ist es. Du hast es die ganze Zeit gesungen... Ich habe mich nur geweigert, es zu glauben. Weißt du noch? Die Liebe ist ein Ozean, mächtig und heilend", Nolan sang leise zu ihr. Imogens Herz reagierte sofort und überflutete sie mit Wärme und Glück.

„Oh, dieses Lied höre ich schon seit Ewigkeiten. Ich dachte, es sei aus einem Traum..."

„Das ist es. Unser Traum, meine Liebe."

Imogen versank in seinem Kuss und war überrascht, als ihr die Tränen kamen. Sie hatte zwar schon einige Schwierigkeiten in ihrem Leben gehabt, aber einen so verletzlichen Moment hatte sie noch nie erlebt. Beziehungsweise eine ganze Woche voller solcher Emotionen, um genau zu sein. Sie seufzte leise gegen Nolans Lippen und zog sich zurück.

„Sollen wir einen Whiskey auf dem Dach trinken? Und auf die anderen warten, bis sie zurückkommen?"

„Oh, weißt du was? Das wäre perfekt."

„Lass uns frisch machen und ich hole die Drinks." Und so fielen sie in einen lockeren Rhythmus, den Imogen mit niemandem sonst in ihrem Leben gekannt hatte.

Es war gut, erkannte sie. Es war richtig. Sie hatte es endlich geschafft, wurde ihr klar. Sie war aus sich herausgegangen, hatte sich verliebt und den Richtigen gefunden. Es würde ein bisschen dauern, sich daran zu gewöhnen, aber... es war schwer, sich mitten in diesem Gefühl, das immer noch anhielt, Sorgen zu machen. Über das Leben konnte sie sich an einem anderen Tag Gedanken machen. Und jetzt würde sie mit ihrem Liebsten einen Whiskey auf dem Deck des Bootes genießen, das ihr gehörte.

Es war doch noch ein ziemlich guter Tag geworden.

KAPITEL SIEBENUNDZWANZIG

N olan durchströmte eine Kraft, wie er sie seit seiner Jugend nicht mehr gespürt hatte. Das war es also, was sie damit meinten, dass Schicksalsgefährten die magischen Fähigkeiten verstärkten. Es war, als ob seine Kraft unter seiner Haut summte wie ein stromführender Draht, und er hüpfte förmlich auf dem Boot herum. Er hatte sich von Imogen trennen müssen, ohne sie noch einmal zu lieben, nachdem sie sich zu ihm in die winzige Duschkabine gesellt hatte. Die anderen würden bald zurück kommen, und er wollte sich Zeit mit ihr lassen und nicht von der Gruppe unterbrochen werden. Das hatte ihn nicht davon abgehalten, sie gegen die Wand zu drücken und seine Hände in sie gleiten zu lassen, um sie zu einem heftigen Orgasmus zu bringen, während sie an seinem Mund stöhnte und der heiße Strahl des Wassers auf seine Schultern schlug.

Sie war alles, wovon er geträumt hatte, und mehr. Er liebte die Art, wie ihre Augen abdrehten, wenn er sie befriedigte, und die Röte, die ihre Porzellanhaut färbte. Mit ihrem flammenden Haar, das sich über die Kissen verteilte, ihren von seinen Küssen geschwollenen Lippen und ihren vor Lust getrübten Augen war Imogen wie eine Sirene, die ihr Lied nur für ihn sang.

Pfeifend stapfte Nolan in dicken Wollsocken in die Lounge und schenkte beiden ein Glas Whiskey ein, bevor er sich auf das Deck begab. Die Nacht war still, es wehte kaum ein Windhauch, und der Mond schien hell über ihnen. An der Leiter blieb er stehen und überlegte, wie er sie mit den beiden Gläsern in der Hand hinaufklettern sollte, als ihm ein Schock des Schmerzes plötzlich die Kehle zuschnürte. Nolan ließ die Gläser fallen und griff nach seiner Kehle, nur um sich an dem heißen Metallband zu verbrennen, das nun seinen Hals umschloss.

Eisen.

Nolan krümmte sich und versuchte, seinen Hals von dem zu befreien, was ihn gefangen hielt, aber es war vergeblich. Er schnappte nach Luft und spürte, wie seine Kraft zu schwinden begann, als er ein dunkles Lachen hörte.

„Ich hätte nicht erwartet, dass du sie findest."

Nolan versuchte sich zu drehen, um zu sehen, wer da sprach, aber stattdessen wurde er am Rand des Decks entlanggeschleift, wobei die Glasscherben durch die Wolle seiner Socken und in seine Füße schnitten. Dann wurde er kurzerhand zu Boden geworfen. Nolan drehte sich und versuchte, gegen den feurigen Schmerz anzukämpfen, der ihn durchfuhr. Es war, als würde er mit einem heißen Schürhaken aus einem Kamin gefoltert werden.

Vor ihm stand ein Mann mit einem schwachen silbernen Schimmer, der Nolan mit seinen opalenen Augen anschaute. Ein Wasser-Fae. Und doch keiner. Der Anblick des roten Haarschopfs war alles, was Nolan brauchte, um zu erkennen, wer ihn gefangen genommen hatte.

Imogens Vater.

Und er trug das gestohlene Amulett der Wasser-Fae um seinen Hals.

Nolan schloss für einen Moment die Augen und versuchte, seine Kräfte zu sammeln, während das Eisen seine Energie raubte. Er war wütend, dass ihm das passieren konnte, nachdem er endlich zu Imogen gefunden hatte. Die Sorge um ihre Sicherheit stieg in ihm hoch, und er versuchte, ihr eine Art innere Botschaft zu schicken – eine Warnung.

„Nolan!", rief Imogen, rannte die Treppe hinauf und kam auf der hinteren Terrasse zum Stehen, als sie ihn zusammengesackt auf dem Boden sah. Ihr Haar war noch tropfnass und sie hatte den Bademantel aus seinem Schrank angezogen. Denselben, den er als Fessel für ihre Beine benutzt hatte. Er zuckte zusammen bei der schmerzhaften Erinnerung daran. Wie töricht er doch gewesen war.

„Ah, da ist sie ja."

Imogen drehte sich um und sah ihrem Vater in die Augen. Nolan hasste es, dass er nichts tun konnte, dass er ihr in diesem Moment nicht helfen konnte, aber das Eisen machte ihn praktisch machtlos. Er konnte nur zusehen, wie Imogen sich ihrer größten Angst und ihrer größten Bedrohung in einem stellte.

„Das Amulett, Imogen. Er trägt es...", krächzte Nolan. Er musste ihr klar machen, wie mächtig ihr Vater war. Er war nicht nur ein Teil der Domnua, sondern er befehligte jetzt auch die Wasser-Fae. Sie mussten ihm gehorchen, unabhängig von ihrer Loyalität zu Imogen.

„Du hast mich all die Jahre ignoriert. Und doch wusste ich, dass dieser Tag kommen würde. Meine geliebte Tochter. Erlaube mir, mich vorzustellen." Imogens Vater streckte seinen Arm zu einer spöttischen Verbeugung aus. „Cathal ist mein Name, und ich bin dein Vater."

„Du bist...", Imogens Stimme stockte, und Nolans Magen verdrehte sich bei dem Schmerz, der ihr schönes Gesicht überzog. Sie riss ihren Blick von ihrem Vater los und sah zu Nolan. „Ich wusste das nicht ... ich schwöre es."

„Rette. Dich selbst." Nolan keuchte, kleine Punkte tanzten über sein Sichtfeld.

„Ich glaube, er will damit sagen, dass es für dich an der Zeit ist, in deine Kraft zu kommen, mein Liebling. Du hast dich ihr all die Jahre entzogen. Aber jetzt nicht mehr. Komm mit mir."

„Ich weigere mich", sagte Imogen, verschränkte die Arme vor der Brust und warf ihr Haar durcheinander.

„Nun, mein Schatz, so geht das nicht. Ist es das Boot? Willst du es nicht verlassen? Sieht aus, als wärst du ganz gut durchs Leben gekommen." Cathal lächelte Imogen an, als würden sie sich bei einem Bierchen im Pub unterhalten. „Ich bin stolz auf dich, weißt du."

„Ich *bin* gut durchs Leben gekommen. Und das habe ich nicht dir zu verdanken. Was für ein Vater lässt sein Kind im Stich?", verlangte Imogen. Nolan fragte sich, ob sie wusste, dass ihn das Eisenband um seinen Hals umbrachte. Sie hatte noch so viel über die Welt der Fae zu lernen.

„Ein Vater, der sehr beschäftigt ist, Imogen. Ich habe Jahre damit verbracht, diese Pläne zu verfolgen. Verstehst du nicht? Alles, was ich bis jetzt getan habe, habe ich für uns getan. Jetzt können wir die Wasser-Fae *zusammen* regieren. Ich bin wegen dir zurückgekommen. Denn als Familie werden wir noch mächtiger sein."

Er brauchte Imogen eher, um einen rechtmäßigen Anspruch auf den Thron zu erheben. Nolan wusste, wie die Regeln der Fae funktionierten, und Imogen war Teil der Prophezeiung. Cathal war es nicht. Er hatte sie als Kind verlassen, und jetzt benutzte er sie, um die Wasser-Fae zu stürzen. Die Wellen schlugen gegen die Bordwand, und Nolan wusste, dass die Wasser-Fae nahe waren. Hatte Cathal sie gerufen?

Er fiel schlaff auf das Deck, wütend darüber, dass er Imogen nicht helfen konnte, dass er in diesem Moment nichts mehr tun konnte. Ein weiterer Atemzug ließ ihn erschaudern, er war kaum in der Lage, seine Augen offen zu halten.

„Das ist nicht der richtige Weg", sagte Imogen leise und drehte sich zu ihrem Vater um. „Du tust meinem Partner weh, Cathal. Dies ist mein Schicksalsgefährte – die Liebe meines Lebens. Lass ihn sofort frei."

„Nein, das kann ich leider nicht für dich tun, meine Tochter. Ich vermute, dass er über unseren Anspruch auf den Thron nicht erfreut sein wird. Es würde ihn seiner Macht berauben, und das würde Nolan nicht gefallen, oder? Er ist stolz darauf, immer an der Macht zu sein. Er hat keinen Nutzen mehr für dich, Imogen. Verstehst du denn nicht? Du brauchst ihn nicht mehr. Und keine Sorge, wenn wir erst einmal auf dem Thron sind, wird es viele Verehrer geben, unter denen du auswählen kannst."

„Wenn ich deine Tochter bin, wie du sagst, dann kannst du zumindest meiner Bitte nachkommen. Lass ihn frei", sagte Imogen in scharfem Ton. „Du hast mich mein ganzes

Leben lang im Stich gelassen, und ich habe dich nie um etwas gebeten oder etwas von dir gebraucht. Lass ihn frei."

„Oh, probierst du schon deine königliche Haltung aus? Du wirst dich auf dem Thron gut machen." Cathals Grinsen wurde breiter.

„Du hast dich nie um mich gekümmert, oder?", fragte Imogen und legte ihren Kopf schief, um ihren Vater anzusehen. Nolans Inneres schrie auf, aber der körperliche Schmerz war nichts im Vergleich zu den Gefühlen, die er von Imogen empfing. Endlich ihren Vater kennenzulernen, nur um zu erkennen, dass er sie nur wegen etwas wollte, was sie für ihn tun konnte – es war herzzerreißend, das mit anzusehen.

„Ist das nicht ein bisschen hart? Ich habe all die Jahre ein Auge auf dich geworfen."

„Ist das wahr? Wo warst du, als ich von meiner Mutter auf die Straße geworfen wurde?", verlangte Imogen.

„Ach, diese Schlampe hätte sich einfach besser um dich kümmern müssen. Gib ihr die Schuld – nicht mir. Komm jetzt, Kind. Es ist Zeit zu gehen. Der Thron kann uns gehören. Stell dir nur all die Reichtümer vor, die wir haben werden – die ganze Macht!" Cathals Augen leuchteten vor Aufregung.

„Wenn du ihn gehen lässt, dann..." Imogen schluckte, ihre herzzerreißenden Augen waren auf Nolans gerichtet. „Dann werde ich mit dir gehen."

„Nein..." Nolan räusperte sich, seine Kehle schnürte sich zu.

„Du kommst so oder so mit mir, mein Schatz. Ich werde ihn nicht freilassen, denn er wird uns nur Probleme bereiten, wenn wir hier weg sind."

„Das war's dann also? Das ist deine Entscheidung?", fragte Imogen leise.

„Natürlich ist es das, du dummes Mädchen. Du vergeudest unsere Zeit. Es ist Zeit zu gehen, jetzt." Nolan erkannte, dass Cathal am Ende seiner Geduld war und kurz davor stand, seine Kräfte auf Imogen anzuwenden. Er hob seine Hand, um sie zu warnen.

„Wir alle treffen Entscheidungen, nicht wahr, Vater? Und ich wähle ihn." Nolan sah die Wurfbewegung kaum, bevor Cathal in einem Sprühnebel aus silbrigem Glibber explodierte, nachdem er Imogens Messer direkt zwischen die Augen bekommen hatte. Das Amulett der Wasser-Fae klapperte auf dem Deck. Imogen stürzte sich darauf und zog es sich über den Kopf, bevor sie sich an Nolans Seite hockte. Er blinzelte zu ihr hoch, Tränen schossen ihm in die Augen.

„Meine Kriegerin. Meine Geliebte. Was für eine brillante Königin du sein wirst", hauchte Nolan und konnte gerade noch seine Hand heben, um ihr Gesicht zu streicheln. „Ich bin stolz auf dich."

„Nolan, bitte. Sag mir, was ich tun soll. Wie bekomme ich das von dir runter?" Tränen liefen über Imogens Gesicht, als sie nach seinem Hals griff.

„Geht nicht. Magie." Nolan keuchte, seine Sicht verschwamm.

„Weißt du, was ich hasse?" Imogen stand auf, Wut tobte über ihr schönes Gesicht. „Wenn man mir sagt, dass ich etwas nicht tun kann."

In diesem Moment war sie ganz und gar seine Königin, und griff nach dem Amulett an ihrem Hals.

„Wasser-Fae!", rief Imogen. Der Ozean umspülte das

Boot, und die Wellen schlugen gegen die Bordwände. „Helft mir!"

Nolan blinzelte, als die Wasser-Fae sich über die Bordwand des Bootes ergossen, ihn umgaben und in die Luft hoben. In Sekundenschnelle tauchte er unter die Wasseroberfläche, wobei der eisige Schock auf seiner Haut nicht annähernd so schmerzhaft war wie der des Eisenbandes um seinen Hals. Nolan blinzelte in das dunkle Wasser, und näherte sich einem sanften weißen Licht. Er wurde in der Schwebe gehalten, während eine atemberaubende Meerjungfrau, deren Haar um ihren Kopf wirbelte, die Hand ausstreckte und geschickt das eiserne Band um seinen Hals entfernte. Sofortige Erleichterung durchströmte Nolan, und er schnappte nach Luft, als die Fae ihn wieder an die Oberfläche und zur Ladeplattform am Heck des Bootes brachten. Dort fand er Imogen kniend vor. Tränen strömten über ihr Gesicht.

„Nolan!"

„Imogen!" Ein Schrei ertönte vom Steg, und Nolan blickte hinüber, um zu sehen, wie Callum und die anderen auf ihn zustürzten. Sie sprangen auf das Boot und halfen ihr, ihn in Sicherheit zu bringen. Er brach neben Imogen zusammen, schlang seine Arme um sie und legte seinen Kopf in ihren Schoß. Das war alles, was er tun konnte, denn seine Energie war aufgebraucht.

Aber er war am Leben, und Imogen hatte ihre Dämonen besiegt.

Nun, zumindest einen von ihnen.

„Was ist passiert?", fragte Bianca und ließ sich neben ihm auf die Knie sinken. Königin Aurelia erschien mit einer Glasflasche in der Hand. Nolan blieb eine Antwort erspart, als sie ihm kurzerhand die Flüssigkeit in die Kehle schüttete. Das Elixier wirkte fast augenblicklich, wie ein Adrenalinstoß, und Nolan setzte sich auf, obwohl er wusste, dass er kaum bei Kräften war. Wenigstens war er am Leben.

„Imogens Vater hat uns einen Besuch abgestattet. Er war derjenige, der das Amulett von den Wasser-Fae gestohlen hat."

Bianca schnappte nach Luft und schaute mit großen Augen zu Imogen.

„Oh, du armes Ding. Das muss dir das Herz brechen."

„Ich habe ihn getötet", sagte Imogen verwirrt, als wäre sie von dem, was gerade passiert war, überrascht. „Ich habe meinen Vater getötet."

„Und das ist auch gut so. Er gehörte zu den Domnua und versuchte, den Thron an sich zu reißen. Imogen", Nolan streckte eine Hand aus und zog sie zu sich herunter. „Er hätte dich nur zu seinem eigenen Vorteil benutzt. Du warst ihm völlig egal – es ging ihm nur um das, was du für ihn tun konntest. Du hast das Richtige getan."

„Du hast eine harte Entscheidung getroffen", sagte Königin Aurelia und wippte auf ihren Fersen zurück. „Die Art von Entscheidung, die eine Königin treffen würde."

„Ich habe mich für die Liebe entschieden", sagte Imogen schlicht und zog das Amulett über ihren Kopf. „Hier. Bitte gebt es denjenigen zurück, denen es gehört."

„Ich glaube, das könntest du sein", sagte Königin Aurelia sanft.

„Nein. So ist das nicht. Zumindest noch nicht. Es ist nicht fair gegenüber den Wasser-Fae. Vielleicht, im Laufe der Zeit, werde ich in der Lage sein, ihnen mehr zu helfen. Aber ich bin noch nicht so weit. Ich muss erst noch eine

Menge lernen, bevor ich ihnen von Nutzen sein kann. Außerdem, was bedeutet es, wenn ich Domnua-Blut in mir habe? Bedeutet das, dass ich auch böse bin?"

„Nein, mein Kind. Das tut es nicht. Du kannst immer noch deinen Weg wählen, verstehst du?" Königin Aurelia deutete mit dem Finger auf die Ladeplattform. „Wenn du nicht bereit bist für das Amulett, dann gehört es ihm – dem Ältesten, dem es gestohlen wurde."

Nolan drehte sich um und sah einen Ältesten, den er gut kannte, auf der Plattform stehen und geduldig warten. Imogen stand auf und ging zu ihm, wobei sie in ihrem Bademantel so königlich aussah, wie sie nur konnte, und überreichte dem alten Wasser-Fae das Amulett.

„Es tut mir leid, dass mein Vater dies von den Deinen gestohlen hat. Ich hoffe, ihr werdet mich nicht für seine Taten verantwortlich machen. Ich wünsche mir nur Gesundheit und Glück für dein Volk."

„Meine Königin." Der Älteste verbeugte sich. „Ihr seid ein Segen für unser Volk. Ich hoffe, dass wir Euch mit der Zeit unsere Welt zeigen können. Ihr seid immer willkommen."

Ein lauter Jubelschrei erhob sich vom Wasser, als der Älteste zurück ins Meer tauchte und das Amulett mit sich nahm.

„Möchte jemand einen Whiskey? Ich könnte wirklich einen vertragen", fragte Bianca.

„Wir beide." Nolan stieß ein Lachen aus, bevor er Imogen packte und ihren Mund mit einem brennenden Kuss eroberte. „Lass uns ein Gläschen trinken, ja, meine Königin?"

EPILOG

„Was ist das?" Imogen lachte Nolan an, als er sie in eine kleine Öffnung in einer Felswand in der Nähe der Bucht zog. Es war erst ein paar Wochen her, dass sie erfahren hatte, dass sie zum Teil Fae war, und Imogen hatte einen Crashkurs über alles, was mit Fae zu tun hatte, bei der begeisterten Bianca absolviert, die nichts mehr liebte, als sie über Magie, Mythen und Geschichte zu unterrichten. Da es so viel zu lernen gab und Nolan einen guten Teil ihrer Zeit beanspruchte, hatte Imogen beschlossen, einige ihrer anstehenden Charterfahrten zu verschieben, um eine kleine Auszeit nehmen zu können. Sie hatte ihre Crew für die Auszeit gut bezahlt und fand, dass sie zum ersten Mal seit Jahren wieder durchatmen konnte. So viele Probleme, die sie so lange geplagt hatten – wie der Mann unter der Wasseroberfläche – waren nun gelöst. Sie wusste beinahe nicht, was sie tun sollte, ohne die Last dieser Probleme auf ihren Schultern zu spüren.

Nicht, dass Nolan ihr viel Zeit gelassen hätte, über etwas anderes als ihn nachzudenken. Oh, der Mann war wirklich überwältigend, und das auf die bestmögliche Weise. Wie Bianca versprochen hatte, waren die Fae außergewöhnliche und unersättliche Liebhaber, und Imogen war überrascht zu sehen, wie sehr sie sich nach Nolans Berührung sehnte.

„Nun, meine Liebe, das ist eines unserer Portale." Nolan stand mit gesenktem Kopf im Tunnel, in der Nähe eines Steinkreises. Er trug eine Lederhose, die seine muskulösen Beine perfekt umschmeichelte, und Imogen seufzte, während ihre Gedanken zu anderen Dingen tanzten. Als er sie richtig deutete, ging ein sexy Grinsen über Nolans Gesicht, und er beugte sich vor, um mit dem Daumen über ihre Unterlippe zu fahren, was ihr einen kleinen Schauer über den Rücken jagte. „Wir machen woran du gerade denkst ein anderes Mal."

„Gut." Imogen täuschte einen Schmollmund vor, strahlte dann aber, als er sie in seine Arme zog. „Warte ... ein Portal? Bedeutet das?"

„Ja, wir gehen ins Feenreich."

„Aber ..." Imogen hatte kaum Zeit, Fragen zu stellen, bevor dieses seltsame, saugende Gefühl sie einhüllte und sie blinzelte, als sie auf einem Feld landeten, das gerade von den letzten Sonnenstrahlen des Tages beleuchtet wurde. Sie hätte etwas einpacken sollen, dachte Imogen, als sie um Nolans Arm spähte, um einen ersten Blick auf das Reich der Fae zu werfen.

Ein großes Schloss lag direkt hinter ihnen auf einem Hügel, auf dem gelbe und rosa Blumen blühten. Es waren keine Blumen, die Imogen beim Namen kannte, und sie kniff die Augen zusammen, als sie Miniaturwesen mit großen Schmetterlingsflügeln sah, die von Blüte zu Blüte flogen. Eines von ihnen hielt mitten im Flug inne und winkte ihr zu, und Imogen ertappte sich dabei, wie sie es angrinste und zurückwinkte. Kleine Lichtkugeln tanzten durch die Luft, als hätte jemand das Feld mit Lichterketten bestückt, nur dass diese leuchtenden Dinger tatsächlich echte Feen zu sein schienen.

„Das ist unglaublich", hauchte Imogen und folgte Nolan, der sie durch das Feld zum Schloss zog. „Nolan, so kann ich da nicht reingehen. Ich bin dafür nicht angemessen angezogen."

Nolan hielt inne, drehte sich zu Imogen um und musterte sie von oben bis unten. Ein kühler Luftzug umwehte sie, und dann blinzelte Imogen an ihrem Körper hinunter. Ihre Leinenhose und ihr Pullover waren durch ein flatterndes, rosafarbenes Kleid ersetzt worden und sie starrte Nolan an.

„Rosa?"

„Ja, passt es nicht wunderbar zu deinem hübschen roten Haar?", sagte Nolan und strahlte über ihren ungläubigen Blick.

„Rosa", brummte Imogen.

„Es ist die Farbe deiner Haut, wenn ich dich dazu bringe, um Erlösung zu betteln", sagte Nolan. Seine Lippen schwebten über ihren, und verdammt noch mal, der Mann ließ sie *tatsächlich* erröten, wie Imogen feststellte, während Hitze ihre Haut durchflutete.

„Warum sind wir hier?", wollte Imogen wissen. Sie wollte jede Minute, die sie im Reich der Fae verbrachte, in vollen Zügen zu genießen.

„Du wirst schon sehen..." Nolan zog sie durch einen Torbogen und nickte zwei Wachen zu, die in violetten

Tuniken und mit Schwertern an der Seite standen. Ihr Blick schweifte umher, während sie die farbenfrohen Kleider der Leute betrachtete, die durch die Straßen tanzten, manche flogen, manche liefen, manche tauchten aus dem Nichts auf. In dem Dorf hinter den hohen Mauern der Burg herrschte reges Treiben, aber fröhliche Rufe, Lachen und Musik beherrschten die Szene, und Imogen entspannte sich sofort, obwohl sie alles sehen wollte. Dies war ein glücklicher Ort, das konnte sie sofort erkennen, auch wenn ihr Gehirn versuchte, all die verschiedenen Formen der Magie einzuordnen, deren Zeuge sie wurde.

„Hier entlang." Nolan zog sie eine kopfsteingepflasterte Straße hinunter und durch eine gewundene, enge Gasse, bevor er vor einer gewölbten Tür stehen blieb, die dreimal so groß war wie Imogen. Allein der Türklopfer war so groß wie ihr Kopf und hatte die Form einer Rose, über der sich zwei Schwerter kreuzten. Imogen stockte der Atem, als die Tür scheinbar von selbst aufschwang und Nolan sie hindurchführte, seine Hand auf ihrem Rücken.

Imogen musste sich manchmal immer noch zurückhalten, um nicht bei seiner Berührung zusammenzuzucken. Sie lernte, freier zu sein, wenn sie seine Nähe suchte oder Nolan erlaubte, ihre Hand zu halten. Die ungezwungene Intimität zwischen Partnern war sie nicht gewohnt, aber sie wurde jeden Tag besser darin. Was dabei half, war, dass sie es liebte, ihre Hände über seinen Körper gleiten zu lassen. Der Mann war wie eine Festung gebaut, und sie war immer wieder erstaunt darüber, wie stark sein Körper war.

Nolan schob Imogen durch die Tür und sie blieb stehen, als die Lichter aufflackerten und Funken von der Decke regneten.

„Überraschung!" Die Rufe ließen Imogen die Hände vor das Gesicht schlagen, während Nolans Hände auf ihren Schultern ruhten. Imogen lugte durch ihre Finger und sah eine Reihe von Leuten, die sie nicht kannte, aber auch einige bekannte Gesichter. Bianca und Seamus strahlten sie an, und standen mit Cait an einem üppig mit Essen gedeckten Tisch. Königin Aurelia stand neben einem Mann, der Prinz Callum wie aus dem Gesicht geschnitten war, was wohl bedeutete, dass es der König war. Imogen schluckte, als ihr bewusst wurde, dass sie sich in der Gegenwart des Hochadels befand – in deren königlichem Palast. Sie war sicher, dass sie das Protokoll missachten würde, und die Nervosität schlug ihr auf den Magen.

„Nolan? Wofür ist das?" Imogen warf einen fragenden Blick über ihre Schulter.

„Dein Geburtstag, mein Schatz. Ich habe ihn recherchiert."

„Mein ..." Die Überraschung raubte Imogen die Worte. Sie hatte ihren Geburtstag vergessen, wie die meisten Jahre zuvor. „Du hast... das ist eine Geburtstagsparty?"

„Du hast mir gesagt, dass du noch nie einen gefeiert hast. Ich wollte etwas Besonderes für dich organisieren."

Imogen wandte sich wieder der Menschenmenge zu und blinzelte gegen die Tränen an, die ihr in die Augen stiegen. Oh, aber sie war doch eigentlich gar nicht so nah am Wasser gebaut! Aber das hier war einfach zu viel. Die Funken, die von der Decke regneten, entpuppten sich als Mini-Feen, die umherflatterten und tanzten, und auf den Tischen, die an den Wänden des Raumes standen, stapelten sich Speisen, Getränke und Geschenke. Eine Band von bunt gekleideten Fae spielte in der Ecke einen Song, und sofort begann die halbe Partygesellschaft zu tanzen.

Imogens Herz schmolz dahin, als sie erkannte, welches Lied die Band spielte.

„Das ist unser Lied ..." Imogen blinzelte zu Nolan hinauf, während die Musik ihren Weg in ihr Herz fand. Sie spürte sein Verlangen nach ihr tief in ihrem Inneren und schmiegte sich in seine Arme.

„Die Fae können nicht anders. Wir lieben es zu tanzen." Nolan lachte, und sein Lächeln nahm ihr alle Nervosität, während er sie über die Tanzfläche und an einer lachenden Bianca vorbei wirbelte. Imogen lehnte sich in seine Arme, ihr Herz war zum Bersten gefüllt. Sie hätte nie gedacht, dass sie sich so fühlen konnte – so erfüllt von Liebe und Freundschaft. Und, nun ja, Macht. Sie war mächtig, und hatte Magie, und, na ja, das Leben war einfach... was für eine Wendung es doch genommen hatte!

Stunden später, gesättigt mit Kuchen, Tanz und dem Versuch, sich die Namen aller Personen zu merken, die sie kennengelernt hatte – einschließlich seiner Familie – seufzte Imogen vor Glück, als sie endlich an einem langen Tisch Platz nahm. Bianca ließ sich neben ihr nieder, und Seamus und Nolan nahmen die Plätze auf der anderen Seite des Tisches ein.

„Ich danke euch wirklich für all das. Ich hatte zwar noch nie eine Geburtstagsparty, bin mir aber ziemlich sicher, dass das hier alle Partys übertrifft."

„Das freut mich. Ich wollte dir einfach eine Freude machen." Nolan schob eine in lila Papier eingewickelte Schachtel mit einer leuchtend rosa Schleife über den Tisch. „Außerdem habe ich ein Geschenk für dich."

„Das war doch nicht nötig", sagte Imogen und drehte die Schachtel zwischen ihren Fingern. Sie war noch nie gut darin gewesen, Geschenke anzunehmen.

„Ich wollte es aber. Na los...mach's schon auf."

Imogens Puls beschleunigte sich, als sie das Geschenk vorsichtig auspackte, das schöne Papier glättete und das kleine Holzkästchen bewunderte, das mit einer Blumenranke verziert war.

„Das ist eine wirklich schöne Schatulle. Ich kann meinen Ring hineinstecken. Danke, Nolan", sagte Imogen und lächelte zu ihm hoch, woraufhin er den Kopf zurückwarf und lachte.

„Ich bin natürlich froh, dass es dir gefällt, meine Liebe. Aber das Geschenk ist darin."

„Oh", Imogen errötete vor Verlegenheit.

„Es stimmt aber, es ist wirklich ein schickes Kästchen", sagte Bianca und tätschelte ihren Arm.

„Nicht wahr? Danke", sagte Imogen und dann blieb ihr der Mund offen stehen. In der Schatulle, auf violette Seide gebettet, befand sich ein goldener Kompass. *Mystic Pirate* war in wunderschöner Schrift eingraviert, und Imogen staunte nicht schlecht, als sie den Kompass umdrehte und das detailliert ausgearbeitete Design sah. Es war eine perfekte Nachbildung ihres Bootes, mit ihr und Nolan am Bug und einigen Wasser-Fae, die durch das Meer huschten. Es war eine Arbeit in Museumsqualität. Imogen war völlig sprachlos.

„Damit du immer zu mir zurückfindest", erklärte Nolan und verschränkte seine Finger mit denen von Imogen.

„Ich ... Nolan. Noch nie hat mir jemand so ein schönes

Geschenk gemacht", sagte Imogen, und ihre Stimme wurde leiser.

„Ich bin froh, dass es dir gefällt. Ich habe es selbst gefertigt. Und verzaubert. Du kannst ihn bitten, dich zu mir zu führen, wenn es nötig ist."

„Oh, du bist ihr Nordstern." Bianca schlug eine Hand auf ihr Herz und tat so, als würde sie in Ohnmacht fallen. „Wie romantisch."

„Das ist es wirklich. Mir fehlen die Worte, Nolan. Du weißt nicht, wie viel mir das bedeutet", sagte Imogen und lehnte sich leicht über den Tisch, um ihre Lippen auf die von Nolan zu drücken. Sie verweilte einen Moment, spürte die Wärme des Kompasses in ihrer Handfläche und wusste, dass er dieses Stück mit Liebe für sie gemacht hatte.

„Ich unterbreche nur ungern, aber..." Prinz Callums Stimme unterbrach ihren Kuss und Nolan zog sich zurück, bevor er einen finsteren Blick über seine Schulter warf.

„Im Ernst?", forderte Nolan.

„Nun, ich würde euch ja gerne in Ruhe lassen, denn es ist ein so freudiger Anlass, aber wir haben zu tun."

„Was ist passiert?", fragte Nolan und wandte sich an den Prinzen.

„Imogen, es tut mir sehr leid, dass ich deine Geburtstagsfeier störe. Wie ich höre, ist dies das erste Mal für dich?"

Imogen nickte, drückte den Kompass an ihre Brust und wartete auf das, was ihre Seifenblase bestimmt zum Platzen bringen würde. Torin, der Mann, dem sie begegnet war, als die Fae-Flotte die *Mystic Pirate* begrüßt hatte, stand neben Prinz Callum. Beide Männer hatten ernste Mienen auf ihren markanten Gesichtern, so dass Imogen sich fragte, wer in Gefahr war.

„Ja, aber das ist schon in Ordnung. Mein Herz ist von Freude erfüllt und ich habe meine Zeit wirklich genossen. Bitte, es sieht so aus, als würde Euch eine ernste Angelegenheit bedrücken. Wollt Ihr Euch nicht setzen und es uns erzählen?" Imogen war stolz darauf, höflich und anständig zu klingen, obwohl sie innerlich vor Sorge bewegt war.

„Ja, sagt uns, was los ist", drängte Bianca und schlug auf die Tischplatte. Torin warf einen Blick auf Prinz Callum, und Imogen fragte sich, ob dies ein Bruch mit dem königlichen Fae-Protokoll war. Sie wartete still, den Kompass immer noch ihrer Hand haltend, während sich die beiden königlichen Fae an ihrem Tisch niederließen.

„Es geht um die Feuer-Fae", sagte Torin ohne Vorrede, und Imogens Blick blieb an seinem Gesicht hängen. Er war ein markanter Kerl, mit kantigen Zügen und gelbbraunen Augen. Er erinnerte sie vage an einen Löwen, mit wildem rot-goldenem Haar und Augen, die nicht ganz menschlich waren. Diese Feenmänner waren ein bemerkenswerter Haufen, überlegte Imogen, während ihr Blick zwischen dem kühlen, guten Aussehen von Prinz Callum, dem stürmischen, dunklen Äußeren von Nolan und der exotischen Schönheit von Torin hin- und hersprang. Selbst Seamus, der manchmal etwas schlaksig und tollpatschig wirkte, strahlte eine ruhige Zuversicht aus, die ihn sehr anziehend machte. Zusammen verströmten sie eine Art von Männlichkeit, die mehr als eine Frau in ihren Bann gezogen hätte. Sie selbst eingeschlossen.

„Ich weiß..." Bianca beugte sich vor und flüsterte. „Es ist, als würde man in ein Boxstudio oder einen Sexclub oder so gehen. Zusammen haben sie einfach eine Wucht, nicht wahr?"

Imogen unterdrückte ein nervöses Kichern bei dem Gedanken an diese Männer in einem Sexclub und versuchte, ihren Gesichtsausdruck zu kontrollieren, obwohl Nolans Lippen sich verzogen, als könne er ihre Gedanken lesen.

„Prinz? Wo liegt das Problem?"

„Es sind die Feuer-Fae." Torin räusperte sich. Er war ganz in Schwarz gekleidet, was sein goldenes Haar und seine gebräunte Haut noch mehr betonte. „Es ist dasselbe wie bei den Wasser-Fae. Wir hatten gehofft, dass es sich um eine einmalige Situation handelt, wegen ihres Vaters", Torin nickte Imogen zu, „aber es geht um mehr."

Imogen versuchte, die Welle der Schuldgefühle zu verdrängen, die sie wegen der Taten ihres Vaters empfand. Er hatte vielen Fae wehgetan, und auch wenn es nicht ihre Schuld war, war er immer noch mit Imogen verbunden.

„Es sind die Domnua, nicht wahr? So wie ich gedacht hatte?", fragte Bianca und lenkte die Blicke der Männer auf sich. „Sie treiben einen Keil zwischen die Elementaren, nicht wahr? Wenn das so ist, könnten sie einen Aufstand anzetteln und versuchen, Euch vom Thron zu stürzen."

„Es scheint so zu sein, ja", seufzte Torin und kniff sich in den Nasenrücken. „Sie haben Brände gelegt. In ganz Irland. Ihr Stab ist verschwunden."

„Ihr Stab?", fragte Imogen, bevor sie sich zurückhalten konnte.

„Er ist wie das Amulett der Wasser-Fae", erklärte Nolan. „Die Feuer-Fae haben einen magischen Stab, den der Anführer trägt. Er hat eine unglaubliche Macht."

„Oh, wie..." Imogen tat so, als würde sie einen großen

Stock in den Boden rammen. „Ist es so einer wie Gandalf ihn trägt?"

Die Männer sahen sie nur verwirrt an.

„Sie kennen unsere Geschichten nicht", sagte Bianca. „Aber ja, du hast recht. Im Grunde ist es wie ein großer magischer Spazierstock mit einer Art verzaubertem Teil am Ende. Große Magie. So etwas in der Art."

„Und er wurde gestohlen", sagte Imogen.

„Was bedeutet, dass die Feuer-Fae wütend sind. Sie sind ein wilder und explosiver Haufen. Es ist also nichts, das wir einfach aussitzen können. Wir müssen ihnen helfen, bevor die Domnua das absolute Chaos verursachen", sagte Torin. Sorgenfalten zierten sein hübsches Gesicht, und Imogen fragte sich, woher sie wissen sollten, wo sie anfangen oder was sie tun sollten.

„Wie können wir dabei helfen?", fragte Bianca.

„Das größte Feuer wütet bereits und bedroht eine Stadt. Wir müssen es stoppen. Und dann? Dann müssen wir ihnen helfen und die Domnua bezwingen."

„Wo brennt es denn?", fragte Bianca.

„Es ist in der Nähe eines Ortes namens Grace's Cove. Bei einem unserer Portale."

„Nein!", keuchte Bianca und stand bereits auf, Seamus folgte ihr.

„Wir müssen los – sofort!", sagte Imogen und sprang von ihrem Platz auf. Königin Aurelia tauchte an ihrem Tisch auf.

„Gibt es Ärger?" Die Königin trug ein atemberaubendes weißes Kleid, das mit Kristallen besetzt war, und ihr rosa Haar war mit funkelnden Kämmen hochgesteckt.

„Es sind die Feuer-Fae. Sie haben einen Aufstand außerhalb von Grace's Cove angezettelt. Das Dorf ist bedroht", sagte Torin.

„Wir machen uns sofort auf den Weg. Alle zum Portal."

An der Tür blieb Imogen stehen und warf einen letzten Blick zurück in den Raum. Ihre allererste Geburtstagsparty. Auch wenn sie auf unglückliche Weise zu Ende ging, würde sie nie vergessen, dass Nolan ihr dies geschenkt hatte – und dass er ihr das Gefühl gab, geliebt zu werden. Wirklich und wahrhaftig geliebt. Niemand konnte ihr diese Erinnerung oder dieses Gefühl nehmen, und egal, was als Nächstes kam, sie würde diesen Moment für immer in ihrem Herzen bewahren.

„Geht es dir gut?", fragte Nolan, legte einen Arm um ihre Taille und sie neigte den Kopf zu ihm.

„Ja, Nolan. Du hast mir heute ein unglaubliches Geschenk gemacht. Was auch immer danach passiert, du sollst wissen, wie glücklich du mich gemacht hast."

„Ah, *Mavourneen*. Es war mir einfach ein Vergnügen. Es tut mir leid, dass es auf diese Weise enden muss, aber wir werden gebraucht. Das ist mein Leben, weißt du. Ich muss meinem Volk dienen."

„Ich verstehe. Auch ich möchte helfen... wenn ich kann?", fragte Imogen und suchte seine Augen mit ihrem fragenden Blick.

„Natürlich kannst du das...weißt du, was Feuer löscht?"

„Wasser", sagte Imogen und spürte, wie ihre Kraft aufstieg.

„Genau, Wasser. Lass uns unser Volk retten."

Unser Volk, dachte Imogen, und ein Gefühl der Zugehörigkeit und Stimmigkeit durchflutete sie. Sie war jetzt ein

Teil von etwas, das größer war als sie selbst, und Imogen verstand, dass sie die Macht hatte, Dinge zu verändern.

Ich hoffe, meine Bücher haben in Ihrem Leben ein wenig Zauber hinterlassen. Wenn Sie einen Moment Zeit haben, um mir davon etwas zurückzugeben, würde ich mich freuen, wenn Sie Ihren Freunden davon erzählen und eine Bewertung hinterlassen. Mundpropaganda ist die wirkungsvollste Methode, um meine Geschichten zu teilen. Danke schön.

Tricia O'Malley

MELODIE DER FLAMMEN

KAPITEL EINS

Goldene Augen, die von innen heraus zu leuchten schienen, starrten sie durch die Flammen des Lagerfeuers an. Sorcha Kelly war stolz darauf, dass sie nie vor einer Herausforderung zurückschreckte, und so begegnete sie dem Blick des Mannes direkt und hob ihr Kinn. Ein Lächeln umspielte seine Lippen, und Hitze durchzuckte sie, als er eine Hand hob und sie mit einem Finger zu sich winkte. Sorcha ignorierte die Anziehung und hob verächtlich eine Augenbraue. Der Mann hatte sich geirrt, wenn er glaubte, sie würde einer solchen Aufforderung nachkommen.

Als Königin ihres eigenen Schicksals wandte sich Sorcha vom Feuer ab und folgte dem immer heftiger werdenden Schlag der Trommeln, der ihr Inneres zum Beben brachte. Dieser Musik konnte sie nicht widerstehen, und Sorcha wippte im Rhythmus mit, während sie sich ihren Weg über das Festivalgelände bahnte. Sie lachte, als

irgendeine Frau ihre Hand ergriff und sie in eine improvi-
sierte Reihe komplizierter irischer Tanzschritte mitzog.
Tanzen war Sorchas Lieblingssprache, und sie ließ sich ganz
natürlich auf den Takt ein, lachte und warf ihre kirschroten
Locken über die Schulter. Musik, Lachen und Kreativität
waren ihr Treibstoff, und das Kunst-Festival füllte ihre
Seele an diesem Wochenende.

Das als „Burning Man" Irlands angekündigte Ring of
Fire Festival ermutigte Künstler aller Art, sich ein Wochenende lang zu versammeln und Kunst zu schaffen, die die
Seelen in Brand setzen sollte. Diese Art von Veranstal-
tungen waren wie ein Lebenselixier für Sorcha. Sie hatte
ihre Sachen und Ausrüstung gepackt, und war mit Betty
Blue, ihrem treuen Wohnmobil, zu dem in den irischen
Hügeln gelegenen Festival gefahren. Sie hatte jahrelang als
Freiberuflerin in der darstellenden Kunst gearbeitet, vor
allem in den Bereichen Tanz und Akrobatik, und arbeitete
gerade an einer neuen Fähigkeit, die ihr Interesse geweckt
hatte – dem Feuertanz.

Diese Kunstform war sowohl bei Fotografen als auch
beim Publikum, das Live-Performances bei seinen Veran-
staltungen wünschte, immer beliebter geworden. Sorcha
wurde für alles Mögliche gebucht, von Hochzeiten bis hin
zu Fotoshootings, und begann endlich, sich ein geregeltes
Einkommen zu sichern. Zum ersten Mal seit Jahren
erlaubte sie sich, ihre Kunst und ihren Lebensstil ohne die
schweren Schuldgefühle, die ihre Familie ihr auferlegte,
auszuleben.

Mit ihren sechs Schwestern war Sorcha nur eine Neben-
darstellerin in einer langen Reihe von Enttäuschungen für
ihren Vater. Sie hatte beobachtet, wie der Rest ihrer

Geschwister versuchte, seinen Erwartungen gerecht zu werden, und schnell erkannt, dass sie dieses Spiel nie gewinnen würde. Sie war sich ziemlich sicher, dass die einzige Möglichkeit, wie sie die Anerkennung ihres Vaters gewinnen könnte, wäre, wenn sie in der Zeit zurückreisen und als Mann geboren werden könnte. Sie hatte zwar viele Talente, aber Zeitreisen gehörten nicht dazu, und kurz nachdem sie volljährig geworden war, hatte sie sich auf den Weg in die Welt gemacht.

Oh, aber wie sie ihr Leben jetzt liebte! Sorcha lachte, als die tanzende Frau ihr einen Kuss auf die Wange drückte, und sie machte einen kleinen Knicks, bevor sie zurück zu Betty Blue ging, um ihren Isolierbecher mit Wein zu füllen. Dort hielt sie inne, lehnte sich gegen den kühlen Stahl ihres Wagens und betrachtete die Szene.

Die Sonne war längst untergegangen, und der Vollmond schien hell auf die Lagerfeuer in den Hügeln. Zwischen den Zeltplätzen waren Lichterketten aufgereiht, und Musik und Gelächter stiegen zu den sanft funkelnden Sternen auf. Alle hier hatten ein gemeinsames Interesse – kreativ zu sein – und die Freude und Liebe, die man unter diesen Menschen fand, gab Sorcha das Gefühl, von innen heraus zu brennen. Der Name dieses Festivals ist treffend gewählt, dachte sie, als sie einen Schluck von ihrem Wein nahm.

„Du hast mich ignoriert."

Sorcha zuckte zusammen, der Wein spritzte ihr von den Lippen, als sie sich umdrehte und den goldäugigen Mann neben sich stehen sah. Er hatte sich so leise wie ein Windhauch genähert, und Sorcha nahm sich ein paar Sekunden Zeit, um ihn genauer zu betrachten und zu sehen, ob sie ihn einordnen konnte. Sie reiste nun schon seit Jahren allein, und ihr Instinkt hatte sie bisher sicher beschützt.

„Du glaubst doch nicht etwa, dass der Weg zum Herzen einer Frau darin besteht, sie mit einem Finger zu einem zu winken?"

„Ach? Du ziehst es also vor, diejenige zu sein, die Forderungen stellt?" Der Mann schenkte ihr ein seidiges Grinsen. Das Leuchten in seinen goldenen Augen verriet Sorcha, dass ihn dieser Austausch amüsierte.

„Ich ziehe es vor, das Sagen zu haben, ja. Vielen Dank. Hast du denn einen Namen? Oder soll ich dich einfach frecher Löwe nennen?"

Daraufhin warf der Mann den Kopf zurück und lachte, wobei sich Sorchas Zehen kräuselten. Sie war auf seltsame Weise fasziniert. Obwohl es auf dem Fest erwünscht war, sich zu verkleiden, hatte Sorcha den Eindruck, dass dieser Mann seine gewöhnliche Kleidung trug. Eine rote Lederhose, ein schwarzes T-Shirt mit langen Ärmeln und goldbraunes Haar mit roten Strähnchen trugen dazu bei, dass er wie ein Löwe aussah. Es waren jedoch die Augen, die sie einen zweiten und dann einen dritten Blick werfen ließen. Er musste farbige Kontaktlinsen tragen, und der Effekt, den seine goldenen Augen hatten, war verblüffend und fesselnd zugleich. Sorcha trat näher heran. Dieser Mann war ausgesprochen gut aussehend, mit kantigen Wangenknochen und einem markanten Kiefer, und er verströmte eine Selbstsicherheit, die für die meisten Männer in schreiend roten Lederhosen nicht leicht zu erreichen wäre.

„Da wärst du sicherlich die Erste. Mein Name ist Torin. Und wie lautet Eurer, meine Zauberin?" Die Worte kamen säuselnd von seinen Lippen, ihre Hitze brannte direkt in ihrem Inneren.

„Sorcha." Sie nahm einen Schluck von ihrem Wein, da ihre Kehle trocken geworden war, während Torin sie mit der gleichen Intensität musterte, mit der sie ihn beobachtete.

„Und ist das nicht der perfekte Name für eine Frau mit deinem Charakter? Ich finde dich unfassbar schön."

Die Worte, die er so leichthin aussprach, beeindruckten Sorcha. Sie klangen völlig aufrichtig. Tränen drohten, und sie zwang sich, den Blickkontakt abzubrechen und einen Moment lang zum Festival hinüberzuschauen. *Skurril?* Ja. *Interessant.* Auf jeden Fall. Aber schön? Nein, auf diese Art von Komplimenten war Sorcha noch nie hereingefallen. Auch wenn es nur eine weitere Anmache war, um sie ins Bett zu kriegen, die Überzeugung, mit der er seine Worte ausgesprochen hatte, hallte tief in ihr nach.

„Sind deine Augen echt?" Sorcha drehte sich noch einmal zu Torin um.

Seine Lippen schürzten sich und er setzte das schmollende Halblächeln auf, das schon einmal ihr Interesse am Feuer geweckt hatte. Er streckte eine Hand aus.

„Tanzt du mit mir?"

„Mal sehen, ob du mithalten kannst", sagte Sorcha und hob erneut herausfordernd ihr Kinn. Sie leerte ihren Wein, stellte den Becher hinter das Lenkrad von Betty Blue und ergriff Torins Hand. Ein Hitzeschock durchfuhr sie, und sie keuchte, als er ihre Hand festhielt, statt sie loszulassen. Als sie sich umdrehte, sah sie ihm im Mondlicht in die Augen und las die Einladung, die in ihnen lag.

Sorcha schluckte, da sie auf diese Frage nicht vorbereitet war, und zog ihn stattdessen in einen Kreis von Menschen, die um ein großes Lagerfeuer zu einer eindringlichen keltischen Melodie tanzten. Die Dudelsackspieler traten vor und erhöhten das Tempo des Liedes, während Sorcha ihre Augen schloss, um dem Takt zu folgen. Torins Hände umkreisten ihre Taille, und dann zog er sie in seine Arme. Sorcha schwebte mit und ließ sich in einen fließenden Tanz ziehen, die Wärme seiner Berührung belebte sie.

Die Zeit schien sich zu verlangsamen, als sie in einen uralten Rhythmus verfielen, während die Musik sie antrieb. Sie drehten und wendeten sich, ihre Körper berührten sich und ihre Blicke blieben aneinander hängen. Torin folgte Sorcha Schritt für Schritt, forderte sie mit seinen Bewegungen heraus, und seine braunen Augen versengten ihre. Die Nacht wurde länger, und Sorcha fand sich in dem Zauber gefangen, den er ausübte.

Berauscht von ihm, nahm Sorcha seine Hand und zog ihn zurück zu Betty Blue, wo sie ihn auf ihr Bett zog und ihren Körper so um seinen schlang, wie sie miteinander getanzt hatten. Wie gebannt fanden sie Vergnügen im Körper des anderen, während das Pulsieren der Trommeln den Puls ihrer Herzen widerspiegelte, und Lust und Feuer ihre intimsten Tänze antrieben. Flammen zuckten durch Sorchas Adern, das Verlangen erstickte sie fast, als sie Torins intensivem Blick begegnete, bevor er erneut ihren Mund nahm. Licht blitzte auf, und Sorcha schreckte auf, aber Torin nahm sie noch einmal in die Arme und lenkte ihre Aufmerksamkeit wieder auf seine Berührung. Erst gegen Morgengrauen, nachdem sie gesättigt waren, fielen sie auseinander und rangen nach Atem.

Sorcha blinzelte an die Decke ihres Wohnmobils, wo sie ein wunderschönes Bild angebracht hatte: Die Sonne, die ihre feurigen Strahlen über ein stürmisches Meer schleuderte. Sie drehte sich um, um zu sprechen...

Niemand war da.

Torin war verschwunden. Keuchend setzte sich Sorcha auf und presste ihr Top an ihre nackte Brust. Schweiß rann ihr den Rücken hinunter. Hatte sie sich die ganze Begegnung nur eingebildet? Ihr Verstand versuchte, sich einen Reim auf die letzten Stunden zu machen, denn alles in ihr schrie danach, dass die Begegnung mit Torin echt gewesen war.

Hitze breitete sich in ihrer Handfläche aus, bis hin zum Schmerz, und ein tief verwurzelter Drang zwang Sorcha, ihre Hand zu öffnen. Als eine einzelne Flamme, nicht größer als die einer kleinen Kerze, aufflackerte und über ihrer Handfläche schwebte, schloss Sorcha ihre Augen gegen die drohende Panik.

Hatte sie an diesem Abend mit dem falschen Mann getanzt?

Lesen Sie Melodie der Flammen, Band 2 in der Wildsong-Serie

BÜCHER VON TRICIA O'MALLEY

DIE WILDSONG SERIE

Buch 1 - Das Lied der Feen

Buch 2 - Die Melodie der Flammen

Buch 3 - Der Chor der Asche

Buch 4 - Die Lyrik des Windes

———

Jetzt verfügbar

Eine komplette Serie mit vier Romanen von

Tricia O'Malley

DIE INSEL DES SCHICKSALS

Sind Sie neugierig, was es mit der Suche nach den vier Schätzen auf sich hat? Begleiten Sie Bianca & Seamus, die den ursprünglichen Sucherinnen helfen, Irland vor den dunklen Feen zu schützen, in der Bestseller-Reihe: Die Insel des Schicksals. Viel Spaß!

Buch 1 - Das Lied des Steins

Buch 2 - Das Lied des Schwerts

Buch 3 - Das Lied des Speers

Buch 4 - Das Lied des Schatzkessels

———

Jetzt verfügbar

Eine komplette Serie mit vier Romanen von

Tricia O'Malley

"Ein tolles Buch, es greift irische Mythen auf und verbindet diese mit einem spannenden undgefühlvollen Roman. Ich freue mich schon auf das nächste Buch dieser Serie" - Amazon Review

GEHEIMNISVOLLE BUCHT

Von New York Times Bestsellerautorin Tricia O'Malley kommt eine Serie fesselnder Liebesromane, die den Leser zu den felsigen Küsten Irlands entführt.

Buch 1 - Wildes irisches Herz*

Buch 2 - Wilde irische Augen*

Buch 3 - Wilde irische Seele*

Buch 4 - Wilde irische Rebellin*

Buch 5 - Wilde irische Wurzeln: Margaret & Sean*

Buch 6 - Wilde irische Hexe*

Buch 7 - Wilde irische Grace*

Buch 8 - Wilde irische Träumerin

* * *

*Jetzt verfügbar

BÜCHER VON TRICIA O'MALLEY

ENGLISH EDITIONS

Tricia O'Malley has over 40 english speaking titles available in paperback, audio, e-book and Kindle Unlimited.

The Siren Island Series*

The Althea Rose Series*

The Isle of Destiny Series*

The Mystic Cove Series*

The Wildsong Series*

The Enchanted Highlands Series

*Complete Series

Love books? What about fun giveaways? Nope? Okay, can I entice you with underwater photos and cute dogs? Let's stay friends, receive my emails and contact me by signing up at my website

www.triciaomalley.com

Or find me on Facebook and Instagram.

@triciaomalleyauthor

BLEIBEN SIE IN KONTAKT

Ich bin überglücklich, dass meine Geschichten ins Deutsche übersetzt werden. Die Übersetzungen meiner Romane nehmen ein bisschen Zeit in Anspruch. Melden Sie sich also für meinen Newsletter an, um zu erfahren, wann das nächste Buch erscheint.

http://eepurl.com/hLxHBz

Facebook: @triciaomalleyauthor

Instagram: @triciaomalleyauthor

DANKSAGUNG

Vielen Dank, dass Sie mich auf dieser neuen Reise durch die Fae-Reiche in Irland begleiten. Ich erhalte immer so viele Anfragen nach weiteren irischen Büchern, daher hat es mir Spaß gemacht, wieder in das Feenreich einzutauchen, das in der Serie „Insel des Schicksals" erstmals vorgestellt wurde. Es ist so reizvoll, über magische Welten zu schreiben. In Verbindung mit dem Charme Irlands genieße ich die Zeit, die ich in diesen Welten verbringe.

Ein besonderer Dank geht an „The Scotsman", der mir geduldig zuhörte, während ich ihm meine Ideen unterbreitete, und der mir auch bei einigen Kampfszenen geholfen hat. Ich nehme an, all die nächtlichen Videospielschlachten mit seinen Kumpels haben ihn zu einem kompetenten Berater gemacht.

Vielen Dank an Dave und Rona, die zu den Ersten gehörten, die dieses Buch zu Gesicht bekamen und mir halfen, es zum Glänzen zu bringen.

Und wie immer ein großes Dankeschön an meine lieben Leserinnen und Leser, die meine Freude an allen magischen und mystischen Dingen teilen. Leuchtet weiter!